アドリアン・イングリッシュ5

瞑き流れ

ジョシュ・ラニヨン

冬斗亜紀〈訳〉

The Dark Tide

by Josh Lanyon

translated by Aki Fuyuto

JN210907

Monochrome Romance

The Dark Tide

by Josh Lanyon

copyright©2009 by Josh Lanyon
translation copyright©2015 by Aki Fuyuto
Japanese translation rights arranged with DL Browne,Palmdale,California
through Tuttle-Mori Agency,Inc.,Tokyo

◎この物語はフィクションです。実在の人物、団体等とは関係ありません。

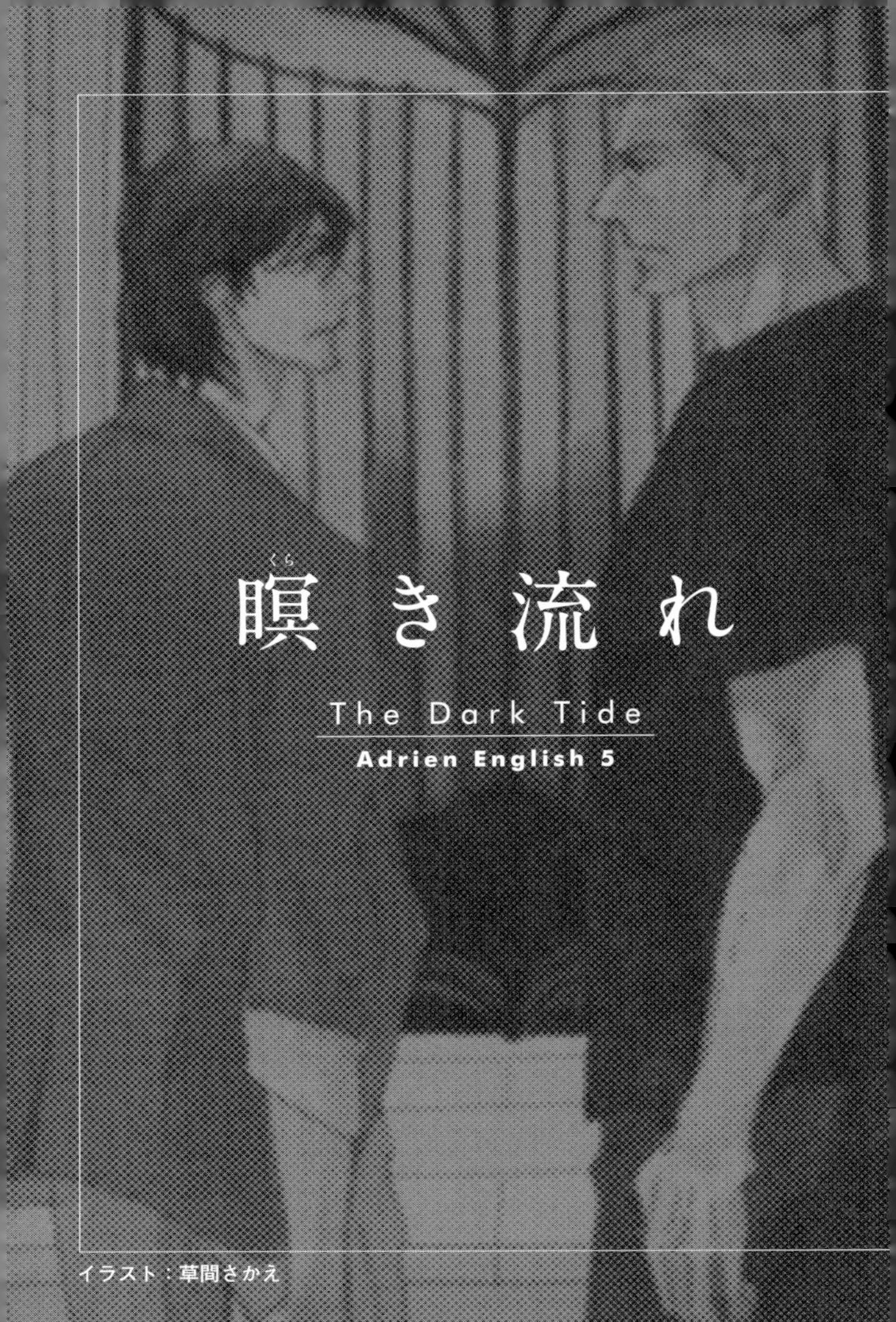

イラスト：草間さかえ

CHARACTERS

アドリアン・イングリッシュ

ミステリ作家で書店経営者。35歳。
心臓に疾患があり、手術を受けた

ジェイク・リオーダン

元LA市警の主任警部補
43歳

メル・デイビス

アドリアンの元彼。
カリフォルニア大学バークレー校で
映画学を教えている

ガイ・スノーデン

UCLAの教授
アドリアンと付きあっていた

リザベアに

さよならを言うのは、ひとかけら死ぬことだ。

『長いお別れ』　レイモンド・チャンドラー

1

それは、よくある話のように、ベッドから始まった。

いや厳密に言えば、僕がまどろんでいた寝心地の悪いリビングルームのソファから、始まった。

僕と、とある元ＬＡ市警の刑事とのひどく奇妙な夢の最中、しつこく、カリカリと、遠くから音が聞こえていた。何かが擦《こす》れるような音は、夢の中へ入りこみ、僕は寝ぼけた人間ならではの雑な思考回路で、猫が廊下にある半月型のアンティークテーブルで爪を——また——研《と》いでいるのだろうと決めつけていた。

ただし……腹の上でぐんにゃりとしている温かな塊こそ、まさにその猫だ。すやすやと眠っている……。

僕は目を開けた。周囲は暗く、どこにいるか悟るまで数秒かかった。本棚では海賊のブックエンドの輪郭が月の光に照らされている。僕が寝ているソファからは、七月のぬるい風に揺れるカーテンがやっと見える暗さだ。クローク＆ダガー書店の二階にあるフラットだった。

家。

二度と帰ってこられないのではないかと、そう思った時もあった。だが、ついに帰ってきた。

腹の上にはふわふわと温かな毛玉、首には寝違えた凝《こ》り、そしてどうやら、ドアの外には夜中の訪問者。

まず頭に浮かんだのは、元恋人のガイが、リサにたのまれて僕の様子を見にきたのかもというこことだった。だが、その薄《うす》ぼんやりとした音はフラットの鍵が回る音ではない。どちらかと言うと……そう、こじ開けようとしている音だ。

僕はごろりと体を返し、眠っている猫を押しのけ、よろよろ立ち上がろうとしながら、三週間前の心臓手術以来しつこくつきまとう眩暈《めまい》をこらえた。今朝までチャッツワースヒルの母の家に滞在していたのだが、ついにあの狂気の館からの脱出を果たしたばかりだ。

もし来たのがガイならば、まず一階フロアの明かりを点《つ》ける。だが、フラットのドアの下から洩《も》れる光は、くっきりとした光の筋などではなかった。揺れては一瞬で消える光は、まるで誰かが懐中電灯のバランスを取っているかのようだ。

夢ではなかった。何者かが、このフラットに侵入しようとしている。

僕は暗い部屋を手探りで玄関口へ向かった。心臓はすでに荒く、速すぎる鼓動を打っており、ふっと不安がこみ上げる——手術以来、なじみの恐怖だ。回復期の僕の心臓はこのストレスに耐えられるだろうか？　寝室のクローゼットからウェブリーの拳銃を取ってきて弾丸を込めるか、寝室に閉じこもって警察に通報するか、決めかねているうちに選択肢がなくなった。

フラットの鍵がガチャリと開き、ノブが回って、ドアがゆっくりと開いていく。

反射的に動いていた。廊下の、編み座面の椅子を引っつかみ、全力で投げつける。

「失《う》せろ！」

怒鳴り声にかぶせるように椅子がドアにぶつかり、けたたましく床に落ちた。

そして——驚いたことに——侵入者は言われた通りにした。

夢ではない。勘違いでもない。本当に誰かが、僕の住まいに押し入ろうとしていたのだ。

どかどかと階段を駆け下りていく足音、階下で何かが倒れる音、さらに何かが壊れる音。そして僕が壁の電気のスイッチへ小走りに近づいた頃、遠くでどこかのドアが勢いよく閉まる音がした。

どこのドアだ？　書店の裏口ではない――あの音ならよく知っている。正面扉のセキュリティゲートの音でもない。そうだ、つながった隣の建物のドアに違いない。

この書店は、一九三〇年代に建てられたホテルの建物を、後に二分割した片方のフロアを使っている。隣り合ったもう半分のフロアにはさまざまな店が入っては消え、また入ったが、ほとんどが一年とは続かず、僕はこの春、ついにそのフロアを買い取るところまで漕《こ》ぎ着けたのだった。現在は、金を費やして、やかましい改装作業の真っ最中で、書店と隣のフロアの間は分厚いビニールの壁で仕切られていた。

充分な厚みではなかったようだが――明らかに。

建築業者は、隣のフロアのドアは「工事用のロック」で戸締まりされており、工事中も以前と同じように安全だと請合《うけあ》った。彼は、これまで僕にふりかかってきた数々の災難のことも、この建物の歴史も知らないのだろう。

僕は壁にもたれかかって、息を整えながら耳を澄ませた。通りのどこかで車のエンジンがかかる音がする。何も、あわてふためいて逃げ出すこともないのに。このあたりはパサデナの商業地域で、住人は少なく、夜は静まり返って無気味なほど人通りがなくなるのだし。

以前の僕なら、きっと勇ましく階下へ行き、被害をこの目でたしかめようとしたことだろう。探偵気取りで。そんな日々ももう、四つの殺人事件捜査と一つの心臓手術を経験して終わった。かわりに今の僕は寝室のクローゼットから銃を取り出し、弾丸を装塡《そうてん》し、窓から外がよく見えるリビングへ戻ると、電話を取り上げた。無人の歩道をまだらに照らす街灯の光が、古びた建物に寄りそう影を深めている。動くものはない。レイモンド・チャンドラーの一節を思い出していた――〝街は、夜より深いなにかで暗かった〟。

今さら現実味が出てきて、僕はずるずるとしゃがみこむと、９１１に通報した。息がうまく整わないまま、緊急通報のオペレーターが出るのを待って――さらに待って――発作が起きないよう心から祈った。僕の心臓には、十六歳の時のリウマチ熱の後遺症による弁の異常があった。最近やらかした肺炎も事態をこじらせ、手術を待っていたところ、銃で撃たれたのが三週間前だ。今は状態も落ちついていて、心臓医の言うところによればめざましい回復ぶりだということだった。

どうもこの先も長生きできるらしい、というわけなのだが、皮肉なことにそれを聞かされる僕の方では、病気の時でさえなかったほど己の死をひしひしと身近に感じていた。

トムキンスがしのびよって、僕にこつんと頭をこすりつけた。

「やあ」

僕はそう挨拶する。トムキンスは緑と金のアーモンド型の目でまたたき、みゃあ、と鳴いた。驚くほど静かに鳴くのだ。ほかの猫のようにやかましくはない。僕が猫に詳しいわけではないが――これまでも、これからも。単にひとり者同士、寝床を貸してやっているというだけだ。

この猫、というか子猫も、僕と同じ療養中の身だった。三週間前、犬に襲われたのだ。回復ぶりは僕より良好。

周囲をくねくね回って指を噛もうとするトムキンスを、僕は上の空で撫でてやった。猫を撫でると血圧が下がると言われているが、本当かもしれない。僕の鼓動も少しずつおさまり、落ちついてきていた。大した効果だろう、夜中に応答すらしない緊急電話オペレーターにどれだけ苛立っているかを思えば。

今となっては、そう緊急でもない案件か。侵入者は、とっくに逃げた。

僕は唇を噛み、『電話を切らずにお待ち下さい』というメッセージのくり返しを聞いた。僕がその時まで生きていると決めつけている。

電話を切って、別の番号にかけた。遠い昔に覚えた番号を。脳細胞を漂白でもしないかぎり、忘れられそうにない番号を。

電話の向こうで呼出音が鳴り、僕は本棚の時計にちらりと目をやった。三時三分。夜中の。友情を試す時間だ。

『……リオーダンだ』

ジェイクが絞り出した声は、砂利をかき混ぜるようだった。

「えっと……やあ」

『ああ』

眠りのもやを払おうとしているのがわかる。ジェイクがかすれ声で聞いた。

『調子はどうだ？』

このほぼ二週間、音信不通だった僕からのいきなりの連絡が夜中の三時だったことを考慮に入れると、きわめて紳士的な対応だろう。

気付くと僕は耳をそばだて、ジェイクの背後の沈黙を聞こうとしていた——誰か一緒にいるのだろうか？　シーツの擦れる音で何も聞こえない。

「まあまあだね。たった今、気になることが起きて。どうも誰かが部屋に押し入ろうとしたんじゃないかと思うんだ」

『思う？』

一瞬で、彼は完全に覚醒していた。きしむベッドとベッドカバーを払いのける音が聞こえてくる。

「誰かが押し入ろうとしたんだよ。逃げていったけど、でも——」

『お前、店に戻ったのか？』

「ああ。つい昨日の午後、帰ってきた」

『お前一人か？』

ありがたいことに、ジェイクはほかの皆のような言い方はしなかった。一人で？　と、それがまるでとんでもないことで、まるで僕が、自由に暮らすことも許されないほどの病人であるかのようには。ジェイクはただ、状況の危険度を把握しようと確認しただけだ。

「ああ」

『警報は鳴ったか?』

「いいや」

『通報は?』

「911にかけた。オペレーターにつながらなくて待たされてる」

『夜中の三時にか』

明らかに、ジェイクが立ち上がり、動き回って、着替え出しているのが音で伝わってきて、申し訳ないながらもほっと安堵を覚えていた。いくら僕らの関係がこみ入ったものであっても——本当にややこしくはあっても——ジェイク以上にこの手の事態をまかせられる相手などいない。どんな事態かはともかく。

それが、僕が頭でわかっている以上に、重い意味のあることのような気がした。

ジェイクがてきぱきと言った。

『電話を切って、また911にかけろ。そのまま切るな。十分で行く』

僕はぼそぼそと答えた。

「ありがとう、ジェイク」

たったこれだけで。僕の電話一本でジェイクが救いに駆けつけてくれる。そのことに予期せぬ感情が、反応がわき上がり、揺さぶられる。手術のおかしな後遺症だ。僕が自分を取り戻せないでいるうちに、ジェイクが言った。

『今から行く』

そして電話が切れた。


ジェイクを迎えに、僕はゆっくりと時間をかけながら階段を下りた。上からは、書店のフロアが俯瞰《ふかん》できた。レジに手をつけられた様子はないようだ。バーゲン本を並べた台がひっくり返されている。それ以外の異常は見当たらなかった。相変わらずの一人がけソファ、相変わらずの木製のフェイクの暖炉、相変わらずの背の高いウォルナットの書棚——ミステリと犯罪小説ばかりがぎっしりの。奥の壁にも、以前と変わらぬ東洋の仮面の白く神秘的な微笑。

僕が正面扉の鍵を開け、セキュリティゲートを開くと、ジェイクは屈みこんでゲートを調べていた。

「下りてくることはなかったんだ、どうせ裏口に回——」

ジェイクの言葉が途切れる。立ち上がり、彼はおかしな口調で言った。

「デジャヴだな」

一瞬わからず、それから僕も理解した。出会った時の記憶。出会った、という言葉は、殺人捜査で容疑者扱いされたことを表すには穏当すぎるかもしれないが。

髪もとかさず、髭も剃《そ》らず、僕の恰好まであの時と同じだった。ジーンズに裸足。今夜はその上にレザージャケットを羽織《はお》っていて、七月の暑さの中でも寒気がつきまとうせいもあったが、胸の中央を走る心臓手術の痕《あと》をジェイクの目にふれさせたくもなかった。病院でジェイクもその傷を見てはいるが、日常に戻れば話が違う。肩にある銃創だけで充分に醜いのだ。鎖骨の根元から胸骨の上を切開した傷痕は衝撃的だった。少なくとも、僕には。

僕はぎこちなく礼を言った。

「来てくれて、本当にありがとう」

ジェイクがうなずいた。

僕らは、互いを見つめた。この数週間は、ジェイクにとっても大変な日々だっただろう——それも僕が「時間をくれ」と彼にたのんだから……この先を決める前に少しひとりで考えたいと、そうたのんだからだけではない。ジェイクはLA市警を辞職し、自分の性的指向を家族にカミングアウトし、妻に離婚を申し出たのだ。

だがジェイクは、前と変わっていないように見えた。ほっとするほど同じだった。僕はもしかしたら——いや違う、きっと、恐れていたのだ。ジェイクが後悔に苛《さいな》まれてはいないかと。彼はその人生にわたってずっと、自分の秘密を押しこめたクローゼットを必死に守ってきた。守るためなら何だろうと犠牲にしかねないほど。そのジェイクが、今では砂漠に放り出された魚のようにもがいているのではないかと、僕はそんな危惧をずっと拭えなかった。

ジェイクは、大丈夫そうに見えた。いや、はっきり言って、もっといい。何と言うか……生き生きしている。晴れやかなくらいに。金髪で、大柄で、男っぽくどこか粗削りな顔は、試練で鍛えられて引き締まっている。力強い骨格に、たくましく無駄のない筋肉がついた体。こめかみあたりに少し白いものは増えたかもしれないが、ジェイクの黄褐色の目には、僕が初めて見るおだやかさがあった。

その淡い、揺らぎのない目で見つめられて、僕は強く自分を意識し、ひるんだ。ついに僕らの間を妨げるものが何もなくなったと知るのは、変な気分だった。後は、本当に、僕らの気持ちひとつにかかっているのだと。

ジェイクが事務的にたずねた。

「警報が鳴らなかったのはどうしてだ？」

「セットしてなかった」

濃い眉がぐっと寄る。ジェイクが口を開けた。だが僕のほうが早い。

「隣の工事が始まってから、警報はセットしないことにしたんだ」

「冗談だろう」

勿論《もちろん》、冗談で言っているのではないとわかっている顔だった。

「あんまりエラーの警報が多かったんで、罰金を取るって市から脅されたんだよ。工事作業員は大体いつも書店が開く前に来るし、そのたびに警報に引っかかる。だから僕は……ほら、工事が完了するまではって、ことで……」

ジェイクの沈黙がすべてを語っていた――それで幸いだった。もし彼がその口を開いていたら、僕らは一晩中ここでやり合うことになっただろう。

「犯人は隣のフロアから入ってきたと思うんだ」

僕はそう言って、向きを変え、先に立った。

背の高い本棚の間を、ジェイクをつれて抜けていく。僕はバーゲン本の台のあたりを指さした。

「非常灯しか点《つ》いていなかったんで、犯人がここにぶつかったんだ」

倒れた台と、本の雪崩に向けてひとつうなずいてみせる。

「それをひっくり返していった」

クローク&ダガー書店と、内装を剝ぎとられた隣のフロアを隔てる透明なビニールの壁へと、僕は歩みよった。向こう側をのぞいても、濁り水を透かそうとするのと同じだ。梯子《はしご》や足場がぼんやり浮かび、まるで神話の怪物の骨格のようだった。僕は、壁際近くに見つけた、一五〇センチほどのビニールの裂け目をジェイクに示した。

「いい勘だ」

ジェイクがむっつりと言った。僕としても、当たったからといって喜べない。

「工事業者は、こっち側のフロアのセキュリティは問題ないって言ってたんだよ。出入口に工事現場用の鍵をかけてあるからって」

すでにジェイクは首を振っていた。

「ほら、見てみろ」

身を屈めてビニールの裂け目に体を押しこんでいくジェイクを追い、僕も暗い隣のフロアへと足を踏み入れた。こちら側はひえびえとして、なじみの薄い匂いがした。生乾きの漆喰《しっくい》、新しい木材、埃の匂い。床に落ちた布や脚立やセメントミキサーなどの間をすり抜け、道へ面したドアへと近づく。そのドアは、ジェイクがふれただけで開いた。

「最高」

僕は苦々しく呟く。

「だろう」

ジェイクは僕に、外側のノブの中心にある鍵穴を示した。シリンダーに色が付いているのはわかったが、何色かまでは見てとれない。

「この鍵がわかるか？」

僕はうなずいた。

「これは工事現場用シリンダーだ。これはどれも、少なくとも大体が、同じピンの組み合わせでできていて、つまりは、鍵をひとつ持っていれば市内のほぼあらゆる工事現場に入れるというわけだ」

「ますます最高だね」

ジェイクはドアを閉め、中から鍵をかけた。

「セキュリティ的に言えば、ドアを開けっぱなしにしておくより少しだけマシって程度だな」

僕は唾《つば》を呑《の》んだ。うなずく。

「侵入犯は、幾日か店の様子を窺《うかが》っていて、建物が夜に無人になることに気付いたのかもな」

「レジには手をつけていなかったけど」

「ガキが悪ふざけでしのびこんだだけかもな」

そう言いながら、ジェイクは確信があるというほどの口ぶりではなかった。僕にも理由はわかる。

「僕のフラットにまで押し入ろうとするのは――」

「かなりやりすぎだな」そう同意する。「とは言え、誰もいないと思いこんでいればそれもありだろう。この三週間、夜間は無人だったんだろ？　ならそう見なしていても無理はない」

僕はじっくり考えこんだ。

「犯人の侵入は、今夜が初めてとは限らないってことか……」

「まあそうだな」

「ナタリーがこのビニール壁の裂け目に気付くかどうかは怪しいしね。それどころか、ウォレンがそばにいたら、ここからタスマニアデビルが店につっこんできたってきっと気付かない」

まあ、それは言いすぎだ。ジェイクは鼻を鳴らし、むっつりとではあるがおもしろがっていた。

気付くと、もう僕は疲れ果てていた。精神的に、肉体的に、感情的に。へとへとだ。このところろくに体を動かしてもおらず、この侵入への対処だけでもう自分の限界を超えてしまった気がした。

ジェイクが何か言いかけ、だが口をとじた。出窓ごしに、僕らはパトロールカーが道に停まるのを見た。ランプを点滅させながら、サイレンはなし。

手遅れでも、来ないよりはましだ。多分。

一、二瞬の間を置いて、ジェイクが僕へ顔を向けた。

「大丈夫か？　震えているぞ」

「アドレナリンだよ」

「それと心臓の手術もな」

ジェイクは白黒のパトロールカーへちらっと目を投げる。深く、息を吸った。

「二階へ戻ったらどうだ？　ここは、俺が相手をしておく」

まただ。また、この感情の過剰反応。ほんのちょっとしたことで胸が詰まりそうになる。今みたいに。ジェイクが、僕に代わって警官の相手をしようと言ってくれている。

ただ、これは「ちょっとしたこと」などではなかった。ジェイク——同僚の警察官たちから二十年近くも自分の性的指向を隠してきたジェイク、僕と友人だということすら人に知られたがらなかったジェイク、その秘密を守るために脅迫に屈するのではないかというところまでいったジェイク。その彼がここに立ち、僕のために警官と話をしようというのだ。その警官たちに、僕らの関係をどう勘ぐられようがかまわないと。

どちらが奇妙だろう？　ジェイクがそんな申し出をしてくることか、それともそれを聞いた僕が今にも泣きそうなことか。

「……僕にも対応できるよ」

ジェイクは、僕と視線を合わせた。

「わかっている。俺がそうしたいだけだ」

どうしよう。まただ。僕は疲れ果て、侵入事件でまだ動揺しているに違いない。声や表情に感情を出さないようこらえて、僕は無愛想にうなずいた。

二人の警官たち、制服姿の男と女がパトロールカーから下りてくる。僕は踵《きびす》を返し、梯子や木の作業台や足場の間を戻っていった。

ジェイクがフラットに入ってきた時、僕は猫を膝に乗せてソファに座っていた。

きっとうたた寝をしていたのだろう、カチッとドアが閉まる音が、嵐の雷鳴の轟きのように聞こえた。猫が膝から転げおりる。僕は座り直し、口をとじて、瞼《まぶた》をこすり、かすむ目を開けると、朝の四時には不釣り合いなほど集中した様子のジェイクが目の前に立っていた。

「今、お前の寝室に逃げこんでいったのは、猫か？」

　僕は咳払いをした。

「そうかな？」

「そう見えたぞ」

　ジェイクはソファの僕の隣に腰を下ろす。彼の大きさと熱と活力――僕の全身が、一瞬にして固くこわばった。まだ心の準備ができていないのだ……何に対してかはわからないが。

　僕は軽い調子で言った。

「もしかしたら、この建物には幽霊が出るのかも」

「かもな」

　ジェイクは珍しいほどじっと僕の表情を見つめていた。

「住居不法侵入の届けは受理された。明日、朝一番に、工事業者に言ってドアにまともな鍵を付けてもらえ。俺としては、この建物すべての鍵を取り替えておくことをすすめる」

　僕はぐったりとうなずいた。

「犯人が、何を盗ろうとしていたのか考えてたんだけど」

「ありがちなものだろう」

「それならどうしてレジに手をつけてない？」

「空のレジにか？　どうして手をつける」

たしかに。その日の売り上げを銀行の夜間金庫に放りこんできた後では、レジをこじ開けても無意味だ。僕は、自分で思う以上に疲れているようだった。ジェイクも同じ結論に至ったのか、僕に言った。

「お前はもう寝ているだろうと思ってたが」

「もう寝るつもりだよ。ただその前に、礼を言っておこうと……」

彼は重々しく言った。

「かまわん。電話をもらえてよかった。どうしているか、気になっていたんだ」

僕は視線を落とした。

「僕は大丈夫だよ」

言わなければならないことがたくさんあるのに、何ひとつ、今の僕には思いつけないようだ。

「よくなってる。一番うんざりするのは、四六時中疲れていることだ」

「ああ」

ジェイクの視線を感じる――僕の底まで見抜くような。

「ジェイク……」

僕がその先を続けずにいると、ジェイクが言った。

「わかっている。大きな望みだというのはな。大きすぎるのかもしれないとも。だが俺は、希望を捨てたふりをするつもりもない」

許し。ジェイクの望みとは、そのことだった。多くのことへの――と言っていいだろう。だが僕が今言おうとしていたのは、まるで別のことだった。

僕は首を振った。

「そうじゃない――どう言えばいいのか……つまり、お前のせいじゃないんだよ。僕の問題なんだ」

ジェイクはただ、新たな落ちつきをおだやかに目にたたえ、その先を待っていた。僕が決定的な、別れの言葉をつきつけるのを。それがわかる。ジェイクはそれを病院で二人で話し合い、ひとまず距離を置こうと僕がたのんだ時からずっと、待っているのだった。今夜、助けを求める僕の電話に出た彼が覚悟したのも――まだ覚悟しているのも――その話だろう。だが、それでもここへ駆けつけてくれた。

愛、罪悪感、市民の義務？　ジェイクは僕が持った中でも、最高の友人だった。そして、最悪の。

僕は言った。

「きっと理解できないだろうけど――僕にも理解できないくらいなんだ。僕は、自分がどれほど幸運なのかはわかってる。人生をやり直すチャンスがもらえた。今はボロボロの気分だけど、体もいずれ回復して元気になるだろうとわかってる。健康にね。医者からもそう聞かされているし、今の自分は、心の底から安心して喜ぶべきだってこともわかってる。でも……僕は……とても、そんな気分になれないみたいなんだよ」

ジェイクの反応はなし。無理もない。こんな泣き言を聞かされて、どうしろと？

僕は、のろのろと言葉を結んだ。

「どうしてこんな風なのか、自分でもわからないんだ」

「感情は、どうこうできるものじゃない。自分を責めるな」

話せば話すだけ、苦しくなっていく。ジェイクには正直でいなければならない気がしていた。

「僕は、ガイと一緒にいて、それなりに幸せだった。でもガイが欲しいわけじゃない。僕は……誰とも一緒にいたくないんだ。今は」

その言葉がジェイクに届いてから、また少しの間があった。ジェイクが答える。

「わかった」

こんなに簡単にすむことだったのか。ほっとしていいのか、がっかりするべきか、僕にはわからなかった。

気付くとまた口を開いていた。ぎくしゃくと、

「何というか、ただ――」

「わかっている」

その返事には、鋭いひびきがなかっただろうか？　ジェイクはまだおだやかに見えた。むしろ、心配そうに見えた。

「なあ、もうベッドに入ったらどうだ、アドリアン？　雪だるまだってお前より顔色がいい。寝ろ。俺もそうする。というか、お前のカウチで朝までここに寝かせてもらう」

まずこみ上げてきた安堵と裏腹に、僕は言い返していた。

「そんなことしてもらわなくてもいいんだよ」

「だろうな、『ひとりにして』とグレタ・ガルボも言った。だがこのカウチが立入り禁止区域でない限り、俺はここで寝るぞ」

ジェイクと──あるいは自分自身と言い争うだけの気力は、もうなかった。僕はうなずき、カウチからよいしょと立ち上がると、寝室へ向かった。

「リネンの棚にブランケットが入ってるから……」

「覚えてるよ」

ふと、僕は扉口で立ちどまった。ジェイクを振り返る。

「ジェイク？」

彼は靴を足から抜こうとしているところだった。僕を見上げる。

「ん？」

「一階で……警官相手に。大丈夫だった？」

僕が何を心配しているのか伝わるまで、一瞬かかったようだった。それからジェイクが微笑む——長い間僕が見たことのない、心からの微笑だった。

「ああ」と答える。「大丈夫だった」

2

目が覚めると、まず猫が僕の髪をなめているのに気付いた。

「げ」僕は呟いた。「やめるんだ」

「みゃあ」

トムキンスが、口いっぱいの髪の毛でくぐもった返事をした。

押しのけるつもりで猫に手をのばしたが、トムキンスはあまりにもやわらかくて、さわっていると心地いい——ざらざらした舌が今度は僕の指をなめ出していても。何秒か、猫を撫で、くすぐった。それから、ジェイクが僕のカウチで寝ているのを思い出した。

足を回してベッドから下り、気持ちを整えてから、僕はドアへ向かった。リビングのカウチは空っぽで、その足元に丁寧にたたまれたブランケットが置かれていた。

僕はそこに立ち、隣のフロアからの工事の音、階下からの遠い音楽に耳を澄ました。ジェイクはキッチンにいるのだろうかと。だが数秒もすると、フラットには誰もいないとわかった。

そして、これがまさに僕の望んだことだ。だろう？

その筈《はず》だ。

僕は寝室へ戻り、ちらりと時計を見た。火曜の、十時半。びっくりだ。たしかにまだ回復期だし、昨夜の眠りは途中で邪魔も入ったが、それでも病院で意識を取り戻して以来、これほど長時間、ぐっすり眠れたのは初めてだった。ドーテン家にいた時だって、心底リラックスはできなかった。長すぎる一人暮らしのせいなのだろう。

とにかく、新たな一日だ。人生の新たな一歩——誕生日のカードやリハビリの理学療法士がやたらと言いたがるように。動き出さないと。

バスルームの体重計で体重を測った。いいニュースとしては、体重はもう減っていない。悪いニュースとしては、増えてもいない。次は体温を測った。完璧な平熱。心臓のリハビリで教わった通りに血圧と心拍数を測定する。両方とも合格。胸の手術痕《しゅじゅつこん》をたしかめた。経過は順調。傷の一番上にひとつ、あまり見目よろしくないぼこっとした膨らみがあるが、いずれ消えるという話だった。それ以外はまったく正常に見えた。解剖用死体かフランケンシュタインの親戚を基準にすれば。

僕は、バスルームの鏡に映る自分をじっと見つめた。今のところ誰ともつき合う気分じゃなくて幸いだった。なにしろ誰かが――死体泥棒は別にして――今の僕にわずかな魅力も感じるとはとても思えない。

それでも、ありがたいことはいくつもあった。命があって息をしているというだけでなく。手術後に着用させられた白い弾性ストッキングをもう履かなくていい、というのもそのリストの上位に入る。心から言うが、弾性ストッキングはとても快適なんてものではない。それに、あんな白い弾性ストッキングをセクシーだなんて思う奴は一度自分の異常性癖をチェックしてもらうべきだ。

ほかにもいいことはある。僕にしか聞こえない、胸の中のコツコツという音もしなくなった。体の状態が回復してきたか、精神状態がまともになってきたかのどちらかだ。

こわごわと、ほんの短い太極拳《タイ・チー》の動きを行い、シャワーを浴びてひげを剃り、着替え、薬を飲み、猫に餌をやり、プロテインシェイク――今のところ唯一、なんとか喉を通る朝食だ――を飲むと元気が出てきた。自分の家にいるというだけで、気分が上向く。活力も湧くし、自立心も取り戻せる。

それに、ジェイクに電話して悪かったと思う一方で、僕が困った時にすぐやってきてくれてうれしかったのも否定できなかった。もしかしたら僕の心のどこかには、友人以上の関係が望めないならジェイクは僕と関わり合いすら持ちたくないかもしれないと、そんな恐れがあったのだろうか。

前にも、そう思ったことがあった。

僕はストロベリー・バナナのプロテインシェイクを飲み干した。母なる自然が思いもしなかった組み合わせだろう。それから、午後にすぐ来てくれる錠前屋が見つかるまで片っ端から業者に電話をかけた。

任務達成。それから、一階へ向かった。

義理の妹のナタリーは、青いアロハシャツ姿の老人と会話中だった。貧弱な黒髪、鉛筆書きのような薄い口ひげ、首から下げたカメラ。観光客だ。パサデナの、この古い街並みによくやってくる。大体が、ろくに本は買っていかない。

「それは、ちょっと私にはわからなくて」

ナタリーがあやまっていた。

「アドリアンなら知っているかも。オーナーですから。十年くらいここに住んでる筈だし」

そこで階段を下りてきた僕に気づき、ナタリーの顔がぱっと明るくなった。

「おはよう！」

ナタリーは、まさにハリウッドのプロデューサーが、警察ドラマの中の意欲的な地方検事の役を振りそうな外見をしていた。背の高いブロンド、きわめて美人。本屋の店員役など、まず似合わない。僕は彼女を、前の〝社員〟（ナタリーはそう呼びたがる）のアンガスがとある一件で雲隠れした後、雇い入れたのだった。僕としては身内を雇うことには全力で反対したのだが、今ではナタリーの雇用は、こと書店に関して最高の決断だったと言えた。

正直、母がいきなりビル・ドーテン議員との結婚を決めた二年前に心配したほど、この義理の家族とのつき合いは面倒なものではなかった。ドーテン議員には、三人の愛らしい娘もくっついてきた——ローレン、ナタリー、エマ。エマこそ、妹というものがペットショップで選べるものなら、まさに僕が買ってくるだろう妹だ。まあ僕は、ペットすらペットショップで買うつもりはないのだが。僕が転落死するよう足元でせっせと全力を尽くしている、このネコ科の獣を見ればわかるように。

「おはよう」

僕は返事をし、転落や骨折をまぬがれようと手すりをつかんだ。

「アドリアン、こちらの方——」

「ハリソン。ヘンリー・ハリソンだ」

観光客がそう名乗った。

「ミスター・ハリソンがこの建物の歴史を聞きたいって——」

「そうなんだ」

ハリソンが身をのり出して口をはさんだ。

「ご存知かどうか、だがこの建物の正面装飾はロサンゼルスに残存するアールデコ様式のまさに見本だ。正面の黒いタイル——の残り、二階の窓の上にはめこまれた鉛線組みステンドグラスの横窓、鍛鉄のゲートと窓格子の葡萄ツタの模様……まさに、極み」

極み？

「どこかから、旅行でパサデナへ？」

僕はたずねながら、無事に一階までたどりつくと、カウンターがわりの大きなマホガニーテーブルへ歩みよって二人に加わった。

「正解。どこからバレたかな？　ミルウォーキーから来たんだ。古い建物探訪が趣味でね」

ハリソンは、混雑した書店のフロアを愛情たっぷりに見回した。

「ああ、まったくね！　こんな古い建物が口をきいてさえくれれば！」

「がっかりさせたくはないけれど、この建物の歴史を詳しく知っているわけじゃないんです。ここは一九三〇年代にハントマンホテルとして建てられた。この書店部分と、隣のフロアまで含めて元はひとつの建物で」

「ここで殺人があったんだって？」

僕は、不安なまなざしでナタリーをうかがった。彼女は興味津々で顔を輝かせる。

「殺人ですって？　本当？」

「昔々の話だよ」

僕はそう応じて、さまよう客たちに目を据えた。ハリソンが言う。

「ああ、まったく。一九五〇年代の話だ」

「そんなことあなた教えてくれなかったじゃない、アドリアン」

「別に、いつも頭にあったわけじゃないし」

「でも素敵じゃない？　本当に殺人があった建物のミステリ書店！　うちの売りになるわ」

僕は弱々しく微笑み、ちらっとこの訪問者を見た。ハリソンは黒く、笑い皺のあるロイ・ロジャースのような目をしている。この状況をおもしろがっているようだ。

「で、殺されたのは誰？」

ナタリーがしつこく食い下がる。

ハリソンは僕にたずねた。

「もう半分のフロアも、君の所有になったように見えるが？」

「ええ、まあ」

「この改装工事はいつ頃から？」

「五月から」

「一体誰が殺されたのよ？」

無視されておとなしくなどしていないのだ、ナタリーも、ドーテン家のほかの女性陣も。

「ねえ、犯人は捕まったの？」

「ただの噂だよ」僕が答える。「死体は見つかってなかったんじゃないかな」

「死体は見つかってないが、まあ私は殺しがあったことには間違いないと思うねえ」

ハリソンが見事な入れ歯をきらめかせて言った。

「ほら、さっきも言ったようにこれでも歴史マニアなんでね。火のないところに煙は立たない、だろう?」

「どんな話なんです?」

ナタリーがハリソンにたずねた。

「ジェイ・スティーヴンスっていう若いのがこのホテルに泊っていたのさ。ムーングロウズだかなんだかっていうジャズバンドのクラリネット吹きでね。ま、とにもかくにも、ある夜、この男が消えた」とハリソンは首を振った。「部屋の床には何滴かの血痕が残っていた。でも、ジェイ・スティーヴンスはどこにもいなかった」

ナタリーがうれしそうに体をぞっと震わせてみせた。

「その人は、結局見つからず……?」

「たしかね」

「ああ、見つかってない」とハリソンがうなずく。

「どうせ、誰かに殴られて記憶喪失になって、どこかへさまよって行ったとか、そういうことかもしれないさ」

「奇妙なことというのは尽きないものだしね」

ハリソンがうなずく。いや、そこまで奇妙なことは世の中にあふれてないと思うが。もともと僕は、ジェイ・スティーヴンスはせいぜい借金取りから逃げて身をくらましたのではないかと思っていた。場末の宿屋に転がりこんでいたミュージシャンが、借金と無縁なわけがない。あるいは、音楽評論家から逃げ出したとか。

「どうしてまわりは彼が殺害されたと考えたの？　何が動機？」

ナタリーが、いっぱしのミステリマニアのような口をきく。大したものだが、そろそろこの話題を切り上げてベストセラーの棚を整頓しに行ってくれないだろうか。

その時、店のドアが陽気なベルを鳴らして開き、メル・デイヴィスが店に入ってきた。

メル。僕の元恋人。元の中でも昔の方の。一人目の、恋人。

一瞬、これはひどく奇妙な夢に違いないと思った。入院中、相当おかしな夢も見たのだ、また見たっておかしくない。それか、メルのドッペルゲンガーとか？　それとも最新の――そして一番不安な――手術の後遺症で、幻覚を見ているとか？　だがメルは見覚えのある大きな温かい笑みを浮かべており、これは現実なのだと、僕は悟った。まさにメルだ。実物が、僕の目の前に立っている。

「やあ」

僕はそう言って、夢遊病者の足どりで何歩かメルに近づいた。

「アドリアン・イングリッシュ！」

メルが大股の三歩でフロアを横切り、僕らは互いをハグした。胸骨の傷がまたぱっくりいきそうな力だった。

なんとか余った息で、僕はいかにも本物らしい情愛をこめて彼の名を呼んだ。

「メル」

もしかしたら、抗議のように響いたかもしれない。少しばかりそんな気分だった。

お互い、やや気恥ずかしげに離れた。あれから七年だというのに、それでもメルは近所に胃薬を買いに出ていただけのように見えた。中背、張った肩、黒い癖毛《くせげ》、丁寧に先細に整えられた顎ひげ、ココア色の目。少し体重が増えただろうか。それ以外は変わらなかった。

僕の表情から、メルは何かに気付いたらしい。顔色がさっと曇った。

「俺のメール、読んでいないいんだな？」

「メール？」

まるで現代文明に無知な人間の口調で、僕は聞き返した。

「何日か前にメールしたんだよ、こっちの方に来るから、うまくいけばまた君と一緒にって
……いやほら、ランチか、ディナーでも」

メルのぎこちない付け足しに、僕はつい笑いそうになったが、本当はそう愉快な話ではない。

「僕は……ちょっと、家を離れててね」

「父さんが今週、心臓手術をするんだ」

「ああ、それは大変だね」

あの年寄りに心臓《ハート》があるとは初耳だが。そりゃ、修理も要るだろう。

「バークレーから車を走らせてきたんだ。こっちに来たからには——」メルは言いかけた言葉を変えた。「君に会えてうれしいよ、本当に」

「こっちこそ」

メルが彼らしい、深く少しかすれた笑い声を立てた。僕がよく覚えている声。それから僕の目を、ちょっと長すぎるくらいに見つめ、目をそらして店内を見回した。

「この店がここまでになったなんて信じられないよ。何と言うか……こんなに変わったんだな。フロアの隣半分も買ったのか？」

僕はうなずく。彼の笑みが大きくなった。

「ついに、か。君はお隣に、それこそこっちの契約書にサインした時からずっと、焦《こ》がれてきたものな」

不意打ちの思い出話に、僕の胃がねじれたが、それでも微笑んだ。どうして昨夜、帰宅してすぐにメールをチェックしなかった？　せめて心構えはできただろうに。

助けを求めて見回す。ヘンリー・ハリソンはすでに離れて、バーゲン本のテーブルを眺めていた。ナタリーは見るからに紹介してほしくてうずうずしている。

「メル、こっちは僕の——その、ナタリー・ドーテンだ。ナタリー、彼はメル・デイヴィス」

深く息を吸い、僕は続けた。

「ナタリーは、僕の――」

「妹よ」

ナタリーが引きとる。彼女と握手しながら、メルは啞然《あぜん》とした顔でくり返した。

「妹だって？」

「義理のね」

どこかくやしそうに、ナタリーが説明した。

「リサが二年前に再婚したんだよ」

「驚いたな」

察しの良いメルが僕に向けたまなざしには、温かな同情と暗黙の了解がこめられていたが、心配無用だ。リサの再婚にともなう困難を僕はとっくに乗り越えていて、増えた家族たちに対しても強い愛着を持つようになっていた――充分な距離を置いた上で、だが。

「ここで働いているのかい？」

メルはたずねながら、ナタリーが言い張って付けている笑った猫の名札を見た。

「前のアドリアンの手伝いは、彼が殺人容疑で逮捕された後、国外に逃げたの。あ、逮捕されたのはアンガスよ。アドリアンじゃなくて。少なくとも、今はまだ」

メルは、かすかに愉快そうな顔をした。僕はナタリーに言う。

「そろそろ君は昼食の時間じゃないか、ナタリー？」

「いいえ。それを言うなら、あなたの昼食の時間でしょ。大体、あなたは仕事場にいるべきじゃないってわかってるでしょ？」

僕が向けた目つきは殺人的なものだったのだろう、ナタリーの頬が真っ赤になった。もっとも、顎にはぐっと喧嘩腰な力がこもり、無気味なくらい父親そっくりな顔になる。

メルが機を逃さず僕にたずねた。

「昼食に行くのか？　そうなら、もし予定がなければだけど、昼食に誘いたいな」

僕はためらった。だが、馬鹿らしい。僕の予定など昼寝くらいのものだ。今すぐにでも寝たいくらいだが、しかし遅かれ早かれ、いつかはメルと向き合わねばならないのだ。ならさっさと片付けて何が悪い？　もうあれから、充分な時間が経った筈だ。たとえ僕が今ロマンスの類《たぐい》に興味があったとしても――ないが――メルへのロマンティックな感情などとうの昔に乗り越えている。

だよな？

その筈だ。

「いいね」僕は答えた。「少し、うちの社員と話してきてもいいかな」

メルがうなずく。僕は、ついて来るようナタリーに合図をした。

「つまり、あれが伝説のメルなのね？」

間違った棚にせっせと本を戻してくれている客たちの間をすり抜けて進む間、ナタリーがそう囁いた。

「そうだよ」僕も囁き返した。「ジョニー・アップルシード、ビッグフット、そしてメル。まさに伝説さ。しかもビッグフットはダンスがうまい」

「彼、私が思っていたより背が低いわ」

僕はそのコメントを流した。ハードボイルドの棚で立ちどまる。カバーでは引き締まった夕フガイたちが、たくましい手で拳銃を引き抜こうとしているか、憤怒に拳を握りしめていた。

「いいかい、ナット。落ちついて聞いてほしい。昨夜、この店に誰かが侵入したんだ」

「何ですって！　そんな——」

「大丈夫だ」僕は急いで続けた。「被害があった様子はなかった。何も盗られてないと思うけど、君もひととおり確かめておいてくれないか」

「何てこと。あなた、殺されてたかもしれないのよ」

それは僕が考えないよう全力で避けていた仮説で——しかも間違った耳には決して入れたくない可能性だったので、あわてて打ち消しにかかった。

「いいや、あの泥棒は誰かがここにいるなんて思ってなかったようだ。一月近く、ここは夜間は無人だったからね」

「そんなのわからないじゃない」ナタリーが言い返した。「あなただって、ここ何年かで結構な数の敵を作ったかもしれないでしょ？」

　僕のアマチュア探偵としての技量をほめているつもりだと取っておこう。僕は言った。

「まあ――ええと、とにかくどちらでも、警察にはもう届けた。ただ、鍵を換えないと。錠前屋には連絡してあるから二時くらいに来る筈だ」

　そうは言ったが、メルとの昼食をそこまで長引かせるつもりはない。特に今は、なるべく早いうちにシエスタを取りたいし。一回か二回の昼寝なしでは丸一日持たないというのも、手術のうっとうしい後遺症のひとつだ。

　隣のフロアを隔てるビニール壁のところへナタリーをつれていって、ビニールに作られた裂け目を見せた。ナタリーの顔色が失せる。

「つまり、書店が閉まった後、犯人がここに隠れてたってこと?」

「違うと思うよ」と安心させた。「大体、誰か中をうろついていれば、工事の作業員が気付いただろうし」

　その言葉は、僕の本音より自身ありげに響いた。そもそも、犯人が作業員の一人でないとは言い切れないのだ。昼食から帰ってきたら、工事監督のフェルナンドに話をしなければならない。ナタリーの心配はわかるし、怯えるのも無理はない。隣のフロアの工事作業員は午後三時くらいには仕事を切り上げるので、誰かが隣に身をひそめ、ナタリーが店を閉めて売り上げを数えている間に店に侵入してくることだってできたのだ。

　ナタリーは、青い目を不安に曇らせてうなずいた。犯罪というのは、他人の身に降りかかるからこそ楽しいものだ。

「最近、何か変なことに気がついたりしたかい？」

ナタリーは首を振った。

「この二、三週間で、いつもと違ったことは？」

「それって、あなたが殺人鬼に撃たれたことは別にしてよね？」

僕を撃った相手は仕事上のちょっとした知り合いで、しかもジェイクの元恋人だった——それが撃たれた理由ではないが。少なくとも、僕はそう思っていた。とは言え、ろくな理由もなく撃たれたと思いたくもない。

「別にして。夜間、誰かが忍びこんでいたような気配はなかったか？　何か目についたことは？　在庫がなくなっているとか？」

ナタリーはのろのろと首を振った。

「まあ、ねぐらを探していたホームレスかもしれないな」

自分でそう言いながら、僕も本気では信じていなかった。

「若い子の悪ふざけとか？」

ナタリーが期待するように候補を上げる。

「かもね」

だが、それも信じてはいない。若者ならもっと無軌道だという先入観があって、店を荒らしていく筈、という気がしてならない。少なくとも壁に落書きを残すとか、エロティックなミステリがなくなっているとか。

ガキの悪ノリでなければ、目的は盗みだろう。なら何もなくなっていないのはどうしてだ？　それとも昨夜が犯人の初めての侵入で、まず二階に忍びこもうとしたところで見つかったということだろうか。筋は一番通っている。ジェイクはそう思っているようだし、彼の専門だ。

ナタリーは、自分の想像にぞっと身を震わせた。

「とにかく、あまり心配しないでくれ。現場監督に話をして、不審者に目を光らせておくようたのんでおくから。鍵も今日換える。これ以上何も起きないさ」

「それ、登場人物が殺される前によく言うセリフよね」

ナタリーが言った。

「、、猫の絵の名札だって？」

メルがひやかした。

僕らはオールドパサデナにあるカフェ・サントリーニの、屋上パティオにランチを食べに来ていた。二人の思い出の店などに行くつもりだけはない。メルの家族や仕事の話を聞くだけで、すでにひどくノスタルジックな気分になっている。メルは映画学をカリフォルニア大学バークレー校で教えていて、その仕事を愛していた。昔から仕事に誇りを持っていた。僕らの共通点のひとつ。たくさんあった共通点の。

僕は重々しく答えた。

「まったくさ。僕の名札なんか〝ボス猫《トップキャット》〟って書いてあるんだよ」

メルはげらげら笑い出した。僕も笑ったが、心のすみでは働き者の義妹を裏切ったような苦さを覚えていた。

つけ加える。

「言っておくと、ナタリーは本当に店をよく支えてくれてるんだ。ぱっと見より気が利くよ」

「だろうね、でなきゃ君が耐え忍ぶとは思えない。しかし君に家族が増えたって、とても想像がつかないな。しかも妹？　三人の！」メルはまだ笑いがおさまらない。「いやあ正直、リサがついに再婚したっていう話も信じられないよ」

「まあね。本当に」

僕はシーフードグリルサラダをフォークでかき分け、食べられそうなものを探した。ひとつもない。まあ一時間前に朝食を食べたばかりだ。

「俺ばっかりしゃべっているね」

メルが残念そうに言った。僕は素早く笑みを返す。

「いいんだ、楽しいよ」

楽しいのは本心だが、どうも奇妙な違和感につきまとわれているのも確かだった。ここでランチを一緒にとっていることへの違和感。突如としてメルが現われたことへのとまどい。僕の星回りはよほど奇天烈《きてれつ》な配置になっているに違いない。

「でも君の話を聞きたいんだよ」メルが、ふっと真剣な顔になった。「前の従業員が殺人容疑で逮捕されたっていうのは、どういうことなんだ？」

「まあ、長い話なんだよ」

メルのやわらかな茶色の目が、僕を見つめて微笑んだ。

「急ぎの用でもあるのかい？」

自分でも意外なくらい、目をそらせない。

「いや」

「昔は、一日暇なくらい客がいない時もあったよな」

「あったね。もう過去の話だ、ありがたいことに」

「本当によくやったな、アドリアン。大したものだよ」

まぎれもない本心からの賞賛だった。

「ありがとう」

「君は昔からとんでもない頑固野郎だったからな」

二人で笑い合い、そして僕は、メルが去った後どれほど彼のことが恋しく、淋しかったかを思い出していた。奇妙な話だ——何年も人生に欠かせない存在だった相手が、ある時を境にほとんど他人になってしまう。いつか、僕とジェイクの関係もそんな風になるのだろうか？

不意に空っぽになった心を埋めようと、僕は早口にしゃべり出し、この三年の出来事のあらましをメルに語った。一般向けのバージョンで。残りはカットした。それでも話の終わり頃にはメルはほとんど目を剝《む》いていた。

「そんな話、俺の耳に入らなかったなんて信じられないよ」

メルはそう言うが、僕にはよくわかる。メルの家族は僕らのつき合いにあまりいい顔をしていなかった。失礼というほどではないが冷ややか、というのが彼らの全体的な印象だ。僕とメルの関係が終わった後、彼らは喜んで僕への扉を閉めたものだ——しっかり鍵まで換えて。

「それじゃ君は、その……素人探偵ってやつなのか？」

「違うよ、よしてくれ。どちらかというと、昔よく見たフィルム・ノワールの中にいるやたらとツイてない登場人物って感じさ。どうもおかしなことに巻きこまれるんだ」

「ほう？」

メルの目がきらめく。お互い得意な話題だ。

「つまり〝L・A・コンフィデンシャル〟でガイ・ピアースが演じたような、もしくは〝白いドレスの女〟のウィリアム・ハートのような？」

「どちらかというと〝ボギー！俺も男だ〟のウディ・アレンがイメージだな」

「いやいや、君にはもっとクラシカルな俳優が似合うね。ファーリー・グレンジャーとかモンゴメリー・クリフトとか」

　こちらをじっくり眺める優しい目に、僕はぎくりとした。メルの目つきは、過去を美化するレンズでも通しているかのようだった。

「おもしろいね。昔から君は猫のように好奇心旺盛だった。謎解きにも目がなかった。よく新聞記事を読んでは、誰が犯人か推理していたものさ」

「そうだっけ?」

　そう言われても記憶にない。

「記憶している限り、君が正解したことはないけどね」

　メルがそうつけ足す。

　僕は笑って、つられて引きつれる傷や糸の痛みを顔に出すまいとした。

「それで……」

　メルが探るように切り出す。

「君とその元刑事か、君とその変わった大学教授か、どっちなんだ?」

「どうも僕には変わった大学教授とつき合う癖があるみたいだよね」

「そう言われると傷つくね」

　言いながら、メルは小さく笑っていた。

僕は、ジェイクについてほぼ表向きのことしか話していなかった——抜けない癖というやつだ。だが結局、メルは僕のことをよくわかっているということなのだろう。これほど年月が経った今でも。そう驚くべきことではないのか、思えば僕らは五年も一緒にいたのだし、僕にとっては一番長持ちした関係だった。そして、メルに捨てられなければ、きっと今でも一緒に暮らしていただろう。

「今は誰もいないよ。とてもそんな気には……」

「だろうね」

メルは一瞬にして理解した様子だった。

「最近まで大変だったばかりだものな」

それから、ためらいを見せた後、僕にたずねた。

「それで、医者は君が完全に回復すると言っているのか？　心臓はもう大丈夫だって？」

かつて、その話題は僕らにとってまさに危険地帯だった。そして、これだけの時が経ってなお、僕にとってはまだ過敏な部分なのかもしれない。僕は切り口上で言った。

「心臓弁の置換とはいかなかったけど、治療はできた。今のところ最善のシナリオだ。だから、そう、僕は何年かのうちにもっと元気で丈夫になるって言われているよ」

メルは気圧《けお》されたように、空になったパンのかごをまた眺めた——奇跡が起きてパンが出てくるのでも待っているのか。それから彼は言った。

「アドリアン……」

僕は黙っていた。次にどんな言葉が来るのかはわかっていた。

「もう、今さら手遅れだけども。あんなふうに別れて、本当にすまなかった」

メルは僕の目を見て、また視線をそらした。

「若くて無知だったせいだと言いたいけれど、言い訳にはならないね。俺は……怖かったんだ」

僕は肩をすくめて応じた。

「僕らは二人とも、間違いを犯したんだよ。二人とも若かったし」

あの別れでひどく傷つかなかったわけではないが――今でも時々痛むほど――それでもこの長い年月で、自分なりの折り合いはついていた。

「わかってる。君にとってはもう、どうでもいい話だろう。でも言っておかなきゃいけない気がしたんだ」

ふたたび僕を見て、彼は目をそらす。

「あれは、つまり……君はあまりにも固く信じていただろ、自分がいつかは――」

言いかけてメルは口元をこわばらせた。

「君はただ当たり前のように、自分が五十歳までは生きられないと考えていて、俺はそれを信じるくらいには若くて馬鹿だった。それに、俺は……君が好きだったから。わかっているだろ。

俺にはとても耐えられなかったんだ、いつの日か、君が……」

「もういいんだ、メル」

言葉を続けられなくなったメルに、僕は声をかけた。

「二十歳《はたち》の頃には五十歳なんて人生の果てのように思えたものさ。僕も、自分の人生や未来についてあまりリアルに考えていたわけじゃなかった」

あえてつけ足しはしなかったが、メルが僕と別れる決断をしたのには、彼の家族の影響もあったのだ。家族はメルが本当はゲイではないと強く信じており、たとえゲイだとしても、身を固めるには若すぎると思っていた。それも、いつか重荷になるだけかもしれない病人相手など論外だと。

「俺たちの間にあったものは、特別だった。素晴らしいものだった」

今週は、元恋人たちの謝罪週間なのだろうか。次はガイから電話がかかってくるのかと、僕はちらりと思った。多分、それはないだろう。ガイはごく当然のように、己の正しさを信じている男だ。大体、もしくは常に正しいと。つい僕は内心ニヤリとしていた。

「そうだね。でも遠い昔の話だ」

メルがふっと鋭い息を吸い、溜息をついた。

「ああ、たしかに」

それから彼は眉を寄せる。

「なあ、疲れてるんじゃないか？　悪い、気がつかなかった。もう行こうか？」

僕はうなずいた。

「悪いけど、そうなんだ。正直もうくたくたでね」

いつものことだ。異常なことでもない。医者から、しばらくはひどく疲れやすいだろうから、昼寝と休息をしっかり取るようにも言われていた。それでも鬱陶しくてたまらない。しばらくとは、一体いつまでだ。

ありがたいことに、メルは本屋に戻る車内での会話をごく軽いものにとどめてくれた。店の正面に車を停め、エンジンを切る。

「こうやって……もっと早く、話せていればよかったよ」

僕は微笑み返したが、ここ三年間のことを思うと、その間にいいタイミングなど一瞬たりともなかった気がした。

「会えてよかったよ」僕はドアハンドルに手をのばした。「ごちそうさま。お父さんの手術、どうなったか知らせてくれよ」

「アドリアン？」

メルが早口に言った。

「LACMA《ラクマ》で今週、フィルム・ノワール・フェスティバルがあるんだ。木曜は〝青い戦慄〟と〝三つ数えろ〟の二本立てだ。父さんの手術がうまくいったとしてだけど、一緒に行かないか？　君は昔からチャンドラーが好きだったろ」

何と答えていいのかわからなかった。メルが何をしたいのかも。たしかに、別れた後も僕らは友好的に接してきた。だからといって友人と言えるかどうか。僕らは、友人ではなかった。僕には——今でさえ——メルと友人付き合いなどできるかどうかわからなかった。

「あまりこういうことは言いたくないいんだけど、僕にその体力があるかどうか——」

「君が帰りたくなったらすぐ帰るよ。どのくらいいるかは、君の自由だ。俺は——一日中家にいると、おかしくなりそうなんだ。何時間か外に出るのは君の体にもいいだろ？」

かもしれない。もっとも、僕としては家で一人で眠っていたい気分だった。睡眠こそ今の僕の友だ。

「昔はよくああいうところに一緒に遊びに行ったじゃないか」

メルが説き伏せようとつけ足す。

時々、そんな人生は別の誰かのもののような気がすることがあった。

「後で決めていいかな？」

僕はそう言葉を濁した。がっかりしたかもしれないが、メルは表情には出さなかった。

「勿論だよ。明日、電話する。それでいいかい？」

気がのらないまま、僕はうなずいた。どこか落ちつかないのは、反射的にこみ上げた嬉しさのせいもあるだろう。メルがもしかしたらまだ——と。今はそんな方向に考えたくもないのに。

虚栄心をくすぐられた？　そうなのだろう。

「ああ、わかった。明日電話してくれ。その時どんな気分かで決めよう」

「よかった」

メルは一瞬ためらい、左頰にえくぼを見せてやわらかに微笑んだ。

「じゃあ、明日また」

ひとつうなずき、僕は車を下りてさよならの手を上げた。メルも返事がわりに片手を上げ、車を出した。

僕は歩道を横切りながら、ぼんやりと建物正面のアールデコ様式の黒いタイルに目をとめていた。あの年寄り——ヘンリー・ハリソン——の言葉は正しい。この建物は美しかった。

書店に近づいた時、二つの異常な音に気付いた。工事現場の完全な静寂。そして、ナタリーの絶叫。

3

僕がクローク＆ダガー書店の中に駆けこむと、ナタリーは窓越しに僕だとわかっていたのだろう、すすり泣きながら胸にとびこんできた。

「どうしたんだ、ナット？　大丈夫か？」

ナタリーは僕の肩口にもごもごと泣き声で何か訴え、僕はまごついてたずねた。

「何があったんだ？　誰か……」

周囲を見回す。どう見ても、使えないクレジットカードとか配送荷物が行方不明とかいう類の話ではなさそうだ。我ながら貧弱な想像力。

数人の客が、その辺りにこわごわと群れていた。ビニール壁の半分が引き下ろされ、こちらから見える場所に工事作業員が全員立っている。茫然とした表情、血の気を失った者までいる。工事監督のフェルナンドが僕に声をかけた。

「こいつを見てもらえませんか、ミスター・イングリッシュ？」

「わかった」

僕はナタリーから身を離そうとした。ナタリーがさらに強くしがみついてくる。

「ナット。ナッティ。僕は、見に行かないと。何だかわからないけど」

「駄目《だめ》！」

ナタリーが涙のつたう顔を上げた。

「あの階段を上るなんて絶対駄目よ」

上の階に一体何が？　脳裏が一瞬、封じられた開かずの間や、屋根裏にひそむ狂女といったおどろおどろしいイメージに満たされたが、馬鹿らしい。僕は自分の目で建物全体を見て回ったのだし、板を打ちつけられた扉などひとつもなかった。禍々しいものと言えば、窓枠の下側にはびこっていたカビくらいのもので――思えば、あれは相当に邪悪だった。

ナタリーの腕を首回りからはがそうとしたが、彼女は発情期のタコのように絡みついてくる。

「ナット、別に僕が階段を上っちゃいけない理由なんかない、エベレストに登ろうってわけじゃないんだ」

僕はしがみつく彼女の腕をほどいた。ナタリーが泣き声を上げる。

「駄目！　行かないで！　死体が出てきたの」

僕は凍りついた。

「死体って……」

「あのお年寄りが今朝話してた死体よ。トランペット吹きの死体！」

いや、クラリネット吹きだ。当人はもう気にしちゃいないだろうが。僕が向き直ると、フェルナンドが困ったように言った。

「本当です。上の階の床下から死体が出まして」

「死体が、床の下に？」

フェルナンドがうなずく。

「上の階の床下に死体があったってことか？」

またうなずく。

「骸骨《がいこつ》でしたがね。随分と長いこと経ってるみたいで」

凍るような沈黙の中、猫が手近な書棚の本の間に用心深く鼻をつっこみ、ひげをヒクつかせた。お利口に後ずさる。

「骸骨?」

別に、何かと見間違えたと疑っているわけではない。

フェルナンドがもう一度、うなずいた。

「ひどい光景よ、アドリアン」ナタリーが訴える。「上に行っちゃ駄目」

「何階?」

何階だろうとどうでもいい話だが。

「三階です」とフェルナンドが答えてくれた。

いや、重要か。三階フロアはこの十年だかなんだか、ずっと封鎖されていた筈だ。これは大事なポイントかもしれない。

「警察に連絡は?」

「まだ、何分か前に見つけただけなので」フェルナンドが説明した。「それで、こちらの女性に見てもらって……」

それが賢明な判断ではなかったと今になって気付いたのだろう、語尾を途切らせた。

「わかった。じゃあ僕が行く」素早く考えをめぐらせた。「ナタリー、店はもう閉めてくれ」

床下から出てきた死体というのは、商売上あまりよろしくないだろう。ここがミステリ書店であっても。

ナタリーはうなずき、気力をかき集め、不思議なことに店に残ってまだ出ていきたがらない客を案内して外に追い出す。客たちは去りがけに「救急車を呼んだ方が」などありがたいアドバイスを残していった。僕としては、もう手遅れだと思うが。

僕がフェルナンドにつれられて工事中のフロアを通る間、作業員たちは何も言わずに身じろいで、落ちつかない様子だった。

長い階段を上る僕らに、彼らもぎこちなく距離を置いて続く。歩きながらフェルナンドは、窓格子下のカビを処理する準備段階として窓近くの床板を剝がしていたのだと説明した。

「そしたら、そこにいたんですよ」

ジャリ、ジャリ、と僕らの靴裏が漆喰や塗料のかけらや砂ぼこりを踏む中、フェルナンドがそう陰気に締めくくる。

クローク&ダガー書店側のフロアは二階に、こちら側のフロアは三階に分割されている。僕らの足どりはゆっくりだった。恐怖の部屋に戻りたくない様子のフェルナンドと、体力を無駄遣いしたくない僕と。この建物は僕のものだし、そこに骸骨が隠れていたというならどうあっても見なければ。

あのジェイ・スティーヴンスの失踪がついに、これだけの歳月を経て解決するのだろうか。解決とは言えないか。昔のホテルの床下に死体があったのなら、当然、自然死ではないだろう。死体の発見は新たな謎を生むだけかもしれない。

二階を通りすぎ、僕は意識のすみで、壁の漆喰の上塗りと床板の研磨が終わっているのに気付いた。工事の進展は嬉しいものだが、今回の発見は、屋根裏から出てきたネズミの死骸の山などより、はるかに工期を遅らせてくれそうだった。

三階まで来ると、あまり改装工事は進んでいなかった。はびこるカビと戦いながら、まだ壁紙を剝ぎ取ったり古い配線を外したりの最中だ。フェルナンドにつれられて奥の長い廊下へと向かった。足の下で床板が盛大にきしむ。

やっと小さな角部屋についた。手つかずの壁から、湿気って黄ばんだ壁紙がめくれ上がっている。上げ下げ窓が二つ、一つは下の裏路地に、もう一つは南側の、人々がいつものように行き交うにぎやかな通りに向いていた。

フェルナンドがドアを閉め、廊下に群れた人々の視線をさえぎった。剝がされた古い床板が窓際に積まれている。ぽっかりと床に空いた穴の中に、何かが横たわっていた。僕は歩みよると、ボロ布のようなものをまとった骸骨を見下ろした。

はじめまして、ジェイ・スティーヴンス。そう言えばいいのだろうか？

床を支える木の根太の間に、彼の体は押しこまれていた。上から床板が元通りに打ちつけられていたのだ。まさに単純。釘抜きと、金槌と、少し部屋にこもる時間さえあればすむ。カビが壁や幅木にまで侵食していなければ、工事作業員たちも単に床板を研磨して終わらせていただろう。彼はまた、この先の五十年もここで眠りつづけていたかもしれない。

「この部屋に何か妙なところはなかったか？」

その問いに、フェルナンドは気でも違ったかというような目で僕を見た。

「床下の死体以外に、だよ」

「何も」フェルナンドはつけ加えた。「この三階は閉鎖されてて。何年も使われてません」

僕はうなずきながら、足元の穴に横たわる骸骨から目を離すことができなかった。こちらを見つめる空の眼窩《がんか》、きれいとは言えない頭蓋骨にへばりつく、色あせた髪のまばらな残滓《ざんし》。黄ばんだ歯が突き出て、一見するとそれが——彼が——叫びながら死んでいったかのようだった。気持ちのいい眺めではない。ナタリーの言う通りだ。

学術的な視点から見物できれば、楽しめただろうか。リハビリ担当医の待合室で昨日読んだばかりの、一万二千年前のナトゥフ期のシャーマンの骸骨と同じだと思えば。

「ここに、トランクもあります」

フェルナンドがしゃがみこんだ。僕がとめる間もなく穴に手をのばし、彼は長く平べったいトランクを引き上げる。あわてて僕の靴めがけて逃げてきた太った蜘蛛《くも》を、僕は上の空で踏みつぶした。

記事で読んだシャーマンは、五十の見事な亀の甲羅や豹の骨や、人間の足といった副葬品と一緒に埋葬されていたが、この骸骨はアンティークのサムソナイトのトランクと一緒に床下に押しこめられていた。トランクに数枚くくり付けられている札は、消えかけで、デルタC&S航空や東部のホテルのものだ。

考古学とも、現場検証とすら言えまいが、その札から僕はこの死んだ男——ポルカドットのシャツの汚い名残からして男だろう——が一九五〇年代あたりの人物だと当たりをつけた。ますますもって、ジェイ・スティーヴンスの線が濃厚になってきた。荷物からして、旅好きだったようだ。

フェルナンドがひそめた声でたずねた。

「彼に何が起きたんでしょうね」

「あまりいいことじゃなさそうだ」

ボロボロのシャツの肩の上側に黒っぽいしみのようなものが見えて、僕は膝をついた。正直、近づくのは気がすすまなかったが。この古い建物から出てくる昔ながらの品物の中でも、とりわけいい匂いとは言えない。それでも、死んだばかりのまだ生々しい死体ほど恐ろしい臭いではなかった。しかしこの年月の間、どうして誰も彼の存在に気付かなかった？　その頃のハントマンホテルがいかにすさんだ場所になっていたにしても、さすがに死体の腐敗臭には誰か気付かなかったのか。

「かなり長い間ここにあったようですな」

「五十年間」僕は応じた。「僕が考えている人物ならね」

「その間ずっと、こうして我々が見つけるのを待ってたんでしょうな」

幸せな考え方だ。僕は口を開けて答えかかったが、きっとフェルナンドがトランクを引き上げた時に骨をかすめていたのだろう、僕らの眼前で、骸骨の顎がぱかっと開いた。しゃべり出すかのように。フェルナンドを振り向く。彼はぎょっと悪態をついて下がり、僕は息を呑んだ。

「もう、警察を呼ぶ頃合いだ」

僕は言った。


数週間前、僕は口説かれて——ほぼ文字通り——ハリウッドの映画プロデューサー、ポーター・ジョーンズの死の捜査に首をつっこんだのだが、その時、LA市警の殺人課刑事アロンゾとお近づきになるという光栄にも浴していた。アロンゾは、無辜《むこ》の一般市民が四度も殺人事件に巻きこまれるなどあり得ない、まず僕が有罪だと信じていた。少なくとも、愚かな選択で道を踏み誤ったのだろうと。僕としても、その点は同意したいくらいだ。

特に、撃たれてからは、心底そう思う。

そんなわけで僕としては、書店にアロンゾが、相変わらずの安物のスーツとミラーサングラス、それに刺々しい態度をまとって入って来たのを見ても、心が喜びに浮き立ったとは言えなかった。

「ミスター・イングリッシュ。またお会いしましたな」

アロンゾは歯を見せたが、笑顔のつもりではないだろう。ヒスパニック、三十代半ば、中背、締まった体つき。見目悪い男ではない。無人の書店を見回し、彼はナタリーに少し長すぎる視線を送った。その間も鑑識や現場捜査班が黙々と、いつもの執拗さで作業を進めていく。

僕は答えた。

「狭い世界だね」

「つまり、刑務所の部屋くらいの？」

「見上げたやる気だが、五十年前の殺人で僕を容疑者にするのはさすがのあんたでも手こずるだろうな。これ以上昔の事件なんて、人類学者の領分だろうね」

アロンゾが眉を上げた。

「おや、この殺しがいつのものかご存知だと？　通信教育で検死の学位でも取ったとか？」

「たしかに、わかってるわけじゃない。ただジェイ・スティーヴンスの死体じゃないかと思っているだけだ。彼は一九五〇年代にこのホテルに住んでいた。ある日姿を消し、殺されたという噂が立った。どうやら噂は正しかったように考えられるね」

「考えるのは我々警察にまかせてはどうかな」

僕は口を開けた。やり返すのは簡単だ。だが本音を言えば、またアロンゾと角突き合わせる気力はとてもありそうになかった。

そのためらいを、表情から読まれたのだろう。アロンゾは無気味な機嫌のよさで言った。

「まず第一に、この店は我々が許可するまで営業停止とする。ここは犯罪現場なのでね」

「許可するまで？」

僕はくり返した。なるべく声を平静に保ち、今以上に相手を刺激するまいとする。

「今日、書店を閉じておくのは理解できる。捜査中、改築工事は延期せざるを得ないのもわかる。だが、書店側のフロアは犯罪現場でも何でもない。明日から営業してまずい理由などないんじゃないか？」

「ほう、そう思われる、と？　見事な名探偵っぷりをご披露というわけかな」

「僕は自分を探偵だなどと思ってもいないし、また殺人事件に関わりを持つつもりもかけらもないんだ」

「ところがこうして、また別の事件の真っ只中にいる。だろう？」

「犯罪現場は、壁の向こうだ」

「それはどんな壁で？」

僕らは二人して、裂けてだらりと垂れ下がったビニールの壁を見つめた。

アロンゾが微笑む。

「ま、穴の開いたコンドーム程度の代物というところですな。他意はありませんがね」

世の中で、ゲイばかりが安全でないセックスをしているわけではあるまいに。

まあ、彼の言いたいこともわからないではない。僕は言った。

「アロンゾ刑事、あなたが僕を気に入らないのは知ってるし、前回——」

「何もわかっちゃいないな」アロンゾがさえぎる。「個人的な問題じゃない、こいつは純粋に警察の仕事だ」

「なら余計にわかるだろう、僕が今日のことには関わりがないと、それはありえないということが。ジェイ・スティーヴンスが失踪した頃、僕は生まれてすらいなかった。それにこの建物の向こう半分はずっと——」

「申し訳ないが、イングリッシュ」

またあのご機嫌な横柄さで、アロンゾは言い放った。

「ルールはルールだ」

つかつかと歩き去った彼は、だが、書店と工事現場の境の開けた場所で足をとめた。

「そうだ、あんたの彼氏によろしく言っといてくれ。元警部補どの、あのリオーダンにな」

返す言葉の出ない僕に、彼は満足したようだ。顔中でニヤつきながら悠々と歩いていった。

「なんて嫌な奴」

ナタリーがぶつぶつ言いながら、僕の横に立った。

答える気力などまるでなかった。突如として疲労の大波に襲われ、全身が脱力していて、流砂に呑まれたようにここで崩れてしまいそうだ。横にならないと。今すぐ。

僕は呟いた。

「二階に行ってくる」

「大丈夫？」

うなずき返した。大丈夫な気などしなかったが。吐き気がこみ上げてくる。疲労と、今の反動のせいだ。ただ静かに、じっと眠りたくてたまらない。それこそ死体のように――実際、近い気分だった。

「何か私にできること、ある？」

僕はうんざりと首を振り、二階へ向かった。どこからともなく猫が現われて僕の足元ではね回り、またも踏みつぶされかかりながら、静かなフラットへの退却を喜んでいる様子だった。

フラットのドアを閉め、僕はよろよろと寝室へ向かった。靴を蹴り脱ぎ、ベッドに倒れこむ。

次に気付くと、ナタリーが僕の上に屈みこんでいた。

「アドリアン？」

僕はまたたいて、心配そうな顔を見上げる。

「……ん？」

「さっきからずっと、何度も呼んでるのよ。大丈夫？」

「ああ」

ランプが点いている。寝室の角は影に沈んでいる。目尻を手のひらで拭い、僕は起き上がった。

「今、何時だ？」

「七時よ」ナタリーは眉を曇らせていた。「ずっと寝てたの？　本当に平気？」

「勿論《もちろん》平気だとも」

「警察は、やっと向こうを調べ終わったわ」

僕は立ち上がった。

「で、アロンゾが話でもあるって？」

「いいえ。皆、引き上げた後よ」

「引き上げた？　僕に一言もなしで？　何か言ってなかったか？」

「何も。ねえ、夕食を買ってきましょうか？」

夕食？　警察に店の営業を禁止されたというのに、夕食の心配？

僕はベッドの端にまた腰を下ろし、事態を把握しようとした。

「何を発見したか、警察からは何も言われてないのか？」

「警察は——あの嫌な男は——明日は店を開けちゃ駄目だって」

「何が店を開けるなだ、冗談じゃない」

ナタリーは首を振っていた。

「あの人を刺激しないほうがいいわよ、アドリアン。あなたに言いがかりをつけるチャンスを待ちかまえている感じだったもの。この建物に住むのも認めないって言い出してたのよ」

「ほう、本当に？」

僕は憎々しげに言って、また立ち上がった。

「心配しないで」急いでナタリーが請合う。「大丈夫、全部片付いているから」

「何？」

「パパに電話したの。パパが警察署長に話をしてくれて、結局、あなたはこの建物に住んでいい、でもいつから書店の営業を再開できるかはアロンゾ刑事の判断次第ということになったわ」

力づけるように、僕に微笑みかけた。

「あなたもわかるでしょうけど、パパはちょっとばかり顔が広いから――」

「まったく！　君の父さんの口出しなんかいらないんだよ」

さえぎった僕の言葉に続いて、張りつめた沈黙が落ち、僕の耳に自分の言葉のこだまが鳴った。

「私、」ナタリーは茫然としていた。「私、力になりたくて……」

僕は何をしているのだ？　彼女は何も悪くない。ナタリーがいてくれて幸いだった。ビル・ドーテンが僕を守ろうと指一本でも動かす気があって幸いだった。彼ならそうしてくれる。彼はリサのためなら――そして付属の僕のためなら――何でもするだろう。

「ああ、わかってるよ……何でこんなことを言ったのか、自分でも理解できない」

突然わけもなく心に渦巻く、苛立ちと怒りが生々しく絡み合ったこの複雑な感情を、どう言い表せばいいのだろう。

「悪かった。ありがたいとは思ってるんだ。本当に。心から」

ナタリーはまだ傷つき、まだそこで説明を待っていた。彼女や、家族の皆がただ僕のためを思ってくれているのに、僕がどうしてこうも刺々しくしか反応できないのか。

僕はのろのろと言った。

「今頃は、もっとよくなっていると思ってたんだよ」

ナタリーの表情がやわらいだ。

「そうでしょうね。お医者さんも、気持ちのムラがあるって言っていたもの。気分のローラーコースターみたいな、上下動が。どんな予兆に目を配るべきなのか、お医者さんから私たちにも説明があったのよ」

「……へえ」

僕は、今の謝罪を取り消してナタリーの首を絞めてやりたい衝動と戦った。

よき隣人ぶりを発揮しようとばかりに、ナタリーが寛大にも申し出る。

「何か、夕食に作ってあげましょうか？」

ナタリーの料理の腕前は僕にすら及ばない。なので、これは大した自己犠牲精神だと言えた。もしくは復讐。

僕は首を振った。

「何か食べるものがあるさ」

「たとえば、何？」

「知らないよ。スープとか？」苛々と言い返した。「ツナ缶とか何でも。警察はなんて？」

「今夜、家に帰ってきたら？」ナタリーがあやすように誘った。「リサが、あなたのためならチキンポットパイを作ってくれるって」

「僕の家はここだよ」

「ええ、わかってるわ」

聞き分けのない子供をなだめる口調だった。

「でも誰か殺されたような無気味な建物より、皆のいる家にいたほうが気分がよくなるんじゃない？」

僕は溜息をついた。

「彼が殺されたのは五十年も前だよ、ナット。今さらどんな危険があるとも思えないね」

「あの骸骨が誰なのかなんてわからないじゃない。あのお年寄りが言ってたトランペット吹きだろうって、そう思いこんでるだけでしょ？　別の誰かかもしれないわ。思ってるより最近殺されたのかも」

人の家で、言いたい放題だ。大量殺人でもあった方がよさそうな彼女を無視して、僕はたずねた。

「錠前屋は来たかい？」

「ええ。新しい鍵は廊下のテーブルの上」

「そう言えば、あの老人は結局どうしたんだ？　なんて名前だっけ。ヘンリー・ハリソン？」

ナタリーがうなずいた。

「たしかそう。よく覚えてないけど。多分、あの人は店から出ていったと思うわ、あなたの――ほら、メルが来てから」

メルについての、わざわざ気を使った言い直し方がどうにもカチンときた。伝説のメル、とはよく言ったものだ。リサが、僕の過去についてどこまでこの一家に教えているかは神のみぞ知る。大した過去ではないが、僕の過去なのだし、人の話の種にされたくはない。

「名刺も何も残していかずに？」

ナタリーは首を振り、ふらっとやってきたトムキンスを抱き上げげに近づいた。

「ハロー、かわいい子！　ねえ随分と元気になってきたじゃない、ミスター・トムキンス？」

僕と猫と、どちらのことを言っているのかよくわからないが、きっと猫のことだろう。僕は利口に沈黙を守った。

ミスター・トムキンスはあやされてもおとなしく、僕よりずっとお行儀よく耐えていたが、さすがにナタリーが鼻にキスを浴びせはじめると斜めに僕を見て静かに救いを求めていた。

「そう言えば、臨時のスタッフはどうしたんだ？」

ナタリーは口ごもったが、白状した。

「ええと、気付いたと思うけれど、今日、彼女は来てないわ。具合が悪いから休むって、これでもう三日目」

「派遣会社に電話して新しい人を頼んでくれ」

「したわよ」

「それで？」

「つまりは、ほら、あなたはこう……イメージが、ちょっと、ね」

「僕のイメージが？」

「この書店の」

ああ。僕はむっつりと考えこんだ。たしかに、このクローク＆ダガー書店が〝従業員の選ぶ理想の雇用先トップ３〟に入れそうにないのはよくわかる。

「別の派遣会社にたのもう」

「たのんでみたわ。何社か。一社だけ、明日、人を派遣してくれるそうよ。とにかく、せめて誰か探してみてくれるって。でもこうなると、お店を開けられる時までそれも延期してもらわなきゃね」

僕はうなずいたが、半ば上の空だった。もし僕が働けないとしたら——言いたくはないが、実際この午後、休もうと二階にたどりついた時には疲れ果てて死にそうだった——人手が必要だ。

ナタリーがトムキンスを下ろすと、猫は即座にベッドにとびのって、僕と一緒に悩んでいるかのようにぶんぶんと頭を振った。

「ねえ、本当に家に帰ってこないの?」ナタリーが猫なで声を出す。「リサが喜ぶし、ローレンも明日ここまで迎えに来なくていいし、エマが本当にあなたに会いたがってるのよ」

「今以上に恩知らずと思われるのは避けたいけど、今夜は自分のベッドですごしたいんだ」

気に入らない様子だったが、結局、ナタリーは折れた。

近ごろ皆が親切に言い聞かせてくるあれこれの注意を、ナタリーも長々と並べ立て、彼女が去ると僕はほっとした——一時間ばかり。猫に餌をやり、夕食用に少々のサラダを作り、テレビの前にくつろぐ程度の間。

いつもなら火曜はライティンググループ〝共犯同盟〟の会合が店の二階であるのだが、今夜はそんな元気はない。かわりにテレビで一九四四年のフィルム・ノワール、オットー・プレミンジャーが監督した〝ローラ殺人事件〟のラストを眺めた。当然のように、メルと、木曜にLACMA《ラクマ》である映画上映会の方に考えが流れていく。メルのことを思うと落ちつかない気分になった。メルと出かけたいのかどうか、自分の心がどうもつかめない。いや、誘ってくれたのは嬉しい。メルが、僕との……少なくとも友情を、温め直したい様子なのは。

　メルが、去ったことを悔やんでいると、そう信じるためなら昔の僕は何でもしただろう。今となっては、ほとんど何も感じられない。メルだけでなくすべてに対して。そんな状態だ。撃たれてほぼ死にかけた、そのショックがまだ根を張って、感情を腐らせているに違いない。何に対してもろくに心を動かすことができないようだった。ひたすら、ひとりになりたい。それなのに、いざひとりになると、神経がとがり、ほとんど不安になってくる。僕は、一人暮らしにも耐えられなくなってしまったのか？

　陰々と思い悩んでいた最中、電話が鳴り出し、僕の心臓がはねた。電話に歩みより、深々と息を吸いこんでから、出た。

『おや、そこにいたんだな』

　ガイが、かすかなイギリス訛りでそう言い、僕の心を失望がかすめた。ガイからの電話が嬉しくないわけではない。正直なところ、ガイがなつかしい。ただ、心のどこかで期待していたのだろう、もしかしたら――。

「いるよ」

『リオーダンのところにいるかと思っていた』

「いや」

短い沈黙に、山ほどの疑問が詰まっているのを感じる。ガイは自然に言った。

『よかった。それを聞けて嬉しいよ。具合はどうだい?』

その質問にはいい加減飽き飽きだった。

「大丈夫だよ」

『リサの言い方じゃ、まるで……』

「リサは、僕が専門家の反対を押し切って家に戻ったから怒っているだけだよ」

『医者の反対を?』

「母親の反対を」

ガイがクスッと笑った。

『まあ、そんなところだろうな。今日、君の書店でちょっとした騒動があったらしいじゃないか』

床下から出てきた骸骨について、僕からおおよそのことを聞き出すと、ガイは言った。

『どうも、大した謎はありそうにないね。ニュースじゃ、骨はそのスティーヴンスって男だろうって散々言ってたよ』

「テレビでやってたのか?」

『勿論』

　勿論。午後いっぱい眠ってすごしたせいで、お楽しみを色々と逃したようだ。当然、マスコミがこの手のネタに飛びつかないわけがない。そして当然、ナタリーは僕の負担になりそうだと思った話は報告しそびれたということだろう。

　ガイが続けていた。

『どうも君には、誘われるように殺人事件が寄っていくね』

「僕の腰つきが気に入って、とか？」

　ガイがうなった。

『そりゃひどいよ。君にしても出来が悪い』

「テレビでは、何だって？」

『わかるだろ？　今週は大したニュースもなかったし、ブラックダリアの殺人事件がついに解明されたかのように騒いでいるよ』

「ジェイ・スティーヴンスについてのまともな情報はあった？　僕も、最初にこの建物を買った時、彼についてできるだけのことは調べようとしてみた記憶はあるんだけど、スティーヴンスの名前がどこにも見つからなくて」

『どのくらい調べた？　マスコミには君にはない情報源もあるからな。それに昔の君は、今のような名探偵でもなかったしね？』

「そういう冗談はよしてくれ。誰が今回の捜査の責任者だと思う？　アロンゾ刑事だよ」

『それはそれは』

　心からの言葉だった。

『だが、これは――何と言ったかね。コールドケース、か？　そういう古い事件には、専門の部署があるのでは？』

「見当もつかないよ」

　その上、僕のＬＡ市警へのコネも、今となっては……。

　アロンゾの「あんたの彼氏によろしく言っといてくれ。元警部補どのの、あのリオーダンにな」という捨てゼリフがよぎった。ジェイクに対する態度に、また強い怒りがこみ上げる。あの能無しのゲイ差別野郎なんかよりジェイクの方がはるかに優秀な刑事だ。

　気付くとガイがまた何か言っていたが、僕はすっかり聞き逃してしまっていた。

『……どこかで、ディナーでもどうかな？』

「ああ、いいね」

　反射的に返事をした。それに本心だった。ガイとどれほど会いたいか、また実感する。僕らの関係はいいものだった――そうだろう？　どうしてあれだけで充分ではなかったのだろう？

　もうしばらくあれこれと話し、ガイは電話を切った。十分後、電話がまた鳴り、僕の心臓が釣り上げられた魚のように跳ねた。

今回の発信者表示はリサだ。案の定。

『ダーリン、家に帰っていらっしゃいよ』

僕が受話器を取った途端、リサはそう始めた。

『そんなところに、あなただっていたくないでしょ……死体が壁からボロボロ落ちてくる墓場みたいなところに！』

「いいじゃないか」僕は応じた。「グールなら大喜びの名所だ」

『笑ってすませられることじゃないのよ、アドリアン。あなたの心臓はまだそんなストレスに耐えられる状態じゃないの』

僕のユーモア精神が消える。

「その話はやめてくれ」

『お医者様たちがあれほど手を尽くしてくれたことを、あなた、全部自分で台無しにしようとしているのよ』

「リサ」

『いい加減、現実的に考えなさい。お医者様に言われたことはわかっているでしょ』

「リサ」

『どうして、私たち家族があなたを愛していて、あなたを守りたいということに、そうかたくなに反発するの？　時々、あなたが本心ではむしろ死――』

リサは言葉をとめたが、すでに手遅れだった。

僕らの間に、息づまる沈黙が落ちる。

僕は怒りをぐっとこらえ、できる限り優しく言った。

「そんなことを考えたりするものか。本当だ。皆の気持ちはありがたいと思っている。色々、しようとしてくれることにも。でも……遅かれ早かれ、いつか受け入れてもらわないと。もう僕が——一人でも大丈夫だということに」

リサが抗《あらが》う。

『三週間前は——』

「三週間前、僕は撃たれたんだよ」

『あの人でなしのジェイク・リオーダンのおかげでね』

いつかそう来るだろうと思っていた。リサは、僕が病院で意識を取り戻して以来、彼女らしくもない克己心《こっきしん》でジェイクについての意見を差し控えてきた。いつまでもそれが続くわけがない。

「リサ」

僕は、どうにか辛抱強くあろうとしながら、いさめた。

「ジェイクは僕の命を救ってくれたんだよ。二度」

『そもそもあの男のせいであなたの命が危険にさらされたんじゃないの』

「いい加減にしてくれ」

今回は、口調をやわらげようともしなかった。

『あなたが何を考えているのかわからないわ』

リサが囁く。

僕も、同じだ。とは言え口に出して認めたりはしなかった。かわりに僕は、あの手この手でリサをなだめにかかり、ずっと元気になってきたと、医者の指示に従っていると、戸締まりもしっかりして建物の警報もオンにしてあると、説得した。しまいに二人とも疲れ果てた末、リサは僕におやすみの挨拶をして、今度は己の家に君臨するべく電話を切った。

僕は受話器を戻し、カウチに崩れると、テレビをつけた。ロサンゼルスのストリートにあふれる血なまぐさい事件がどんどん流れてきて、いつものことだが気が滅入る。またうとうとしはじめた頃、書店の建物がテレビに映し出された。野心満々の若いレポーターが、歴史的な建物の改装中に壁から白骨化した死体が出てきたと、恐ろしい話をせっせと語る。

緊張した様子のフェルナンドが、レポーターに短いインタビューを受けていた。フェルナンドは穴でも掘って隠れたい様子で、作業員たちの多数を占める不法移民の存在が心配で仕方ないに違いなかった。

ニュースキャスターが、この古い事件の被害者について推測する。タキシード姿でクラリネットを吹いている背の高い若者の写真が映った。目をとじ、頰が膨らみ、下顎が突き出たその写真では、リヒャルト・ミュールフェルトからベニー・グッドマンまで誰にでも見える。

　どうやら地元のテレビ局も、僕以上に大した情報を持っているわけではないようだ。あの無気味な骨についても、ジェイ・スティーヴンスについても。

　テレビを消し、僕は午後いっぱい寝ていたのにまた眠くなっている自分にがっかりした。こんなに睡眠を必要とするなんて、本当に正常なのだろうか？

　リビングの本棚から気まぐれに本を選び――チャンドラーの『長いお別れ』だった――ベッドで読むことにした。

　目覚まし時計をセットする必要はない。明日の水曜、もし営業が認められたとしても、どうせ僕は仕事をさせてはもらえない。それが僕を支配するこの無気力の理由なのだろうか？　クローク&ダガー書店の経営がなければ、僕には人生というものがないのか？　僕という人間の存在意義は何なのだろう。この感情のもつれは、薬と、難しい回復期との相乗作用のせいなのか？

　トムキンスがベッドにやってきて、僕の足元で身づくろいを始めた。僕は彼をじっくり観察した。ナタリーの言う通りだ。肉付きもよくなり、風呂で洗って、トムキンスはすっかり見違えた。大きなアーモンド型の目と黄褐色のなめらかな毛皮の彼は、僕がはじめに思ったほど醜い猫ではなかった。

「このごろ、随分と元気になったたな。野良の暮らしに戻る準備はできたか？」

みゃあ、と小馬鹿にしたように鳴くと、猫は丸まって眠ってしまった。

僕はページに目を戻した。

次にはっと気づくと、ランプは点いたままで、まだ治りきっていない胸元にずしりと本の重みがかかり、そして、一階の警報が鳴りひびいていた。

4

僕の人生の問題のひとつは、けたたましい警報でとび起きた瞬間、まず頭をよぎったのが「またか?」という言葉だった点だろう。

正確には――またか、ふざけるな。

新しい錠前が、あきれた話だ。僕はベッドカバーを横にはねのけて電話に手をのばした。階下で警報は鳴りひびいていたが、ここのところ誤通報が続いていたので、警察が駆けつけてくれるかどうかは疑わしい。

今夜の911のオペレーターはすぐに出て、僕は侵入者について通報した。

オペレーターに、僕の身に危険はないと――部屋のドアに取り付けたばかりの錠が持ちこたえてくれること前提で——告げ、パトロールカーが急行する間、電話をつないだまま待つことにした。

一分ずつ、時が刻まれていく。トムキンスがランプのコードにじゃれついていたが、それを止めてベッドの上に放りやった。

随分と長い時間な気がしたが、時計によればほんの七分後、一階のブザーが鳴るのが聞こえた。僕はオペレーターに礼を言って電話を切る。

警報をオフにし、ドアの鍵を開け、警察を出迎えに階段を下りた。

昨夜と同じ、二人の制服警官だった。まだ門限のありそうな若さのヒスパニックの男、そしてフレイム巡査だと自己紹介した威厳のある黒人女性だ。

「誰かが中に入りたくて必死のようですね」フレイムが言った。「これを見て下さい」

二人につれられて、生あたたかい、スモッグのかかった夜の中に出ると、隣の工事現場の方へ向かった。建物の角あたりで、出窓のガラスの一部が切り取られているのを見せられる。

「連続での侵入はないと、あなたが油断している点に賭けたんでしょうね」

「悪ガキの仕業じゃない」

僕はそう言った。若者がガラスカッターなど使ってくるわけがない。こんな道具は、プロの仕事に思えた。

「違いますね」フレイムが同意した。「青少年のいたずらではない。ドアには警察の立入り禁止テープが渡してあるのに、この犯人はそれでも押し入ろうとした」

新人の警官、マルティネスが言った。

「警報が鳴るとは思ってなかったんでしょう。びっくりして逃げたようだ」

僕は口を開けたが、先にフレイムが言った。

「ご心配なく、ミスター・イングリッシュ。本当に逃げたかどうかたしかめます。この建物の上から下まで調べて」

二人は、その言葉通りにしてくれた。僕は書店の側に戻り、階段に座りこんで、二人が階ごとに部屋を調べ上げていくのを待っていた。床板のきしみに、はっと身がまえる。うす闇の中に動くものはない。レジカウンターの向こうで、マルタの鷹のレプリカの目が、非常灯を反射してピカッと光っていた。

時おり、フレイムとマルティネスの声がぼんやり聞こえてくる。それに無線の音も。

「犯人が中に入った痕跡はまったくありませんでした」

マルティネスが一階に戻って、僕にそう報告した。

フレイムから、書店の裏の路地も調べてくると知らされ、僕はうなずいた。すぐにバタンとゴミ回収箱を開け閉めする音が聞こえてくる。

満足するまでチェックした後、二人は店に戻ってきた。

「犯人は戻ってこないと思いますよ」

フレイムは、マルティネスが無線で「問題なし」と連絡するそばで、僕に保証してくれた。

「とにかく、今夜はもう」

「ありがとう」

彼女の言う通りだろうと、僕にも思えた。だが二日連続で侵入があるとも思っていなかったのだし、結局、僕に何がわかる？　何者にせよ、やけに熱心なことだ。

こちらの頭の中を読んだかのように、彼女が言った。

「ここのところ、随分とにぎやかですね」

僕は暗くうなずいた。

「犯人がここで何を探しているのか、思い当たることは？」

「本？　工事の道具？　シロアリ？」

僕は肩をすくめる。

フレイム巡査はつき合いよく微笑した。

「この古い建物には色々な噂がありますね」

「一つ二つ、僕も聞いたことがあるよ」

「ここが元々はホテルだったことはご存知ですね。ハントマンホテル。元は洒落たホテルだったけれど、五、六十年代には色々なゴロツキのねぐらに成り下がっていた」

「それも聞いたことがある」

「ホテルを所有していたのはスワージー兄弟でした。彼らはこの地域にたくさん不動産を持っていた――ほとんどが、テディ・スワージーの死後に取り壊されてしまいましたが、こちらの美人はここまで生き残ったようですね」

「この建物を歴史的建造物として登録しようという動きもあったので」

話を続けながら、僕はフレイム巡査を新たな興味の目で眺めた。

「実現はしなかったが、建物の取り壊しはそのおかげで引き延ばされた。結局、建物は分割され、売却されたわけだ」

「その年月の間、いくつもの改築工事の間にも、あの奥の部屋の床下にある死体に誰も気付かなかったなんて、おかしな話ですね」

おかしくて笑えるくらいだ。

「最上階は、安全上の理由でもう何年も封鎖されていたから。十年前、僕がこちら半分を買った時に行った改装が、建てられて以来、この建物に行われた初めての本格的な工事だった。隣半分に入る店はほとんどあっという間に移り変わっていったし。二階ですら、物置以外には利用されていなかったんじゃないかな」

フレイムは首を振る。フロアの無駄遣いを嘆いているのか、それとも歴史建築として残るべき建物のいい加減な扱われ方にがっかりしているのかはわからなかった。

ふと僕は、フレイム巡査が何か言いたいのではないかと気付いた。夜中に居残って古き良き時代に思いをはせそうなタイプではない。夫婦喧嘩の通報の合間の息抜きには悪くないが。

「書店側の建物を買った時、僕はジェイ・スティーヴンスについて何かわからないかと調べてみた。でもろくに何も出てこなくて」

「ジェイ・スティーヴンスのような男は掃いて捨てるほどいましたからね」フレイム巡査が気安い相槌を打つ。「時にはミュージシャン、一皮剝けばペテン師」

「でも、あなたが彼のことを知っているわけはないですよね？」

彼が消えた一九五九年、フレイム巡査はまだ赤ん坊だっただろう。目つきの鋭い赤ん坊だったに違いないが。

「ええ。でもスティーヴンスの失踪を捜査した刑事を知ってましてね、その頃の街の話を聞かされたものですよ。スティーヴンスは海辺のナイトクラブで演奏していた。タイド、という店で。もうなくなった店ですけど」

僕は心のメモにその情報を書きつけた。

「じゃあスティーヴンスの失踪は、きちんと捜査されていたんですね？」

「少しはね。アーガイルの話では、スティーヴンスは根無し草だったと。まあ、そういうことです」

何となく、伝わってきた。

「そのアーガイルという人が、失踪の捜査をした刑事？」

フレイム巡査はうなずき、窓からちらりと、相棒がパトロールカーの脇で待っている外を眺めた。僕へ目を戻す。ゆっくり、静かに、彼女は言った。

「ジェイク・リオーダンは私の上司でした」

予想だにしなかったジェイクの名に、神経が感電でもしたようにざわめく。おかしな話だ。僕は背をのばし、心を固めて……とにかく、何かにそなえた。

「あの人は、あらゆる意味でクソ野郎でしたが――」

僕が何か言える前に、フレイムが淡々と続ける。

「でもあれほどフェアな人はどこにもいない。リオーダンは、部下たちを裏切らない。誰かに責任をなすりつけようなど一度もしたことがない。自分ができないことを人にさせようとしたこともない。こういう仕事では、そういうことが大きな意味を持つんです。時には、すべてと言ってもいいほど」

何と言えばいいのかわからなかった。どうして彼女は僕にこの話を聞かせているのだろう。表向き、僕とジェイクはどういうことになっているのだろう。

僕の沈黙の中に、彼女が続けた。

「まだ、警察内にもリオーダンの友人はいますよ」

「……ありがとう。よかった」

巡査は行儀よくうなずいた。

「朝までゆっくりお休みを、ミスター・イングリッシュ」

夜中の騒動にもかかわらず、僕は夜明けにはもう目を覚ましてしまい、落ちつかない足どりでフラットをうろついた挙句《あげく》、無人の書店フロアへと下りていった。静寂がどこか無気味だ。特に工事中の隣のフロアが。

ビニールの壁へ――警察の立入り禁止テープで修理されている――歩みより、僕は向こう側の空っぽの部屋を見つめた。ここからでも、割られた窓が見える。

隣のフロアは、この何年か時おり誰かに押し入られていた。僕の側にも数回、泥棒が入ろうとしたことがある。だが今回はそういう普通のことには思えなかった。本当に。世界一頭の鈍い泥棒か、ここに入りたくて必死の誰かに狙いをつけられたのだ。目当ては？　クローク＆ダガー書店の商売は堅調ではあるが、セブンイレブン以上に魅力的な標的だとは思えない。工事用の工具だって、ここまで苦労しなくともどこでも盗めるだろう。それにもし、これがジェイ・スティーヴンスに関わっているとしても、犯人はスティーヴンスがもうこの建物にいないことくらいすでに知っている筈だろう？

コーヒーを一口飲み――泥デカフェと悪名高い、かぐわしき一杯を――僕はこの晴れた朝、まだアロンゾ刑事やお仲間が捜査に来る気配すらないのに気付いた。

店の電話が鳴り出し、そちらを向く。店は臨時休業だと、ナタリーが留守電の応答メッセージを吹きこんである。不似合いなくらい陽気な彼女の声に耳を傾けていると、続いて常連客の女性が、たのんである本をどうやって受け取ればいいのかと怒った声で文句を並べ立てた。最高の朝だ。

続く三本の電話は地元のマスコミからで、建物の中を見せてもらえないかと依頼してきた。成程《なるほど》？

アロンゾの執念がいつまでもつか、と僕は考えこんだ。店を開けられない期間が一週間だとしても、僕の財政状況に深刻な影響を及ぼしかねない。もしリサがとんでもない金をどんと出してくれなかったら、すでに入院費用で首が回らなくなっていたかもしれないのだ。

僕は書棚の間を行ったり来たりしながら、背表紙の向きを揃え、本を並べ替えて……。

また向きを変えた時、建物がうつろなきしみを上げた。表の道は人通りでにぎやかだ。歩道を行き交う人々。まるで自分が壁の内側に閉じこめられている気がして、ふと僕はジェイ・スティーヴンスのことを、あの人骨が彼であればだが、誰かに見つけられるまでずっと待っていた彼を、思い浮かべていた。

そのまま考えに沈みそうになる。奥のオフィスへ向かうと、不条理な罪悪感を払いのけ、ノートパソコンを立ち上げた。仕事をしているわけではない、ただメールをざっと確認して、ついでにネットショップの注文を見ておくとかその程度だ。体に何の負担もない。

とは言え、未読のメールの数がどんどんと、空恐ろしくなるほど増えていくのを眺めていると——勿論、メルのアドレスも一瞬チカッとして流れていった——もっといい案が浮かんできて、僕はブラウザを立ち上げると、グーグルで〝ジェイ・スティーヴンス〟を検索した。

そしてすぐに、どうしてクローク&ダガー書店を始めた頃にジェイ・スティーヴンスの謎を追うのをやめたのか、思い出していた。不慣れな商売を軌道に乗せるのに手一杯だっただけでなく、ジェイ・スティーヴンスというのはありふれた名なのだ。たとえば、アドリアン・イングリッシュなんかよりはるかによくある名だ——僕がそれをありがたく思っているわけではないが。

フェイスブック、マイスペース、リンクトインなどのSNSにジェイ・スティーヴンスは山ほどいる。ジェイ・スティーヴンスという名のヘアサロン、大サイズ専門の服屋、種々の作家たち、歴史家、写真家、さまざまな仕事をしているジェイ・スティーヴンスたち。

ジェイ・スティーヴンスがひとり、ジェイ・スティーヴンスがふたり……。

検索の四ページ目になっても、一九五〇年代のクラリネット吹きで失踪したジェイ・スティーヴンスについての情報はなかった。ふと、あの観光客の老人が言っていたジャズバンドのことを思い出し、僕は〝ムーングロウズ〟というバンド名を検索した。

驚いたことに、これには手応えがあった。小さな、今はもうないヴァイブというレコード会社の名が出てくる。ロサンゼルスを拠点にしていたそのレーベルは、たった三年で潰れていたが、ラインナップには〝ジェイ・スティーヴンスとムーングロウズ〟というジャズアンサンブルがあり、クラリネットのジェイ・スティーヴンス、ボーカルのジンクス・スティーヴンス、トロンボーンのオーリー・ニューオーリンズ、ピアノとギターのポーリー・St・シーア、ドラムのトッド・トーマスがメンバーだった。

ムーングロウズはアルバムを一枚出していた。タイトルは〝カレイドスコープ〟。ジャケットの白黒写真があったが、小さすぎてさっぱり判別できない。

僕はバンドのほかのメンバーの名前をメモした。次に、ムーングロウズとカレイドスコープの二つの言葉で検索し、いくつか結果を得る。ひとつはジャズの掲示板で、ポーリー・St・シーアの弾き方〝ロックハンドスタイル〟に対するちょっとした言及だったが、後ははるか昔に期限切れのネットオークションのページだった。

その一つで、アルバムジャケットの拡大画像が見られた。ジャケットでは陶酔した様子の女性がぴったりしたドレスをまとって、赤いカーペットらしきものに横たわっている。彼女は、万華鏡《カレイドスコープ》ごしにこちらをのぞいていた。ジャケット裏の白黒写真では、ムーングロウズのメンバーが居心地悪そうに（万華鏡でのぞかれて？）ピアノの周囲に群れていた。手にした楽器からメンバーの見分けがつく。クラリネットを持った若者は、背が高く、瘦せて色白だった。着ているスーツは大きすぎる。愛嬌のある笑顔だった。女性ボーカルのジンクス・スティーヴンスが、気安く、なじんだ様子で彼の肩にもたれている。ジンクスは髪をひとつに結び、カクテルドレスを着ていた。二人は顔がよく似ていて、見るからに兄妹だった。

驚いた。てっきり妻かと思いこんでいたのだ。

もう一度、ムーングロウズとそのアルバムについて検索してみる。メンバーたちの話が出た時、ついでに話題にされているだけだ。ポーリー・St・シーアはかなり名の知れた存在になったが、一九六七年に早逝した。トッド・トーマスは音楽の道をあきらめ、水上スキー用のボートを売るようになった。どうやら八十年代に引退してカナダへ移住したようだ。彼の妻が家族の近況用のサイトを持っていて、それはそれは平凡な子供たちの写真が山ほどアップされていた。オーリー・ニューオーリンズは、派手ではないにせよ、バックアップミュージシャンとして長いキャリアを築いた。去年、亡くなっている。

ジンクス・スティーヴンスについては何も見つからなかった。バンドとそのアルバムに関連したもの以外、彼女の名は一切出てこない。ジンクスは、ほとんど、兄のジェイと同じほど見事に姿を消してしまったようだ。もっとも、こっちにミステリはあるまいが。

だが、ミステリであるはずのジェイ・スティーヴンスの失踪に関してすら、ろくな言及がなかった。ロサンゼルスだけでしかニュースにならなかったのだろうか。ムーングロウズの名声は——あるとすれば——純粋に、ポーリー・St・シーアの属した初めてのバンドだったという一点に尽きる。その理由から、そしてその理由だけから、アルバムの〝カレイドスコープ〟には相当な高値がつけられていた。

僕はイーベイで彼らのアルバムを検索する。好奇心が頭をもたげていた。それに医者からも、音楽を聴くのは体にいいとおすすめされているのだ。

続く一時間、ジャズの掲示板に目を通してすごしたが、情報と呼べるものはろくに手に入らなかった。次に気付くと、ほとんど十時近くで、そろそろローレンが心臓のリハビリに僕を連行しにやってくる時間だった。

ログアウトし、パソコンを切って、僕は二階へ上がるとスウェットとTシャツに着替えた。

「気鬱は、心臓の処置の後ではよく見られる症状ですよ、アドリアン」

ドクター・シアリングが、眼鏡の縁の上から僕をじっと眺めた。

彼女は僕の担当医の一人で、リハビリチームの一員でもある。チームは僕の心臓医、理学療法士、運動療法士、栄養士、そして……この精神科医で構成されていた。

僕は彼女が気に入らなかった。リハビリに関わるすべてが気に入らなかった。勿論、こんな本格的なプログラムを組んでもらえた幸運は重々承知しているが、元々チームスポーツ向きの人間ではないのだ。チームスポーツ――そう、この回復過程というものが次第に、その類に感じられてきて仕方なかった。僕のすること為すこと、すべてが注目される。何より我慢ならないのは、ドクター・シアリングに僕の精神状態をつつき回され、観察されることだった。

「気鬱なんかではないので」

僕は長年、社交パーティで母のおせっかいな友人たちを受け流してきた間に体得した、完璧な微笑みをドクター・シアリングへ返した。

ドクターは、社交辞令の微笑みで応じた。彼女こそ、昔から人が言うように「小さくも猛々しい」というやつだ。一五二センチあるかないかで、妖精のような細い体つきに、髪まで妖精《ピクシー》カットだ。この手のショートカットは年のいった女性と幼稚園児にしか似合わない。オフィスの壁は、天使の絵と資格証でとりとめなく飾られていた。

「ストレスはどう？　何かの圧力を感じた時、ちゃんとストレスマネジメントのテクニックを使ってますか？」

「何の圧力も感じたりしていないから」

そう答えた僕の脳裏に、ぽんと、不適切そのものの絵が浮かんだ。

「どんな感じだ？」とジェイクの熱い息が頬にかかり、キスで乱された僕の唇がうずく。「言ってみろ、俺が中にいるのはどんな感じか……」

顔に血がのぼるのを感じた。ドクター・シアリングはきっとそれを罪悪感の表れだと誤解したのだろう。少しばかり声に苛立ちをこめた。

「あなたは理知的で理性的な人ですから、アドリアン、心臓を治療するためには精神と肉体両方への治療が欠かせないということはわかっているでしょう。鬱状態にある心臓病患者は、症状の再発と一度目の心臓発作を起こす確率が二年間で二倍にのぼるのは知っていますか?」

「ええ」僕は無愛想に応じた。「鬱状態の患者は薬を服用しなくなりがちで、食事や運動療法、リハビリへの参加も滞りがちになる。僕は鬱状態ではないし、決められたことはすべてこなしてますよ」

この、週三日の無益な時間つぶしへの参加も。十二週間に亘《わた》って。それが僕のリハビリ計画だ。十二週間、指図されつづける——ほとんどすべてに。

僕はつけ足した。

「わかったので、エクササイズに向かってもいいですか?」

彼女はよく理解できないと言いたげに——いや僕が理解していないと言いたげに、首を振った。

「この間話し合った時に、あなたは今日、リハビリのサポートパートナーをつれてくると言いましたよね?」

「いや、僕は言ってない。あなたが言ったんです」

そして、今や僕の忍耐は限界に達しつつあった。

「たとえ誰かをこんな目に遭わせたいと思っていても、生憎《あいにく》そんな相手がいないものでね」

「そんなことないでしょう。あなたのお母様は——」

「待ってくれ、いい加減にしてくれ。僕はもう三十五歳だ。母にあれこれ口出しされながら心臓のリハビリをするつもりはない。支払いを引き受けてくれたことには心底感謝しているけれども。これは、僕ひとりでやり通すことだ。ひとりの方がいい」

ママ、ママ、ぼく、ひとりでできるもん！

ドクター・シアリングはニコリともせず、長い時間僕を見つめていてから、言った。

「その態度につける薬は、さすがにありませんね」

それは幸いだ。


「どうだった？」

ローレンが、三十分後、彼女のＢＭＷに乗りこんだ僕にたずねた。

「順調だよ」

僕は頭をヘッドレストにもたせかける。ローレンがちらっとこちらを見た。

「重い溜息ね」

ローレンは、僕の義理の妹たちの中での最年長だ。ナタリーのように、長身で脚の長いブロンド美人。昔ながらのカリフォルニアガール。妹に比べてずっと落ちついた雰囲気をたたえているが。日中はボランティア団体で働き、夜はチャリティ活動に精を出している。今は離婚話がこじれて実家に戻っており、つまりは、僕の問題に首をつっこむまでもなく自分の問題で手一杯ということだ。

僕は疲れた笑みを浮かべた。

「何でもないよ。ただ、疲れているのにもう疲れてきたってだけで」

「わかるわ」

同情し、彼女は車を出した。

勿論、ローレンにわかるわけがない。それでも彼女が僕の力になりたいと思ってくれている――リップサービスではなく本心から――という事実は揺るがない。この年になって家族が増え、一番とまどうのはそこだった。常に思いやりにあふれ、常に僕の力になりたいと、しかも熱心に手をさしのべてくる人々がいるということが。なかなか慣れない。二年経ってさえ、時にぎょっとさせられる。

僕にとってもっと驚きだったのは、周囲からどう見えようとも、僕自身、心の底ではそれをありがたく思っていることだった。僕はあの無骨なビル・ドーテンに何となく親しみを覚えていたし、その娘たちには、本当に、心からの愛着を持つようになっていた。事実、昨日ナタリーが泣きながら胸にとびこんできた時に僕の心に突き上げてきたのは、彼女を守って誰かの顔面を殴りつけたいという慣れない衝動だった。誰かに、それも心から、たよられたことなど最近の記憶にない。それも、僕が守り、慰めてくれると信じきった相手に。

あれは……悪くない気分だった。

車は混雑した駐車場を抜けていく――これもまた僕の弱みだ。まだ運転を許されていない。しかも、どうやらあと二、三週間は車の、そして人生のハンドルを握らせてはもらえないようだった。

「ちょっと家に寄っていかない？」

いきなりローレンがそう切り出した。

「だって、書店はどのみち今日は休みでしょう。エマはあなたにポニーの写真を見せたくてうずうずしているし、それに、あなたが来てくれると、リサが落ちつく」

僕はローレンの横顔を眺めた。

「どうも、リサはまだ取り乱しているみたいだね、あの……例の……」

「床の白骨死体？　いいのよ、言っても」彼女は小さな苦笑をひらめかせた。「地元のニュースはその話で持ちきりだもの。リサは、パパにあなたの家まで迎えに行かせようとしたのよ」

僕は頭を上げ、まじまじと彼女を見つめた。やっと、口がきけるようになると、言う。

「どうやら、ビルにひとつ借りができたみたいだね」

ローレンがうなずいた。唇がピクッと揺れ、笑わないようこらえているのが見てとれた。

「リサには黙っててほしいんだけど。あなたの白骨の話、ちょっとおもしろそうだと思っちゃった」

「まあ、そうだよ。ある意味ではね」

僕も同意する。書店に、二晩続けて誰かが押し入ろうとした話をローレンに打ち明けようかとも思ったが、言ったが最後、どうあっても結局はリサの情報網に伝わってしまうに違いない。この女性陣は血の誓いでも立てているのか、まるで秘密結社並みに結束が固いのだ。

「リサは、あなたがまた殺人の捜査に関わるんじゃないかと心配なのよ」

「しないよ」

ローレンからの返事はなかった。

「もし僕が調べる気になっても……もう、ほとんどの関係者が他界しているだろう。迷宮入り《コールドケース》だよ。いや、僕だって、調べるつもりがあるわけじゃないけどさ——」

ローレンが肩をすくめた。

「五十年前でしょ。その頃二十代だった人なら、まだ元気かもしれないじゃない」

「まあさすがに、リサの言う〝避けるべきリスク〟にも、七十代の人って項目はないだろうけどね……」

ローレンは、僕の愚痴をおもしろがっている様子で唇を嚙んだ。

「さて、家に寄って、リサにあなたがまだ生きているとお知らせしに参ります？」

「よし、家にやってくれたまえ」

僕は力なく命じた。

「この子が一番好き」

エマが僕にそう打ち明けながら、黒い五歳の去勢馬《きょせいば》の写真を渡してくれた。

「アダージョっていうの」

僕らは、ドーテン家の居間の大きなソファに座っていた。部屋は大きなキッチンに続いており、そこではナタリーが立ったまま電話ごしに抑えた声で恋人と言い争っている最中で、ランチの盛りつけをしているリサが耳を澄ましてなどいないふりをしていた。

「きれいな馬だ」

僕は同意し、その馬の優美な尾、首の曲線、大きな目、いかにもアラビアンホースらしい鼻細の顔を見つめた。

「もう話し合ったでしょう、エマ。ポニーの方がずっといいわ」

リサがそう言いながら、僕の目の前のコーヒーテーブルにナスのカネロニの皿を置いた。

エマの顔が、ぎゅっと反抗的になった。妹の中で末っ子のエマは、本音を言えば、僕の一番のお気に入りである。僕自身は子供というものにわずかな興味も持てなかったが、このエマは——エマだけは、どうしてか違っていた。外見まで少し僕に似ている。まあ、黒髪と青い目という点は。十四歳の彼女は、まだこれから背がのびそうで、今はひょろっと骨ばって見えた。

僕は言った。

「ポニーが必ずしも子供向けに最適な馬だとは言いきれない」エマが抗議の口を開けたので、つけ足す。「ティーンエージャー向けにもね」

反発と感謝に揺れながら、エマが教えてくれた。

「アダージョは体高一四四センチなの」

僕は皿を手にしながら答えた。

「比較的小さめだね。ポニーとして競技に出られるのは一四七センチ以下だ」

「エマが落ちて首を折るには充分な高さですよ」

「そんなことしないもん」

エマがリサに言い返す。

「シェトランドポニーからだって落ちて首をポキッとやるかもしれないさ。その辺りでつまずいたってね」

僕はそう言い、エマに向けてつけ加えた。

「できれば、そんなことはしないでくれよ」

エマがくすくす笑いをこらえようとした。僕は彼女のその笑い声が好きだ。我ながらどうしようもない。カネロニの味見をした。おいしい。オリーブ、エシャロット、ゴートチーズ。だが今は、何も口に入れられる気分ではなかった。僕は目立たないよう、皿を横に置いた。

リサの表情を、僕は知りすぎるほど知っていた。成長期、どうにかして熱帯魚以外のものを飼わせてもらおうと僕が試みるたび、その望みの前に立ちはだかってきた表情だ。

「ポニーから始めたほうがいいと思うわ。それだって気がすすまないのよ。ましてや馬を買いたいなんて」

「ポニーは、甘やかされすぎて意固地かもしれない。前の持ち主次第だよ。アラビア種の馬は頭が良くて、優しく、注意深い。アメリカ馬術連盟が十八歳以下の子供に認めるほぼ唯一のショーホースがアラビア種だってくらいだ」

僕の祖母はアラビア種の馬を育てていた。実のところ、僕の子供時代の夢も、アラビア種の馬を育てることだった。高校の時に病気にならなかったとしても、いつかその熱意は褪《あ》せたかもしれないが、今でも乗馬は好きだ。できることなら、また早く乗れるようになりたいものだ。

「嫌よ、暴れ馬なんて買うものですか」

リサが高い声を出す。

「アダージョは暴れ馬じゃないもの」エマが指摘した。「あの子は去勢馬」

その、無意識に自分の馬について言うような口調に、リサはじろりと僕を見た。彼女が何か言い出す前にと、僕はとりなしにかかった。

「アダージョだけにまだ心を決めるんじゃないよ、エマ。写真でしか見ていないしね。自分の目で見たり、さらに乗ったりもしてみないと。一度乗ってみてよくても、決めるのは何度か乗ってからにした方がいい」

「でも、わかるんだもの。もし一度乗って、あの子だって思ったら、どうして決めちゃいけないの？」

「アラビア種はジャンプ競技には向いていないんだ」

　僕はエマをさとした。

「彼らは高くは跳ばない。君はまだ障害飛越をやりたいんだろう？　ほかのポニーの写真を見せて」

　エマが、僕に大いに失望したのは見るも明らかだった。僕にポニーの写真を渡しながら、彼女は唇が震えないよう必死に口を引き締めていた。見えないふりをしようとしたが、エマが泣くまいと身を震わせていては、気にしないのは難しかった。

　長い間忘れていた思い出がよみがえる。段ボール箱に入った古いクッションと安い犬の首輪──まだ見ぬ、だがいつか僕のものになると固く信じた犬のための。その犬に、スカウトという名を付けるつもりだった。僕はその箱を二年も大事にかかえ、いつか母を説き伏せられると夢見ていた。

　結局は、その箱も、クッションも、首輪もすべてゴミに出された。犬を飼うという僕の夢と一緒に。そして僕は、そのことを乗り越えた。きっとエマも、いずれは。

　僕は皿を取り上げ、カネロニを一口食べた。

「その栗毛、可愛いね」

エマは無反応。

「ウェルシュポニー？」

エマがうなずいた。ますます泣きそうになったのだろう、唇をさらに強情に引き締めた。

「ウェララポニーなんかはどうだい？」リサのために、僕は解説をつけ加える。「ウェララはアラビア種とウェルシュポニーの交配種だ。一般に、気質がとてもおだやかでね」

エマは勇敢にうなずいたが、その手でアダージョの写真を強く握りしめているものだから、写真に皺が寄っていた。

食欲が失せ、僕は皿をテーブルへ戻した。

「別に、アダージョじゃ駄目だと言っているわけじゃないんだよ」

エマはこくんと、固くうなずき、手で鼻を拭い、勢いよく鼻水をすすった。

「エマ、聞き分けのないことを」リサが叱咤《しった》した。「私とお父様がポニーを買うのを許しただけでもありがたいことなのよ」

エマはぴょんと立ち上がると、「エマ！」というリサの叫びを無視して居間から駆け出していった。

遠くで寝室のドアがバタンと閉まると、リサは僕に向き直った。

「あの子のことが、さっぱりわからない。あなたは一度もあんな風じゃなかった。女の子ってどうも……非論理的よ」

「僕がこの馬を見に行っても、別にかまわないよね？」

リサが顔色を失った。

「アドリアン、あなたは馬に乗れるほど回復してないのよ。わかっているでしょ」

「ああ、わかっているよ」

僕は己の苛立ちを押しこめた。

「僕はアダージョの様子を見て、試乗する価値があるかどうかたしかめてきたいだけだ」

「あの子は写真を見た瞬間、あの馬に心奪われちゃったのよ。馬鹿げてる」

「ああ。かもね。とにかく、僕が見てきても害はないだろう？　オッセオ牧場は評判のいいブリーダーだし、僕はアラビア種の馬が好きだ。もし自分で馬を買うつもりがあれば、アラビア種を探すね」

「まさか、そういうつもりじゃないわよね？」

母がそっけなく問いかける。

僕は彼女にニッと笑みを向け、一瞬後、リサも仕方なく微笑んだ。

エマの癇癪《かんしゃく》はあったが、悪くない訪問だった。僕らは日陰になった大きな庭に座り、レモネードを飲み、おしゃべりに興じた。というか、おしゃべりしていたのは僕以外の皆で、僕は主に聞いていた。正直言うと、ローレンとナタリーが恋愛の悩みを語る間は何度かまどろんでいた。

僕としては、ローレンはあの浮気者で仕事人間の夫と一刻も早く別れるのが正解だと思っているし、ナタリーの腐れ縁的な彼氏のウォレンなど存在するだけ空気の無駄だと思っていたが、幸い誰も、僕の意見は求めなかった。別に、僕自身の恋愛履歴が誇れるようなものだとは言わないが、少なくともメルの時以外、僕はその関係が長続きするとは最初から期待していなかったつもりだ。

「昨夜、ガイからここに電話があったわよ」

そのリサの言葉が、レッドウッドのパーゴラに絡む紫色のクレマチスの周囲を飛び回る蜜蜂をぼんやり見つめていた僕を、瞑想から引き戻した。

「あなたのところにも?」

「ああ」僕を、三人分の目がじっと見つめて待っていた。「それが何か?」

ナタリーが皆に向かって「ほら、言ったでしょ?」と言う。

僕は切り口上で聞き返した。

「何を言ったんだ?」

「ガイとは別れたのよ、って」

僕は目をとじ、顔に陽を受けた。やっと、言葉を返す。

「人のことを気にしている場合じゃないだろ」

小気味いい反撃とはいかなかった。だが意外にも、皆、それ以上は踏みこんでこなかった。

　しばらくして、エマも家から出てくるとパティオにいる僕らに加わり、皆で注意深く彼女の赤らんだ目と鼻のことは見えないふりをした。ビル・ドーテンも帰宅し、面々にカクテルがふるまわれる——僕はもらえなかったが。来週が本当に楽しみだ。やっと一杯の白ワインを飲む許可が出る。家族とすごすのに酒が要るとは言わないが、心の余裕はできる。

　困ったのは、リサがいきなり言い出した時くらいだった。

「ダーリン、ポーターランチの家は、まだ誰も住まないままにしてあるわ」

「売りに出したんじゃなかったっけ？」

「家を売るのには最悪の景気だもの」

「そうか」

　困惑がはっきり顔に出ていたのだろう。リサは、ほんの少し、さらに押してきた。

「前に話し合ったこと、あなた少しは考えてみたの？」

　用心深く、僕は聞き返す。

「何を話し合ったっけ」

「あなたがポーターランチの家に引越すことについてよ」

　僕は、じっと母の顔を眺めやった。

「あれは……二年も前の話だろ」

　リサがほがらかに言った。

「なら考える時間はたっぷりあったわね。あの家はあなた向きよ。静かで落ちついているし、プールもあるから健康にもいい。お医者様は――」

「一人で住むには広すぎるよ。だろう」

「ずっと一人で暮らす必要はないわ」

リサから向けられたまなざしは母性愛にあふれていて、毎度のことながらこの目で見られるとうなじの毛がざわざわする。

「たしかにね。今、丁度、猫と同居してるし」

リサが鈴を鳴らすような笑い声を立て、僕は早めに釘を刺しておくべきだと感じた。

「そんなふうに考えてくれるのはありがたいけど、僕は書店の改装と新しい家の両方をまかなうほどの余裕はないんだよ」

恐ろしいことに、ここでビルが新聞から顔を上げて口をはさんだ。

「家の方は心配いらない、アドリアン。リサと話し合って、もう解決済みだ。リサの心がそれで落ちつくのなら、私はかまわないとも」

僕は、医者に扁桃腺を診てもらう直前のような音を喉から立て、弱々しく言葉を絞り出した。

「でも、書店から遠すぎる」

「ダーリン、だからって、何もお店の上に住まなくてもいいじゃないの」

「ああ、でも僕は店の上に住むのが好きなんだ」

「けれども店の上に住むような生活は、健全な生活習慣を身に付ける妨げになるし、良識的な労働時間を保つこともできないわ。お医者様からも気をつけるよう言われたでしょう？　生活を正さないと体が元通りになってしまうと」

僕は残る面々に向かって言った。

「ほら、リアリティテレビよりおもしろいだろ？」

エマが「きゅっ」というような音を立て、ぎりぎりで笑いを飲みこんでいた。

「アドリアン、真剣に聞いてちょうだい」

「心臓が止まりそうなくらいには真剣だよ」

僕はそう受け流す。リサの顔がこわばった。

「おもしろくない冗談言わないで、こんな時に――」

「プールがあるの？　なら、私たちがそこに住んじゃ駄目？」

エマが問いかける。

「おっと」と僕は彼女を指さした。「それって最高のアイデアだ」

「まったく、アドリアン……」

リサはそれ以上の議論をあきらめた。

また一杯ずつカクテルがふるまわれ、夕食の計画が練られる。僕は例によって、奇妙な、せき立てられるような違和感にとらえられていた。

リサがムッとしたことに――そして僕が驚いたことに――ローレンが「そろそろ帰る?」と僕に水を向けてくれた。リサとエマのあからさまな落胆に対して心を引き締め、僕は「そうしたい」と答えた。疲労だけが理由ではなかったが、それにしても常につきまとう重い疲弊感が不安だった。何か足りないような、ここにいるべきでないような、おかしな気分にもさいなまれている。どこにいる時も。

皆に別れを言い、ローレンの車に乗ってパサデナへ向かった。

「助け船を出してくれてありがとう」

車が走り出すと、僕はローレンに礼を言った。

彼女はさっと手を振ってそれを流す。

「静かにものを考えたい気分は、よくわかるもの」

そう言えば、ローレンは離婚を目前にしているのだった。たしかに、彼女ならわかるだろう。それが正しい決断だと、口をそろえる女性陣にローレンも異論はない様子だったが、苦しんでいるのは僕にもひしひしと伝わってきていた。

書店に到着した僕はまたローレンに感謝し、別れの手を振って、大きな、無人の建物へ入った。

中はむっと暑く、ひどく静かだった。古い本の重々しい香りが、細かな塵とともにぼんやりした灯りの中を漂っている。古書には独特の匂いがある。新品の本とはまるで違う。今夜、それは古びた革やくたびれた布、よれた紙、そして木のワックスの匂いだった。帰ってきた、とその匂いで実感する。このクローク&ダガー書店を自発的に去る自分など想像もできなかった。死んだら、いっそ僕も床板の下につっこんでもらおうか。

　僕は書店と隣のフロアを仕切るビニール壁に歩みよった。警察が今日ここに立ち入った気配はない。誰ひとり立ち入った気配もない。それはまあ朗報か。

　二階へ行き、フラットの鍵を開けた。室内は蒸し暑く息苦しく、その上、猫のおかげでかぐわしい。少しでも風を入れようと窓を開けた。

　どうして、あわててこんなところに帰ってきた？　何もかも、出ていった時のままだ。きっと明日も、明後日も変わらない。

　カウチに腰を下ろすと、トムキンスが隣のクッションにとびのり、僕の腕に顔を擦り付けた。

「淋しかったか？」

　どうやら、そうらしい。趣味の悪い奴はどこにでもいるものだ。他人事ではなく、僕もそれは身にしみていた。

　猫のトイレの始末をし、猫に餌をやって、自分は後で軽食でもつまむことにし、何か飲もうかと考え、考え直し、カウチに戻ると、少しの間天井を見つめた。

　一体、僕はどうしてしまったのだ？

　ひとりが淋しいのならば、どうしてリサの家にとどまらなかった？　オールドパサデナの街区が夜にそなえてどんどん店じまいしていく、遠い音にじっと耳を傾けた。この建物が夜にそなえて木々の関節を伸ばし、パキパキとあちこちを鳴らす音に、耳を傾けた。

「まったく、冗談じゃない」

僕は呟いた。

立ち上がって電話へ向かう僕へ、鬱陶《うっとう》しい蝿を狩ろうとするのを中断したトムキンスが、好奇の目を向けた。

「どうせ、家にいないかもしれないし」

僕はトムキンスにそう言った。

トムキンスは何の意見も言わなかった。座りこみ、僕が電話をかける間、その少ない経験の中で最高に素敵なものを見つけたかのように僕を見つめていた。

呼出音が鳴る。

一回。

二回。

僕は目をとじ、留守電にメッセージを残すかどうか自問した。

『リオーダン』

目を開く。この声に、まだ鼓動が速まるなんておかしな話だ。いい加減、のりこえていてもいい筈なのに。そううまくはいかない。

「やあ」

『やあ』

ただ一言だったが、その声ははっきりとやわらいだ。

『調子はどうだ？』

「いいよ」

この言葉が真実になるまでに、どのくらいかかるだろう。

『ほう？』

僕の声に何も悟られるようなものはなかった筈だが、たった一言の反問で、ずばりと、完璧に見通されたのがわかった。時に、皮肉なことだが、この地上の誰より僕を理解しているのはジェイクではないかと思えることがあった。

「実はそうでもない」僕は白状した。「昨日の一件、聞いてるか？」

『床から出てきた白骨死体か。聞いている』

警察を辞めたからといって、警察官の血が体内から消えるわけではないということだ。

「また、店に誰か押し入ろうとしたんだ。その件で電話をしたんだけど」

『それで？』

冷たいとまではいかなかったが、ジェイクの声からぬくもりが消えていた。

「私立探偵稼業はどんな調子？」

ジェイクは無表情な声で答えた。

『昨日、初の依頼があった。女性が、元彼を尾行してほしいと』

「もう別れた男を？」

『ああ』

それは、声に活気もなくなるわけだ。

「その話、引き受けるのか？」

『ああ』

これについてもう話すつもりはない、という口調だった。

「別の依頼を受ける余裕はありそう？」

ほとんど警戒しているような声で、ジェイクは問い返した。

『どんな依頼だ？　誰が依頼人だ？』

「僕だよ」と返事をした。「僕が、お前を雇いたい」

5

錠前を取り替えたのでジェイクの鍵はもう使えず、僕は彼を迎えに一階へ下りていった。裏口のドアを開ける。

ジェイクはジーンズと黒いTシャツ姿だった。沈みゆく最後の陽が短く刈られた髪を照らす。はしばみ色の目は、日焼けした肌との対比で、いつもより明るい色に見えた。

どこか、前と雰囲気が違う。タイ料理の匂いのせいだと、僕は自分に言いきかせた。ジェイクがサラダン・ソングのテイクアウトの茶色い紙袋を持ち上げてみせる。

僕は言った。

「〝アヒルと同じやり方を心得てる〟」

「俺もいつも、そう言うんだ」

「タイのことわざなんだよ。どういう意味かはさっぱりだけど」

「夕飯を食ってみればわかるかもな」

僕は踵《きびす》を返し、先に立って二階へ上りながら、背後のジェイクの存在を、静かに揺るぎなく階段を踏む足音を、意識していた。一昨日の夜も、ジェイクはここに来たのだ。なのにどうして長い間会っていなかった気がするのか、よくわからなかった。

フラットの中へ入る。ジェイクはいまだにキッチンのどこに何があるのかよく覚えていた。彼が皿やフォークを出している間、僕はそれについて考えをめぐらせてみた。その事実が語るのは、ジェイクについてか、僕についてか？　よくわからない。

「どうして僕がまだ夕食を済ませてないと思うんだ?」

僕はカウンターにもたれて腕組みしながら、問いただした。

「別に。俺がまだ食ってないから勝手にしているだけだ」

ジェイクの目が僕の目を見て、僕は自分の唇がふっとゆるむのを感じた。トムヤムクンなんて、ジェイクは一度も食べなかったくせに。

そして突然、何週間かで初めて、僕は空腹を覚えていた。冷蔵庫からジェイクにビールを、自分にはミネラルウォーターを取り出す。

リビングに皿をはこび、カウチに二人で隣り合って座った。

「いつ猫を飼ったんだ」

ジェイクが、窓際の椅子の下から彼をうさん臭そうに見ているトムキンスを見つけてたずねた。

「ちょっと長い話でさ」

僕は曖昧に言った。

「犬に襲われてたんだ。ずっと置いておくつもりはないけどね。治るまでここにいるだけだ。そうしたらまた野良に戻すよ」

「成程。名前は付けたのか?」

「トムキンス。ジョン・トムキンスだ」

そう言ってから、説明しなければという衝動に駆られた。

「獣医につれていった時、名前を付けなきゃならなかったんだよ。彼は海賊なんだ」

「海賊の獣医とは、実にお前らしい人選だな」

僕は笑い、縫合やワイヤーの引きつれをこらえた。

「そりゃ熱帯魚ならおまかせだろうな。とにかく、もし僕がペットを飼いたいなら――今はそんな気もないけど――犬を飼うよ」

ジェイクが真剣な顔で言った。

「庭なしでは犬は飼えないぞ。あの、毛玉に足がついたオモチャみたいな小型犬なら別だが」

「いや、僕がほしいのは、大きな、犬らしい犬だよ」

その話でアダージョのことを思い出した。僕がドーテン家でのちょっとした家庭内ドラマのことを語ってみせると、ジェイクが言った。

「馬を見に行く時、もしよければ連絡をくれ、俺が運転する。今のところそこまで仕事が立てこんでないので、スケジュールが自由でな」

自嘲的な口調だった。経済的にはどういう状況なのだろうと、ふと僕はいぶかしむ。ジェイクの辞職がどんな形式のものだったのか、僕は細かい話を聞いていなかった。その上、離婚問題まで抱えている――まだその話が続いているのなら。ジェイクは家を売る羽目《はめ》になるのだろうか？

僕が口を開き、おそらく自分が首をつっこむ権利などない問いを放とうとした時、電話が鳴った。僕はスープを置き、立って電話に出た。

『驚いたね、まだ同じ電話番号だ』メルが言った。『思い出ってやつは、まったく……』

どこか揺さぶられているような声で――それは予期せず彼の声を聞いた僕の気分ともよく似ていた。そこまで驚くべきではないのだが。メルは「電話する」と言った。らしくもなく、僕はすっかり忘れていた。

「やあ」

ほんの少し先で、同じカウチで、ジェイクが聞いていると思うとひどく意識してしまう。

「お父さんの具合はどう？」

『最高さ。手術はばっちりうまくいったよ』

メルは手術について細かく語り――僕の方も最近心臓手術をたっぷり味わったばかりだというのに――僕は義理堅く耳を傾けながら、目のすみでジェイクが落ちつき払って夕食を平らげていくのを見ていた。

『ま、こんな話はそろそろうんざりだろうね』

やっとメルがそう結ぶ。

『気分はどうだ？』

「いいよ。毎日よくなってる」

『明日は行けそうか？』

　ふっとかすかに心が浮き立ち、僕はそれを押しこめた。視界の隅でジェイクがビールのボトルを口に運ぶのが見え、ごくりと動く喉を凝視した。思えば、誰かと少し遊びに出るのは僕にとって、いい気晴らしになるかもしれない。

「いいよ。楽しそうだしね、実際。僕の趣味を覚えていてくれて嬉しいよ」

『君が思うより、俺は君のことをまだ覚えてるんだよ』

　何の返事もできなかった。こんな言葉を聞きたかったかどうかもさだかではない。メルは故郷にもどって来たことで、タイムマシンで過去を訪問しているかのようなノスタルジックな気分にとらわれているに違いないのだ。

「何時にする？」

　僕はさりげなくたずねた。

　細かいことを決めて、僕は電話を切った。カウチと、もう冷めたスープのところへ戻る。沈黙が、今になって気まずかった。

　ジェイクが言った。

「それで一体、俺に何をしてほしい？」

　僕は口を開けたが、不意に脳裏にあふれた映像に言葉を完全に失っていた。

　ジェイクが僕の顔のそばで囁《ささや》いている――「会いたかった」と――そしてジェイクのキス

……時に機械のように正確にすべてを見抜く男の、キス……濃密な舌の探り合い、歯で焦らし、溶けるような、思いもかけずにやわらかな彼の唇……。

ゴホン、と僕は咳払いをした。

「そうだね、まず手始めとして、ヘンリー・ハリソンという名前の男を探し出せるかどうかやってみてほしい」

「わかった。どうしてだ？」

「昨日その男が店に来てあれこれ質問し、建物やジェイ・スティーヴンスの殺人についての話をしていったんだよ。偶然にしてはできすぎだろう。まずありえないよ。誰かが押し入ろうとした、まさに翌日？」

ジェイクは考えこんでいた。うなずく。

「たしかにな。何か手がかりはあるか？」

「ない。ハリソンというのも偽名かもしれない。ミルウォーキーからの旅行者だと名乗ったが、ミルウォーキーっていうしゃべり方じゃなかった。はっきり言って、あの男の何もかもがしっくりこない。いや、わかることもあるな――建築には少しくわしそうだった」

ジェイクはいくつかハリソンについて鋭い問いを放ち、僕は記憶の限り答えようとした。あの日はメルの出現で完全に心が乱されたのだが、ジェイクにそうと認めたくはなかった。

「それで、ここが一番おもしろいところなんだけど」

と僕は言った。

「ハリソンは、七十歳近くとか、そのあたりに見えた。ということは、ジェイ・スティーヴンスと同時代の人間、と言えるかもしれない」

ジェイクの目にきらりと興味の光がともるのは、いい眺めだった。

「たしかにおもしろいな」じっくり考えこむ。「ふむ。ヘンリー・ハリソンと名乗る男を探す。それから？」

「二つ目に、ハリソンを見つければわかることかもしれないけど、この建物に何が隠されていると思われているのか、それが知りたい。ジェイ・スティーヴンスの死体じゃないだろう、もう見つかったし、ニュースで昨日大々的にやってたから誰でも気付いただろうしね」

「お前の店の侵入者はテレビニュースを見ないのかもしれないぞ」ジェイクが指摘した。「お前は見ないだろ」

「たしかに。でも二回も侵入するほど興味を持ってるなら、書店の様子に目を光らせているだろうし、昨日ここは警官の動物園みたいだった」

そう言って、僕はつけ足した。

「猿山のボスは誰あろう、僕らの友人、アロンゾ刑事だよ」

「ああ、聞いた」

ジェイクはどうでもよさそうにうなずいた。

「ほかには何を聞いてる？」

「どういう意味だ？」

「まだコネがあるんだよね？　あの骨がジェイ・スティーヴンスかどうかはわかったのか？」

「どちらにせよ、判断がつくまでしばらくかかる。スティーヴンスだという説が有力だろうがな。あの白骨は男性、二十代前半から半ばだ。俺の知る限り、スティーヴンス以外にあのホテルでの不審死はなかった」

「僕は、ジェイ・スティーヴンスについて調べてみたんだよ」

ジェイクに向けて、ムーングロウズというバンドと〝カレイドスコープ〟というアルバムの説明をした。

「その妹が生きていれば手がかりになるかもしれんな」

「彼女がどうなったかはまるでつかめなくてね。ただ、フレイム巡査がスティーヴンスの失踪を捜査した刑事のことを教えてくれたよ。アーガイルという名前だったそうだ」

ジェイクは首を振る。

「聞き覚えのない名だ」

アーガイルは、遠い昔に警察を去っているのかもしれない。フレイム巡査はジェイクより十歳は上だろうし、ジェイクが警察に入る前に異動や引退している刑事を知っていても不思議はない。

「フレイム巡査はほかにも、ジェイ・スティーヴンスとバンドのムーングロウズが、海辺のタイドというナイトクラブで演奏していたと言っていた。海岸のどの辺りとまでは言っていなかったけど」

僕はあくびを嚙み殺した。八時半、すでにベッドが僕をお呼びときている。パーティ好きの人々から見たら、冬ごもり中の動物並みだ。

「よし。どちらもなかなかの糸口だ」

ジェイクは立ち上がり、空になった二人分の皿を取って、キッチンに消えた。水が流れる音を聞きながら、僕は窓から、ピンクと黄色に暮れていく空に出た淡い一番星を見つめていた。スモッグにも長所はある――夕暮れは美しい。

ジェイクがリビングへ戻ってきた。

「俺は引き上げる。経過は追って知らせる」

僕は向き直り、彼を眺めた。そう言われるとは思っていなかった。心の一部では、ジェイクが反論ひとつせず僕らの関係をあきらめてくれたことに、ほっとしていた。だが一方では……。

僕も立ち上がった。

「錠を取り替えたんだ。中から鍵を閉めないと」

「そうだな」

テーブル脇で足を止め、ジェイクはそこに置かれていたＤＶＤを手に取った。

「〝マルタの鷹〟?」かすかな笑みを浮かべる。「〝海賊ブラッド〟でも見ているかと思ったが」

「今、ちょっと海賊ものは、見る気になれなくてね」

ジェイクの笑みが消えた。

「そうか」

二人の間に突然に落ちた沈黙に、僕は口を開いた。

「ポール・ケインが、お前のことも訴えたって聞いたよ」

「ん?」

僕が何を言っているのか、理解するまで一瞬かかったようだった。

「ああ、そう言えばな」

どうやら、ジェイクにとっては大したことではないらしい。僕は口を開け、何かを言おうと
……何を言おうとしたのだろう。ジェイクがぶっきらぼうにさえぎった。

「どうでもいいことだ。ケインは長い間ぶちこまれることになるし、訴訟などただの鬱陶しいたわ言だ」

ふと好奇の色がジェイクの目に動き、彼は僕にたずねた。

「お前は、自分への訴訟は心配してないのか?」

「してないよ」

本心のことだ。ジェイクは信じきっていないようで、言った。

「ケインをいくつも有罪にできるだけの証拠は、充分にある」

「知ってる」

ジェイクは、僕が心にある何かを吐き出してしまうのを待っていた。だが僕が黙ったままでいると、また背を向けてドアを開けた。僕は彼について一階へ下りた。

裏口で、ジェイクは僕をまっすぐ、しばらく見つめて、言った。

「おやすみ、アドリアン」

「あのさ。ジェイク?」

彼がうなずく。

「僕に聞く権利があるかはわからないけど。僕らが会っていた、あの期間──」

「十ヵ月」

十ヵ月。そう長いとは言えない。決して。それもまた、あの日々がどうして人生でもっとも大事なものに感じられるのか、うまく説明できない理由だ。

「あの間、ずっとケインと会っていたのか?」

聞かれるだろうと予期していたのだろうか。ジェイクはわずかもひるむことなく、答えた。

「はじめのうちは、そうだ。お前とあの牧場ですごした後、俺はケインと会うのをやめた」

彼のまなざしは揺らがず、真剣に僕の目を見つめていた。何かを訴えかけるように。だがそれが何なのか、僕にはよくつかめなかった。

僕は言葉を発しようとして、自分の声にこめられた苦痛にぎくりとした。

「僕はてっきり——どうしてかはわからないけど——何というか、僕がある意味、お前の初めてだと思っていたよ」

そう言ってから、僕はあわててつけ足した。

「いや、初めてじゃないのはわかってたけど。お前も言ってたし——」

「お前は、あらゆる大切な点で、俺の初めてだった。お前は、俺が人生で初めてキスした男だ」

ジェイクが淡く、読みとりづらい微笑を浮かべた。

「こうして考えてみるに、お前は、俺がベッドでセックスした初めての男だった」

何を言えばいいのか見当もつかなかった。ジェイクの言葉が引き起こすイメージは、きっと誰の言葉も奪う。

「お前は、リンゴとオレンジのように、まるで比較にならないものを比べようとしている。ポールと俺はデートはしなかった。友人でもなかった。お互い所属していたクラブ以外でのつき合いもなかった。彼は痛みを与えられることに貪欲で、俺はそれを与えたいという強い衝動をかかえていた」

聞かなければよかったのだ。こんなことまで知りたかったわけじゃない。

「もっとも、俺が結婚してクラブに舞い戻った後、俺とポールの関係は変化した。俺たちは友人になった。友人は言いすぎだとしても、クラブの中だけでなく、外でも彼と会うようになった。俺はあいつのことを気に入っていた」

「知ってる」

「お前を傷つけて、本当にすまないと思っている。ポールがお前を傷つけて。俺が、お前を傷つけて。すまなかった」

まっすぐ、真摯に。受け入れるも拒否するもこちら次第だと。

僕はうなずいた。

「おやすみ」とジェイクが言う。

「おやすみ」

彼が出たドアに鍵をかけ、僕は二階へ戻った。


木曜も書店は閉まったままだった。僕は模範囚だ。

そろそろ、朝のルーティンも見事なほど手慣れてきた。体重を測り、体温を測り、心拍数を測り、胸の醜い切開痕を見た。すべてが予定通りの回復を示している。僕自身、まだ処方されている薬の山におののきつつも、前より気分が上向いていた。

太極拳《タイ・チー》を行い、朝食を摂《と》り——どうにか一杯のオートミールを口に流しこみ——、メールを開き、すぐにやめ、散歩に出てみることにした。

歩きながら、この街がいかにやかましく、慌しく、スモッグに包まれているか痛感する。前は気にもならなかったのに。今では……自分が無防備な気がして、騒音や人ごみに、以前と打って変わって不安になる。

気乗りしないまま、僕はポーターランチの家のことを、その庭にあるプールのことを考えていた。また泳ぐのは気持ちいいだろう。陽を浴びて寝そべり、家を囲む丘の静けさと平穏を楽しむのはいいものだろう。体にもいい。その点、リサの言う通りだ。

だがあの家は、一人で住むには広すぎる。実際のところ、二人で住むのにも広いが――だがもしかしたら、自分のプライバシーを大事にする二人が住むのであれば……？

二十分ばかり歩き、一度だけ足を止めてCDを二枚買った。グレン・ミラーの〝エッセンシャル〟とコール・ポーターのベスト盤。家に帰り、コール・ポーターのCDをかけ、カーメン・マクレエの歌うバージョンの〝エヴリタイム・ウィ・セイ・グッバイ〟を聞きながら眠りに落ちた。充電された気分で目覚め、一階へ下り、今度は真面目にメールの山に立ち向かい、その半分まで対応を済ませた。

ふと思いつき、ムーングロウズのドラマーだったトッド・トーマスの家族のサイトにメールを出す。トッドに連絡を取りたいとたのんでおいた。

これでやる気がかき立てられ、僕は残りの午後、二階でジェイソン・リーランドミステリの第三巻『死の暗転』の執筆に取り組んだ。

　これは、ゲイのシェイクスピア役者兼アマチュア探偵が主人公の、僕の三冊目の本だった。大学を出た頃、僕は物を書いて食っていきたいという甘い夢を持っていた。母でさえそれには賛成していた。それがまずかったのかもしれないし、それとも単に、あの頃の僕の中には書くべきことなどまだ大してなかったのかもしれない。昔の僕は、実際に書くことより、小説家になるというイメージに惹かれていた。今は楽しんで書くようになっていたが、それがちょっとした気晴らし以上のものになるなどという夢はもう捨てていた。書店の仕事に誇りも持っている。知を人々に提供する場だ。本について話したり書いたりするのが好きだ。人生に締切が存在せず、自分のペースで働けるのもありがたい。店は順調で、それでいて重荷になるほどの規模ではない。僕の人生にはまだほかのものが入る余地があった。たとえば……執筆とか。殺人事件とか。

　だが僕などよりジェイソン・リーランドの方が、疑問の余地なくはるかに優秀なアマチュア探偵だ。彼の目の前に、都合よく手がかりが落ちてくるとは言え。

　シリーズ第一巻の『殺しの幕引き』は、短い間だけ、映画化すら検討された。結局、駄目になったが。それもあんな形で。

　僕は三巻の作業にかかり、文章をあれこれいじり回した後、近所をぶらりと散歩し、帰宅して、夕食にサラダを作った。食べ物は、大いなる問題だ。リハビリの二日目に栄養士から冊子をもらい、何を食べ何を食べてはならないか、ひとしきり指導されていた。それはいい。僕だって正しい食生活を送りたい。だが困ったことに食欲があまりなく、元から料理好きでもないのだ。

シャワーを浴び、着替えて、メルとの——デート、とは呼びたくないが、とにかく出かける準備をした。外出というと入院患者のようだし、映画鑑賞というのも堅苦しい。

結局、清潔なジーンズを選んだ。それと青いジャカード地の半袖シャツ。あまり気合が入っているように見られたくはない。姿勢をあれこれ変え、襟元から鎖骨の下の傷が見えるかどうかためしてみた。角度によっては見える。だがメルと僕がその角度にあるのなら、このシャツは脱がされる運命だろうし、正直、そんな状況は想像もできなかった。

メルを待つ間、ネット検索で時間をつぶし、タイドという名のナイトクラブについて何か出てくるか見てみた。意外にも、結構な情報があった。どうやら一九五〇年代のほんの一時期、タイドはロマンティックな夜をすごす店として知られていたらしい。

僕は白黒写真を眺めた。ハリウッド女優志望の女性たちや朝鮮戦争の帰還兵の笑顔。タキシードとカクテルドレス姿のカップルたちが大きな見晴らし窓を背景に踊り、その窓からはサンタモニカからパロスベルデスに至る南カリフォルニア海岸の景色を臨んでいた。

様々なバンドの写真を見つめる。トミー・レイノルズ、サイ・ゼントナー、ジョニー・ロング・オーケストラ——ほとんど僕にはなじみがない名前だが、いくつかは聞き覚えもあった。

ベニー・グッドマン、エラ・フィッツジェラルド、ペギー・リー。タイドのオーナー、ダン・ヘイルは時代の栄光と輝きを店のステージに花開かせていた。

いくつか、店の〝ハウスバンド〟として、ジェイ・スティーヴンスとムーングロウズについての言及も見られた。

今はないジャズクラブを集めたサイトで、僕はタイドについての詳細を読んだ。

波止場まで数ヤードというところに、タイドのコバルトブルーの扉があった。短く狭い階段の先に、長く広いフロアがあり、大きな見晴らし窓が海を向いている。室内は、海を模したモザイクのタイルやジグザグ模様の木の象眼、波打つ鉄製の手すりで飾られていた。海にまつわるユーモラスな意匠が、燭台や壁の飾り縁や、ソファや椅子の布の模様などにちりばめられていた。磨き上げられたダンスフロアは百組のカップルが楽に踊れるほど大きく、その頭上には、海中生物たちの暮らしが彫りこまれた黒い格子木が天井いっぱいに広がっていた。

メルから、今店の前にいるという電話がかかってきた。僕はノートパソコンを切って、彼を迎えに出た。

メルは銀のレンタカーの横に立っていた。一緒に暮らしていた頃はクラシックなＢＭＣミニを持っていたな、と思い出す。今は何に乗っているのだろう。メルのことだ、まだミニに乗っているかもしれない。

「君からは、相変わらず目が離せないようだね、アドリアン」

「それ、お前が言えたセリフじゃないよな？」

「たしかに。だけどついさっき、君の屋根裏にいた白骨死体のことを聞いたよ」

「三階の客室だ。でも……そうだよ。不動産屋がおまけがあるのを言い忘れてたみたいでね」

「さっさとこの建物を売りに出さないなんて信じられないよ。俺だったら真っ先にそうする」

「冗談だろ？　僕は今や、全国のミステリ書店がうらやむ物件オーナーなのに」

僕は微笑んだまま、路地を近づいてくるエンジン音の方に向き直った。ジェイクの黒いホンダS2000を目にした瞬間、笑みがかき消えた。

その車を覚えている自分が驚きだ。あの快適なシートの助手席に座らせてもらったことなど、わずかな回数にすぎなかった。

「誰だい？」

メルが問いかける。僕の表情のどこかから答えを読みとったのだろう、「ああ……」と口調を変えて呟いた。

車は、僕らのそばに停まった。ジェイクが窓を下げる。メルをちらっと見たヘイゼルの目は、無感情だった。

「悪かったな、先に電話すればよかった」

するべきだった、たしかに。ジェイクらしくもない。

「いいんだ」

僕は反射的にそう返していた。

一瞬の――いやそれにも満たないほどの沈黙があり、僕は仕方なしに言った。

「ジェイク、彼はメル・デイヴィスだ。メル、こちらはジェイク・リオーダン」

メルは車をはさんだ逆側に立っていて、ジェイクは車から下りようとしなかったので、二人は軽いうなずきと最低限の挨拶を交わしただけだった。まさにこれ以下はない。

「はじめまして」とメル。

「デイヴィスか」とジェイクが返す。

ジェイクが僕の昔の彼氏の名を覚えているとも思えないし、その愛想のなさはジェイク本来の魅力の発露というところだろう。彼が僕へ顔を向けると、沈みかかる陽のいたずらで、その目は緑色に見えた。

「ニック・アーガイルを見つけた」

「見つけた？」

ジェイクの口元が上がる。

「そう驚いた声を出してくれるな」

「そうだけど、今頃てっきり天国のパトロール中かと思ってたよ」

「いいや。七十歳すぎてもあれほどしゃきっとしているのはうらやましいくらいだ。明日、会うことになった。お前も一緒に来たいんじゃないかと思ってな」

「本当に？」

ジェイクはうなずいた。

考えるまでもない。今日一日の引きこもりで、僕はもうすでに限界だった。これ以上とじこもっていたらおかしくなってしまう。

「ああ、行きたい」

「朝の八時だ。大丈夫そうか？」

「大丈夫。声をかけてくれてありがとう」

「いいんだ」

だがここまで来ると、僕も、そしてメルも、ジェイクがこれだけを言いに書店まで車を走らせてきたわけはないと気付いていた。

メルがせかす。

「行かないと、アドリアン。もう始まる」

ジェイクの顔はまったくの無表情だった。

ドラマが多すぎる。ナタリーなら僕の人生についてそう言っただろう。僕は、自分の口調が言い訳がましいのに納得いかないまま、言った。

「メルと一緒に、ＬＡＣＭＡ《ラクマ》のフィルム・ノワール・フェスティバルの二本立てに行くところなんだ。あの美術館が映画上映してるのは知ってた？」

「お前向きだな、楽しんでこい」

ジェイクはメルに対して、礼儀正しく頭を軽く傾けた。

「いい夜を」

ゆっくりと、ジェイクの車の窓が上がっていく。

窓ごしに僕へうなずくと、彼は車をバックさせ、すっかり慣れた手つきで小さな半円を描いて向きを変えた。

メルと僕は、メルの車に乗りこんだ。

「それで、あれが例の刑事？」

「彼がジェイク・リオーダンだよ。ああ」

「何というか……存在感があるな、たしかに」

メルは微笑を浮かべて、好奇の色を見せる。

「君がつき合うような相手だとは、とても想像できないけど」

「じゃあどんな相手を想像してるんだ。まさか自分か？」

「いててて」

　メルはあくまで軽い調子を保つ。

「君に迷いがあるのもわかるよ。彼は少し無骨な感じに見えるね」

「無骨？」

　いわれない苛立ちを隠そうと――大体何が言える、迷っているのは間違いない――僕は混ぜ返した。

「でも、よく言うじゃないか、正反対のものに惹かれるもんだってね」

「俺はその説はあまり買わないね」

　実のところ、僕もだ。僕はつけ足した。

「僕の方も少し考えなしだったかもしれない。ジェイクは今、私立探偵をしていて、僕はこのごろ書店で起きている奇妙な出来事を、彼に調べてもらっているんだ」

　二度目の侵入のことをメルに話して聞かせた。話が終わらないうちに、メルは胃薬に手をのばしていた。彼がどれだけ心配性か忘れていた。

「とにかく、お互い、うまい話だと思ったんだけどね。ジェイクは仕事がほしいし、僕はセキュリティの穴を埋めたかったわけだし」

「ところが、君の態度で彼に期待を持たせてしまったとか？」

　その問いに僕が答えずにいると、メルが半ばだけ冗談めかしてたずねた。

「それとも、期待したのは君自身かな？」

その夜は、意外なほど楽しくすごせた。メルも僕もほぼずっと映画のスクリーンを見ていたおかげもあるし、この二本のクラシック映画が僕のお気に入りだというのも助けになった。ハンフリー・ボガートの〝三つ数えろ〟はチャンドラーの映画といえば誰もが一番に思いうかべる一作だし、〝青い戦慄〟はチャンドラーが唯一書き下ろした映画のシナリオだ。彼の作品の様々な要素が詰めこまれている。

また映画を、それもこんな極上の環境で見られるのは、嬉しかった。実際、極上の環境だった――この郡立美術館《LACMA》の映画館は見事なサウンドシステムをそなえている。三組のサウンドシステムだ、技術的に言うならば。音響だけでなくスクリーンも見事だったが、この手のことはむしろメルの専門だ。僕にとって映画はストーリーだ。メルはもっと、技術面に興味がある。専門家でなくとも、僕はまた大きなスクリーンで映画を見られて満足だった。

「これがなくなると残念だね」

メルが休憩時間に言った。

僕はうなずく。

ＬＡＣＭＡ《ラクマ》が週末に行っているこの上映会は四十年の歴史がありながら、あまり知名度はなく、この南カリフォルニア文化がハリウッドや映画産業によって形作られてきたことを思えば淋しいことだった。このイベントは最近、観客数の落ちこみと寄付の低迷で存続の危機に立たされていたが、ロサンゼルス市、そして映画協会が援助にのり出した。今のところ、週末の上映会は守られている。

〝三つ数えろ〟のラストの方では、正直、僕は半ば眠っていた。まさに原作の『大いなる眠り』ばりだね、とメルに笑われる。

「どこかでコーヒーか何か、一杯飲んでいかないか？」

聞かれて、僕は首を振った。

「そうしたいところだけど、もうくたくたでね」

「またの機会に？」

「いいね」

「じゃあ明日、ディナーはどうだい」

「明日？」

メルがうなずいた。

「君と駆け引きのようなことはしたくない。今夜は、本当に久々に、楽しい夜だった。また会いたい。君が同じ気持ちだといいんだけれど」

「僕も、今夜は楽しかったよ。本当に」僕はそう答える。「ただ……」

沈黙を、メルの言葉がつないだ。

「俺には二度と会いたくない？」

僕は、彼をまじまじと見つめた。

「いや。そんなことは思ってないよ」

メルが身をのり出し、僕らはキスをした。心地いい。メルの唇は温かく、押しつけがましくもなく、ドキリとするほどなじんだ感触だった。安全。わかりやすい。

唇が離れると、僕は言った。

「そんなことは、本当に思ってないよ」

6

金曜の早朝、ナタリーは業者からの入荷本を受け取りにクローク＆ダガー書店へやってくると、僕が流している音楽に文句を言った。

「何よ、この曲？」

まるで空襲警報でも鳴っているかのように顔をしかめている。

「グレン・ミラーだよ。〝ザ・ニアネス・オブ・ユー〟」

「曲のタイトルを聞いたわけじゃないの。つまり……一体、どういう音楽なの、これは？　時代遅れの懐メロだってうんざりなのに。これは……年寄りの聞く曲でしょ」

「ビートルズにも同じこと言ったろ。プリテンダーズにも」

「わかったわよ。これは——太古の曲よ」

僕は鼻を鳴らした。

「僕はこれが好きなんだよ」

「ウォレンが言うにはね——」

彼女の声を耳からしめ出し、荷物の目録にさっと目を通す。このリストを手にするだけでも、ほとんど力ずくでナタリーから奪わなければならなかったのだ。

十時半すぎ、隣のフロアの正面ドアが開き、僕とナタリーが目を向けると、二人の私服刑事が——おそらく片方は朝に僕が電話で話した刑事だろう——入ってきた。こちらに向けて警察バッジをちらつかせる。二人は二階へ向かった。

「何する気なのかしら？」

ナタリーがたずねた。

僕は首を振った。アロンゾが現れるのではないかと気が張っていた。ほっとしたことに、彼が来る様子はない。刑事二人だけのようだ。

「もしかしたら、捜査完了前の最終検分かもな」

「何ですって？」

「現場担当の刑事の手順だよ。捜査の完了に際して、捜査官は現場捜査が充分行われたことをたしかめるために、現場に目を通しておくんだ」

「てことは、捜査はもうおしまい？」

「さてね。こんなに短期間でとは思えないけど。店を開けていいと言ってもらえるよう祈ろう」

さらに少ししてジェイクが到着し、僕は裏口から彼を中へ入れた。

「アーガイルはオーハイに住んでいる。帰るまで何時間かかるから、必要なものがあるなら全部持っていけ」

「オーハイ？」

ジェイクはけげんそうに僕を見た。

「まずいか？」

「どうだろう」僕は口ごもった。「オーハイっていうと——どうなんだ？　車で一時間とか、二時間？　片道で？」

「そうだが？」

「僕には、無理かもしれない」

そう、口に出して言うのはつらかった。どれほど自信をなくしているか、自分で認めるのは。

回復を実感するより、何かまずいことが起こるのではないかという恐怖に縛りつけられている。怖くてたまらないし、腹立たしい。いつかこの不安が消える日が来るのだろうか？　そんな風にはまるで思えなかった。

ジェイクが僕をじっくり眺めているのを感じたが、僕は目を合わせずにいた。

「お前に余計な負担はかからないようにするが」

「ありがとう」無理に笑みを浮かべた。「とにかく、安全第一でいかないと」

「少し外の空気を吸うのは体にもいいんじゃないか」

僕はうなずいた。ジェイクの言葉には賛成だが、問題はそう単純ではないのだ。もし、出先で何か起きたら？　ジェイクはそんな事態に対応するだけの覚悟があるのか？　僕は嫌だ。

「医者に聞いたらどうだ？」

僕は、茫然と顔を上げた。

ジェイクが説明する。

「医者に電話して、二、三時間車に乗っても大丈夫かどうか聞いてみればいいんじゃないか」

何てことだ――ハローキティ！　と、エマなら叫んだだろう。何とシンプルな解決策。気付かなかった自分が心配になるくらいに。

ジェイクをナタリーの餌食に残し、僕はオフィスへ行ってカーディガン医師へ電話をかけた。自分が運転するのではないと約束した上で、いくつかの条件付きで外出許可が下りた。

僕は忠実にジェイクへ報告する。

「一時間に一度は、車を下りて五分から十分足をのばせって」

「それは簡単だ。ほかには？」

カーディガン医師からは、片道二時間を超えるようならモーテルかホテルに一晩泊まる方がいいだろうとアドバイスされていた。ただし、僕はジェイクにそれを伝える気はなかった。

「何も。それで充分だよ」

僕は薬と、シートベルトと胸の間にはさんで傷への刺激をやわらげる小さなタオルを持った。

「こんな生活が終わったら心底ほっとするだろうね」

僕がぼやいている間に、ジェイクがコロラド大通りへ車を出す。

「何がだ？」

「いつもビクビクしてるのにはうんざりなんだ」

ジェイクがちらっと、僕に視線を投げた。どうして僕は、ジェイクにこういうことを話すのだろう。ほかの誰にも、何と引きかえにだろうと、話さないようなことだ。どうしてだろう——ジェイクが人の弱さに寛容だなどと、誰も思いもしないはずなのに。他人の弱さにも、自分の弱さにも。

ジェイクは直接は返事をせず、たずねた。

「映画はどうだった？」

「映画って……ああ、二本見たよ。『大いなる眠り』の映画版と――いや、僕も本当によく寝ちゃったよ、赤ん坊なみの体力しかなくてね。それと〝青い戦慄〟。まさにチャンドラーの枠だった。このシナリオでチャンドラーはアカデミー賞にノミネートされたんだ。〝三つ数えろ〟の方はボガートとバコールが出てて――」

「楽しい時間だったか？」

「そう言っていいと思うよ」

ためらいがちに、ジェイクは言った。

「デイヴィスとまた会っているとは知らなかった。たしかUCバークレーで教えてるんじゃなかったか？」

メルの名を、覚えていたのだ。まあそれがジェイクだ。細部にまで注意が行き届いている。

「そうだよ、何日か戻ってきてるんだ。父親が心臓手術を受けたばかりでね」

続く沈黙を、マーク・コーンの歌う〝ウォーキング・イン・メンフィス〟が埋めた。

「また会ってるとかじゃないんだよ」

僕は言う。

「説明しにくいんだけど、僕らの関係の終わり方は――何というか、きれいに割り切れていない部分もあった。それだけのことだ」

ジェイクが淡々と切り返した。

「大体の関係の切れ方は、そういうものじゃないか？　気持ちがきれいに片付くことなんてあるのか」

「まあ、たしかにね」

　ジェイクは考えこみながらうなずき、ほっとしたことに、僕が何より聞きたくない問いを放とうとはしなかった。かわりに違う話題に移る。

「ヘンリー・ハリソンについては袋小路だ。まあ予想の内だがな、手がかりが少なすぎる。近辺のホテルに当たってはみた。彼がまた現れるまでは、ほかにあまり打てる手はない」

「もしまた現れればね」

「お前の読み通り、あの男が事件に何らかの関わりがあるなら、また現れるさ」

「アーガイルは、ジェイ・スティーヴンスのことを覚えていた？」

「すぐというわけにはいかなかったがな。もう遠い昔のことだし、公に殺人事件として扱われたこともない件だが、最後にはアーガイルもいくつか細部を思い出して、話したいと言ってくれた。今から話の中身をたしかめに行く」

「どうやってこんなにすぐアーガイルを見つけられたんだ」

「まだ警察内に一人二人、知り合いがいるんでな」

　その返事は誇らしげで、僕は心の内で微笑んだ。

「僕の店で何が起きているにせよ、ジェイ・スティーヴンスの殺人と関係がある筈なんだ」

「あれが殺人なのはたしかだな」

ジェイクがうなずいた。

「予備検死によれば、スティーヴンスの死因は頭部への強い衝撃によるものだった。頭蓋の側面に大きなひび割れが入っていた。相当重いもので殴られたんだろう。おそらくは即死だ」

警察内にまだ友人がいるというのは、いいものらしい。新聞は、床から白骨死体が出てきたという一時の騒ぎが収まった今、手のひらを返したようにこの件には静かになっていた。

ジェイクが言った。

「捜査は未解決事件捜査班《CCHU》に引き継がれた。だが言っておくとな、マスコミはスティーヴンスの骨が出てきたと浮かれていたが、この件が警察内でそう重要な位置づけにあるわけじゃない」

「つまり？」

「つまり、半世紀前の事件だってことだ。もうろくな手がかりもない。ＣＣＨＵには六人の刑事がいて、一九六〇年代以降の八千件に及ぶ未解決殺人の中から、捜査対象に選ばれるだけでも一苦労なんだ」

僕は不平をこぼした。

「一件くらい一九五九年の事件をすべりこませてくれてもいいだろ？　何人か臨時で人を増やすとか」

ままその増員がアロンゾ刑事しかいないというなら、このまま迷宮入りでもいいが。

「警察の優先順位は、現在の事件に向いている。その方が解決の可能性も高いし、答えを求める市民もいる。スティーヴンスの死を嘆き、犯人を知りたいと我々にすがる遺族はいない。解決してくれと乞う者もいない」

我々。

心はずっと警察官、ということか。

「僕がすがりついて乞おうか」

ジェイクは僕を見て、ニヤッとした。

「お前は、人生で何かを乞うたことなどないだろう」

「そういうお前はあるってことか?」

奇妙な表情がジェイクの瞳をよぎる。不意に遠くから——過去からよみがえった何か。

「一度、な」

異性愛者《ストレート》になりたいと?　ありそうなことだ。それとも僕が深く考えたくない何かのプレイの最中に?

僕は無感情に返した。

「それで、願いはかなった?」

「ああ」奇妙な声だった。「かなった」

ちらりとジェイクの表情をうかがう。その顔からは何も読みとれなかった。相変わらず凛とした、妥協を許さぬ顔。

僕は話題を変えた。

「あの骨はジェイ・スティーヴンスのものだと断定されたのか？」

「断定とはいかない。ＤＮＡを照合する家族もいないしな。だが骨と一緒に埋められていたトランクにスティーヴンスの指紋がベタベタついていた。トランクと、中のクラリネットにも」

「スティーヴンスの指紋が記録にあったのか」

「あったんだ。一度はマリファナ所持、もう一度は窃盗」

ジェイクの声は自信たっぷりで、続きがあるのだとわかる。

「そう大した犯罪じゃなさそうだけど？」

「この先はアーガイルから聞け」

おっと、自分だけ楽しそうだ。

僕は言った。

「わからないのは、どうして今？　ってことだよ。どうして、これだけ時間が経ってから、あの建物の中にある何かをわざわざ探そうとする？」

「お前はどう思う」

考えてみた。

「……あそこにあるものが、改装工事で見つかってしまうか、永遠に失われてしまうかもしれないから？」

「俺の考えも同じだ」

101号線を順調に走った後、33号線に入った。カシータス湖で停まり、僕が足をのばす時間を取る。小さな売店までぶらぶら歩いていって、水のボトルとアイスバーを買った。アイスを食べながら、二人で湖上のボートを眺める。

新鮮な空気、陽射し、それにアイスという完璧な組み合わせのおかげか、久々に僕は活力を感じていた。それともそれは隣に立つジェイクが、うっかり微笑ましくなるほど悠々とチョコバーを食べているせいだろうか。

ジェイクが眉を上げた。

「何か笑えるか？」

「何でもない」

僕は袋を丸めて手近なゴミ箱に投げこんだ。

少し考えこんでいたが、ジェイクはふと言った。

「随分髪がのびたな、俺が見たことのある中で一番長い」

彼の指が、僕の耳の後ろではねているほつれ毛にふれる——かすかな、だが肌にまで伝わる感触。

「そう？　たしかに、そうかも」僕は顎をさすった。「でも今日のためにひげは剃った」

「そのようだ。この間の夜は随分とだらしない格好だったからな」

ジェイクはさらにつけ足した。

「だが色気はあった」

ああ、そうだろう。ボサボサの髪で半裸、そしてガリガリ。リップサービスで励まされているのだろう。僕はむっつりと言った。

「レザージャケットがお前の好みだってだけだろ」

きらりと目を光らせて、ジェイクが応じた。

「ああ、あのレザージャケットはよかったな。たしかに」


ニック・アーガイルはオーハイを取り巻く丘の、厩舎の多い地域にある小さな馬の牧場で暮らしていた。

正面の引込み道に出るまで、土の道を数マイル走った。のび放題のオークの木々の向こうに母屋がそびえている。僕らが車を停めて厩舎まで歩いていく間、建物裏のどこかで犬が鳴いていた。つんとくる獣臭が鼻に届き、それから、柱と屋根だけの十二房の厩舎の入り口に立つアーガイルの姿が見えた。僕らが歩みよった時、アーガイルは厩舎の従業員と、年のいった馬の水に温水を混ぜる相談をしていた。

アーガイルは背が高く、引き締まり、くぐってきた歳月を感じさせる老人だった。ウェスタンブーツに麦わらのカウボーイハットをかぶって、どちらも肌のようによく体になじんでいた。土日だけのカウボーイではない。灰色と見まごうような青色の目をして、昔は相当にいい男だったに違いなく、今でもその端正さをとどめている。七十代半ばだろうと思えたが、動きもなめらかで、生気に満ちていた。ジェイクが言った通りだ、僕もこの年でこれほど矍鑠《かくしゃく》としていたいものだ。本当にその年になれるかもしれないと、今になって考えるのは妙な気分だった。

アーガイルはジェイクと握手しながら鋭い目でじっと見据えていたが、観察の結果、ジェイクを気に入った様子だった。思えば、どこか似た者同士だ。ジェイクが自分と僕を紹介し、僕もまた鋭く揺らぎのない目で値踏みされた。

落胆や嫌悪こそ見せなかったが、アーガイルはジェイクの方へとがめるようなまなざしをとばす。それでも気安く言った。

「どうやらあの悪ガキが出てきたらしいな。ジェイ・スティーヴンスのことを聞きたいんだろ?」

僕らは屋根から出ると、囲い柵の方へ歩いていった。馬と牧草の匂いがして、ジーンズとカウボーイハット姿の若い女が円形の馬場の中心に立ち、調馬索《ちょうばさく》につないだアパルーサ種の牝馬《ひんば》をぐるりと走らせていた。アーガイルは数秒見ていてから、声をかけた。

「馬が柵にたよりはじめているぞ、フランシーン」

女はうなずき、追い鞭をピシッと鳴らした。

アーガイルが僕らの方へ向き直る。

「ジェイ・スティーヴンスか。驚いたね。もう昔々の話だってのに」

「五十年だ」

信じられないと首を振るアーガイルに、ジェイクがそう同意して、たずねた。

「あなたが捜査担当者だったと？」

アーガイルは、ジェイクへ向けて眉を上げた。

「捜査担当か。ま、そう言えるだろうな。俺は二年近くも、あのクソガキを牢屋にぶちこもうとしてきたんだからな」

「何の罪で？」と僕が問いかける。

「窃盗。押し込み。スティーヴンスは一流の夜盗だったのさ」

僕の表情を見たアーガイルが、大きな笑い声を立てた。

「スティーヴンスが妹と一緒にLAに来てから……ニューヘイブンからだったかな、コネチカットの。それから一年半というもの、スティーヴンスは金持ちの家狙いの窃盗を、ベル・エアやブレントウッド、ビバリーヒルズあたりの高級住宅街で何度も仕掛けてきたのさ。まったく、あのクソガキの仕業だってことははっきりしてた。だが証明するとなると別の話だ。こっちも必死で追っかけたんだがな。くそ、あの野郎を現行犯でひっつかまえようと随分しゃかりきになったもんさ」

「では、ミュージシャンとしての顔は時々のものでしかなかったと？」

「ま、大体のミュージシャンがそういうもんだろ。奴らは――スティーヴンスとそのバンドは、ダン・ヘイルの店で週に二、三回演奏してたよ」

「ダン・ヘイル？」

ジェイクがはっとした様子でくり返した。アーガイルがまた短い、苦い笑い声を立てる。

「聞き覚えあるか？　だろうな。その通りだ、ヘイルは昔のＬＡのギャング連中とちょっとしたつながりがあった。あいつ自身は悪い男じゃなかったがね、本当は。好かれる奴だった。ただ、どうにも、自分の店を守るためなら何だろうとするところがあった男でな」

そう言い、アーガイルはつけ足した。

「まだ生きてるよ。ほら、ヘイルはな。サンタバーバラに住んでるって聞いたのが最後だ」

「スティーヴンスとムーングロウズが演奏していた店のオーナーが、ヘイルなんですね」

「そうさ、タイドのな。あのナイトクラブは、五十九年には経営が怪しくなっていた。もうエルヴィス・プレスリーやバディ・ホリーの時代だったからな。ロックンロール。ヘイルの店でやってるような音楽は誰も聞きたがらなかった」

僕は、情報を求めて目を通した記事や掲示板の議論を思い返す。

「スウィング？」

「ああ。ジャズだ。あの、メロディーのない類のヤツとは違うがね。ムーングロウズは、というかタイドのバンドは、どれも昔の曲をやってたよ——ベニー・グッドマンやグレン・ミラー。だがあの手の音楽は、五十年代後半にはもう時代遅れになってた」

アーガイルは話をやめると、調馬索を使っている女へとさらに指示を飛ばした。

「フランシーン、馬に合わせて方向を変えるな。馬が合わせてくるようにするんだ！」

フランシーンはムッとした顔をしたが、帽子を直してうなずいた。

ジェイクが問いかける。

「どうしてスティーヴンスに目をつけた？」

「一九五九年のロサンゼルスはそうでかい都会《まち》じゃなかったのさ、わかるだろ。俺はその頃強盗殺人課にいてな、西ロサンゼルス界隈で続いた夜盗にパターンがあるのに気付いた。そのパターンが、ジェイ・スティーヴンスと奴のバンドが滞在していた場所で起きたプロの盗みとよく似てたってわけだ」

「スティーヴンスだと最初に気付いたのは？」

「勘だな。主にはな」

アーガイルは顔を歪めるように苦く笑った。

「そう言いたくはないが、ま、そうだったのさ。犯行はいつもスティーヴンスのステージがない夜で、被害者の多くがタイドの客だった」

それがジェイクの問いへの答えになっているかどうか、僕にはさだかではなかった。まずアーガイルがパターンの一致に気づいた、最初のきっかけがあった筈なのだ。

段々と、暑さがこたえはじめていた。額を拭う。水桶近くに数本のオークの低木が作る影、それに柵の横木の落とす細い影。頭上から照りつける太陽をさえぎるものはそれだけだ。少しずつ、だがたしかに僕は、白漆喰で塗られた厩舎や建物の影に乱反射し、土にはね返る陽光の鋭さを感じはじめていた。

突如として、足の下で地面が流れ出していくようで、僕は柵をつかもうと手をのばした。同時に、ジェイクの手がそっと、僕の肘《ひじ》の下をつかんで支えた。

世界が安定する。

「続きは屋根の下で話してもらってもいいか?」ジェイクがたずねている。「アドリアンは、まだ手術を受けたばかりでな」

アーガイルがどう思ったかはわからない。彼は細めた目で僕を見た。

「たしかに、少しやつれて見えるな」

僕は肩で額の汗を拭った。

「座れると助かります」

「勿論。中へ入ろう」アーガイルがうなずく。「その方が涼しい」

フランシーンへ最後の指示を投げると、アーガイルは先に立って家へ向かった。

「平気か？」

歩きながら、ジェイクが低くたずねた。腰の後ろに添えられた彼の手が力強く、温かい。必要とあらば僕をかかえ上げるつもりだろうか。かつては、人の目のあるところでこんなふうに僕にふれるなど、己の秘密を暴露するも同然だとジェイクが信じていた頃もあった。

僕はうなずいた。

「少し……ふらっとしてね。暑さのせいだよ」

「まったく、暑くてかなわん」

アーガイルが振り向きもせず同意した。

僕らはぞろぞろと歩いて、居心地のよさそうなランチハウススタイルの家へ入った。六十年代の代表的な建築方式だ。開けたメインルームからは見事な山々を臨み、一部の床が低くしつらえられて、リビングスペースになっている。部屋の一方の端には荒石の巨大な暖炉が据えられていた。逆側の壁際には同じくらい見事な銃のラックがあり、壁には数々の狩猟のトロフィー、中にはバッファローの頭まで飾られていた。

壁には何の絵もなく、写真も驚くほど少ない。古風なフレームに入った一九二〇年代あたりの夫婦の結婚写真、アーガイルが表彰や昇進を受けた時の数枚の写真。それだけだ。

「座るといい」

アーガイルがそう誘い、僕は喜んで従った。

革張りに鋲《びょう》が打たれた長いカウチにもたれかかり、目をとじる。涼しさにほっとする。座れたことにも。

「彼は大丈夫か？」とアーガイルがジェイクにたずねた。

「水をもらえるとありがたい」

ジェイクがそう答えた。

足音が遠ざかるのが聞こえた。

大丈夫でありますように。何事もなくすみますように。どうして、僕はこうなのだ？　そう問いかけることすら腹立たしい。あきらめてもう何年にもなるのに——それこそ少年時代から——また、こうして望みをかけている。怖がっている。

ジェイクが静かに問いかけた。

「薬は飲まなくていいのか？」

僕はかすかに、否定の首を振った。

ジェイクが僕の手首を取り、僕はぱっとその手を払いながら、目を開けて彼をにらんだ。

「大丈夫だって」

ジェイクが短くうなずく。

僕はまた目をとじた。ジェイクに怒っているわけではない。ただ、こうしていると……。

こうしていると、なつかしい。心安らぐジェイクの匂いを意識してしまう。石鹸の香り、ル・マルのアフターシェーブローションの香り。不意に、あの船の上でジェイクの腕に抱えられた時のことがよみがえった。今、あんなふうに抱きかかえてほしいと、望んでしまいそうになる。

アーガイルが戻り、僕は目を開けて座り直すと、水のグラスを受け取った。僕が水を飲む間、二人はじっとそれを見つめ、まるでハイド氏の降臨でも待っているかのようだった。

おおよそ、回復してきたような気がした。暑すぎたし疲れていたし、いつもの昼寝の時間もとうにすぎている。僕が不安定なのも無理はない。ちらりとジェイクを見た。彼は、僕のすぐそばに座っていた。近すぎるほど。アーガイルもそれに気付いているのがわかって、ふと『長いお別れ』の一節がよぎる。〝粘りづよく、注意深い目、人を見下す目。警察官の目だ〟――ジェイクもそういう目をしていたものだ。今、僕を見ているまなざしは違うが。

ジェイクの目にこめられた感情を、今の僕には直視できない。

僕はアーガイルに言った。

「ジェイ・スティーヴンスが殺されたのは、彼がやった犯罪のせいだと思いますか？」

「その可能性は考えた」彼は肩をすくめた。「一番ありそうな話だしな」

ジェイクがたずねた。

「スティーヴンスの失踪時、誰が怪しいとにらんだ？」

「まあ、本音を言うと、スティーヴンスが高飛びしたんじゃないかという疑いも捨てきれなかった。あいつはひとところに落ちつけないたちでね、その上、俺のせいでロサンゼルスの居心地も悪くなってきていただろうからな。言ってやったんだよ、遅かれ早かれ檻の中にぶちこむぞってな。そいつをまともに受け取って消えたのかとも思ったよ」

苦々しい笑みを浮かべた。

「新たな事実を知って、今振り返ると？」

ジェイクの問いに、アーガイルは思いふけるような顔になった。

「五十年は長いからな……一番ありそうなのは、パートナーとの仲間割れだと言いたいところだが。それか、盗品をさばいていた奴——誰だろうと、そいつとうまくいかなくなったか。正体はわからんが」

「スティーヴンスにはパートナーが？」

「あの娘さ。あいつの妹、名前はジンクスといったな、あの娘が共犯だったのはたしかだ。だが兄殺しに関わっている筈はない。兄貴に心酔してたよ」

スティーヴンスを檻の中に叩きこむというアーガイルの熱意は、その妹までには向けられていなかったようだ。それが当時の様子を物語っているのだろうか。アーガイルは妹には同情していたとか、わざわざ追い回すほど重要な相手ではなかったとか、とにかく、犯罪の主役はスティーヴンスだったようだ。

「ヘンリー・ハリソンという名を聞いたことは？」

ジェイクの問いに、アーガイルは眉を寄せて考えこんだ。残念そうに首を振る。

「そう珍しい名でもないしな。その男がスティーヴンスの失踪に関係あるのか？」

「はっきりしていない。本名かどうかもわからん」

木の床にカツカツと爪音がひびき、黒と茶色のジャーマンシェパードの雌犬が、ぼってりと垂れた乳を揺らして、警戒しながら僕らの様子をうかがいに寄ってきた。ジェイクの、そして僕の匂いを、素早く嗅いでいく。

「いいんだ、ゲルダ。心配ないよ」

ゲルダが手の下に頭をつき入れてきたので、僕は彼女の頭をなでた。

「ハロー、ゲルダ」

「美人だな」

ジェイクがほめると、聞きつけたゲルダが耳をパタパタさせたが、僕に興味津々の様子だ。僕のアフターシェーブローションの方が好みなのか、それとも僕がじきドッグフードになりそうだと嗅ぎつけているのか。

「君たち、ジャーマンシェパードを欲しくはないか？」とアーガイルが問いかけた。「ゲルダが八匹の仔を生んでね、引き取り手を探してるんだ。五匹の雄と三匹の雌」

「僕が？　いや、庭を持ってないので」

だがジェイクは、飼っていたシェパードのルーファスに去年死なれている。それを思い出して、僕はジェイクを見た。

「俺は、今のところから引越すかもしれない」

僕の胃がひっくり返った。

「引越すって？　どこに？」

「選択肢はいくつかある」

ジェイクは僕に、推し量《おはか》れない笑みを見せた。

僕は、顔にハッハッと人なつっこい息を吐きかけてくるゲルダへ向き直った。ということは、ジェイクは家を売らざるを得ないということか。そうなるのではと、僕はずっと恐れていた。あのグレンデールの家を、ジェイクはかなり前から持っていたのに。どこかに部屋を借りるのだろうか？　それとも今より小さな家？　ジェイクは金銭的に難しい状況なのだろうか。

僕が心配する問題ではないのだろう。僕が首をつっこめる筋合いの話でもない。だが、どうしても心が騒いだ。

アーガイルが、マントルピースの上の時計へ目をやった。

「昔話も楽しいものだが、そろそろ獣医が来る頃でね。ほかに質問は？」

僕は思いつきでたずねた。

「スティーヴンスのことが好きでしたか？」

アーガイルは驚いたようだった。目を細め、遠くかすむ思い出を振り返ろうとする。

「変な形でだが、ああ、そうだ。俺とあいつは敵同士だった、それは誤解しないでくれ。だがスティーヴンスはそんなことは気にもかけちゃいなかった。逆に俺の方では、そこはゆずれない線だった」

アーガイルの笑みには苦々しい棘があった。

「多分、それがあいつにはおもしろかったんだろう。夜盗という奴はな、スリルを求める連中なんだ。奴らは住人がいる間に家にしのびこむ——時には住人がまだ起きて、活動している間にな。だからこそ奴らは危険なんだ。だが、スティーヴンスは……人を魅了した。愛嬌のある男だったよ。それに上等のミュージシャンだった。クラリネットを見事にものにしていた」

アーガイルが首を振った。

「あの二人がよくやってた曲があってな。スティーヴンスと妹が。〝エヴリタイム・ウィ・セイ・グッバイ〟。知っているかね?」

「知ってます。コール・ポーターの曲だ」

アーガイルは引きつった笑みを浮かべた。

「こんな形で終わって残念だ。あいつは、街から逃げたと思いたかったよ」

これで終わりだった。アーガイルは立ち上がり、仔犬を見ていかないかと僕らを誘った。僕としては最悪の考えだと思ったが、ジェイクはあくまで礼儀正しく承知して、家の裏へ歩いていくと、日陰の囲いの中で数匹のジャーマンシェパードの仔犬たちがもつれたり転げたりして遊んでいた。

「生まれてどれくらい？」

「七週間だ。充分育った。そろそろ手元から離しはじめている」

「可愛いですね」

僕はそう認めた。

「血統書はないが、純血種だよ。父親は、この少し先に住んでる真っ黒なジャーマンシェパードさ。引退した爆発物探知犬だ。あの犬め、ゲルダをうまいこと一晩モノにしやがったのさ」

むくむく太った、なめらかな黒と赤茶の毛の仔犬が、兄弟をしとめ終えると、よたよたと近づいてきてつぶらな目を光らせ、僕を見上げた。赤い舌をだらりと出して、まるで笑っているようだ。

「やりたい放題だな、お前」

声をかけると、仔犬はとび上がってその前足を――大きな足を、金網のフェンスにかけた。

「君が好きらしい」とアーガイルが言う。

「皆にそう言って、おだててるんでしょう」

「当たりだ」楽しそうに言い、彼は勧めた。「抱き上げてみたらどうだ」

「それはとても、まずいと思うんで」

アーガイルに笑われた。

どこか奇妙な表情を浮かべているジェイクへ、僕は声をかけた。

「そろそろ行かないと」

ジェイクはうなずいた。僕らはアーガイルにもう一度礼を言う。遠ざかる僕らの背を、あの仔犬のオモチャめいた甲高い鳴き声が追ってきた。

「有益な情報だったな」

車のバックミラーの中で小さくなっていく牧場を見ながら、ジェイクが満足そうに言った。

「そうだね」

「ダン・ヘイルの住所を知っているかどうか聞きそびれた。今夜、彼に確認しておこう」

僕は窓の外の、夏の風に波打つ一面の金色の雑草を眺めた。麦のように見える。何という名なのだろう、ホソムギとか、ドクムギとか——ことわざになかっただろうか？　麦と毒の麦を分けるための、偽物の中から本物をふるい分ける格言のような言い回しが。

やがて、ジェイクがたずねた。

「疲れたか？」

「引越しを考えてるなんて、知らなかったよ」

ジェイクの返事は淡々としていた。

「まだ決定じゃないが、家のケイトの持ち分を買い取るか、家を売るかのどちらかだ。今のとと包んだ。

すぐにはジェイクは答えず、聞きたくない答えを聞かされるのだという予感が僕をひしひし
「売ったら、お前は……？」

ころ、売る方が現実的な選択肢だな」

「東部の方で、仕事の口がある」

「東部って、どこだ？　どんな仕事？」

「バーモント州だ。保安官」やや自嘲気味につけ足した。「ごく小さい町でな」

やっと口がきけるようになると、僕は言った。

「サム・スペードになるんじゃなかったのか？　私立探偵業はどうしたんだ」

「あまり景気が良くないからな。新しい仕事を立ち上げるのには向かない時期だ。俺も、いつまでも呑気にしていられるほどの余裕はないしな」

「でもライセンスを取得したばかりだろ。まだほんの何週間かしか……」

「よくわかっている」

「ほかにも……たとえば……誰かの事務所に所属する手もあるし」

「ああ。それも選択肢のひとつだ」

「でもそうするつもりなんかないんだろ」

僕はどうして怒っているのだ？　ジェイクに対して、僕が何をしてきただろう？　おそらく

は人生で一番つらい日々をすごしていたジェイクに、僕がどんな支えの手をさしのべた？　もっとましな道があれば、それを選ぼうとするのは当然のことだろう。

「今のところ、すべての選択肢を考慮している」

僕はまた窓の外へ視線を戻した。

「それじゃあ……」

ジェイクが、滅多にないほど優しく、おだやかに言った。

「聞いてみろ、アドリアン。お前の頭の中に何があろうと、とにかく吐き出して、俺に聞け」

僕らはどうなる？

そう聞きたかった。だが未来に「僕ら」が存在するかどうか、彼とのことを僕自身が決められないでいる時に、どうしてそんなことを聞けるだろう。身勝手すぎる。一方、こんな形で不意打ちされるのも不公平な気がした。決断を迫られる焦りが、僕は心底嫌いなのだ。

「僕の見たところ、カミングアウトしたばかりの時というのは、何ヵ月か――人によっては何年か――バイキング料理を食べるみたいに、次から次へと性欲を満たすことが多い」

「自分の経験からか？」

ジェイクが重々しくたずねた。

「いや、僕とメルは除いて」

どうしてここにメルの名を持ち出したのかは謎だった。なにしろメルは僕と別れた後、まさにそのバイキングの皿にありついたのだから。それに、カミングアウトしても遊び放題にならなかった男も大勢知っている。ただ、ジェイクほど深く己を否定してきた男は皆、やっとクローゼットから飛び出して自由に羽をのばせるとなると、セックスに耽溺《たんでき》した。

だが、あらためて思えば、ジェイクほど固くクローゼットにとじこもっていた男を、僕は一人も知らない。

「なつかしきメルか」ジェイクが甘ったるく言った。「心臓病患者を背負いこむのが怖くて去った男」

「くそくらえ、リオーダン。去っていった男の話をお前がするとは大した神経だよ」

一瞬にして、僕は激昂《げっこう》していた。昔の平静な僕はどこへ行ったのだ。

ジェイクはハンドルを切り、ハイウェイから土の脇道にゴトゴトと乗り入れると、小さな、忘れられたピクニックスペースへ入っていった。砂ぼこりが金色に舞い上がり、ホンダ車の清潔なボンネットにかぶさる。車は急停止し、ジェイクがエンジンを切った。

「下りよう。お前は足をのばした方がいいし、俺は運転しながら言い争うつもりはない」

ジェイクは先に下りて、ドアを叩きつけるように閉めた。残った僕は、一瞬むかっ腹を立て、それからジェイクに続いた。すでにジェイクはつかつかとピクニックテーブルへ歩みよっており、僕も続いた。鼓動が激しく鳴り、怒鳴り合いの口論だろうと激烈な罵り合いだろうと何でも来いと、心の準備を固めていた。もっとひどいことも、僕らの間にはあった。

道半ばで、ジェイクは足を止めて僕を待っていたが、僕が近づくと肩を並べ、僕の肘を、どこかなだめるように、かすめてなでた。意に反して、僕の気持ちがふっとほぐれた。てっきりジェイクから激しい怒りを向けられるとばかりかまえていた——僕の中にあるのと同じような怒りを。あまりに……長く抱えこんできた怒りを。

狭い小道を歩いていく僕らの肩や腕が互いをかすめ、僕の憤りが消えていく。今は、何より、胸が痛んだ。きっとジェイクは、もう心を決めている。きっと——まだ直視できないとしても——僕の心がもう決まっているように。

僕らは、丘の斜面の、岩や低木のオークの茂みに小道が消えていくまで歩き、引き返すと、木組みの屋根の下のピクニックテーブルのそばで立ちどまった。僕はテーブルに腰をのせ、ジェイクはこちらを向いて煉瓦のバーベキュー炉によりかかった。

「つまり、さっきの話が質問だとしてだが、俺に何を聞いてる？　俺が浮気せず、お前に誠実でいられるか？」

「それもある」

ジェイクは少し、己の言葉を測っているようだった。

「お前が忘れていることがある。俺はたしかに、いわゆる男との交際というものはほとんどしていないが、セックスは山ほどした。女とも、男とも、やるだけやった。知りたそうだから言っておくと、男とのセックスは特殊性癖と見なされるようなものだった。女とは……まあ、

〝ビーバーちゃん〟のジューンとウォード夫妻なみに、模範的で健全なものだ」

「別に知りたくない」そう返して、僕はついつけ加えていた。「あのドラマの二人って、別のベッドで寝てなかったっけ？」

「要点はだ、俺にはそんなバイキング料理の店に座ってファストフードみたいな——あるいはお前が考えるどんな——セックスを食いまくる必要はないってことだ。もうたらふく食った。そこは通りすぎたし、気は済んだ。わかるな？」

言葉が、僕の口からあふれ出していた。唐突に、まるで自覚なく。

「僕には無理だ！」

叫んでいた。

「またあんな思いをするのは——」

パティオの屋根の隅にとまっていた一羽のフクロウが、驚いて飛び立った。屋根の下をかすめて飛び去っていく鳥を、僕らは首をすくめてかわした。三年前の春、ジェイクがパインシャドウ牧場に戻る車で、やはりフクロウをはねたのだった。凶兆だ、フクロウは。

ジェイクが静かに言った。

「やっと本題に入ったな」

「お前を責めてるわけじゃない」

もう、自分を止めることができなかった。

「何も。何ひとつ……僕と友人だとか、知り合いだということすら隠そうとしていたことも、結婚を決めて去っていったことも——どれも。本当には。でも……」

僕は、声を固くした。

「でも、またあんな思いはできない。お前が、心を変えるのは。だってきっと、いつかそうなる、ジェイク。お前は一生をかけてホームドラマの理想の夫に——それこそウォード・クリーバーになりたいと願ってきた。それを今になって、簡単に捨てられるわけがない」

「簡単に？」

その声には怒りと、啞然とした響きがあった。僕は気力を絞り、その先を、単純な真実を告げる。

「僕の言いたいことはわかっている筈だ。臆病なだけかもしれない。でも僕は、また傷つきたくない。次は、生きていける気がしない」

声が割れ、僕は顔をそむけるとテーブルにもたれかかって、針葉樹の木々をにらむように眺めた。

むき出しの、情けない沈黙の後、ジェイクがおだやかに言った。

「お前は、自分で信じこんでいるより、もっと強いと思うぞ」

「それで説得しているつもりか？」

一瞬の間。それから、

「お前を二度と傷つけないとは、俺には約束できん。お前を傷つけるつもりなどなかった。これからもそんなつもりはない。だが……」

「わかってる」僕は絞り出した。「わかってるよ。誰のせいでなくとも、そういうことはある」

長い、疲れたような息が聞こえた。

「そうだな。それが人生だ。いいこともあれば悪いことも、醜いことも美しいことも、栄光も敗北もある。お前が、挑みもできないほどそれを恐れるとは思わなかった。お前は、もっと強い男だと思っていた」

ジェイクが、崖の端に立つ自殺志願者の説得に駆り出されたことがないといいのだが。ひどいものだ。僕はまたジェイクへ向き直った。

「僕は、事実と向き合うだけの強さはある。長く待ちすぎた夢に別れを告げるだけの強さはある。ノーと言うだけの強さもある。お前に対してだろうと。これが——どういうことだろうと、背を向ける勇気はある。たとえお前をどれだけ愛していても——ああそうだ。愛しているけど。お前を。誰より……」

僕は首を振った。

ジェイクは、随分と長く感じられる間、身じろぎもしなかった。それから言う。

「わかった」

それですべてだった。わかった、と。

わかった、と。何を？　それだけか？　必死になるほどの価値もないということか。こんな、あっさり……。

「もう車に戻ってもいいか？」

僕は、きしむような声を押し出した。

ジェイクはふっと我に返ったようだった。まるで夢でも見ていたかのように。ひとつうなずく。僕は前に立って小道を歩き出し、くたびれ果ててはいたが、車に着くまで足どりをゆるめなかった。車に乗りこむ。ジェイクがエンジンをかけた。

CDプレーヤーから流れる音楽が、僕らの間の沈黙を埋める。

マーク・コーン。〝車内の他人《ストレンジャーズ・イン・ア・カー》〟。

僕はシートベルトを締め、窓の外を流れ去っていく青い、雲ひとつない空を見つめた。無人の青いハイウェイ。

『長いお別れ』でチャンドラーは何と書いた？　彼は正しい。〝自ら仕掛けた罠ほど恐ろしいものはない〟……。

7

ベイビー?

かすかな唇の感触が、夢の中へ入ってくる。

アドリアン……?

「アドリアン?」

夢の外から、声が呼んだ。

ビクッとして、僕は目を開けた。燦々《さんさん》と陽が照るクローク&ダガー書店前のにぎやかな街路で、倒した車のシートにもたれかかっていた。歩行者が、笑いさざめきながら歩きすぎる。ジェイクが運転席に座って、僕を見ていた。

「ほらな? 無事にご帰還だ。五体満足で」

僕は首をストレッチし、背中をのばした。

「んんん……ありがとう」

シートを戻し、顔をこすって、目を覚まそうとした。すっかり眠ってしまっていた。いい夢だったのに。現実とは真逆。

「いいニュースだぞ。商売再開だ」

書店を見ると、ジェイクの言う通りだった。書店に客が出入りしており、出てくる客は見慣れた緑と白の袋を手に持っていた。あの袋を見るといつも気分が上向く。改装中のフロアの方はまだ閉鎖されたままに見えたが、ひとまずは進歩だ。

思いきって、表情が読めないジェイクの顔へちらっと視線を投げた。

「今日は、つれていってくれてありがとう」

「ああ」

昼すぎくらいには、きっと帰り道の途中で食事するか、帰宅した後二人でテイクアウトでも食べるのだろうと思っていた。だが、今日の旅はもう終わった。いくつものことが、終わってしまっていた。

僕は口を開いた。

「もし――」

「このまま――」

同時にジェイクも言っていた。

二人して言葉を切り、それから僕が言った。

「そっちから」

「このまま、ヘンリー・ハリソンを探しつづけるか？　それとも知る必要のあることはもう全部わかったのか？」

その問いの裏には、別の含みがあるのだろうか。僕は答えた。

「ああ、探しつづけてほしい。まだ店への侵入者の目的もわからないし、ジェイ・スティーヴンスに何があったのかもわかってない」

「俺は、スティーヴンスの死の謎を解くために雇われたわけじゃない」

「全部同じパズルの一部だよ」

「そうとは言い切れないだろう」

「つまりこの件は、お前が最初に思ったより面倒だってことさ。どうせ金が要るだろ？」

ジェイクが僕と目を合わせた。乾いた声で言う。

「ああ、金が要る」

「なら、いいだろ。僕は何が起きたのか知りたいんだ。全部」

「お前が雇い主だからな」

その声が含む冷ややかな険が気に入らなかったが、僕はすでに自分自身に腹を立てていた——色々と。

「いいね。ありがとう」

ジェイクはぞんざいにうなずく。別れの挨拶がわりだ。

僕は車から下り、歩道を横切っていった。書店のドアを開けた時、ガラスに映ったホンダ車が路肩から道に出て仕事帰りの車列に溶けこむのが見えた。大海に放たれた魚の、ほんの一匹。正面のガラス扉から出てきた二人の客と、あやうく正面衝突しかかった。僕に近い方の女性客が言った。

「ええ、品揃えは素敵。でも店員が少なすぎるでしょ。馬鹿みたいに待たされて」

「そうなのよ。手紙書こうかと思って！」

素晴らしい。ファンレターか。

「やっと帰ってきたわね！」

昔はホテルのフロントだった背の高いマホガニーデスクの前に僕が立つと、ナタリーが甲高い声を上げた。

「もう五時になるわよ、まったく。何かあったんじゃないかって心配してたの」

「首を寝違えた以外は何も」

僕は、不穏な首筋を手でさすった。

「だからオーハイまで行くって、言っておいたじゃないか」

ウォレンがいつもの、カウンター近くの革張りの一人用ソファに居座っているのが目に入った。ナタリーの気を散らしつつ客の邪魔になる、絶妙な位置取りだ。

「ウォレン」と僕は礼儀正しく声をかけた。

ウォレンが立ち上がる。瘦せて、背が高く、薄茶色の髪に貧弱な顎ひげ。

「どうも、ミスター・イングリッシュ」

いつもならウォレンは僕に返事もしないし、敬称をつけるような息の無駄遣いはしたこともない。その上、立ち上がって僕を迎えるなど、こっちが不安になる。僕はいつもより注意深く彼を眺めた。スーツ姿ではないが、ドッカーズのパンツにツイードのジャケット――七月に？――はおそらく、ウォレンにとって最大の正装だろう。これは、まずい。

「警察が、店を開けてもいいって許可をくれたの」

書棚の間をゾンビみたいにさまよったり、バーゲン本のテーブルにハゲワシのごとくたかっている客の姿が僕に見えていないとでも思うのか、ナタリーが教えてくれた。

「素晴らしい」

そう答えると、ナタリーはまた口を開いた。何が来るかはわかっている。僕はさえぎった。

「いくつか簡単な電話をかけないと。その後で報告を聞くよ」

そそくさと引き上げる。無駄だった。ナタリーは僕についてオフィスへ入ってきた。

「ねえ、アドリアン」

電話を手にして、僕は溜息をついた。

「ドアを閉めてくれないか」

ナタリーはドアを押して閉めると、デスクへ歩みよってきた。

「ウォレンのバンドが解散したの」

「音楽ファンには喜ばしいニュースだな」

彼女はそれを聞き流した。

「それで、ウォレンはまた職探しをしているのよ」

「断る」

傷ついた顔になった。

「まだ私の話を聞いてもいないじゃない」

「ウォレンを雇ってくれと言うんだろ。断る」

「どうして？」

「ナット、前にも話し合ったろ」

「あなたはウォレンのことが嫌いなのよ」

僕は意気地なく答えた。

「僕は、彼がうちの書店に合う人材じゃないと思ってるだけだよ」

「つまり、ウォレンが嫌いってことでしょ」

たしかにそういうことなのだが、ナタリーの怒りのこもった、涙の溜まった目を見つめると、僕の決心はあやうくくじけそうになった。深々と息を吸う。

「ああ、ウォレンが嫌いだ。君のことを思うと、特に」

「私が、何よ？」

うっかりまずいところに足を踏み入れたと気付いたが、もう遅かった。僕はなんとか足を抜こうとする。

「何って……君が、僕の妹だからだ」

「あら」

ナタリーは怒りをやわらげた。ほんの一瞬だけ。

「でもそれなのに、ひどいじゃないの。私とあなたの二人で店に出ていた時だって人が足りなかったのよ。それが今は私だけ。とても手が回らない」

それに対する反論はなかった。本当に、ナタリーの言う通りだ。

「なあ、派遣会社に僕から電話してみるよ。誰かよこしてもらえないか。それまでの間は、僕が――」

「やっぱりね！　どうせそうなるだろうと、月曜にあなたをここに車で送った時からわかってたのよ！」

「え？　わかってたって、何が？」

「仕事に戻るつもりなんだろうって。でもあなたは皆を泣き落として――」

「泣き落としたりはしてない」

「それで、約束したじゃない、ゆっくり休んで、お医者さんの指示は全部守るって」

「休んでる。指示も守っている。ただ、電話に応対したり書類仕事を多少片づけるって程度の話だよ」

僕が唖然としたことに、ナタリーは高飛車《たかびしゃ》に言い放った。

「駄目よ、アドリアン。ちょっとだからとか、そういう話じゃないの。お医者さんは、あなたが仕事に戻れるのは六週間経ってからと言ったわ。三週間でなんて――」

「正確にはもう四週目――」

「四週間で働いていいとか、少しの時間ならいいとか、オフィスの仕事ならいいとか、書類仕事だからいいとは、お医者さんは言ってなかった。あなたは体を休めて、回復させなきゃ」

「勘弁してくれ。休養も睡眠も充分だよ。一日にできる休みにも回復にも限界ってものがあるだろ？　もううんざりしてきたんだ。何か、気晴らしがないと」

まったく仕事をさせてもらえないらしいと感じて、パニックに近い焦りがこみ上げてきていた。わずかも？　六週間？　どうかしている。その間、僕にどうしていろと？

「読書でもしてなさいよ、アドリアン。本なら売るほどあるじゃない。あなたの好きそうな本を探してあげてもいいわよ」

「笑える。靴屋の店員をしてるわけじゃないんだ、僕はこの店のオーナーなんだよ。一ヵ月以上も店を放っておけるわけがないだろ」

自分の声が昂《たか》ぶっているのがわかったし、ナタリーもそれに気付いたのだろう、なだめるように言ってきた。

「そういう時のために家族がいるのよ」

ほう、家族はそういう時のためにいるのか。てっきり僕の休日をつぶしたり、僕の私生活に口出しするためにいるのかと思っていた。

ナタリーが小揺るぎもせず続ける。

「忍耐と信頼が肝心よ、アドリアン。何があろうとあなたに仕事をさせたりしないから。ウォレンを雇ってくれないなら、派遣会社が誰か見つけてくれるまで私ひとりでなんとかするしかないけれど、お医者さんがいいと言うまであなたに働かせるつもりはありませんからね」

口を開きかけた僕を、彼女が脅した。

「さもなきゃリサに言うわよ」

「いや、そんなまさか——」

「楽しみね！」

ナタリーは部屋から出ていくと、ドアを閉めた。カチッ、と。

僕は呆然とした思いを振り捨て、ジェイクの携帯にかけた。二回目の呼出音で出る。

「なあ」と僕は切り出した。「金の問題のように言って、悪かったよ」

『いいさ、本当のことだ。金は必要だ』

その口調からは何も伝わってこない。いつもと同じ、ビジネスライク。

「もし……もし当座の金に困るようなことがあれば、僕はいつでも――」

『ありがたいが、その必要はない』

　僕は口ごもった。やっとのことで言葉を押し出す。

「実のところ、家のケイトの持ち分を買い取るための援助もできると思う。必要な分だけでも」

　落ちた沈黙はあまりにも長く、ジェイクに僕の声が届いていないんじゃないかと思った。あらゆる意味で。

『何故だ？』

　やっと、険しい声で問いただされる。

「何故って……何故って、お前があの家を失うなんておかしいと思うからだ。僕らは友達だからだ。お前だって、逆の立場なら僕を助けてくれただろ」

『たしかにそうだし、申し出はありがたいと思う。特に今のお前の財政状態が決して楽ではないのもわかっているしな。だが、断る』

「どうしてだ？」

　ジェイクは、無知な新人に法の基礎を説くように、嚙んで含めるような口調で言った。

『どうしてかと言うとな、ここを離れてどこか新しい場所で一から始めるのが、今の俺にとって最善の道だからだ』

何も言うことができなかった。ジェイクの言葉通りだ。僕にすら、それは理解できることだった。ジェイクは新たなスタートを必要としているのだ。過去からも、それについてくる心の重荷からも解放された、新しい場所で。

だがジェイクと離れることを思うと心がずしりと重くなる。自分勝手にも。それはわかっている。理不尽にもほどがある。

僕はほとんど機械的に言っていた。

「もし、考えが変わったら……」

『わかった』

ジェイクはそう応じた。それから、

『また連絡する』

と言って、電話は切れた。

車内で驚くほどぐっすり眠ったおかげで、普段の夜よりもずっと気力も活力もあるように感じていた。段々回復してきているということだろうか？　そう信じたいが、今はまだ高望みという気しかしない。

ためしにネットで検索してみたが、ダン・ヘイルというのがごくありふれた――下手するとジェイ・スティーヴンスと同じくらい――名前だと思い知っただけだった。幸い、ヘイルの名とタイドの店名の両方で検索した結果、野性的な笑みを浮かべ、危険な香りをまとった若い男の古い写真が何枚も見つかった。常に煙草をくわえ、白いタキシードの胸元には黒いカラーの花。

ダン・ヘイル本人の情報はほとんどなかった。ロサンゼルス生まれ、朝鮮戦争の間に商船で働き、陸に戻ってからナイトクラブのタイドを開いた。五年間は、店も順調だった。ヘイルには、ギャングとつながっているという噂がつきまとっていた。

ヘイルの私生活や血縁については何も見当たらなかった。当人の所在も不明。かつてロサンゼルス界隈で、女優の卵の女たちといくつも浮き名を流したらしい。華麗なカップルの写真が次々と出てきたが、ほとんどの場合、主役はヘイルより隣にいる女性だった。

タイドについて、さらに読んだ。その時代、ポイント・デュム・ステートビーチからマリブの間は荒れ地同然だったが、それでも多くの人々が、ヘイルのナイトクラブまで車を走らせ、食事や踊りを楽しんだことをしみじみと回想していた。その手の記事を読みこんでみたが、時代の雰囲気をつかむ以外、あまり得るものはなさそうだ。何人かが、ヘイルにはギャングの後ろ盾があると書いていた。どうやら誰もその証拠や確たるギャングの関与を目撃したことがあるわけではないものの、夜遊びのいいスパイスにはなっていたようだ。時おり、クラブの専属バンドの話題も出たが、ジェイ・スティーヴンスやムーングロウズをはっきり名指ししたものはなかった。全体に、ヘイルは店をよく仕切っていたようだ。

アーガイルの話によれば、ヘイルはまだ存命で、彼の知る限りサンタバーバラに住んでいる。僕は電話番号案内にかけてみた。サンタバーバラにはダン・ヘイルが二人いると教わる。

一人目のダン・ヘイルは留守だった。まちがいなく、このダン・ヘイルは人違いだ。

『Yo！　ダニーの留守電は故障チュー、今返事してンのは冷蔵庫！　ゆっくりしゃべってくれりゃ、あんたのメッセージをパイナップルのマグネットで扉に貼り付けてやるゼ！』

コンロと話がしたいんだけど、と言いたい誘惑にかられる。だが我慢した。

二人目のダン・ヘイルは応答なし。まったく。このご時世に留守番電話すらないなんて、どういうことだ。

ナタリーが帰る挨拶をしに、オフィスへ顔を出した。僕を猜疑《さいぎ》の目で眺める。

僕は言った。

「パソコンでお楽しみ中なんだ。ママには言わないで」

渋々ながら、ナタリーはつい笑い出していた。

「あなたイカれてるわ、まったく」

「白いタキシードを着る男ほどじゃないけどね」

ナタリーが去ると、店は静まり返った。僕はスウィング・ジャズの時代についてさらに読み進み、数枚のCDを注文した。

手元の電話が鳴り出し、僕はとび上がった。留守電に切り替わる前に受話器を取り上げると、ガイの声がした。

『やはり店にいたか。案の定、としか思えないのはどうしてだろうね？』

「あなたが世界で一番この手の読みがうまいから、って答えはどうかな？　何回外したらアウト？」

『君は、リラックスして休養してる筈じゃないのか』

「今、してる」

『店の一階でかね？』

「説教しに電話してきたのか、それともより高尚な目的で？」

『説教以上に高尚な目的があるのかね。いや、君が休んだりくつろいだりしているふりをするので忙しくなければ、少しそっちに寄ってもいいかな』

それは大歓迎だ。ガイにもそう返事をした。

『よし、バーベキューチキンの気分かね？』

「生憎とバーベキューチキンになったことがないから、それがどんな気分かは……」

『随分と調子が戻ったな』

「一人で退屈してるんだよ」

そう白状する。

『すぐ行くよ』

ガイは店の外から電話をかけてきた。

『乗船許可をいただけるかな、船長?』

「アイアイサー。少し待ってくれ」

僕はノートパソコンを閉じ、オフィスの鍵を閉め、裏口を開けに行った。

ガイは中背で痩せ形、長い銀の髪を気ままに垂らし、やや尊大な顔つきで、すべてを見透かすような明るい緑の目をしていた。今夜の彼は、実に誘惑的なパーベキューチキンの香りをまとっていた。

「随分手際よく鍵を替えてくれたな」

ガイが何のことを言っているのか、僕は身をのり出して彼にキスをしながら、気付いた。

「ああ、あなたとは関係ないことで替えたんだよ。すねるもんじゃない」

早速二階へと上がりながら、店に押し入った泥棒について聞かれ、僕はここまでの状況と、ジェイクとオーハイにいるアーガイルを訪問したことを話した。

ガイは熱心に聞いていた。

「リオーダンは、君の最新の冒険の中で主役の座を射止めたようだな」

「まあ、ほら、僕の知る唯一の刑事だし」

「元刑事だろう」

いい気味だと思っているような響きが、はっきりと聞こえた。

「まあね」

ガイは追求の手をゆるめない。

「君には、ポール・チャン刑事という知り合いもいるじゃないか」

「たしかに。でもチャンはまず絶対に――」

「君に甘い顔をして、つき合ってはくれない？」

僕は肩をすくめた。

「君は不思議に思わないか、どうしてリオーダンがいつも君に甘いのか？」

「まあね。ただ今回は僕に依頼されてのことだし、僕が雇い主だからね」

「ああ」ガイが乾いた口調で言った。「それは、実に楽しいだろうな」

キッチンでガイの持ってきた食事を皿に出し、テーブルに座った。トムキンスが忍び足で入ってくると、ガイがあやうくポテトを喉につまらせかかった。

「一体どこから、猫が？」

かすれ声で問いただす。

僕はすっかり、ガイの猫アレルギーのことを忘れていた。立ち上がるとトムキンスを追いつめて、寝室へ放りこみ——猫は愕然《がくぜん》としていたが——バタンとドアを閉めた。

「悪い」とテーブルへ戻りながら言う。「成り行きでね」

「そうか」ガイは吐息をついた。「どうやら、今夜は甘い夜とはいかないようだな」

目が合って、僕は曖昧に微笑んだ。

メルとのディナーの約束を一晩先延ばしにしておいてよかった。ガイといると、メルとは違った形でくつろげるし、気楽だった。ジェイク相手ではこう楽にはいかない。ガイが教えている夏期講座の話をした。彼は僕に『死の暗転』の進行具合を聞き、僕は主人公ジェイソンの最新の冒険譚をざっと話して聞かせた。

おもしろいことに、ガイは僕の小説に対して「リアルさに欠ける」とジェイクと似たような評価をしていたが、二人の理由は大きく食い違っていた。ガイは僕の文学的な深みのなさを嘆き、ジェイクは犯罪捜査のリアリティの欠如を嘆いた。

ガイも、新作の執筆を考えていると言った。あのカルト集団、ブレイド・セーブルによる殺人事件に巻きこまれた体験を元にした本らしい。

「ブレイド・セーブルといえば」僕は問いかけた。「ハリー・ポッターは最近どう?」

「ピーターは……適応中だ。大学に戻り、よくやっているよ。君が彼を許す気持ちになってくれるよう願ってやまないね」

「僕はどうも、自分を殺そうとした人間に対して寛大になれないたちでね」

ガイが、長く痛ましい溜息をついた。

「ピーターはそんなことはしていない。君もわかっているだろ」

「それはわからないことだよ。あなたのために言っておくと、僕はピーターに害意は持っていない。立ち直ってくれればと思う。彼が……何であれ、あなたの望むような存在になれればと思うよ」

睫毛を上げ、僕は意味ありげにガイに微笑みかけた。

ガイがあまりにも食い入るように僕の顔を見ているので、僕はとまどって笑みを消した。

「どうかしたのか？」

ガイは、引きつった笑みを浮かべた。

「やっと、実感が湧いてきたようだ。君との仲は、本当に終わったんだな。だろう？」

「僕は……ああ。そうなんだと思う」

でもお互い友人でいられたら、という言葉を、僕は飲みこんだ。それが本心でないからではなく――本気だし――ガイが、そんな言葉を聞きたくないだろうとわかったからだ。わざわざ言うようなことではない。

ガイはうなずき、顔をそむけた。肩が落ちている。僕をちらりと見た。

「あのリオーダンの野郎のせいではないと言ってくれ」

「ジェイクとは関係のないことだよ」

「あの男は変わらないぞ、アドリアン。あいつがどんな約束をしようと。当人が、どれほど変わりたいと思っていようとも」

真実をくり返すべきだった。ジェイクとは関係のないことだと。だが、つい反論していた。

「ジェイクはすでに変わったんだ、ガイ」

彼は頑固に首を振っていた。

「いや、追いこまれてカミングアウトしただけだ。状況に強《し》いられた。君の命がかかっていなければ、今もまだぬくぬくとクローゼットにとじこもって結婚したままだろうよ」

僕は返事ができなかった——もしかしたら、それが真実かもしれないと、僕も恐れていたからだ。ジェイクが、僕の命を救うために異性愛者としての仮面生活を犠牲にしてくれたことには感謝しているが、ジェイクならああするとわかっていた。いや、たしかに一瞬くらい、僕の心には疑いがよぎったが。振り返ると……そんな疑問など、抱くべきではなかったのだ。僕が殺されるのを見すごすには、ジェイクはあまりにもまともな警官——そして、まともな人間だった。

そして、僕のことを心にかけている。僕もそれは信じていた。

「もう一本、ビール飲む？」

ガイはうなずいた。

僕は立って冷蔵庫へ向かった。

「ハープでいいかな？」

「何でもいいよ」

ガイはすっかり意気消沈していた。僕は何か、彼の気を紛らわせることを言えないかと探す。ガイが僕を心底愛していたとは思っていないが、それに近い気持ちだったことはわかっている。ガイが、僕とジェイクの先には破滅しかないと思っているのも。

僕はビール瓶をシンクへ運び、栓抜きを手に、窓から外を眺めた。街灯のともった大通りと路地をぼんやり見やり――路地脇の高いブロック塀の影で何かが動くのを視界にとらえて、目を凝らした。

凝視していると、もう一度見えた。長い影と窓から落ちる四角い光の間を、人影がこそこそと動いている。

僕は一歩下がり、急いでガイを呼んだ。

「ガイ、下の通りに誰かいる」

「それで？」

「怪しい」

ガイの表情は、セラピストのドクター・シアリングが彼女の善意を受け入れようとしない僕に向ける顔とそっくりだった。

「こそこそ動いてるんだよ」

僕は苛々と説明した。

「誰かが……人目を避けている。来てくれ。自分で見るといい。何か企んでるんだ」

ガイはギッと椅子を押しやって立ち、窓辺へ近づいてきた。僕は急いで注意する。

「向こうから見られないように」

ガイが何か呟いた。またこれか、という言葉は聞こえたが、ほかはわからなかった。

「ほら」僕は囁く。「見えるだろ？」

「何も見えやしないよ。本当に――」

ガイが言葉を切った。

「見ただろ？」

問いかけると、ガイはうなずいた。

「多分、僕の店に侵入しようとした男だ」

ガイの表情が険しくなった。

「あの男を尾行してくれないか？」

そうたのむと、さっとガイが僕へ顔を向けた。

「あの男を、何だって？」

「どこに行くのか見てきてくれないかな。尾行して」

「冗談だろう」

「いいや」

計画が、大雑把にではあったが、脳内でまとまってきた。

「あの男を見張ってくれ。もしこの建物に侵入してきたら、何を探しているのかたしかめたい。侵入しないのであれば、彼を尾行してくれ。どこに行くのか。うまくいけば居場所がわかるかも。その間、僕はカメラで彼の写真を撮れないかためしてみる。ただ、僕が一階に下りるのが間に合わなかった場合は——」

「君は頭がどうかしたのか？」

ガイは、おののいたような顔で僕を見つめていた。

「時々、どういうことかと怖くなるよ。君のその破滅的衝動がどこから——」

「話は後だ、ガイ。とにかく今は、言われた通りやってくれ」

遅ればせながら、僕はつけ加える。

「たのむから」

ガイが内心で葛藤しているのがわかった。残念だがそんな時間はない。僕はさっと路地へ目を走らせた。もうこそこそと動く影は見えない。チャンスを逃したのだろうか。ドアの方へ歩き出した僕の肩を、ガイがつかんだ。

「やめてくれ、君は駄目だ」

苛々とゆすられる。

「わかった、私がやる。とにかく君はこの部屋から出るな。わかったな？　ここにいるんだ。今、あの野郎が路地で何をしているのかのぞいてくるから」

「そんな言い方するとどこか淫靡《いんび》な──」

すでにガイは歩き出していて、僕は彼を追って注意した。

「気をつけてくれ、とにかく。向こうは気づいてないから、顔を見せないように。話せばわかるようなことなら僕が行くんだけど──」

ガイがフラットのドアから出ていった。階段を駆け下りていく足音。僕は窓に向かうと、窓の横に立って下を見つめた。

人影は裏窓をこじあけようとしていた。おそらくは、来客が帰るまでは警報システムが解除されているだろうと──正しく──推測して。

「まったく、懲りない野郎だな」

僕は呟き、窓をのぞきこんでいる影を見つめた。ガイを探したが気配もない。一階に降りて裏口から出るのに三十秒とかからないだろう。うまくいけば、もう位置についている。この犯人の目的が、今度こそわかるかもしれない。

窓から離れ、僕は寝室へ向かった。トムキンスがアンティークの箪笥《たんす》の下の引き出しで満足げに爪を研ぎながら、みゃあと鳴いた。僕はもっと大声でみゃあと鳴き返し、黙らせる。この前の誕生日に、上等なカメラをもらったのだ。物凄い望遠レンズ付きの。ただ使い方はろくに覚えていない。今回の撮影くらいはなんとかなるだろう。

しかし、カメラは寝室に見当たらなかった。二階でオフィス代わりに使うつもりだった部屋に移していたのだ。やっと見つけ出した時には、下でガチャンという音と、ゴミバケツが散らばる騒音が響きわたっていた。

窓へ走り寄ると、ガイが黒ずくめの細身の影ともみ合っているのが見えた。

「くそっ」

遅まきながら、ガイの身が本当に危険かもしれないという恐怖がよぎる。前回はおとなしく逃げていった犯人が、今回追いつめられて凶暴にならないとは限らない。

「おい！」僕は窓から怒鳴った。「さっさと失せろ、この野郎！」

ガイが、黒いゴミ袋の山の上に倒された。犯人は駆けていったが、足を引きずっていたように見えた。

「ガイ、大丈夫か？」

僕は叫んだ。

よく聞き取れない返事だったが、悪態だったのでほっとする。

階段を下りて路地に出ると、ガイが起き上がるところだった。梱包の緩衝用の細いスポンジ材と、それほど無害ではない何かがまとわりついた服をはたいている。

近づいて、僕は喘ぎながら聞いた。

「大丈夫か？」

「ああ、まったく素晴らしい気分だよ。おかげさまでね」

「一体何があったんだ？　どうして相手に気付かれた？」

ガイが二の腕で顔を拭った。

「私が携帯で向こうの写真を撮った時に気付かれたんだよ」

「何だって？」

ぎょっとするべきか喜ぶべきかわからなかった。

「何でそんなことを——だって、向こうに気付かれるなって言っただろ。気をつけろって。向こうは武器を持っていてもおかしくなかったのに」

ガイの頭がさっとはね上がった。

「世界中で君にだけは、私の用心が足りないと非難されたくはないね」

「そんな、ガイ——」

正直、返す言葉もなかった。黙るのが一番よさそうだ。

ガイはポケットに手をのばし、つかみ出した携帯電話を僕の手の中につき入れた。

「とにかく何だろうとここからさっさとダウンロードしてくれ。もう帰りたいんだ」

僕は何か言おうとしたが、頭上の街灯が投げかける黄色っぽい光の中、生気を失ったガイの顔つきにその気がくじけた。背を向けた時、何か平べったく毛むくじゃらなものが道に落ちているのが目に入る。ぞっとするような一瞬、動物の死骸かと思った。それから、カツラだと気付く。

「これを見てくれ」

身を屈めてそれを僕が拾い上げると、ガイが得意げに吐き捨てた。

「やっぱりな。つかんでやったと思ったんだ」

僕はカツラをぶらぶらと揺らす。

「立派な戦利品だ」

「気色悪い」

「僕としては、物証と呼びたいところだけど」

店内へ戻る僕に、ガイもついてきた。僕はカツラを入れる袋を探し出す。二人でオフィスへ入ると、僕は何枚かのぼやけた写真を携帯からパソコンにダウンロードした。

「やっぱり！」

黒髪とひょろりとした口ひげと皺だらけの顔がディスプレイに現れると、僕は声を上げた。

「偶然にしちゃできすぎてると思ったんだよ」

「知っている相手かね？」

「ヘンリー・ハリソンだ」

「誰だって？」

「実のところ、偽名かもしれない」

「さっぱりだ」

そう呟くガイの声は本当に、彼らしくもなく、途方にくれていた。

「最初の押し込みの後、書店に来た男だよ。ミルウォーキーから来たヘンリー・ハリソンという観光客だと名乗った。本名じゃないだろうけどね、賭けてもいい。でも、この顔を知っていそうな人に心当たりがあるんだ」

「当てていいか。リオーダンだろう」

「違う。とは言え――」

ガイが片手を上げた。

「どうでもいい。聞きたくない」

僕は写真を保存し、彼に向き直った。

「本当に助かった、ガイ。危ない目に遭わせるつもりはまったくなかったんだ。なあ、夕食の続きをしようか？」

ガイはふうっと息をついた。

「ありがとう、だが結構、遠慮する。私に必要なのはシャワーと酒とセックスだ――この順番でね」

「酒とシャワーなら提供できるけど」

三つ目は僕の手には余る。とは言え最後の一夜、彼と一緒にすごすのはある意味、心安らぐことだろう。しかしガイにフェアとは言えない。

「酒とシャワーだけじゃ足りないんだよ」

ガイが身を傾け、僕にキスをした。

「また電話する」

残念なことに、しばらく後になりそうな感じがした。

ガイが去ると僕は警報をセットし、警察に今の侵入未遂を通報するかどうか考えこんだ。侵入者が逃げ去った今、事情聴取で残りの夜をつぶして、一体何の得がある？　とりあえずの写真とＤＮＡまみれのカツラが手元にあるし、もしジェイクがそうするべきだと思うならどちらも警察に渡してもいい。だが今は、もっといい案があった。

座って、ジェイクにメールを書こうとしたところで、彼のメールアドレスを知らないことに気付いた。メールの使用など許されないことだったのだ。幾度も聞かされたことだが、電子メールは地中の発泡スチロールより延々といつまでも残り、その何十倍も危険だ。

僕はジェイクに電話した。

『リオーダンだ』

「悪い、こんな時間に。ヘンリー・ハリソンの写真が手に入ったんだ。アドレスを教えてくれれぱそっちにメールしようと思って」

『一体全体、どんな手を使った?』

「ガイがやってくれたんだよ。ハリソンは今夜、また店に侵入しようとしてて、ガイが一階に下りて携帯で彼の写真を何枚か撮った。写りは悪いけど、まあまあのもあるし、ニック・アーガイルに見せればハリソンが本当は何者なのか見分けられるかもしれない」

ジェイクについて僕が好きな点の——多くの点の——ひとつは、即座に情報を把握する速さだ。

『ハリソンという名が偽名だと確信しているのか』

「考えれば考えるほど、あの男がうちの書店に入ってきてわざわざ本名を言っていったとは思えないね」

ジェイクがどう思ったにせよ——色々思っているに違いないが——何も口出ししようとせず、僕にメールアドレスを教えた。

「ありがとう、今、添付ファイルを送るよ」

そして、二人のどちらも、黙りこんだ。

口にしない言葉が波のように打ち寄せてくるような、そんな静寂の中、ジェイクが言った。

『何かわかったら、こちらから連絡する』

そしてまた、僕らのどちらも別れを言って電話を切ることができないようだった。

　僕は、言った。

「そうだ、サンタバーバラにダン・ヘイルを二人見つけたんだ。片方は外れだと思うけど、もう一人は――」

『そうか』

　ジェイクのそっけない言葉には、まるで違った響きがあった。

『お前が退屈で落ちつかないのはわかっているし、興味のある相手に話を聞きに行くのについてくるのは一向にかまわないが、絶対に――はっきりさせておくぞ、一人では、何もするな。心臓手術の三週間後にはな』

「四週間だよ」

『俺の目の届かないところでは。わかったか?』

「ああ、わかったよ」

　僕は苛々と言い返した。

「聞き落としたかもしれないけど、僕一人でやったことじゃない。ガイに写真を撮ってもらったし、わかったことを今、お前に報告している。あまり大した成果じゃないけどな」

『成程?』

　その一言の中に、滴るような皮肉がこめられていた。

「どういう意味だかわからないね」

問い返した自分の声にある癇癪の響きが気に入らなかった——本当はわかっていると、あからさまな響き。

『お前のことはよく知っているという意味だよ、ｅがつくアドリアン。お前が、焦れると無謀になるのもよく知っている。お前はこの調査に金を払っているし、すべての段階でお前に報告するが、裏でこそこそしようなんて考えてみろ——俺は手を引くぞ。お前は別の男を雇うんだな』

別の男などいらない。僕はその言葉を呑みこみ、言った。

「どうして誰も彼も僕がそう無謀だと決めつけるのか——」

『大いなる謎のひとつだな？』

「今夜、ハリソンの写真を撮りにいったのはガイだよ」

『さすがだな、ガンダルフ。お前を止めるには自分でやるしかなかったというところだろ』

「おやすみ」と僕はつっけんどんに言った。

『明日電話する』

電話を切り、僕はメールの送信をクリックした。

8

「覚えているだろうが、俺は乗馬はあまり得意じゃないんだよ」

メルがちらっと、土曜の朝の車の流れから視線を僕に向けた。僕らはチノにあるオッセオ牧場に、馬のアダージョを見に向かっていた。

「勿論、覚えているよ」

僕が笑いをこらえているのがメルにも伝わったに違いない。とある週末の昼下り、まだ大学生だった二人で地元の厩舎から馬を借りた時のことを思い出していた。メルの馬は、自分の乗り手が馬銜《はみ》と鐙《あぶみ》の区別すらつかないと早いうちに悟り、やや険しい道にさしかかると、そこから一歩たりとも進もうとしなかった。僕らは下馬し、馬を交換して、僕はメルの馬で道を下りはじめ——そして、今まで僕が乗ってきた筈の馬が頑固に足を踏みしめ、一歩も進むまいとしているのを見たのだった。言うまでもなく、その日が僕らが乗馬に行った最後だった。

「また君にこんなことにつき合わされているなんて信じられないよ」

「そう緊張するなって。僕は、経験の少ない乗り手に馬がどう反応するか見たいんだよ」

「それはまかせとけ」

着くまで結構時間がかかるが、話していると時があっという間にすぎていく。立ち入った話は何もせず、ただ会っていなかったこの数年の空白を互いに埋めた。

「三年くらい前、俺に電話をかけてきたのは覚えてるかい？」とメルがたずねた。「君がバスキングの、お祖母さんの牧場ですごしていた時にさ。俺の昔の同僚についての話を聞きに」

「覚えてるよ」

「あの時、俺はもう少しで電話をかけ直して、週末を一緒にすごさないかと君を誘うところだったよ」

僕は、まだあの休暇を覚えていた。僕とジェイクの関係は、あの牧場に滞在した週を境に大きく変わった――本物の関係だと、僕が信じたものへと。あるいは、ゲイであることを隠し通そうというジェイクの決意の許す限り本物に近い関係だと。あの時そう感じていたのは僕だけではなかった筈だ。ジェイクがその後、ポール・ケインとの仲を断ったのなら。

僕らの間は、はっきりと変わった。充分ではなかったにしても。あの時はあれでよかった――結局のところ、ジェイクに多くを期待するなと、僕は自分をいましめてもいたのだし。はじめから、自分に言い聞かせていた。これは未来のある関係ではないと。そうはなりえないと。

だが、望みは抱いていた。望まずにはいられなかった。いくら言い聞かせていても、関係が終わった時は、あまりにも深く傷ついたほど。

「そうすればよかったよ」

メルがつけ加えた。

僕は、現実に引き戻される。

「何をすればよかったって？」

「君に電話すればよかった。あの週末、君のところに行けばよかった。きっと、何かが変わっただろうに」

人生の交差点？　そうだねと、うなずけば嘘になる。あの時の僕が、ジェイクよりメルを選ぶわけがなかった。第一に、メルの心変わりにまだ苦い思いをかかえていたし、第二に――僕はごくりと唾を呑む。ジェイクの唇の感触――僕を抱く腕、僕の内側へ入ってくる彼の固さがよみがえっていた。

頭から足先まで、カッと熱が満ちる。メルの隣で、ジェイクとのセックスを思い出しているなんて。まったく、僕はおかしい。心臓手術では治せないどこかが。

「あの時、僕はジェイクと一緒にいたんだよ」

「えっ」

メルの表情も声も、動揺していた。

「知らなかったよ。君らはてっきり、そんなに長いつき合いではないと思ってた」

「十ヵ月だ」

「俺と君は、五年間一緒だったね」

そっと、メルはそう言った。

たしかに。その一部は大学時代だったが。わざわざ一緒に住もうとしたわけではなく、寮で一緒にすごした。その後は——いや、今さら振り返って何になる？

「はっきり言って、俺はどうこう言えるほどリオーダンのことを知ってるわけじゃないけど——」

そう言いかけ、きっと僕の苦笑を見たのだろう、メルはやや後ろめたそうに続けた。

「わかった。そう、言いたいことはある。たしかに肉体的な魅力はあるけれど、あれほど君に似合わない男はいないね」

周囲の人間には当然なことが、自分にだけ見えないのであれば……目が曇っているのは自分だけ、そう考えるべきなのだろうか。メルの意見は、僕の家族や友人たちの確信そのままで、今さら反論するのも時間の無駄だった。

僕は、冷ややかに問い返した。

「たとえば、どこが？」

「ほら、君だって、趣味や興味を共有できる相手の方がいいだろ？　せめて、価値観を」

僕は口を開いた。思い直してとじる。たとえ、伝える方法を知っていたとしても、語る気などない。ジェイクがどれほど、ほかの誰とも違う形で僕を考えさせ、笑わせ、奮い立たせてくれるか。お互いの違いに、僕がどれほど刺激を受けるか。その違いをたしかめていくのがどれほど楽しいか。ジェイクと話題が尽きることなど想像もできないと。

　あの、腹立たしい男と。

「それに……」

　僕はそのメルの口調を知っていた。問い返す。

「それに？」

　メルは言いにくそうに言った。

「君の心臓が治ったとしても、君はやはり……丈夫ではないのだし。きっと時々、誰かが必要になる——君の面倒を見てくれる人が。君のために、そばにいてくれる誰かが」

「自分のことを言ってるつもりか？」

　メルの手がハンドルを握りしめた。あまりに長い間黙っていたので、もうこの話題は終わったのかと思いはじめた頃、やがて、メルが言った。

「いや。俺は、君のそばにはいなかった。だが……あの男も、あてにはならないよ。彼は、自分のことが何より大事な男だ。君から聞いた話だけでも——」

　僕は笑い声を立てた。

「……笑えることか？」

「ある意味ね。誰も彼も、ジェイクと人生を過ごすのは僕にとって破滅への道だと、説得に必死だ」

「おもしろがってくれてありがたいね」

「悪い。とにかく、一番おかしいのは、僕も賛成だってことだ。少なくとも、ジェイクが長い関係を築く相手には向かないと、僕も思ってるよ」

そう言いながら、おかしな罪悪感を覚えていた。言うのは簡単だった筈だ——あの男は僕のために弾丸を受けたんだ、メル、と。まぎれもない真実である一方、はっきり言って、ジェイクなら誰のためでもそうしただろう。ほかにも言えることはあった——ジェイクは僕を守ってくれた。僕のプライドを傷つけることなく僕の面倒を見てくれた。ほかの誰にもできないことだ。こうも言えた、ジェイクに対してだけは、僕は自分を抑えなくていいと。

メルには、僕が何を言っているのかまるで理解できないだろう。だがすべて真実だ。それでも、そのどれも、僕とジェイクがリアルな、未来につながる関係を築いていけるという証にはならない。ジェイクのせいだけでなく、きっと同じくらい、僕のせいで。

だがかつての僕には少なくとも、挑んでみるだけの勇気があった。

「本当にそう思うのか?」

メルが問いつのった。

「ああ、思う。実のところ、僕とジェイクはお互い……もう、ここまでにしておこう、ということで、まあ、同意したんだ」

「……そうか」

まさかそう言われるとは思っていなかったようだ。僕は、考えこんだメルを眺めた。やがてメルが打ち明けるように、

「君がどう思うかはともかく、俺は昔から、君は一匹狼タイプだと思ってたよ、アドリアン。気付いているかどうかは知らないが、君はひとりでいる時の方が幸せそうだ」

僕は甘い口調で返した。

「へえ？　そういうことにしとけば、お前も気が楽だろうな」

メルは神経質に咳払いをした。数秒置いて、話題を変える。

馬の牧場に到着すると、僕らの間の雰囲気もなごやかさを取り戻した。

苦い経験から、僕は学んでいた。人は、自分の目に映った相手を愛するものだ――時にそれが本人から見える姿と違っていても。見てほしい姿と違っていても。メルはかつて、彼にできる限りのことはしたのだろう。そして多分、今もしてくれているのだろう。それに、こうしてオッセオ牧場へ車を運転してくれているだけで、僕にとってはありがたいことなのだ。

メルの騎乗ぶりがどれほど惨憺たるものか、僕はすっかり忘れていた。目を覆うほどひどい。だが当人は気落ちもせず自分の醜態を笑いとばし、微笑ましいほどだった。

そして、アダージョは美しい馬だった。茶目っ気もある。僕自身が乗りたくなるほどだったが、これでも皆が思うより理性的な人間なのだ、ぐっとこらえて、メルが腕前を披露している

のを眺めた。腕前のなさを披露している、と言うべきか。アダージョが、騎手の経験不足にほとんどつけ上がらないのを見て、ほっとする。

オーナーのカーリン・シュルテが、ついに道化のような騎乗ぶりに耐えられなくなって、口笛を吹いてメルを呼ぶと、下りるよう命じ、自分がアダージョにまたがって小さな馬場をぐるりと歩かせた。アダージョを見るのは目の保養だった。きびきびとし、指示に敏感で、訓練を受けた利口な馬だけにそなわる勘のよさがあった。

カーリンがアダージョを柵の近くまでつれて戻る。アダージョがご褒美のおやつをもらっている間、僕はつやつやした首をなでた。

「気に入ったよ」

僕は、彼女に告げる。

「自分のための馬だったら今すぐ商談に入りたいところだけど、妹の馬なんだ。まず、あの子が乗ってみないと」

カーリンはにこやかだった。

「そうね、もう一人、アダージョに興味を持っている買い手がいるの。でも一週間、あなたたちの結論を待つわ。うちの子はできるだけぴったりのところへ行ってほしいもの」

僕らは約束の握手をかわし、僕とメルはロサンゼルスの町への帰途についた。途中でバスク料理のレストランで遅い昼食を取る。

「俺は明日、飛行機であっちに戻るよ」

メルがそう言いながら胃薬の瓶の蓋を開け、ラムシチューの皿にそなえる。

「だろうね。一緒にすごせて楽しかったよ」

「ああ」

メルは口ごもった。

「でも……バークレーは地の果てってわけじゃない。また飛行機で戻ってこれる。たとえば、次の週末とか」

またためらう。

「つまり――君が、俺にそうしてほしいなら」

メルの目の中の温かな光や、期待のこもった笑みを見て、僕の心の古傷がなだめられなかったと言おうとすれば嘘になる。それに、メルはあるべき時にふさわしい言葉をかけてくれている。きっと僕にとっても、これが踏み出すべき、自然な道筋なのだ。

まず、僕がどこかへ行きたいとして、だが。

僕は、のろのろと言った。

「そうしてほしいけど、でも車の中でお前が言ったことも、色々と、正しい。僕はひとりで幸せだ。それを変える気にはなれない」

「充分だ。俺の方も別れたばかりだ、今は熱い情熱のロマンスとかには近づきたくもない。でも、こうしてまた大人の相手と一緒にすごす時間がどれほど楽しいか、言葉ではとても言えないくらいだよ。俺たちは本当に、気が合ったよな」

「そうだね」

僕は同意した。そして人と人のつき合いというのは、趣味の共有や、価値観の共有なのだ。一緒に犯罪を解決することなどではなく。セックスだけでもなく。

そう、一緒に犯罪を解決することではありえない。人が他人を愛するのは何のためだろう?

相性占いの二十の質問くらい、シンプルなことなのだろうか?


書店への帰り道はあっという間だった。少なくとも僕には。帰り道のほとんどで居眠りをしていたのだ。パサデナに着く頃には目を覚ましていて、クローク&ダガー書店の前に車が停まって、アンテナだらけの青いセダンから下りてくるアロンゾ刑事を見た時には、眠気はすっかり覚めていた。

「何てこった」

「どうした?」

「警察《サツ》が来てる」

「一緒に行こうか?」

メルがそうたずね、眉をひそめて見つめた先で、書店のガラス窓に自分の鏡像を見たアロンゾが肩をいからせた。戦闘準備か。

「いや、僕が何とかする」

「大丈夫か？」

僕はうなずいた。

「また電話するよ」

メルはそう言って、身をのり出す。僕らの唇が互いをさっとかすめた。見物人がいるところで——こういう状況は好きではない。

車から下りてアロンゾへ向き直りながら、僕はつい、ジェイクなら「一緒に行こうか」などと聞きはしないだろうと考えていた。聞くわけがない。ジェイクだったら僕と一緒に肩を並べて、さもなければ前に立って、ここにいる筈だった。だがメルの反応の方が妥当なのかもしれない。あれこそが正しい文明人の対応なのかも。

「アロンゾ刑事」僕は彼に声をかけた。「土曜だというのにお仕事かな？」

アロンゾは、ニヤつく番犬のように歯をきらめかせた。

「昨日は会えなくてね、ミスター・イングリッシュ」

「僕が恋しかった？」

「は、は」アロンゾがまた歯を剝いてみせた。「少しお話できませんかな？」

「何について」

「聞く必要が？　あなたの家から出てきたあの馬の骨のことですよ」

　精一杯のジョークらしい。

「あの件は、未解決事件捜査班《CCHU》に引き継がれたんじゃなかったのか？」

　その返事がアロンゾは気に入らなかったようだ。

「何か、私と話したくない特別の理由がおありかな、ミスター・イングリッシュ？」

「その質問に正直に答えてもいいのかな？」

　アロンゾの顔が黒ずんだ。

「その態度――それが怪しい。あなたがどうしてそうへらず口ばかり叩くのか、不思議なことだ。そうやって、何を隠している」

「本当の僕がいかに魅力的な人間なのかを？」

「ああ、まったく」

　アロンゾは本気だった。本気で、僕を忌み嫌っていた。そして本気で、僕に何か後ろめたいことがあると信じこんでいる。

　僕らは書店の中へ入った。ナタリーは、レジ前の短い客の列をてきぱきとさばきながら、笑みをたたえた顔を上げた。その笑顔がまっすぐアロンゾの方を向くと、ほとんどあからさまにアロンゾの顔が赤らんだ。

「アドリアン、よければ私からパパに——」

「何の問題もない」

僕は彼女をそう安心させ、アロンゾをつれてオフィスへ入った。

ドアを閉めた瞬間、アロンゾが高らかに言った。

「ポール・ケインがあなたとあなたの彼氏のジェイク・リオーダンを訴えたそうですな」

「へえ？」

僕はデスクの端によりかかり、腕を組んだ。

「その手の下らないことは弁護士にまかせてあるものでね」

無反応のふりをすれば、アロンゾが苛立つだろうとわかっていた。案の定。

「じゃ、まず第一の質問だ、イングリッシュ。いくら考えてもわからないんだがね、どうしてあの骨はこれまでずっと見つからなかったんだ？」

本気で僕を疑っているのかと、僕はアロンゾの顔をしげしげ眺めた。アロンゾは正気だし、馬鹿でもない。当然、ジェイ・スティーヴンスの死にどうあっても僕が関与できないことは理解している筈だ。やはり、これは——嫌がらせの類だろう。今さら驚くようなことではなかったが、僕はあっけにとられていた。

「隣のフロアはこの春に買ったばかりなので、その質問の答えは僕にはわからない。知っているのは、そっちのフロアの二階より上はほとんど改装されていないということだよ。二階は倉庫代わりに使われていた。どこかの時点で、三階は安全上の理由でふさがれた。今回の工事の業者がシロアリや木の腐食、錆び、屋根裏からはネズミの死骸の山まで見つけている。フロアはかなりひどい状態だったよ。元のオーナーはあまり建物の手入れに熱心じゃなかった。そんな必要もなかったしね。このあたりの不動産は人気があるし、フロアを借りたいテナントにも事欠かなかった。どの店も一年と続かなかったけど——ほとんどが、せいぜい数ヵ月で」

「今の話が、事件と何の関係が？」

「言っただろ。今回の工事が、そっちのフロアの初めての改装だったんだよ」

「どうしてだ？　そんなに貴重な建物なら、どうしてオーナーは手入れをしなかった？」

僕は忍耐力を振り絞った。

「知らないよ。僕が買う前のことだし。昔のオーナーに聞くといい。それか、その息子とか」

「ひどい状態だったなら、どうしてあんたはそんなところを買った？」

「書店を拡張したかったけど、反対側の持ち主は売却に応じてくれなかったからだよ。それに、こっち側を買う方が理にかなっているだろう。元は同じ建物だったんだから」

「そんなにひどい状態だったのに、どうして建物ごと取り壊して新しいのを建てなかった？」

僕は答えようと口を開けたが、もう彼に僕の言葉が通じていないのは明らかだった。

「僕は、古い建物が好きだからだよ」陳腐な答えになった。「今じゃもう、こんな建物は誰も立てない」

アロンゾが笑った。

「中古の建物を？」

僕は言い返したい衝動をこらえた。

アロンゾが続けた。

「あんたが話そうとしないことが、まだあるように思えてならないんだがね」

「僕は何の容疑者なんだ？　一九五九年には生まれてもいなかったんだぞ」

「どうして俺が一九五九年の話をしていると？」

「違うのか？」

彼は微笑んだ。

「あの白骨はジェイ・スティーヴンスのものじゃなかったのか？」

「そうとも違うとも証明されてない」

「だけど、楽器ケースとクラリネットに付いていた指紋はジェイ・スティーヴンスのものだったんだろ」

アロンゾの笑みが消え、その目が細くなった。

「どうしてそれを？」

これがジェイクが知るべきでない情報なのかどうか、僕には判断がつかなかった。

「いや、ニュースに出てたよ。だろ？」

アロンゾは疑り深い目で僕をじろじろ見ていたが、はっきりと断言できないでいるのがわかった。つまりアロンゾは、この事件の担当ではないのだ。この男がせっせとかぎ回る権利はまったくない。

「未解決事件捜査班《CCHU》はこの件を捜査するのか？」

「この瞬間、この件を捜査しているのは俺だ。あんたが心配するのはその点だけでいい。あんたが通報した侵入事件について聞こうか」

　アロンゾなら当然、警察の調書にアクセスできるだろうに。それでもなお、僕はおとなしくすべての話をもう一度、昨夜の騒動も含めてくり返した。ガイが階下に下りて犯人と対決したことも話した。ガイが携帯で撮った写真のことまでは教えなかったが、カツラの入った袋はアロンゾにさし出した。

　アロンゾはそれを受け取り、苦々しく中を眺めた。

「一体こいつをどうしろと言うんだ？」

「侵入者のＤＮＡがべったりついている筈だろ」

「それで？　あんたは侵入しようとした者がいると主張しているが、どうして夜のうちに通報しなかった？　どうして証拠を渡さなかった？」

「今渡している。昨夜のうちに通報しなかった点については、さっきも言ったが、もう逃げた後だったし、三回立て続けの押し込みというのも芸がないかと思ったものでね――いかに、ここがロサンゼルスといえども」

「馬鹿げたことを」

アロンゾは袋を僕に突き返した。

「あんたの話は茶番だ。はっ、侵入されそうになったって言い張っているが、俺にしてみるとどうにも信じられないね」

「どうして僕がそんな作り話を？」

彼は肩をすくめた。

「自分の書店に注目を集めたかった？　ありそうなことさ。それか、保険金狙いだな」

僕は、魅入られたようにアロンゾを見つめた。

「俺の考えを言おうか、イングリッシュ。俺は、あんたが何か企んでると思ってる。だからあんたから目を離すつもりはない」

「素晴らしい。警察が個人的に目を光らせてくれるとは。もうこの先泥棒の心配はしなくていいね」

「ああ」アロンゾは不吉に言った。「あんたは、もっとほかの心配をした方がいい」

捨てゼリフとしては上出来で、アロンゾはそのまま背を向ける。僕は店から出ていくアロンゾについていった。アロンゾはじろじろとナタリーを見ながら歩き去り、ナタリーの方ではつんと冷淡に顎を上げてあしらっていた。

ナタリーが問いかけた。

「一体なんだったの？」

ドアベルが鳴り響いて、アロンゾが本当に去ったと告げると、ナタリーは途方にくれた様子で言った。

「いつものことさ」

僕が大体の経緯を説明すると、ナタリーは途方にくれた様子で言った。

「あの人は、あなたが人目を引くために自分で仕組んだことだと思ってるの？」

「そう聞こえたね。もっとも、そこまで馬鹿だとも思えないけれど」

「あの人は馬鹿じゃないわよ。あの人は、あなたを――それかジェイクを憎んでいるの。何だろうと信じこんでしまうくらい」

「そうか、とにかくたのむから、ビルやリサに電話しないでくれ。お願いだ。あの野郎にはこっちで対処するから」

「家族はあなたを助けたいだけなのに、それをどうしてそう毛嫌いするの」

「毛嫌いしてやしない、ありがたく思ってるよ。本当に。でもこの件で手助けはいらない」

「私たちは、助けたいのよ」

「わかってる。でも僕は、普通の自分に戻りたいんだ。自分らしい気分になりたい。そのためにも、自分の問題には独力で対処させてもらいたいんだ」

ナタリーは、僕の言葉を聞いて考えこんでいた。

「そんなこと言っても、リサは納得しないわよ」

「とりあえず、君らが一致団結して襲いかかってくるのを止められれば、まずは第一歩さ」

ナタリーのあきれ顔は、一瞬、ぎょっとするほどエマそっくりだった。

「それに約束するよ、手に負えなくなったらすぐに君らの助けを呼ぶ。もしかしたら、今日明日にでもね」

今日は皆でディナーの日よ、とナタリーから確認された。僕は二階に上がって着替え、チャッツワースへ彼女の車で向かった。車から下りると、夏のそよ風に乗ってバーベキューの香りが漂ってきた。

ナタリーがくんくんと嗅ぐ。

「あらら。パパがバーベキューグリルを出してるわ。焼かれたくないソーセージはズボンの中にちゃんとしまった？」

ビルはアウトドアバーベキューの熱烈な信奉者なのだが、暴走気味の面もあった。時々思うが、ドーテン家がペットの類を飼っていないのは幸いだった。

一家はすでにパティオでカクテルを飲んでいた。ビルはせっせと、軍隊を一週間楽に養えそうなステーキの山を焼きながら、ヒッコリーとメスキートのどちらのウッドチップがバーベキュー向けかローレンと語り合っていた。ローレンのまなざしは遠く、離婚のことにまた思いふけっているようだった。

僕は、自分の回復の新たなステージを一杯の赤ワインで祝った。アロンゾとの一件の後では、アルコール解禁を数日前倒しにしてでも祝いたい気分だ。そしてリサに、アダージョを見にチノまで行った時のことを報告し、こんな言葉で締めくくった。

「あの馬はいい買い物だと思うよ。火曜にでもエマをつれて、牧場に行ってみようよ」

リサが呻《うめ》きを上げた。

「昨日、リアリティ番組で見たのよ。両親が娘にジャンプ競技用の馬を買ってあげて、その子は馬から落ちて半身不随になったの。なんて恐ろしい」

「リサ――」

「それにアンナ・ケリーの娘は落馬して顎の骨を折ったのよ。前歯が全部なくなっちゃって。アンナも馬から落ちて手首を折ったの」

ビルがウッドチップの講釈をいったんやめて、おだやかに口をはさんだ。

「エマは顎や手首を折るようなことはしないよ。乗馬があんなに上手なんだ」

リサがさっとビルに向けた非難のまなざしには、あなたはとても素敵な人なのになんて冷血か鈍感なの、というメッセージが見事に凝縮されていた。

「そっとしておくべきだ思うわ、アドリアン。エマはあなたが前に来た時以来、あの馬の話を持ち出さないもの。きっとすっかり忘れちゃったのよ」

「忘れたとは思えないね」

リサの、大きな青い色の目が僕を見つめた。何か僕の顔から、僕の意図せぬものを読みとったのだろう。彼女は表情を変えた。唇を噛む。

「ああ、もう。あなたにとってそこまで大事なことだと言うなら……」

その目がさっと鋭くなった。

「メルとはまた会ってるの？」

「ただの友達だよ」

リサはまた注意深く、じっと僕を見ている。

「本当だ」

「もしかしたら、メルも成長したかもしれないわねえ」

皆、そうなのでは？

彼女は、不可解なことを続けた。

「ただ、あのジェイク・リオーダンが、あなたに心から夢中なのは疑いようもないけれど」

僕はまばたきした。

「……ないって？」

「とは言っても、もう何の意味もないことでしょうけどね」

「そうなんだ？」

「勿論よ」

グラス一杯のワインで、僕はもう酔っ払ってしまったのだろうか。

「……とにかく、メルとはただの友達だから」

リサが繊細な眉を上げ、グラスを傾けた。


僕が奥の部屋に行き、エマの前に座りこんだ時、彼女は裸のバービー人形で不適切なシーンを演出していた。十四歳のエマは、もうあまりバービー人形で遊んだりはしないが、時に人をドギマギさせるような場面を披露してくれる。僕の妹はパフォーマンスアーティストの卵のようだ。

「やあ」

声をかけると、エマは微笑み、バービーのピンクのコルベットの隣にケンを押しこんだ。ケンは居心地が悪そうだ。バービーは勝ち誇った笑み。案の定、その手には車のキー。

「この間、友達の車に乗せてもらって、アダージョを見に行ってきた」

それを聞いた瞬間、エマはさっと背すじをのばし、痛々しいほど一心に僕を見つめた。ごくりと唾を飲む。

僕は微笑んだ。

「僕は、アダージョが気に入ったよ。どうかな、火曜に一緒に行って、じかに会ってみるっていうのは？」

エマが僕の腕の中に身を投げ出し、きつく抱きついてきた。僕は彼女のつやつやした黒髪を見下ろし、軽くふれた。幼い髪だ。細い腕が僕に巻き付いていた。十四歳というのは、こんなにも若い。僕のシャツの中でエマがぐすっと鼻をすすり上げた。

参った。

「知らなかったよ、君は笑ってない顔もできるんだな？」

エマが、濡れた顔を上げ、涙っぽいくすくす笑いをこぼした。

「でも……リサがきっと駄目って……」

「言わないよ」

僕はきっぱりと言った。

「リサにはもう、全部話してある。だってね、火曜に僕らを牧場まで車でつれていってくれるのはリサだよ」

エマは僕のシャツで涙を拭き、まだ半信半疑の顔のままうなずいた。

「エマ？」

大きな青い目が僕を見上げる。リサのように神秘的な目だ。

「君にとっては、まだそう長くは感じられないだろうけど、でもリサは――リサは、本当に君を愛してるんだ。君と出会ったほとんどその時からね。リサは君を守りたいだけなんだ。わかるだろ？」

エマはうなずいたが、まだ自分の義母がどこかの悪い魔女なのではないかという疑いを拭えない様子だった。

「リサが色々な……ことを心配するのは、僕の父さんが死んだからなんだ。その後、僕も病気になった。今の君より少しだけ年上の頃にね」

エマは考えこんだ。

「あたしのママは死んだけど、あたしは怖くないもん」

「リサにとっては、そうはいかない。彼女は、僕ら全員を安全に守るのが自分の仕事だと思ってるんだよ」

エマは骨張った肩をそっけなくそびやかした。

バービーとケンをエマの昼ドラごっこにまかせ、僕はパティオにいる皆のところに戻ろうとした。途中でキッチンを通らなければならないのだが、まさに入りかかった時、ナタリーの冷たい声が聞こえた。

「でもあなたには関係のないことよ」

リサが答える。

「いい加減になさい、ナタリー。恋人の金を盗む男なんてろくなもんじゃないわ。何回やられたの？」

「関係ないことだって言ったでしょ」ナタリーの声がはね上がる。「パパにウォレンの悪口を吹きこんだの、あなたでしょ？」

「お父様は、私がわざわざ言わなくたって、ウォレンがよく言っても穀潰《ごくつぶ》しだということはちゃんとわかっていますよ」

僕はすでに後ずさっていたが、二人して、草原で不運なシマウマを嗅ぎつけた雌ライオンのように僕の方を向いた。

「逃げないで。あなたのせいでもあるんだから」

ナタリーの口調はドライアイスよりも冷たかった。

「いや、違うと思うよ——」

「あなただって皆と結託してるんでしょ」

僕ははたと止まった。

「何だって？」

ナタリーは、視線で僕を壁に釘付けにしようとしているようだ。

「ウォレンを嫌ってるじゃない。彼が困っている時、助けようともしてくれなかった——私がたのんだのに。あなたも、皆も、追いこまれれば私たちが別れると思ってるんでしょ！」

僕は口を開けたが、リサの方が早かった。

「行きなさい、アドリアン。口出ししないで」

母の口調は、僕の背すじを寒くするものだった。悪い魔女というのは案外当たっているかもしれない。その声は一瞬にしてナタリーを黙らせたが、愚かにも僕は口をはさんだ。

「ナタリー、あれはウォレン個人のせいじゃない。身内を雇うのがいい考えだとは思っていないだけだ。君はとてもよくやってくれているが、ウォレンをそこに加える気はない」

ナタリーは喧嘩腰に言い返した。

「あなたに、私の人生からウォレンを追い出すことはできないわ。お知らせしておくけど、ウォレンと私、一緒に暮らすことにしたから」

「それ、ウォレンは知ってるのか？」

どうしてそんな問いが口からとび出したものか。だが、即座に恐ろしい反応があった。ナタリーの顔がくしゃくしゃに歪んだのだ。

「大嫌い、アドリアン！」

ぱっと身を翻し、ナタリーは廊下を駆けていく。どこか地下のほうでドアがバタンと閉まる音がした。

「あの男、ナタリーの財布から金を盗ったのよ」リサが暗い声で言った。「それも初めてじゃないの」

僕はリサを見やったが、今回はなんとか口をつぐんだままでいた。

リサは物思いを振り払った。

「ダーリン、そんな顔をしないの。あの子は泣いてさっぱりして、夕食までには立ち直ってるわよ」

そうは言ったものの、ナタリーは夕食の席には顔を見せなかった。それどころかその晩、僕がローレンの車で送ってもらう時にも、ナタリーの車は停まっていなかった。

一人暮らしの平穏な聖域に帰宅して、これほど心の底からほっとしたことはない。

それなのに、まず僕がしたことと言えば――再度の侵入の形跡がないのをたしかめた後で――ジェイクからのメッセージがないかと、留守電をチェックすることだった。

メッセージはなかった。

日曜は静かにすぎていった。静かすぎるほど。ナタリーは一階で働き、僕は二階で働いた。午前中、僕は朝の散歩を利用してドーナツを買ってくると、それで和平をはかったが、ナタリーは僕に、ゾーンダイエットの最中なので今はドーナツに親しみたい気分ではないと言った。あるいはそれを持ってきた男に。

いずれなびくかも、という期待をこめて、僕はそのピンク色の箱をレジカウンターに残し、『死の暗転』の続きを書くべく巣に引きこもった。他人の人生の、でっち上げられたトラブルに取り組んでいるとほっとする。主人公のジェイソン・リーランドを孤児に設定した過去の自分に感謝したい。

執筆の間は、〝ウーマン・イン・ジャズ〟というコンピレーションアルバムを流していた。

「あなたと私は　バーモントの月のひかり……」とエラ・フィッツジェラルドが囁くように歌い、僕の集中を大きく乱した。

『ただ、あのジェイク・リオーダンが、あなたに心から夢中なのは疑いようもないけれど』

ジェイクは、本当にバーモントかどこかへ行ってしまうのだろうか。いや、違う──僕は本当に、ジェイクをこのまま行かせる気なのか？

僕は、ジェイクのいなかったあの長い二年間のことを思った。

そして、僕らが一緒にすごした十ヵ月のことを思った。いや、一緒というのは言いすぎか。

だがそれでも──。

そして、ジェイクから、ケイトと結婚すると告げられた後、味わった気持ちを思った。

ジェイクの選択を責める気はない。彼なりに、最善の道だったのだから。僕を傷つけるつもりはなかったという彼の言葉も信じている。傷つけようとして傷つけたのではないと。人の心を絶対に守る保証などないのだと、それも頭ではよくわかっている。

だが、あのパイレーツ・ギャンビット号の船上での一瞬。ジェイクが、嘘で築き上げてきた人生と自分自身を守るため、僕を見捨てるのではないかと信じた──血も凍るような──あの数秒から、病院で目を覚ますまでの間に、僕の中で何かが変わっていた。あんな思いは、二度としたくなかった。あんな……裏切られ、打ち砕かれたような思いは。

あの刹那、僕は本気で、自分が死のうがかまわなかった。心の、暗いどこかでは、自分の死を願ってすらいたのだ。もうこの先、目覚めなくてもすむように。

ジェイクに、バーモントになど行ってほしくはなかった。考えるだけで耐えられない。だが彼を止める決心もつかなかった。

まるで馬から振り落とされた後、次の騎乗まであまりに長く待ちすぎたかのようだ。僕は、すっかり怖じ気づいていた。


午後いっぱい、音楽を聞いたり昼寝をしてすごした。休養と回復のセットよりは、はるかに生産的な一日だ。

ナタリーは怒ったままだった。帰りの挨拶もなく、店を閉めて去っていった。それがどれほど気にかかるか、認めるのも腹が立つ。

夜にかかるとオリーブとマラスキーノチェリー入りのフルーツサラダを作り、『長いお別れ』の続きを読んだ。チャンドラー作品の中で一番好きというわけではないが――一番は『湖中の女』だ――しかしチャンドラーの駄作は大抵の作家の傑作に勝る。いや、このエドガー賞を受賞した『長いお別れ』が駄作のわけはない。チャンドラーの社会批判と、己の人生を切り貼りして書いた手法を見る意味でも興味深い作品だ。いつもチャンドラーを読むと、僕はこの先も作家は副業にとどめておこうと、あらためて心に誓うのだった。

八時少しすぎ、電話が鳴った瞬間、一日中これを待っていた自分に気付いた。ディスプレイに映し出された番号がスロットマシンの大当たりのマークに見えた。

ジェイクは無愛想だった。

『進展だ。まず、ダン・ヘイルを見つけた』

「よかった」

『ヘイルはサンタバーバラの老人ホームで暮らしている。シービュウ苑だ』

「元気そう？ つまり、頭の方はってことだけど」

ヘイルの年齢を考えれば、肉体的な健康は損ねていておかしくないと思ったので、そうつけ加えた。

「話を聞けそうな感じだった？」

『ピンピンしてるって風ではなかったな。だが話は明瞭だったし、俺たちに会う気もある。明日、サンタバーバラまで車で行ってみないか？』

行く、と返事をしに口を開けて——リハビリの予約があるのを思い出した。金曜の回を、オーハイへ行った日にサボっている。二回連続で休めば、どれほどやかましく言われるかは想像がついた。

「明日は駄目なんだよ」

『デートか？』

「まあね、リハビリチームと。昼くらいまでかかるんだ」

『なら、昼飯の後に出発すればいい』

　自分ひとりで行くのが一番楽だったろうに、ジェイクがそう言い出さないでいてくれたことに僕はほとんど感激していた。

「お前が、それでいいなら……」

『まかせとけ、お前のお望みのままだ』

　僕はお前に、何の望みも与えられていないのに？

　僕は口をつぐみ、ジェイクが続けるのを聞いていた。

『第二の手がかりはな、アーガイルが例の写真の男が誰なのか見分けたってことだ。どうやってかはわからんが——ガイの写真の腕前はひどいもんだからな。アーガイルによれば、あのヘンリー・ハリソンはハリー・ニューマンという名で、引退した探偵だ』

「それはそれは」

　ジェイクの声には微笑がにじんでいた。

『お前好みだろうと思ったよ。もっととびつきそうな話がある。アーガイルがこのニューマンをよく覚えていたのは、ニューマンが、失踪したスティーヴンスを探すよう雇われた探偵だったからだ』

「雇われたって、誰から？」

『スティーヴンスの恋人からだ』

9

翌日、リハビリを終えて建物から出た僕を、ジェイクが待っていた。ジェイクのサングラスのレンズに、よろよろと近づく僕の姿が映し出されている。紺のポロシャツの胸元で腕を組み、ホンダ車によりかかってウォッシュジーンズの長い足を見せつけているジェイクの姿を見るのは、この一時間のリハビリチームの尽力などよりずっと僕の心臓によさそうだった。

「笑顔だな。有意義な時間だったか？」

近づいた僕へ、ジェイクがたずねた。

その腕の中へ歩いていくのがどれほど自然に感じられたか、自分でも面食らうほどだった。まるでジェイクと僕の心が同調したかのように——ジェイクが姿勢を変え、僕を腕の中へ抱こうとするように動き、そして僕はあやうく、すべてを忘れて彼へ腕をのばしにかかる。僕らの間はもう終わっているのだと、どうしてそれをすぐ忘れてしまうのか、自分でもわからない。

結局、僕は、ジェイクの腕をごく親しげにこづいた。

「ああ、よかったよ。水泳の許可が下りたんだ」

ジェイクは珍しい、温かな笑みを浮かべた。

「やったな」

「ああ。泳ぐの好きなんだよ」

「そうなのか？」

驚かれたようだが、理由はわかる。彼と会っていた十ヵ月、僕は泳ぎにも行かなければろくに運動と言えるものもしてなかった。

「リサの家にプールがあるんだ。あそこで泳ごうかと思ってね」

ジェイクの顔を、さっと心配の色がかすめ、何を考えているのかわかったが、ありがたいことに彼はそれを口に出しはしなかった。

「まあ、その前に誰か言いくるめて車でつれていってもらわないとならないけどね、勿論」

「俺がつれてくぞ」ジェイクが軽くつけ足した。「ほかに誰もいなければな」

「ありがとう」

僕はあわてて、ぎこちない返事をした。そこまで考えてはいなかった。週に二度くらいならローレンにたのみこめるだろうし、夜にナタリーにつれていってもらう手もある。ナタリーがまた僕と口をきいてくれれば。

週末なら、メルがいるか？　どうしてか、ジェイクが目の前にいるのにメルのことを考えるのは間違って感じられた。

ジェイクの次の言葉で、それ以上の物思いから救われる。

「随分と早く水泳の許可が出たもんだな。回復は順調のようだ」

「もう五週間になるからね」

それは言いすぎか、明日から五週目に入るところだ。それでも。

「どうやら、一山越えられたみたいだよ」

おかしなことにこの瞬間、初めてその実感を嚙みしめられた。明るい七月の陽射しの中、ジェイクに微笑みかけられ、僕の顔にも笑みが浮かんだ。

「おめでとう」

「ありがとう」

僕は間抜けなほどの笑顔で車に乗りこみ、それから半時間ほどずっとご機嫌でおしゃべりしていた。心がはずみ、活気にあふれていたが、そのうちいつもの眠気に襲われる。少しだけ目をとじたつもりで、次に気付くと肩に手がそっとのせられ、そのぬくもりと感触が夢の中まで染みとおってくるようだった。

僕は目を開け、まばたきしてジェイクを見上げた。「やあ」

ジェイクの唇の端がピクッと上がる。

「おはよう」

僕は頭を上げた。そこは、ほぼ無人の駐車場だった。風で吹き飛びそうなユーカリの木々の向こうに、青くくすんだ海が見えた。頭上でカモメが鳴いている。

「今、どこだ？　まさかもうサンタバーバラじゃないだろ」

「ああ。ポイント・デュムの近くだ。昼飯を食おうかと思ってな。お前も足をのばしたいだろう」

「ああ、そう言えば」

ラス・バージンズ・キャニオンで１０１号線を下りたのだろう。近道とは言えない。というか、一時間ほども遠回りだ。こちらの海沿いの道の方が内陸のハイウェイより僕の好みではあるが。海風は潮の香りがして、涼しかった。海とユーカリに混ざって、バーガーの匂いも漂ってくる。

駐車場の端まで歩いていって、見下ろした。砂まみれの階段が白っぽい砂浜までのびている。緑がかった青い海にかかる桟橋は色あせ、崩れかけていた。揺れる波打際《なみうちぎわ》から数メートルというところに、すっかり古びたレストランが一軒あった。ポイント・デュム・カフェと読める穴だらけの看板。その建物の外観に、ふと僕の視線が引き寄せられた。

「ここ――」

ジェイクがニッと、唇の片端を上げる。

「昔、タイドだった店を見たいだろうと思ってな」

「まだ営業しているのか」

「そのようだな」

「この建物、昔のまま？」

ジェイクがうなずく。

「凄い」

ガタつく階段を白い砂浜まで下りた。カモメが舞い上がり、青空を泳いでいく。海のはるか彼方では、ヨットが海鳥のように波の上をすべっていった。

「桟橋まで歩いてみないか？」

誘うと、ジェイクはあまり乗り気ではなさそうだったが、肩をすくめた。

僕らは桟橋の突端まで歩いていった。足元の板はしっかりしているが、手すりはすっかりぐらついている。突端に立ち、緑がかった海を見下ろした。海藻が金色の網のように波の上を漂い、海面にキラキラと陽光がはねる。

波の下で、何かが光った。何か、長く、白っぽい光が静かによぎっていく。サメ？

手すりに体重をかけないよう注意しながら、僕は身をのり出した。

上腕をジェイクにぐっとつかまれ、驚いて彼を見た。ジェイクの顔は、思いもしなかったほど険しかった。

「何か食って、出発しよう」

「わかった。そうだね」

手すりから身を引くと、ジェイクの手が離れた。僕は問いかけるように微笑む。だがふと、今起きたことがなんであるにせよ、茶化していいものではないような気がした。

海辺へと歩いて戻る、僕らの靴音が重い木の板に響いていた。砂は、靴の下でやわらかく、足が沈みそうになる。レストランまでたどりつくと、窓に張り紙があった。

お客様へ
十年間ありがとうございました。残念ながら当店は七月十九日に閉店いたします。
皆様のご多幸を祈って。
　　　　アールとペータより

「悲しいね」僕は呟く。「十年だってさ」

「物事は変わっていくものだ」

さっと、僕はジェイクを見つめた。サングラスに隠れた顔には何の表情もない。ジェイクの、刑事の顔だった。

レストランのドアは白く塗り替えられていたが、乳白色のペンキの下にうっすらと青が見える。店に入り、短い階段を上って、海を臨む見事な大窓が並ぶ広い部屋に出た。プラスチックの椅子とテーブルがたくさん並んでいるが、客はランチを食べているカップル一組だけで——しかもその表情から察するに、味に文句をつけているようだ。

ネットで見た写真から、昔通りのインテリア——の名残り——に見覚えがあった。ジグザグ模様の木の象眼やくねった鉄の手すりはもう取り払われていたが、長い壁はまだ青や灰色のタイルが描く海の風景で飾られ、天井には、埃まみれですすけた、漁網を模した格子木がいくらか残っていた。

痩せて肌の荒れた、短パンとホルターネックにビーチサンダルの女が注文を取りに寄ってきた。僕はグリルドチーズサンドイッチを注文し、つけ合わせのフライドポテトをカットフルーツに替えてくれとたのんだ。それを聞いた彼女の表情は見ものだった。ジェイクはフィッシュバーガーをたのむ。

僕は大窓から、青い海と点々と散るヨットを眺めやった。

「ありがとう」

ジェイクに礼を言う。

彼は苦笑のような笑みで応じた。そう言えば、ジェイクが僕に甘いと、ガイに言われたのだった。ガイの言うこともわかる。知り合ってからずっと、ジェイクには大目に見てもらってきた気がする。僕を容疑者と見なしていた間は別だろうが……パインシャドウ牧場での頃からは、もうずっと。これほど厳格きわまりない男だというのに、昔からどうしてか、ジェイクは僕に寛容だった。

紙皿にのったランチが運ばれてきた。僕らは食べはじめた。

僕はたずねる。

「フィッシュバーガーはどう?」

「こんなもんだろうな。グリルドチーズはどうだ?」

「グリルドチーズはまず失敗のない料理だよ」

ジェイクがうなずき、僕は続けた。

「でも、ここはやってのけた」

ジェイクは笑った。

波と光が躍るさまに、半ば吸いこまれそうだった。その光が古いダンスフロアをやわらかに照らす。いつどこでも眠くなる、この癖を何とかしたい。ふとジェイクに目をやると、彼は僕を見つめていた。

そう言えば、と僕は気になっていたことを思い出した。

「なあ、まだ聞いてなかったけど。カミングアウトした後の、家族の反応は?」
ギ、ときしむ音を立てて、ジェイクはプラスチックの椅子にもたれかかった。
「よく、こんな話があるだろう。家族にカミングアウトしてみたら、家族はとっくに察していた、というような？」

「ああ」

「今回は、そうはいかなかった」

「ああ……」

僕はサンドイッチの残りの、ぎとついた塊に視線を落とした。

「リサも、ずっとわかっていたと言い張ったけど、そんなことはなかったね。仰天してたよ」

「お前が大学生の時か？」

僕はうなずいた。

「まあ、リサはあっという間に慣れたけど。ほとんど、週末とか、そのくらいで」

「四十三歳の既婚の男のカミングアウトというのは、きっとそれより受け入れるのが難しいんだろう。俺がミッドライフ・クライシスのたぐいでヤケになっていると思われている」

「そうだな。大変だろう」

「親父と、末っ子のダニーが特に受け入れられずにいる」

ジェイクは肩を揺らした。

「それと、ケイティがな。当然だが」

僕はごくりと唾を呑んだ。ケイトのことを考えたくはなかった。罪悪感を覚えたくない。ジェイクと会ったのは僕が先——せいぜい同時くらい——なのだし、是非はともかく、ジェイクに対して僕にも彼女と同等の権利はあると自分に信じこませていたからだ。勿論、そんなのはでたらめにすぎない。ジェイクはケイトと結婚し、彼女と家庭を持った。それがすべてを変えた。少なくとも、それが道理だった。

「いつかはわかってもらえそうか？」

「皆、今は落胆し、ショックを受け、混乱して、腹を立てているんだろう」

ジェイクの力強い肩が、紺色のポロシャツの下で動いた。

「いつかわかってくれればとは思う」

「皆、お前を愛してるよ」

「ああ。まあな」彼の目が静かに僕を見た。「だが、それだけじゃ足りない時があるんだ。だろう？」

そうなのだ。悲しいことに。

「彼女は――ケイトは、僕のことを知ってるのか？」

「今はな。前は……知らなかった」

またジェイクの澄んだ目が、眉の下からまっすぐ、僕を見つめた。

「それも大きな問題なんだろう？　もし俺が、皆にお前のことを――俺たちのことを、話せていたら……」

もう手遅れなのだ。もう、思い出をたどり、昔と同じ袋小路につき当たりながら、どうしてあの時右や左の道を選ばなかったのか、まだ二人に未来があるうちに引き返さなかったのかと思い悩むには、遅すぎる。

それでも、僕はつい、ひややかな声で言っていた。

「ポール・ケインには僕のことを話したろ」

ジェイクの顔が赤らんだ。

「ああ。うっかりな。あれはすまなかった、お前を標的にしてしまった。信じてほしいが、俺はお前の名前を教えたことも、お前についてあいつと語り合ったこともない。ただ俺が酔っ払って感傷的になった夜、あれこれつなぎ合わせるだけの材料を聞かせてしまっただけだ。あいつは、パズルが得意だった」

「人間関係のパズルもね」

僕は少しだけ、考えに沈んだ。もし正直になるとすれば、やはりまだ心のどこかでポール・ケインに嫉妬しているし、まだこの二人の関係がどういうものだったのか気になるし、まだ──いくら否定しようとも──怒ってもいた。

ジェイクが皿を押しやり、ペーパーナプキンで手を拭った。

「そろそろ行くか」

僕はうなずき、くしゃくしゃになったナプキンを紙皿の上へ放った。

シービュウ苑はスペイン風牧場の老人ホームで、海と青々とした山の見事な景色に囲まれていた。装飾的な敷石の庭園に、観賞用のサボテンやブーゲンビリアがあふれている。

駐車場は、背の高いツゲの生け垣で囲まれていた。生け垣の向こうには陰気なホテルの建物がそびえている。その建物もスペイン風だったが、まるで鬱になったスペイン人が建てたように見えた。

ジェイクと僕は、黄覆輪《きぷくりん》のリュウゼツランが左右に並ぶ正面の道をのんびり歩いていった。行く手では看護師たちが、老いて体の曲がった患者たちの車椅子を押している。

僕は呟く。

「僕らの話が、年寄りにひどいショックにならなきゃいいけど」

「老人というものは、死に対する恐れはあまりないものだ」

言われて、自分の死が避けがたいものだと信じていた頃、今よりずっと平然と死を受けとめていたことを思い出していた。いや、今でも、死は避けがたいものには違いないのだが。クリスティが書いたように〝死は幕引きにやってくる〟。誰の終わりにも。

風通しのいい受付ホールで、ブルックスブラザーズのパンツにシャツ姿のきびきびした若い男に出迎えられ、ミスター・ヴォーンだと自己紹介された。

「ようこそ。ミスター・ヘイルはお二人の訪問を楽しみにされてます。お客様だと聞いて私も驚いていますよ、あまり誰かが来ることはないので」

彼は微笑した。

「お二人は、ご家族ではありませんよね？」

僕らは、違うと答える。

「あの人はなかなかな人ですよ。会えばわかります」

それは実に楽しみだ。

ジェイクがたずねた。

「今日、ミスター・ヘイルの具合は？」

ヴォーンは少し考えをめぐらせていた。

「今日はかなり良好ですよ。しかしかなり弱っていらっしゃいます。あまり長くならないよう、お願いします」

僕はたずねた。

「どこが悪いんですか？」

「主には心臓が。肺気腫もあります。あのくらいのお年になると、大体はいくつか問題を抱えていますしね」

僕の心を、古い写真の中できざな格好をして、笑った唇にいつも煙草をくわえていた若い男の姿がよぎった。

ヴォーンは、パステルカラーのつなぎ服を着た若い女性を呼んだ。彼女の案内で僕らは扉がずらりと並ぶ清潔なタイルの廊下を抜け、庭を見晴らす小さな部屋へつれていかれた。そこには患者用ベッドが置かれ、スライド式のガラス戸の外にはこぢんまりと快適そうなパティオもあった。低い漆喰《しっくい》の壁の上から、黄色いブーゲンビリアが金の滝のように流れ落ちている。緑色のハチドリが、ガラスに映る自分の姿めがけて頭からぶつかっていた。

看護師か介護士だろう女性は、話が終わったらベルを鳴らして呼ぶようにと言い置いて去っていった。

「それで、お前さんたちは誰なんだ？」

車椅子の中で背を丸めていた人物が、ハチドリの突撃からこちらを振り向き、問いかけた。

この歳月は、ダン・ヘイルにとって優しいものではなかったようだ。それでも、年老いて皺だらけになった男の上に、まだあの野性的な若者の面影は残っていた。ニック・アーガイルとおそらく同年代だろうが、いまだ壮健なあの男と違い、ヘイルは寄る年波をひしひしと感じさせた。それどころか、彼はぞっとするほど、クローク&ダガー書店の床下から出てきた骸骨とそっくりに見えた。皮膚に浮き出した骨の形、落ちくぼんだ両目、まばらな髪。

彼を目にすると、胸がきしむようだった。僕は、自分は老人ホームや介護のことを考える年齢まで生きられないと思っていたので、ここまで老いた自分を具体的に想像したことがない。もし結婚せず、もし子供がいなければ……一体、何が支えになる？

「ジェイク・リオーダンです、電話で話した。こちらはアドリアン・イングリッシュ」

ダン・ヘイルがしみだらけの手をさし出し、僕らは握手をかわした。

「覚えてるよ、ちゃんとな」

苛々と言い、彼は座りにくそうなプラスチックの椅子の方へ手を振る。

「ジェイ・スティーヴンスの話を聞きにかけてきたんだったな」

そう言ってひとつうなずき、さらにうなずきつづけた。耳ざわりな笑いをこぼす。

「ジェイ・スティーヴンス。参ったな！」

僕は彼にたずねた。

「彼のことはよく覚えてますか？」

「ああ、そりゃな。ジェイとムーングロウズはタイドでよく演奏してたよ」

それを言うヘイルの顔には、古い誇りがにじんでいた。

「タイドだ。マリブにあった、俺の店だよ。あの海岸一帯じゃまさに最高のジャズクラブ。皆があのクラブにやってきたもんさ、まあ、そういう店の数もろくになかったしな。アザラシ！時々、海辺にアザラシが来たよ。サメもな」

サメのことを思い出して、ヘイルはげらげらと笑った。

「ジェイとムーングロウズがクラブで演奏していた期間は？」

「二年。大体そんなもんだ」

「どういうきっかけで？」

「ジェイの方から言ってきた。西部に移りたいからってな。何年か東部のクラブで演《や》ってたんだよ、評判もよかった。あのピアノ弾き、ポーリー・St・シーアが肺を悪くしてね。もっと乾いたところのがいいってんで、あの連中は、カリフォルニアで腰を据えて演奏できるところを探してた」

「あなたが彼らを雇った決め手は？」

「オーディションをやったのさ。腕がよかった。とてもな。その上、新しいアルバムも出してた。大物になりそうな奴らだったよ」

なつかしむような、感傷的な表情を浮かべた。

「それに、ジンクス・スティーヴンスがいた」

ジンクス・スティーヴンス。シックに髪を結んだファム・ファタール。

「ボーカルの？」

「ダイナ・ショアみたいな歌声でね。ああ、あの子の歌う〝エヴリタイム・ウィ・セイ・グッバイ〟を聞いて泣かない客はいなかったよ。そう、ジェイ・スティーヴンスとムーングロウズは毎週火、水、木とクラブで演奏してた。金曜と土曜には店にゲストのバンドを呼んだ」

声に、ありし日を誇る響きがあった。

「ジャズの最高の面々を呼んだもんさ。グッドマン――ありゃ凄い夜だった――、エラ、シナトラ……うちの店は辺鄙《へんぴ》なところだったが、皆、来てくれたよ」

ジェイクが質問を代わった。

「ミスター・ヘイル、ジェイ・スティーヴンスの死体――白骨死体と思われるものが、彼が泊まっていた元ホテルの建物の床下から出てきた。予備検死によれば、おそらく殺されたものだろうと。何か思い当たることは？」

ヘイルは笑い出した。それが段々と咳の発作に近づいてくると、やっと笑いやむ。

「そいつはまさにジェイらしいや。誰にとっても何の役にも立たねえ頃にひょこっと出てきやがって」

「彼らしいとは？」

答えは激しい咳の中に消えた。このまま、僕らの目の前でこの世から旅立つんじゃないかと怖くなったくらいだ。やっと、ヘイルはなんとか声を絞り出した。

「まったく、天《あま》の邪鬼《じゃく》な野郎でさ」

「当時、彼の身に何があったと思いました？」

ジェイクがたずねる。

涙のにじんだ、黒い目がジェイクを眺めた。

「どっかに姿をくらましやがったと思ってたよ。正直なところな」

僕が口をはさんだ。

「妹やバンドを置いて消えるような人だったんですか？」

「風の向くまま気の向くままだったさ、ジェイはな」

「恋人がいたと聞きましたが」

　これはジェイクだ。彼が、この年老いた、弱った男から話を聞き出そうとするのを見るのは、興味深かった。ゆったりと構えて、意外なほど優しい。意外なほど、というのは、ジェイクを知らなければということだが。

　ヘイルの口が動いたが、言葉は出なかった。単に空気が足りなかっただけだろうか、次に出た声は普通だった。きしみ、喘鳴《ぜんめい》のような、いつもの声だ。

「参ったな。あの娘っ子のことを忘れてたよ」

「彼女の名前を覚えてますか？」

　ジェイクが問う。

「ルイーズ……なんとか、だ。大学教授だかなんだか、そんなようなシロモノだったよ」

「大学教授？」

　僕が驚いた声を出すと、ヘイルがぜいぜいと笑った。

「どんな女でもジェイに夢中になったのさ。とにかく憎めない奴だったからな。たとえ殺してやりたくなってもね」

「あなたは、彼を殺してやりたいと思ったことが？」

ジェイクの声は無表情だった。

ヘイルはまた笑った。

「当たり前だろ。だが、やっちゃいない」

それから、しげしげとジェイクを眺め、たずねた。

「元警官か」

ジェイクが固い仕種でうなずく。

「やっぱりな」

深入りしてほしくはない話題だった。ジェイクにとってふれられたくない話題かもしれないし――そうでもないかもしれないが――とにかく僕は口をはさんだ。

「そのルイーズが、ジェイ・スティーヴンスがいなくなった後、彼を探すために私立探偵を雇いましたよね？」

ヘイルは、糸のように目を細めた。

「そうだったか？　覚えてないね」

ジェイクがたずねた。

「ジェイ・スティーヴンスが、高級住宅街での夜盗の容疑をかけられていたという噂を聞いたことは？」

「あんた、ニック・アーガイルと話したな？」

ヘイルが鋭いところを見せる。

「アーガイルは、ジェイがウェストサイドの夜盗の犯人だと信じこんでたよ。ジェイにつきまとって、檻にぶちこんでやるって脅して——」

不意に何か思い出したように、険しい顔になった。

「何か?」

ジェイクがうながした。

ヘイルはじっと考えこむ。

「あれは、ジンクスのせいもあったのかもしれねえな。昔から、あいつはジンクスに気があるんじゃないかと思ってたよ——アーガイルはな。いやいや、奴ひとりじゃなかったが」

ニヤッとすると、昔の切れ味鋭い伊達男の面影がちらついた。

「そうさ、ジンクスがステージに上がる時はいつも、奴は俺の酒を飲みながら席に居座って、あのちっさい目でジンクスをむさぼるように見てたもんさ。それともジェイを檻に閉じこめて鍵を放り捨てちまう想像にでもふけってたのかね、あれは」

また喉に絡む、怖いほどの咳をしながら笑った。

「では、ジェイが夜盗だったという噂は根も葉もないと?」

「そうさ」

嘘だ、とはっきりわかった。僕はあえてジェイクの方は見ないようにして、さらに聞いた。

「ジェイ本人は、警察に疑われていたことをどう思ってました？」

「派手なジョークとしか思ってなかったよ」

「心配はしてなかった？」

「ちっともな」ヘイルは声に毒をこめた。「ジェイは何も気にしない奴だった」

「今振り返ってみて、ジェイを邪魔に思っていた人物の心当たりはありませんか？」

「アーガイルだな」

即座に返事があった。

「アーガイル？　警察官の？」

「それさ」

僕の驚きようを、ヘイルは楽しんでいた。

「あいつはジェイを檻にぶちこもうと必死だった。ジェイに影で嘲笑《あざわら》われてると思ってた――実際、ジェイは笑ってたがね。そりゃそうさ」

「ほかには、誰か？」

黒い目でチラッとジェイクを見て、ヘイルは首を振った。また嘘をついている感じがした。

僕はたずねる。

「ジェイ・スティーヴンスはそんなにいいミュージシャンでしたか？」

しょぼつく目が僕に焦点を結んだ。

「ああ、よかった。本当にな」

遠い思い出に、かすかに笑った。

「そりゃあ見事なミュージシャンだった。変幻自在のスタイルでな。軽妙で、パワフル。グッドマンみたいな即興はできなかったが、ジェイの演奏は……皆を魅了した」

ニック・アーガイルも同じ言葉を使っていた——魅了した、と。

「ジェイが失踪しなければ、ムーングロウズはバンドとして成功していたと思いますか?」

「いいや」

「そうは思わない?」

あまりにもきっぱりとヘイルが言い切ったので、僕の興味がかき立てられた。

「いいバンドだと、あなたが言ったんですよ。大物になりそうだったって」

この質問から何を聞き出そうとしているのかと、ジェイクがいぶかしんでいるのがわかった。

僕自身、はっきり目星があるわけではない。

「もう時代が変わってきてたのさ。すっかりシナトラばっかりでな——あいつのスウィングやモダン・ジャズ《ビバップ》のことを言ってんじゃねえぞ、俺は。そしたら今度はあのガキども、〝ボビ《グ》ー・ソックサー《ルーピー》〟連中がフランキー・アヴァロンなんかをきゃあきゃあ追っかけ回したり、ロックンロールを聞き出した。あんた、〝ゴー・ボビー・ソックサー〟って歌を聞いたことがあるか?」

「いいえ」

「ある」

ジェイクが答え、僕は驚きの目を向けた。「チャック・ベリーだ」とジェイクが説明する。

「あの尻軽娘どもが、歌の通りどこかに行っちまってくれればな。〝魚みたいにピチピチ、フラフラ〟」

歌詞らしきものを口ずさんで、ヘイルは苦々しく首を振った。

「あのクソガキどもが音楽を駄目にしやがった。その後は黒人やらイギリス野郎やら……ジンクスでさえ、時代遅れの曲を歌いたがらなくなっちまった。あの子の言葉だよ、〝時代遅れの〟ってな！」

「ジンクスはバンドをやめようとしてたんですか？」

ヘイルの表情はひどく読みとりづらいものだった。

「ま、あの子は周りには何も言わなかったんだがな。だが、俺と彼女は結婚するつもりだった。皆知ってたことさ。俺としちゃ自分の嫁さんがいつも巡業の旅の空、なんてのは御免でね。ジェイはどこか別の町に行きたがってたしな」

ジンクスがバンドを抜けるのが音楽の方向性のせいだったのか、ヘイルとの結婚のせいだったのか、僕にははっきりつかめなかった。ジェイクを見やる。まさにいい手がかりを掘り当てたと、ジェイクが思っているのが表情からわかった。

ジェイクが口を開く。

「ジンクスは、兄の失踪をどう受けとめていました?」

ヘイルが咳きこみ出した。今回の発作はあまりに長く、僕は人を呼んだ方がいいのではないかと思いはじめる。そのうちにやっと、ヘイルの状態が落ちついた。

「すまねえな。何だったっけな?」

「ジンクスは兄の失踪をどう受けとめてましたか?」

「そりゃこたえてたよ。ああ、まったく」

「彼女は、兄に何が起きたと思ってました?」僕は聞きながら、ふと疑問を覚えた。「ジェイの失踪を届け出たのは誰だったんです?」

「ジンクスさ。俺は、心配なんかいらないと彼女に言った」ヘイルが顔をしかめた。「どうやら彼女が正しかったようだがな」

僕はためらいながらたずねた。

「あなたとジンクスは結婚しなかったんですね」

「ああ」

この壁を崩して話を聞き出すには、僕の生半可な決意などでは足りない。話の方向を変えることにした。

「ジンクスと連絡は取り合っていましたか? 彼女はその後、どうなったんです?」

ヘイルはしばらく、僕を見つめていた。

「……彼女は、死んだ」

やっとそう答える。

「それは、残念です」

悔やみの言葉を、ヘイルは手を振って払った。もっとジンクスについて聞きたかったのだが、見るからに彼は憔悴《しょうすい》していた。

ジェイクが立ち上がりながら、言った。

「大変参考になりました。また確認事項が出てきたら、連絡しても？」

ヘイルの目がいたずらに光った。

「ああ。また来いよ。この墓場に客はありがたいね。気晴らしもろくにないし、今じゃ、刑事だろうと大歓迎さ」


老人ホームの正面ドアから外へ歩み出しながら、ジェイクは考えこんでいるように見えた。

僕がたずねる。

「どう思った？」

「人恋しいようだな。もしかしたら、次の方がいい話を聞けるかもしれん」

「今日は役に立つ情報が聞けなかったたってことか？」

「色々と役に立つ情報があった。主に、行間にな。なにしろヘイルの話は、嘘のつぎはぎだったからな」

「ヘイルは今でもジンクス・スティーヴンスを愛しているんだ」

ジェイクに鼻で笑われる。

「いいさ、ロマンチストって馬鹿にしてろよ。でもヘイルはうっとりしてた。どこからどう見ても恋だよ」

ジェイクは考え深いまなざしを、遠いハイウェイに向けた。

「今が一番道が混んでるな。その辺で夕飯でも食ってくか、それとももう帰るか？」

いい一日だった。素晴らしい一日だった。だがこの瞬間、僕の余力は尽きていた。夕食、そしてベッド。それが僕の望みだ。また車の中に一時間半も——この渋滞では二時間か——座るなど、考えただけで耐えられそうになかった。

それが表情に出ていたのだろう、ジェイクが即座にたずねた。

「違うのか。どうした？」

「何でもない。ただ、思ってたより疲れてるみたいで」

僕は顔をしかめた。

「なあ、この間、車で長時間出かけても大丈夫かどうか、主治医に電話して確認しただろ？」

ジェイクの顔がさっと険しくなった。

「つまり何が言いたい、アドリアン。もしそのことで嘘をついたと言うなら、絞め殺してやるぞ」

「勿論、嘘なんかついてないよ。でも言われたんだ——主治医から、往復に二時間以上かかるようなら、泊まりがけの方がいいかもしれないって」

ジェイクが喉を詰まらせた音を立て、まるで大罪を犯しそうな自分を止めてくれと祈るように天を見上げた。僕はさらにまくし立てる。

「だからその、今夜はこっちでホテルを取ってもいいか？　僕が払う、当然」

ジェイクが両手を腰に当て、じろりと僕をにらんだ。

「お前は金だけの問題だと思うのか？　俺の予定はどうなる？　今夜のデートをキャンセルしなけりゃならないんだ、それはわかってるのか？」

「今夜の……デート？」

情けないことに、呆然とした表情をまるで取りつくろうこともできなかった。馬鹿な話だ、なにしろジェイクがデートをしない理由などどこにもないのだから。僕こそ決めつけた筈だ、ジェイクはしばらくどっぷりと酒池肉林の世界に浸るに違いないと。なのにどうして今、当たり前の話に凍りついている？

まばたきして、ジェイクを見つめた。ジェイクはニコリともせず、いかめしい顔で僕を見つめ返していたが、ふっと小さな、意地悪な笑みを口元に浮かべた。

「引っかかったな」

と、彼は言った。

10

シービュウホテルに、二人部屋を取った。あの老人ホームの目と鼻の先だ。ホテルの建物は老人ホームより古そうで、手入れもあまり行き届いていなかった。屋根はところどころタイルが欠け、庭は草木が生い茂っている。サボテンの間で蔦《つた》や蜘蛛《くも》の巣が光り、小動物がカサカサと音を立てていた。正面の道にヤシの木が影を落としている。中はカビ臭く、インテリアは一九二〇年ごろそのままに見えた。きっと老人ホームを訪れた家族たちが泊まるところなのだろう。忙しい葬儀屋のような、きびきびと、しめやかな雰囲気があった。

フロントの女性はすらりとして、赤毛でそばかすがあった。片目に眼帯をしている。

いや、別におかしなことではないが。

彼女はその目を――片目を――ジェイクからそらすことができないようだった。クレジットカードを渡す僕の横でジェイクは彼女に笑みを返し、相変わらずの魅力をちらつかせる。

「一部屋、ベッド二つ」

僕はそう頼む。

カードがチェックされ、僕らはルームキーを手につるつるのロビーの床を横切り、部屋へ向かった。

エレベーターの中へ歩み入りながら、僕はジェイクへ囁く。

「ホテル・カリフォルニアへようこそ」

「〝天国かもしれないし地獄かもしれない〟？」

「そこはマットレスの質次第だね」

暗く長い廊下には昔のサンタバーバラを写したセピア色の写真が飾られ、つきあたりが僕らの部屋だった。建前は禁煙だったが、室内は煙草の匂いがした。窓を開け放つと、潮と饐《す》えた香りの海風が吹きこむ。

「ルームサービスを取るか、一階のレストランに食いに行くか？」

ジェイクが僕に確認した。

「そうだな、どっちがいい？」

「お前次第だ。疲れているなら部屋で食えばいい」

おかしなことに、ロサンゼルスまで車で戻れないほどくたびれ果てているというのに、ジェイクと一晩すごすとなると、じっとしていられないような活気が湧いてきた。

「一階で食べよう」

ジェイクはうなずき、テレビをつけると、窓に近い方のベッドに体をのばして、頭の後ろで手を組んでニュースを眺めた。その間に僕はリサに電話をかけ、戻るのが遅くなるので、明日の馬牧場への訪問は水曜の、まだまだ続くリハビリの後に延期してくれとたのむ。

『本当ならあなたのその口で妹に説明させてやりたいところだけれど』

リサが陰気な声で言った。

『それで今、正確にはどこにいるの？』

正確に？　ジェイク・リオーダンとホテルの部屋にいる、なんて知らせるのはあまり利口ではなさそうだ。

「サンタバーバラだよ」

『まあ、アドリアン……』

苦悩がありありとにじんでいた。

『ダーリン、どうしてそんな遠くに。あなたもわかっているでしょう？　どうしてそう、自分をいたわらないの？　そんなことをしていたらこれまでの回復が水の泡に――』

僕は受話器を下げて、天井を見上げ、雨漏りの染みを数えた。ジェイクの視線を感じる。やがて怒れる妖精の声が消えると、また受話器を耳に当てた。

「そんなわけだから、戻るのは、そうだな……」

ジェイクに顔を向けると、彼は口の動きだけで「一時」と伝えてきた。

「一時になる」

と、僕はリサに教える。

「ナタリーにも伝えておいてくれないか？」

その問いは、思いもかけずにリサの注意を当初の話題からそらした。どうやら話によると、ナタリーは夜も我が家へ寄りつこうとせず、電話にメッセージを残しても返事もないらしい。ナタリーらしくもない。少なくとも、この二年間僕が知るナタリーらしくはなかった。

しまいには、どうにか逃げ切り、僕は電話を切った。呟く。

「女王様は、ご不興《ふきょう》だ」

「彼女は最近どうしてる？」

僕は首を傾けた。僕の覚えている限り、ジェイクは一度としてリサの近況などたずねたことがない。

「やっと、僕が独立した大人なのだということを受け入れはじめたところだよ。もう三十五年も経てば納得してくれそうだ」

ジェイクが言った。

「聞いたかどうかは知らないが。お前の母親は俺を弁護しようと、ＬＡ市警のお偉方にかけ合ってくれたんだ」

「リサが……？」

声が途切れた。僕は凍りついて、ジェイクを見つめる。

ジェイクが笑い出した。

「いや、ありがたかったよ。本当に。特に、お前の母親も本音じゃ、俺がポールに眉間を撃ち抜かれていた方がよかっただろうとわかってたしな。俺はもう辞職を決めていたが、それでも……彼女が俺のために進み出てくれたことには、感謝している」

「そんなこと、リサは一言も言ってなかった」

ジェイクのかすかな微笑の理由が、僕にはよくわからなかった。


ほぼ客のいないダイニングルームからは、息を呑むような海が見えた。アメジスト色の空を背景に、ヤシの木の影が黒々と際立つ。海は無数の光にきらめいて、黒曜石《こくようせき》の矢尻《やじり》をたばねたようだった。老人ホームの建物は、丘にそびえる巨大なシルエットだ。

すぐ席に案内され、飲み物の注文をすませると、僕らは二人きりになった。

僕は邪魔なメニュー立てをどかした。

「ヘイルがジンクスがバンドをやめる話をしていたあたりの話が、どうもあまり頭に入ってこなくてね。スウィングの話全般」

「今回の件は、音楽には関係ないだろう」

「どうかな。気になっているのは、ヘイルが真面目な一市民だったかもしれないとしても、彼のビッグバンドやスウィングへの執着は相当なものだ。第二次大戦と一九四二年の音楽業界のストライキが、スウィングの時代をほぼ終わらせてた。彼がタイドを開いた時にはもう、時代遅れだったんだ。彼はただ、その最後を引きのばそうとあがいた」

「それで？」

「わからない。とにかく、ヘイルは音楽に対して真剣だったようだ」

「彼とジンクスが音楽性の違いから別れたと考えてるのか？」

「僕が考えているのは、ジンクスが死んだ情報がどこにも出てなかったのは変だってことさ。彼女はまるで、ただ消えてしまったんだ。跡形もなく」

ジェイクが肩をすくめた。

「そう知名度のあるミュージシャンだったわけでもない、そうだろ？」

「ああ。でも彼らのアルバム〝カレイドスコープ〟はポーリー・Ｓｔ・シーアの最初のアルバムだったってことで、ある種、マニア向けの古典という感じなんだ。ムーングロウズも同じだ。ポーリー・Ｓｔ・シーアの最初のバンド。その点だけで、ほかのメンバーについても情報が残っている――でもジンクスについては何もなかった。まるで彼女がぱっと消えて、それに誰も気がついてないかのようだ」

「誰もってことはないだろう。ジェイ・スティーヴンスについてはどうだ？　彼についてはどんな情報があった？」

「死んだって噂ばかりだな、大体は。あんまり数はない。それでもジンクスに関する噂の量に比べれば百科事典並みだ」

ウェイターが飲み物を運んできた。僕にはサーモン・クリークのワイン、ジェイクにはアンカー・スチームのビール。

僕はワインに口をつけた。サーモン・クリークはワイン通の間では評判が悪いが、小規模の安定したワイナリーだ。たしかに、同じカリフォルニアでも名高いガンロック・バンシューとは比べられない。だがこれより高くてまずいワインはいくらでもある。

「ダン・ヘイルは、随分とお手軽にアーガイルの方に容疑を向けたね」

「まさにお手軽にな」ジェイクが同意した。「昔の恨みが残っているようだ。一九五〇年代はギャングが幅を利かせていた時代だ。ミッキー・コーエンのようなギャングが名士ともてはやされた。馬鹿な連中がサインをねだったりしてな。あの頃、ヘイルもギャングとつながりを持っていた。まあジャック・ドラグナーのような大物やどこかのファミリーとくっついてたわけではないが、ジョニー・ストンパナートのような荒くれ連中と仲良しだった」

「素敵な話だな」

「もしヘイルが警察全般に敵意を抱いていなかったとしても、アーガイルがタダ酒を飲みながら店に居座って、店のメインミュージシャンを牢屋に叩きこむ計画を練っているのにいい気はしなかっただろう」

メニューを眺めながら、ジェイクはどこか心ここにあらずでつけ足した。

「警察を嫌う者は多いからな」

「いやいや、まさか」

冷たい目を向けられた。

「冗談だよ。たのむからパーカー市警本部長がいかに白馬に乗って登場し、ロサンゼルス市を再建して西部の文明を守ったかって演説を聞かせるのは勘弁してくれ」

ジェイクの家は昔からの警察官の血筋で、その歴史を誇っているのだ。

ジェイクがあきれて首を振った。

「何をたのむ？」

「サーモン。そうだ、ここは僕が持つから。こんな幽霊ホテルに泊まる羽目《はめ》になったのは僕のせいだしね」

「別にお前は悪くない」

「わかった、じゃあ仕事の経費ってことにしよう。現地精算で」

やっとまた姿を見せたウェイターに、僕はサーモンとアスパラガスをたのんだ。ジェイクはシーバスと、ビールのおかわり。

　彼は椅子にもたれると、足をのばす。その仕種の途中で、僕らの足が軽くふれ合った。

「どうせ一晩泊まるんだ、明日またヘイルに会えるかどうか、ためしてみるか」

「そうだね」

　いい考えだ。時間が許せばヘイルに聞きたいことは山ほどあった。主にジンクスについて。

「それと、ヘイルが、誰がスティーヴンスを殺したのかわからないって言ったのもごまかしだと思うね。少なくともヘイルは、自分なりに心当たりがあるよ」

「俺もそう思う」

　ジェイクが同意する。

「スティーヴンスが泥棒なんて信じない、というのも真っ赤な嘘だね」

「かもな。だが信じないのは、彼の立場では自然なことだ」

「あの言い分が本当だと？」

「あの男は読みとりづらくてな。嘘は、彼の第二の本性のようなものだ。嘘をついたからといって、大事なことを隠しているとは限らない」

「妹も窃盗に加担してたんじゃないかな。なあ、ニック・アーガイルは捜査についてのメモとかファイルをまだ持ってると思うか？　その手のタイプに見えたけど」

「ほう、それはどういうタイプだ」

「昔かたぎ」

ジェイクの口元が上がった。重々しく言う。

「確認しておこう」

夕食は予想よりずっとおいしかった。ジェイクの食欲も、いつものように健全そのもの。気楽な会話がはずみ、僕は思ってもいなかったほど笑った。お互いにくつろいだ時間だった。僕らの関係が崩れる前のように。ケイトと子供の話より前のように。どうしてか、僕はジェイクとすごすのがどれほど楽しいのか、忘れていたのだ。どれほど自然なのか。

食事を食べ終える僕に、ジェイクが聞いた。

「デザートはどうする？」

「デザート？」

「食事の締めくくりに食べる甘味のことだ」

「デザートが何だかは知ってる。何か好きなのを食べていいよ」

「お前の好きそうなカフェ・グラッセがあるぞ」

「食べても大丈夫なものかどうかわからないし――」

突然、ジェイクが強い口調で言った。

「アドリアン、お前は六、七キロは痩せすぎだ。たまのデザートくらい医者も禁止しないだろ」

「正しい食生活を送らないとならないんだよ」

僕の言葉を、ジェイクは正面から笑いとばした。

「その前に、何か食うところから始めろ。今日だってサンドイッチ半分にレモネード、添え物のアスパラガス、魚を何口か、それにグラス一杯のワインしか口に入れてないだろう。たしかにお前の頬骨は素敵だが、いいからデザートを食え」

カッと、僕の顔が熱くなった。

「僕の食べたものを覚えているのか？」

「大した手間じゃなかったな」メニューを手渡された。「俺はチーズケーキにする」

僕らはデザートを食べ——実際とてもおいしかった——部屋へ引き上げた。

ベッドに寝転がる。腹も満たされ、くつろいでいい気分だった。テレビをつけた。

「俺はシャワーを浴びてくる」

ジェイクが言った。僕はうなずく。

ジェイクの背中で、ドアが閉じた。シャワーカーテンのリングが擦れる音、続けて強い水音。

それで。これから？　僕の中にジェイクを求める気持ちがないなんて、嘘でもそんなことは
思いこめない。その気持ちだけは何ひとつ変わらない——変わる日が来るとも思えなかった。

それに最近の経験からいって、自分がひとたびその坂を転がり落ちはじめたが最後、まず止ま
れないこともわかっている。ジェイクに関する限り、ブレーキは存在しない。いつか道が尽き

たら、僕らはどうなる?

　バスルームの扉が開き、僕はぎくりとした。ジェイクが、黒いブリーフだけの姿で出てきた。やわらかな布地の盛り上がりから、僕は視線を引きはがした。ジェイクの肉体は引き締まって鍛え上げられ、焼けたなめらかな肌の下は無駄のない骨格と筋肉だけだ。たくましい胸板と長い脚には金の産毛が散っていた。口がからからに乾き、その欲望に鼓動が速まり、僕の股間が熱を持つ。

「後は好きにしろ」

　ジェイクが言った。

「え?」

　ちらっと、視線を向けられる。

「バスルームだ。俺はすんだから、お前の好きにしろ」

　きちんとたたんだジーンズとシャツを机に置きながら、鏡ごしに僕を見ていた。淡く微笑する。

　僕の視線が、彼の左肩のピンク色の傷に吸いよせられる。前と、後ろと。無意識に自分の肩に手をやって、共鳴のようなうずきを覚えた。

「おそろいの弾丸《たま》傷だね」

　ジェイクの笑みが消える。

でよかった」

「よかったよ」と僕は続けた。「体に残る傷が手術の傷だけなんて嫌だしね。初めてがこっち

「お前は本当にイカれてる」

動じもしない声でそう返し、ジェイクはベッドに戻ってまた寝そべった。

僕が、果たしてジェイクをはねつける克己心が自分にあるかどうか悩んでいるというのに、ジェイクは何の動きも見せないなんて、こんなきまりの悪い話もそうはない。

「何か見たい番組があるのか？」

ジェイクのほうへ問いかけると、彼は目をとじていた。このまま眠るつもりのようだ。

無言で、ジェイクが首を振る。答えるのも面倒らしい。

僕はテレビへ向き直った。しばらくしてやっと、流れている番組にピンときた。

「なあ『長いお別れ』じゃないか、これ」

ジェイクが目を開ける。

「何がだ？」

「この映画だよ。ロバート・アルトマン監督が映画化したチャンドラーの『長いお別れ』だ。ほら〝弾丸に勝るさよならはない〟」

「どうだろうな」ジェイクが呟く。「時には言葉だけで充分だ」

僕は笑った。

二人で、映画のラストを見た。ラストシーンでジェイクは眉を上げる。

「お前の好きな映画だ、そうだろう?」

「それが、そうでもない。見どころはあるけどね。そう思わないか?」

「気取った映画だ。俺ならそう言う」

僕はリモコンでテレビを消した。

「たしかに。でも、やっぱり、見どころはある」

もし一緒にいるのがメルだったら、この映画の徹底した解説が始まったことだろう。撮影技術に特殊効果、テーマ曲の使われ方、色彩、明暗……。

「ああ。見どころはあるな」

ジェイクが同意した。

僕はシャワーを浴びに行った。ベッドに戻った時にも、ジェイクの目は開いていた。沈んだ表情でじっと天井を見つめている。

「電気、つけておこうか?」

ジェイクは首を振った。

僕は、二つのベッドの間にあるランプを消した。

海の香りがする闇の中、カーテンがうすぼんやりと風に揺れている。海辺のここは、パサデナよりずっと涼しい。ブランケットの下にもぐりこみ、シャツを着たままなのはこの方が暖かいからだ、と自分をごまかした。

映画を見ている間に、うとうとと心地よい睡魔に襲われていたのだ。ところが一度明かりが消えると、おかしなことに、またすっかり目が冴えてきた。

ジェイクのそばに行きたい――最後の一度、彼の腕の中にいられたらと、その思いはほとんど身を切るようで、どんな心臓手術でもどうにもならない痛みが胸を締めつける。だが、こんな気持ちも僕だけの一方通行のようだった。

「……ジェイク?」

「ん?」

眠りのふちにいるような声だった。

この質問をするのが利口なことかどうか、わからない。だがどうしても聞かなければならなかったし、ジェイクが嘘をつかないのもわかっていた。

「もし、ほかの道があったら、お前はカミングアウトしなかったか?」

沈黙が変化し、ぐっと重くなった。ジェイクは当然、僕らの間は終わったと言っておきながら、どうして僕がこんなふうに傷をつつきつづけるのかといぶかしく思っているだろう。当然、口をとじてさっさと寝ろと思っているのだろう。

「ほかの道はあった、アドリアン。ただ俺は、すべてに、もう行き詰まっていた」

僕が答えずにいると、ジェイクは続けた。

「この点は誤解するな。俺は、お前のためにカミングアウトしたわけじゃない。俺がカミングアウトしたのは、自分が信じ、大事にしてきたものすべてを妥協し、裏切っていたからだ。たしかにお前もその一部だ。だがお前のためだけじゃなかった」

じっくりと、僕はその言葉を噛みしめる。聞いてよかったのか悪かったのか、自分でもわからなかった。

ジェイクがほとんど申し訳なさそうに言った。

「人間というのは複雑なものだ。行動には大抵、いくつもの理由がある」

それは僕らが何度も交わした議論だった。動機。人の動機は、しばしばひとつではない。人は、それぞれ異なる理由から行動する。ある人が殺人を犯す理由は、他人から見たら支離滅裂なものかもしれない。

「もし僕があそこで死んでいたら、お前だってわざわざ――」

「もしお前があそこで死んでいたら」ジェイクが猛々しく言った。「俺はポールをその瞬間に殺して、奴の脳みそを甲板にぶちまけてやった。その先はない。お前が何を信じて何を信じられないのか、それは知らん。だがこれだけは信じろ」

僕は信じた。ジェイクの声のむき出しの痛みに、そうするほかなかった。

そろそろ話題を変えるべきだ、と感じた。

「ヘイルは、スティーヴンスに恋人がいたことも忘れていたと言っていたけれど、嘘をついてる感じがしたな。お前はどう思った？」

一瞬の沈黙の後、ジェイクが答えた。

「あの話題に、ヘイルは意表を突かれたようだった。嘘をついていたとは限らん。とは言え――」

「とは言え、その恋人が探偵を雇ったのを思い出せないと言ったのは、嘘だ」

「ああ」

「大体、忘れるような話じゃないだろ」

「たしかに」

僕は暗闇の中で微笑した。同じ思考回路をたどっているとわかって心が温まる。

「それにしても、どうしてこんなおかしなことに嘘をついたんだろうな」

返事がわりにジェイクがうなった。前に彼が言っていたことを思い出す。殺人の捜査の中では、人々があらゆる理由から嘘をつくのだと。罪悪感――少なくとも殺人の罪悪感――からだけに限らず。

問題は、だ。僕が世間知らずなだけかもしれないが、ヘイルのように年老いた病人が、今さらそんな人々のように些細で無意味な嘘をつく理由などない気がする。

「スティーヴンスの恋人の大学教授について、もっと情報が聞けたらいいんだけど」

「ニューマンが何か知っているだろう」

その言葉に、僕はごろりと体を横に倒した。

「彼女が雇った私立探偵を見つけたのか？」

「まあな」

ベッドを隔てた距離の向こうから、ジェイクの声に満足げな響きが聞こえた。

「驚いたことに、ニューマンはまだ引退していない」

「まだ現役の探偵？」

「そうだ」

「いつニューマンに話を聞きに行くんだ？」

「明日」

胸を落胆が刺した。僕は加われないということだ。

心を見透かしたように、ジェイクが続けた。

「ニューマンはお前のことを知っている。だから、向こうの狙いがはっきりするまで、お前を会わせるのはあまりいい考えではないと思ってな」

「そうだね」

シーツがこすれてマットレスがきしみ、ジェイクが肘をついて体を起こすと、闇の中でぼんやりと白い影のように僕の方を向いた。

「彼を雇いたいという名目で、会う約束を取り付けた。直接会えば、話を聞きたい本当の理由を話す。アーガイルによれば、ニューマンは昔から食わせ者で、違法すれすれのことをしていたそうだ。俺は、何であれ、安全のはっきりしない状況にお前をつれていくつもりはない」

「よせよ、僕だって——」

「好きに受けとるといい」小揺るぎもしない声だった。「俺を信用してまかせるか、さもなければ一人でやるかだ」

「僕の顔を見たらニューマンが逃げ出すかもしれない、それはわかる。たとえ彼が泥棒の正体ではなかったとしても、うちの建物に建築形式以上の興味を持っていたのは確かだ。でもそれ以上のことは——」

「それ以上のことは俺の分野だ、そうだろう？　俺の勘違いか？　お前が俺を雇ったのは俺がこの手のことに慣れているからであって、俺を哀れんでのことじゃないと思ったんだがな」

そんな考えに仰天して、僕は本心から言った。

「哀れんだりなんかしてないよ」

ジェイクがまたベッドに横たわった。

「そりゃよかった。俺も、自分を哀れんではいないからな。すべてが望んだ形になったとは言えないが、今の俺は、人生を進みはじめている。前へ」

「それは……よかった」

迷子にでもなった気分だった。どうしてこんな話題になった？　今の言葉で、ジェイクが口サンゼルスを離れることをまた思い知らされる。それだけは考えたくもないのに。だが、傷つくのを恐れて、もう無理だと言ったのは僕自身だ——大体、哀れむとか、どこからふって湧いた話だ？

くり返し、堂々めぐりの思考をひっくり返しているうちに、ジェイクがごく静かないびきを立てはじめていた。

また、おかしな夢を見ていた。ジェイクと僕と目隠しと羽根が出てくる夢——その時、耳元で大きな叫びが上がった。

素敵な夢のしゃぼん玉が一瞬ではじけとぶ。

きまり悪く、わけがわからず、僕は状況をつかもうとした。真っ暗で、体の下には安物のマットレス、部屋は肌寒くて湿っぽく、海の匂いがした。

「何が……？」

起き上がり、息を求めて喘ぐ。水中深く、それもずっと深くまで潜ったかのように、心臓が猛々しく鳴っている。胸を押さえると、恐怖で激しい鼓動が、重く伝わってきた。

くそ。たのむ、今だけは——。

「悪い」

明かりがパッとつき、二人ともたじろいだ。

「大丈夫か？」

ジェイクはすでに腰を浮かし、すぐにでも僕の助けにこようという体勢だった。その目は今は黒っぽく、寝る前にはなかった影が顔に刻みこまれていた。

「悪い……くそッ。お前を驚かすつもりはなかったんだ」

そうだろう、それはわかっていた。ジェイクはいつも僕を静かに、おだやかに起こしてきた。驚かさないようにと。僕がもう目覚めている時ですら、気配りを欠かさずに。

心臓が以前のようにリズムを乱し、不安定になるのを覚悟して、僕は待った。だがそうはならなかった。鼓動がゆっくりおさまっていき、心臓は規則正しく、しっかりとリズムを刻んでいた。

不整脈が起きない。

正常だ。

ジェイクはまだ僕をくいいるような目で注視していたが、瞳の中の煩悶《はんもん》は消えていなかった。

相当な悪夢だったようだ。

「大丈夫か？」とまた問いかけられる。

多分この仕種が無気味なのだろうと、僕は胸に押し当てていた手を下ろした。

「ああ。大丈夫だ」

そう答えて、僕は微笑した。

ジェイクがまばたきし、ゆっくりとベッドに腰を下ろした。

僕は彼にたずねる。

「何の夢を見てたんだ？」

「それは——関係ないだろう」

僕が黙っていると、ジェイクはのろのろと言った。

「お前が撃たれた時の夢だ。今回は俺の動きが遅れて……あいつが、お前を撃ち殺す夢だ」

その言葉を、僕は噛みしめた。「あいつ」が誰なのかは、問うまでもなかった。

「よく夢に見るのか？」

「いつもな」ジェイクは苦々しく言った。「ほとんど、毎晩だ」

額をこする。

僕は打ち明けた。

「僕も入院中はよく夢に見たよ。今は、まったくだ」

沈黙。

ジェイクはまるで——僕は、こんな荒涼とした虚無を、彼の目に見たことがなかった。荒野ですら、これほど不毛ではない。

「お前は僕の命を救ってくれた。それにお前は、あの船には乗るなと言ったんだ。誤解の余地なく。船には絶対乗るな、そう僕に言った。もっと色々。全部押し切って船に乗ったのは、僕自身だ」

返事はなかった。

「なあ、僕を尊重して、自分の愚かな選択の責任くらい自分で取らせてくれないか？　これでも胸を張って言えるけど、ドジを踏むのは得意なんだよ」

「だな」

ジェイクの目の下の影や、引き締まった顔に刻まれた皺を見ると、心が破れそうだった。ずっと、傲岸で自信満々なジェイクの態度を揺らがせてやりたくてたまらなかったのに、後悔と無力感にさいなまれる今の彼の姿はとても見ていられなかった。

あの、恐ろしい刹那、僕が彼を疑ったことを、ジェイクは知っているのだろうか？

おそらくは。

「覚えているならわかるだろうけど、あの時、僕はお前に助けてくれとすら言わなかった」

「覚えている」

その声は……言い表せないほど、憔悴し切っていた。こうして僕の問題にジェイクを巻きこむのは、心無いことだったのかもしれない。ジェイクの方では、どれほど僕の行為が浅はかか、すでに悟っているのかもしれなかった。

僕が問いかけようとした時、ジェイクが言った。

「お前、また震えているな」

「凍えそうだよ」

夜風が吹きこみ、端に重りのついたカーテンが壁にコツコツとぶつかった。僕はまた身震いして言った。

「いや、本当に。なあ、そっちにスペースの空きはあるか？　寒くって」

その言葉をジェイクが理解できるまで、少しかかったようだった。何も言わずに横にずれると、ブランケットをめくり上げる。僕は彼の隣の温かなシーツにそそくさともぐりこんだ。

ジェイクは、石鹼と、眠りと、素肌の匂いがした。なつかしい匂いだ。ガイやメルのような安らいだなつかしさとは違って、もっと……胸がきしむようなホームシックや、荒海の長い航海の果てに陸地を眺めたり、雪の降る日に暖炉のぬくもりに焦がれるような——それか、何か、手放すべきでなかったものを取り戻したいという心のうずき。

互いの脚がふれて、ジェイクがビクッとした。

「参ったな。凍えてるってのは本気だったのか」

「言ったろ」

ジェイクは脚の間に僕の足をはさみ、ごしごしと擦った。これはもっとベッドテクニックとして評価されてもいい。

「窓を閉めてくるか」

そう問われて、僕は首を振った。

「これでいいよ」

枕を手渡される。僕はそろそろと横向きになり、ジェイクと向き合う体勢に落ちついた。

「お前、危ないことをしてるのはわかってるんだろうな？　迂闊に火にさわると火傷するぞ」

「心臓手術後の患者だよ、お手柔らかにたのむ」

僕はそう首を振って、ジェイクの言葉を流す。

わざと誤解を招く言い方をしていた。セックスは——アクロバティックなものでなければ——禁止されていないし、過激でないスキンシップは推奨されてもいた。

ジェイクの息と言葉が、頬に温かくくぐもった。

「シャツを脱いでいいぞ。俺はちょっとした傷くらいで動じたりしない」

「シャツって？　凍え死なないように着てるだけだよ」

鼻で笑って、ジェイクが僕の上にのばした手でランプを消した。

「お前は本当にあきれた奴だ、まったく」

「ああ、まったく」

安全な闇に包まれて、僕らは互いの腕の中へ動いた。ジェイクは守るように、注意深い腕で僕を抱きこむ。

「まだ、かなり痛むのか？」

僕は首を振った。

「いいや。咳をするのはあまりいい気持ちじゃないけどね。くしゃみも、笑うのも」

最近、そうそう笑う機会があるわけでもないが。

ジェイクの手が僕の背中へ動いた。

「お前のあばらが数えられるな」

「何本あるか当ててみるか？」

ジェイクの手が背中を、小さく、甘やかすような動きでなでつづけ、僕は自分の肩甲骨やあばらについて気恥ずかしく思うのをやめた。それは……いい気分だった。また誰かの腕の中にいるのは。医者でも看護師でも療法士でもない誰かの手で、ふれられるのは。どのくらい自分がこれを求めていたのか、深く考えたくすらない。どのくらいジェイクを求めていたのか。

僕はもそもそと、寝やすい体勢に動き、ジェイクも僕の骨張った体に合わせて動いてくれた。

「一番嫌なのは、横向きで寝るのが好きなのに、今はそれができないってことだよ」

おかげでよく眠れない。いつもは。だが眠れない筈なのに、今はジェイクの手にさすられて、やっとたどりついたぬくもりに包まれ、体から力が抜けていく。またまどろんでいた。

ジェイクがそっと言った。

「お前をこうして抱けるのは、あの時以来だな……」

答えられるまで、少しかかった。

「……嫌だからじゃないんだ。逆だ。望みすぎてるからなんだよ」

「それは、お前が思いこんでいるほど悩むような問題じゃない」

「本当に、そうだったらね」

それにはジェイクは何の返事もしなかった。眠りの中にすべり落ちていく時、彼の唇が額をかすめるのを感じる。ジェイクが囁いた。

「まったく、お前ほど頑固な野郎はほかにいないよ、ベイビー」


目覚めながら、ぼんやりと、どこも痛くないこと、全身がくつろいでいること、そしてなかなかしっかりした朝勃ちの状態であることを感じとっていた。しかも最後のひとつが、見事な手練で処理されつつあることも。

わずかに瞼を上げる。ジェイクが僕の上に身を屈め、口に僕のペニスの先端を含んでいた。

僕は頭を上げ、もごもごと言った。

「何してるんだ?」

ジェイクは答える間だけ、行為を中断した。

「お前に本気でそう聞かれてるなら、俺のやり方が間違っているようだな」

僕は喘ぐように笑い、枕に頭を沈めたが、そこでジェイクが再開したものだから、息をつまらせる。

「ジーザス……」

「ん？」

「やめるなって――」

すがるような言い方になっていた。

ジェイクはまた少しだけ中断して、命令した。

「なら力を抜いてそのまま楽にしてろ」

そのまま横たわり、愛撫を受け入れているのはあまりにもたやすかった。さらに、そのまま……。ジェイクにだけさせているのは不公平かもしれなかったが、僕にその意志があったとしても、抵抗にはいささか遅かった。僕は背をそらし、反射的に濡れた熱を求める。強く吸い上げられて呻《うめ》いた。

眩暈《めまい》の中、ふと、この口使いならジェイクはクラリネットを吹くべきだろうと思う。彼の唇はなめらかで、熱く、きつい――そのすべての感触に同時に包みこまれる。楽器のマウスピースになったかのように。彼はまるで甘くゆるやかな音楽を奏でるように、僕を握り、吸った。豊かな音が響くかわりに、快楽が、小刻みに揺れながら僕の爪先から髪の先までつきぬけていく。まさに、ジェイクは僕を奏でていた。

そしてもうすぐ、僕の体は海まで届くほど高らかに歌い出す――僕と、人魚と――瞼の裏を花火が彩り、両足の筋肉が張りつめ、どんな鉄の意志でも止められない衝動で、強烈な快楽の中に腰を突き上げた。

鼓動のパーカッションが凄まじい速さで鳴っていたが、もうどうでもよかった。絶頂《クレッシェンド》に呑みこまれるこの一瞬、たとえ自分が粉々に砕けようがかまわない。快楽が高まり、体が長い噴出を解き放つ。歓びの旋律がどこまでも長い尾を引く。ジェイクはそのすべてを受けとめ、僕のすべての響きを、残らず、呑み干した。

安らぎの中へと、全身が沈みこんでいく。目をとじ、そよ風の鳴らす旋律のように、ゆったりと遠い眠りへ落ちていった。


肩を、誰かの手がつかんだ。

「そろそろ時間だ」

ジェイクが静かに言った。

僕はパチッと目を開く。ここまで深い眠りに落ちるつもりはなかった。何分か目をとじて、その後であの甘い不意打ちの返礼をジェイクにもするつもりだったのだ。

だがすでにジェイクは服を着ており、こちらが気圧されるほどこざっぱりとして、隙がない。服も。体も、心も。

「今、何時？」

「八時だ。またヘイルに会うなら早めに行かないと」

「わかった」

顎が鳴るほど大きなあくびをした。起き上がりながら最初の目覚めを思い出していた。とまどいつつ、ジェイクの方へ目を向ける。彼は自分の財布の中をたしかめていた。いつもと変わらない様子で。それに僕はほっとした。がっかりもしていた。

これが僕の求めたことだ、そうだろう？　これ以外の態度を取られたなら、プレッシャーに感じた筈だ。

僕はベッドに手を付いて起き上がると、バスルームに入ってシャワーを浴び、自分の鏡像にろくに目も向けず——その時、体重を測っていないのを思い出した。体重を測ってない。体温も測ってない。心拍数は大丈夫だ——少なくとも、朝の薬を忘れてきたことに気付くまでは。

「ジェイク」

バスルームから出てきた僕の口調に、ジェイクはさっと顔を上げた。

「どうした？」

問題をジェイクに説明しながらも、一秒ごとに焦りが増して、僕の息が上がってきた。ジェイクがさっさと背を向け、ボロボロの机の引き出しを開けたり閉めたりしはじめたのも、何の助けにもならない。医学的な緊急事態だというのに、一体何を探しているのだ？　聖書か？

僕が刺々しく問いつめかかった時、ジェイクは電話帳を引っぱり出し、口をとじた僕の目の前でパラパラとページを繰って、言った。

「主治医に電話して、ライト・エイドに処方箋を送ってくれとたのめ。お前が着替えている間に、俺がひとっ走りして取ってくる」

これだ。

単純、明快。何をガタガタ騒いでいた？

僕はベッドの足側に座りこみ、両手に顔をうずめた。

「今度は、どうした？」

ジェイクがベッドへ歩みよってくる。僕の前に立った。

僕は答えられなかった。安堵で声が出なかったし——こうも一瞬で自分を見失ったことが情けなかった。

「アドリアン？」

「何でもない」

僕は勢いよく立つと、バスルームへと戻った。ロックする。

「鍵をかけるな」

ドアの向こうから、ジェイクがはっきりと命令した。

反射的に浮かんできた馬鹿げた返事を呑みこむと、僕はドアのロックを外した。冷水を顔に浴びせ、落ちつきを取り戻して、バスルームを出る。

部屋の中では、ジェイクが窓から海を見つめて立っていた。何も言わずに僕に目を向ける。

僕は主治医に電話し、それからジェイクが薬局チェーン店まで処方箋と薬を受け取りに向かった。僕はシャワーを浴びて着替え、ジェイクが戻ってくると、文化的な大人のような顔をして二人で朝食を食べに一階へ下りた。

昨夜とは対照的に、僕らはオートミールとスクランブルエッグの皿ごしにほとんど口をきかなかった。ジェイクは何か心にある様子だった。

朝食をすませ、駐車場を横切って、シービュウ苑まで歩いた。

老人ホームのフロントで、ダン・ヘイルへの面会を申しこむ。それを聞いた受付の銀髪の女性が痛ましげな表情になった。

「ご家族の方ですか?」

「いや」僕が答える。「昨日、彼を訪問した者だけど」

何となく、聞く前から彼女の返事がわかっていた。

「大変悲しいことですが、ミスター・ヘイルは昨夜、お亡くなりになりました」

「どうして?」

「お年でしたから」彼女は沈痛に微笑んだ。「ほら、もう九十歳近くでいらっしゃったので」

「でも、昨日は……」

僕は言葉を切った。正直、昨日のヘイルは充分死にかけて見えた。

受付嬢が同情する。

「わかります。こういうことは、どうしてもショックですよね」

見るからに、この場所ではショックな出来事でも何でもなさそうだ。礼儀として言っているだけだろう。

「どうも」とジェイクが彼女に礼を言った。

僕らは受付に背を向ける。

ふとある考えがひらめき、僕はまたフロントデスクへ向き直った。

「ヘイルには家族がいましたか？」

受付が口元を引き締めた。

「どうかしらね。奥さんは亡くなっているし、子供はいなかったんじゃないかしら」

「誰が彼の入居料を払っていたんです？」

「ああ——それは私には言えないことなので」

「誰か責任者と話せますか」

彼女はためらったが、目の前の電話のボタンを押して、ミスター・ヴォーンを呼んだ。

ミスター・ヴォーンは、今日はまた別のブルックスブラザーズのスーツに身を包み、慇懃で申し訳なさそうに現れた。僕らに、ダン・ヘイルの最後の日を楽しいものにしてくれた礼を言う。ヘイルの近親者についてたずねると、ヴォーンはさっきの受付嬢と同じように身構えた。

僕は言った。

「昨日あなたは僕らに、彼の家族かとたずねた。つまりヘイルには近親者がいたんじゃないですか？　滅多にここには来ないとしても」

「そういうことは、私からは言えないんですよ」

「なら、誰に聞けば？」

ジェイクが問いかけた。ミスター・ヴォーンは面食らっている様子だった。

「ここの責任者は誰だ？」

ジェイクはやや高圧的に押した。

ドクター・ソーヤー。

ミスター・ヴォーンは撤退し、かわりに黒髪でほっそりとしたドクター・ソーヤーが参戦した。ソーヤーは僕らの目的について報告を受けており、すでに防御体勢だった。腰は低いが、頑として引かない。

「残念ながら内々の情報ですので、お話はできませんな」

僕はのどかにたずねた。

「そんなに後ろ暗い秘密ということですか？」

「まさか、そういうことではない」ドクター・ソーヤーはやや苛立ちを見せた。「ただ、ご家族の方がプライバシーを重んじておられるので――」

「つまり、ダン・ヘイルにはまだ家族がいるということですね」

ドクター・ソーヤーは言葉につまった。すぐ立ち直る。

「残念ながら、これ以上のことはお話しできません。失礼させていただけますか、患者が待ってますので」

白衣をなびかせ、ドクターは大股に歩き去っていった。

ジェイクが僕の目を見つめる。

「さて、お前の狙いは何だ？」

「ヘイルは、タイドが潰れて、すべての財産を失った。まあ金銭的にはそれなりに持ち直したかもしれないが、次の店を開くことはなかった。ネットで検索した限り、店のオーナーになったとか、ほかのビジネスで成功したという話は聞かない」

「それで？」

「この老人ホームは、かなり高額な費用がかかるだろうね。大体にしてここはサンタバーバラだ、何もかもが高い。つまり、ダン・ヘイルがここの金を払っていないとして――金を出していたのは誰だ？」

ジェイクの目に、はっきりと賞賛の光がともった。

「見事だ」

少し待ってろ、と言い置いて、ジェイクはフロントデスクへ歩みよった。

すぐに戻ってきた彼の顔には笑みが浮かんでいた。

「何?」

「葬式は木曜だ。誰がダン・ヘイルに別れを言いに来るか、おもしろいことになるだろうな」

11

サンタバーバラからの帰りの道は至って何事もなくすぎた――うっかり僕が、ジェイクの気持ちを逆撫《さかな》でしたほかは。

カーピンテリアを通りすぎる頃、僕はやっと決意を奮《ふる》い起こして、言ったのだった。

「あのさ、店の改装が終われば、隣フロアの上の階は、静かな環境を探している作家や学生向けに貸そうと思ってるんだ。もし事務所をかまえたかったら、使っていいよ。無料で」

その提案をしながら、僕は窓の外をじっと見つめていた。だがあまりにジェイクが何も言わないので、目を戻すと、彼の顔は激情で赤らんでいた。まじまじと見つめると、その感情が怒りだとわかる。

ジェイクがハンドルを握る指の関節が白かった。

何がまずかったのか、僕にはよくわからなかったが、だが何かやらかしたようだ。問いかけようとした時、ジェイクがそれをさえぎった。ジェイクの声は不自然なほど平坦で、それが逆に、どれほど彼が怒り狂っているかを示していた。

「畜生。お前は、本当にあの母親の血を引いているな」

僕の口がぽかんと開いた。二の句が継げなかった。

「さっさと、自分が何をしたいのかはっきりしとけ、アドリアン」

「何だって？」

ハイウェイから一瞬離れて僕を見たジェイクの黄褐色の目は、怒りに燃えていた。

「俺の知る限り、お前は人をもてあそぶようなことはしない。だから、今のお前はひたすら混乱しているだけだと取っておくぞ。わざと俺を惑わしているわけじゃないとな」

「お前を、惑わす？」

僕は愕然とした。

「昨夜俺のベッドに入ってきた話から始めるか？　それとも、お前がこの下らない事件を調べると言って俺を雇ったことか？」

耳を疑って、おうむ返しにしていた。

「下らない事件？」

「お前は、俺たちの関係は終わりだと言った。それはいい。俺の望みとは違うが、あまりに色々ありすぎた、それはわかっている。お前が正しいのかもしれない。お前の方が経験のあることだし、お前は自分の気持ちってものをよくわかっている筈だからな。だから終わりだ。それなら俺は、せめて、お前と友人としてありたい。お前もそうだろうと思っている。だがそのためにはお前は他人の境界線を尊重することを覚えろ」

僕の心臓が、嵐に舞う跳弾のように胸の中で荒々しくはねる。せわしなく、大きな呼吸をくり返してやっと、言葉を押し出した。

「境界線の話をするなら、今朝の口淫《ブロウジョブ》はどういうつもりだ？　目覚ましか？」

ジェイクの顎の筋肉がこわばった。

「お前のために」と、あまりにも抑揚のない声で彼は言った。「そして俺のために。最後の思い出がほしかった」

喉が詰まったようで、僕は窓の外、後ろに飛び去っていく砂と波に目を戻した。陽光の輝きに照らされた、苦しいほどの青と金。

やっと声が出せるようになると、言った。

「お前の言う通りだ。僕が考えなしだった」

ごくりと唾を飲みこみ、続ける。

「僕は……きっと……お前に、どこかに行ってほしくないんだ」

そう認めるにはかなりの気力を要した。言わなければよかったのだ。ジェイクが強い口調で言い返した。

「今のお前が、自分が何をどうしたいのかわかっているとは思えない。それは……仕方ない。お前はそれだけ大変なことをくぐり抜けてきた。ただ――俺を、これ以上、振り回すな」

僕は喧嘩腰に言い返した。

「ああ、よくわかったよ」

残りの道行きは無言のうちにすぎていった。言えることなら山ほどあったが、言ってどうなる？　僕の心はもう決まっているのだ、そうだろう？　人生で今回ばかりは分別のある決断をした、その筈だ。

クローク&ダガー書店に車がつくと、僕はわずかも待たずに下りた。

「ニューマンとの話がどうなったか、知らせてくれるか？」

ぶっきらぼうな「勿論」という返事があった。

車はすでに進みはじめていて、僕はなんとか叩きつけることなくドアを閉め、そしてジェイクは去っていった。どこかへ、あるいは誰かのところへ。

僕は書店に入っていった。ドアのベルがほがらかに鳴る。背が高くて骨張った、血色の悪い、四十代後半とおぼしき女性がカウンターで顔を上げ、昔ながらの司書かドイツの修道女かという目つきでにらむようにじろりと見た。

「えっと……僕は、アドリアンだ」

あやうく、そのことを謝りそうになった。

「この店のオーナーでね」

「ミズ・ペッパーです」

女性はニコリともせず名乗った。しかめっ面が、わずかにやわらいでいたかもしれない。

「ようこそ、ミズ・ペッパー」

まるで荷運び業者のような握力だった。

僕は書棚の間にこそこそ隠れている客たちを通りこして、ついにオフィスにひそんでいるナタリーを見つけ出した。

「お帰りなさい」

ナタリーが囁いた。どうやら、また口をきいてくれるようにはなったらしい。ミズ・ペッパーと一日すごした後では、僕でさえ歓迎なのかもしれない。

僕は囁き返した。

「あれ、誰だ?」

「ネイオミ・ペッパーよ」

「それはわかってる。一体どうして店にいるんだ?」

「派遣会社がよこしたの」

「客が彼女を怖がってる」

「私も怖いわ」

「彼女をここには置けないよ。派遣会社もどういうつもりだ？　あれじゃ客をにらんで石にする、まるでゴルゴンだ」

ナタリーは声を抑えてくれと必死で手振りで訴えたが、これ以上声を低くしたらテレパシーで会話するしかない。

「無理よ」

「どうして？」

「うちで働きたがるのなんて彼女くらいしかいなかったんだと思う」

二つ、些細な殺人事件捜査があったくらいで、まるで感染源扱いだ。

僕は口を開き、それから閉じた。強く言えた立場ではない。

「それで？　あの西の悪い魔女《エルファバ》は本には詳しいのか？」

「そんなのどうでもよくない？」

たしかに。

僕はドア口から、こっそり外をうかがった。

「どうして全部の明かりがついてる？　まるで脱走があったばかりの刑務所だ」

「ミズ・ペッパーがここは暗すぎるって」

僕は、じっと考えこんだ。ひそひそとナタリーに告げる。

「僕は、二階に引き上げるよ」

「憶病者」

「医者から休むよう言われてるんでね」

「はいはい。ミスター・トムキンスを部屋から出さないで。ミズ・ペッパーは猫がお嫌いだから」

　僕は悄然とうなずいた。

とぼとぼと二階へ上がりながら、音楽がかかっていないのに気付く。おかげで店全体が自習室のような雰囲気だった。ミズ・ペッパーは音楽もお嫌いなのか。

　フラットに入ると、トムキンスに出迎えられる。猫は、外泊などなんてだらしないことを、という説教を全身からにじませながら振舞っていた。それから僕は昨日のままの服を着替え、いつものおぞましいプロテインシェイクをなんとか流しこみ、今日の残りをどうすごすか頭を絞る。

　これ以上、独力で調べ出せることがあるとは思えなかった。この事件は未解決事件《コールドケース》にしても冷えきりすぎている。それにジャズやスウィング、半世紀前のマリブについてはもう飽き飽きするほど読んだ。

　ジェイクとハリー・ニューマンとの顔合わせはうまくいっているのだろうか、と思う。

そしてさらに思った。一体、サンタバーバラからの帰路で、ジェイクとの間にあったことはなんだったのだろう。

一体、どうして、ジェイクのことが頭から離れないのだろう。

原稿を取り出し、『死の暗転』の執筆にとりかかった。この調子では、僕のエージェントも編集者も、予想外に早く仕上がった原稿に喜ぶことになりそうだ。これまでにないほど順調だ。だが思えば、こんなに時間を持て余しているのは初めてのことだった。

残念ながら、本当にそういう気分だ。時間を持て余している。

昼下りにローレンが顔を出し、ポーターランチの家のプールで泳がないかと僕を誘った。

「あの人、一体、何?」

店の外に出た途端、ローレンがミズ・ペッパーについてたずねる。

「ミズ・ペッパーだよ。新しくうちに来た従業員」

「あなたに会いたいって言ったら、もっと小さな声で話せって注意されたんだけど」

「言われた通りにしてくれただろうね?」

「したわ」

四時半頃に帰宅し、ジェイクからメッセージが入っていないかと電話を見たが、留守電のランプは無情にも消えたままだった。リサですら、電話では静寂を守りつづけているようだ。

五時に、ナタリーが店を閉めるいつもの音が聞こえてきた。ミズ・ペッパーがカウンターに陣取っていた営業中より閉店後の今のほうがにぎやかだというのは、実に示唆に富んだ話だ。

六時に、ついに電話が鳴った。僕はとびつくように受話器を取りながら、ジェイクの声を期待する自分に気付かぬふりをする。だが違った。かけてきたのはガイだった。

どうやら、僕のことを許してくれる気になったようだ。ガイは自分の近況を語り、お返しに僕は今週の出来事の大きく編集したバージョンを語って聞かせた。

『君、体に無理をかけてはいないだろうね?』

気を使いながら、ガイがたずねた。

反射的な腹立ちを、僕は押しこめた。無理もない疑問だし——その上、ガイは僕が本当にしていたことの半分も聞いていない。

あまりに簡単に薬のことを忘れていたのを思い出すと、まだ吐き気がした。ジェイクがいてくれて助かった——。

ふっと湧いてきたその思いのこだまに、僕はまばたきした。

「これでものんびりやってるよ」

『そうか。とにかく、君は二度目のチャンスをもらったんだ。駄目にするのは勿体《もったい》ない』

僕がどれほど幸運か、皆から聞かされるのにもそろそろ食傷気味だ。

「わかってるよ。ちゃんと理解してる。医者の指示通りに暮らしてるよ。名誉にかけて誓う」

さらに少し、話をした。だがガイと和解できたのはうれしい一方で、おかしなくらい返事がうまく出てこない時があった。

やっと電話を切り上げた時には、〝共犯同盟〟の会合の準備までわずかな時間しかなかった。毎週火曜、僕が店で主催している小説書きの集まりだ。この会合を開こうとしているだけでも、いかに僕が回復しているかの証と言えた。何かを批評するなど、考えただけでも疲れ果てていたのがまだ先週のことだ。

フィンチ夫妻――ジーンとテッドが早めに現れ、椅子とテーブルを並べておやつを設置した。二人で合作している夫婦だが、兄妹のように驚くほど似ていて、二人を見た僕はジェイ・スティーヴンスとジンクスについて思いを馳せていた。ジェイとジンクスの方は、実の兄妹だったわけだが――。

本当に？

おっと、これは今まで思いつかなかった切り口だ。

「まあまあ、具合はどう？」

ジーンが僕にたずねて、僕がひるむのもかまわず、がばっとハグしてきた。

「元気だよ」彼女を安心させる。「どんどん良くなってる」

「ええ、元気そうね。皆が思ってたよりずっとね。少し焼けたじゃないの！」

テッドが、椅子を大きな輪に並べながら、顔を上げた。

「壁から出てきた白骨の謎はもう解いたのかい？」

「まだ。それと、骨があったのは床下だ。あまり変わらないけど」

テッドとジーンが顔を見合わせる。二人の目がきらめいた。

僕は続けた。

「それと、もしアヴェリー・オックスフォードの新聞社の壁の中から死体が出てきたら、君らを訴えてやるからな」

三人でほがらかに笑い合い、僕はさらに「本気だよ」とつけ足した。

アヴェリー・オックスフォードはこのフィンチ夫妻のろくでもない第一作『死のパントマイム』の主人公である。三十代そこそこ、皮肉っぽく自己完結型のうぬぼれ屋だが、外見が僕にそっくりだ。細身で、柔らかそうな黒髪から、明るい青の目に至るまで。その上、ジャック・オライリーという強面の刑事の友人までいる。恐ろしいことに、ジーンとテッドはこの作品を売りこんでくれるエージェントを見つけたと宣言していた。僕としては、あんな小説を評価するような人間はきっと心を病んでいるだろうから何も心配することはない、と言い聞かせて、自分をはげましていた。

グループの残りのメンバーも到着しはじめ、僕が驚くほど健康に見えると口々に言った。ほめ言葉だとは思うが、以前の僕が一体どう見えていたのかと疑いたくなる。

ポール・チャン、前に殺人課でジェイクのパートナーだった男が、最後に現われた。ぽっちゃりした中年の刑事で、今夜はジューシーフルーツのガムを次から次へと口の中に放りこんでおり、また禁煙に挑戦しているに違いない。チャンの到着をきっかけに、会話は出版や執筆からそれて、床から出てきた白骨の話に向かっていった。

チャンは、その骨がジェイ・スティーヴンスだと推定され、捜査もその方向で行われていると認めた。

「捜査責任者は誰？」

僕はチャンにたずねた。

チャンが名を上げた刑事は、僕が前に話したことのある相手だった。今朝も彼から、改装中のフロアの工事を再開してもいいという伝言があった。

「アロンゾは捜査に加わってないのか？」

「アロンゾ？」

チャンは警戒の表情を浮かべた。

「俺の知る限りは関係ない。この件は未解決事件捜査班《CCHU》だけの担当だ」

「本当に？」

いぶかしそうな目で見られた。僕はそれ以上の追求をやめる。警察内にまだコネがあると確認できたのはありがたいが、アロンゾのことは刺激しない方がよさそうだ。ジェイクのいない今、LA市警でたよれるのはチャンだけなのだし。

小休止の間に、チャンからためらいがちに、ジェイクはどうしているかと聞かれた。

ジェイクとの最後の会話が、僕の脳裏をよぎる。

「どうとも言いづらいね」そっけなく返した。「自分で電話してみたら？」

「したんだ」

チャンはそう返事をして、僕を驚かせた。

「あんなことがあったすぐ後でな。ジェイクが、ロサンゼルスからどこかに移るという噂を聞いたが……」

彼の焦げ茶の目が僕を見た。

非難の目とは言えないものだ。それでもなお、僕は顔に血をのぼらせていた。

「ああ、バーモントに仕事の口があると言ってたよ」

「バーモント？　ジェイクがバーモントで何をする気だ？　カリフォルニアで生まれ育った男が？　家族も皆、カリフォルニアにいるのに」

「だからこそ、なのかもしれないよ」

僕は疲れた声で言った。

やがて会合が終わると、僕はジェイクからの電話はないかとすぐに二階へ上った。

留守番電話には誰からのメッセージも残っていなかった。

その夜は何事もなくすぎたので、ハリー・ニューマンの侵入は止まったのかもしれない。

翌日、水曜の朝、僕は体重を測った。ハレルヤ！　ついに一ポンド増えていた。体温を測る。完璧。心拍数も正常。傷の様子もよさそうだ。僕は、鏡の中の自分を眺めた。

「どうやら、お前は生きのびたようだな」

鏡の中の男が、気恥ずかしそうな微笑を返した。


「この間の金曜の心臓リハビリセッションについて話しましょうか」

ドクター・シアリングが反駁《はんばく》を許さぬ口調で言った。

「僕は、この間の金曜は来てませんけど」

「まさしく」

彼女は勝ち誇ったように言った。

「リハビリ開始から一週間で、すでにあなたは約束をすっぽかしている。このことがどうして私たちリハビリチームの警戒を呼ぶのかわかりますか？」

「あまり。僕だけでなく、ほかの人たちも——」

「患者です」

ドクター・シアリングはそう割って入り、いかにもわけ知り顔の態度に、僕は卓上のクリスタルガラスのペーパーウェイトで彼女を殴り倒したくなる。

「あなたには自分の現状を否定しようとする傾向が――」

「ほかの患者も」と僕は言い直す。「時々はリハビリを休むでしょう」

「時々は緊急の用ができるものですからね」鷹揚に認めた。「あなたの緊急の用は何でした、アドリアン？」

彼女には関係のないことだ、と言ってやろうと口を開けたが、それでは問題が片付くどころか増えかねない。

「正直言うと、友達と出かけていました」

「それは素晴らしいですね」

まるで、僕が線からはみ出さずに絵本に色を塗れたかのように、ほめられた。

「あなたが友人や家族とまたつながりを持とうとしていると聞けて、本当によかった。よい進展です。とは言え、あなたの友人もこのリハビリがあなたの回復にどれほど重要かわかっているなら――」

「先週、一回サボっただけだ」

僕は口をはさんだ。

「月曜は来てたし、今日も来た。金曜も来る。僕は真面目にやってる。回復したいんだ」

「そのわりに後ろめたそうですね」指摘がとんできた。「とは言え、この間の最後のセッションほどの怒りは感じない。これはとてもいい兆《きざ》しですよ」

僕は溜息をついた。

「心臓に関わる出来事の後では、恐れ、気鬱《きうつ》、怒りは一般的な反応であり――」

三つどもえのレース？　僕は彼女の口がどんどん空虚な言葉をつむいでいる間、礼儀正しい表情をじっと保った。

心臓発作や心臓手術を「心臓に関わる出来事」と呼びならわすのはどうしてだ？　心臓トラブルでいいだろう。出来事、などという可愛いものではなかった。

ふと気付くと、ドクター・シアリングの話は終わり、彼女は僕の返事を待っていた。

「失礼。聞き逃した」

彼女は忍耐をかき集めた。

「あなたのその友人が、リハビリの付添支援者として同席してくれるかも、と言ったんです」

「無理です」

「聞いてみるまでわからないものでしょう？」

「聞く前にわかる時もありますよ」

ドクター・シアリングから、たしなめる目を向けられた。

「では、一つ目の宿題にしましょう、アドリアン。相手は自由に選んでいいので、水曜のセッションに誰かを伴ってくるように」

「つれてこなければ、落第？」

ドクターはほんのかすかに、笑みを返した。

「そうなるかもしれませんね」

僕はうなずいた。この際、転校できないものだろうか。


「あとどれくらいなの、リサ？」

「ママって呼んで頂戴、エマ」

リサはバックミラーを見ながら優しくさとした。

エマと僕の視線が合う。彼女はフライドポテトを口につっこみ、無言でもぐもぐと噛んだ。

リサが溜息をついた。

またチノの道を車で走っていた。途中でマクドナルドへ立ち寄って、エマの命の糧であるフライドポテトを買いこんだが、それ以外は何もない平和な道中だ。最後までこうであるようにと願う。それか、唯一のドラマはエマに馬を買ってやることだけですむようにと。

「あなた、またジェイク・リオーダンと会っているの？」

リサが、ジャクリーヌ・デュ・プレの弾くエルガーのチェロ協奏曲ホ短調ごしに、僕に聞いた。

僕はちらっとエマへ目をやる。エマは車が酪農場の前を通る間、鼻をつまみながらフライドポテトを食べるという芸当に挑んでいた。

「ナタリーが、僕がジェイクとサンタバーバラへ行ったのを話したんだな」

「秘密だったの？」

「いいや」

「あなたはもうひとりの大人よ、アドリアン」

リサのその言葉に、僕はあやうくシートから転げ落ちるところだった。

「あなたの行動にあれこれ口を出す気はないわ」

「ええと……ありがとう」

「ジェイク・リオーダンと会っているのね？」

「違うんだ。ジェイクは……うちの書店での問題を解決する手伝いをしてくれているんだよ」

リサが何も言わなかったので、僕は気がすすまないまま、つけ足した。

「ジェイクは、遠くへ引越すかもしれない」

「ジェイクが？」

ほとんど初めて聞くほど、茫然《ぼうぜん》とした声だった。

うなずき、僕は窓の外をじっと見つめた。

「どうしてジェイクが引越すの？」

僕はリサへ驚きのまなざしを向けた。

「バーモントに仕事の口があるんだ」

「バーモント？」リサがやけに鋭く問いかけた。「あなた、彼について行くつもりなの？」

「いいや」

何か、リサが言葉を続けそうな気配があったが、その時、車がオッセオ牧場へのカーブを曲がった。

牧場につくと、リサと僕は、囲いの中でアダージョが装鞍《そうあん》され、エマが騎乗するのを見守った。カーリン・シュルテがアダージョを引いて大きな馬場へ向かい、僕たちもそれを追った。

背の高い白い柵にもたれて、エマがこの去勢馬をぐるりと走らせるのを見つめる。

「アダージョの歩様《ほよう》の違いがわかる？　ほら、あの脚の動き。本当に美しい馬なんだ」

リサは、あきらめの目で僕を見た。

「そうでしょうね。顔は可愛いわ」

僕は笑みを押し殺し、エマが真剣なおももちでまた一周馬を走らせるのをリサと並んで見つめた。

リサが呟く。

「あなたがあの子とこうも仲良くなってくれて、嬉しいわ」

「エマはいい子だよ」

「そうね」

リサの声は突然の郷愁をたたえていた。

「僕は、思い出と比較されなくてすむしね。エマはこれまで兄がいたことはないから」

「たしかに、それはあるわね」

僕は母の、今もなお衰えぬ横顔を見やった。

「ひとつ、聞いてもいいかな？」

「当たり前よ、ダーリン。私とあなたの間に秘密なんて何もないじゃない」

「それは——ああ、そうだね。とにかく、少し変な質問だとは思うけど、どうして僕は〝お母さん〟じゃなくて〝リサ〟って呼ぶようになったんだ？」

リサがじっと僕の目を見つめた。

「あなた、お母さんって呼びたいの？」

「今？　違うよ。それは別にいいんだ。そうじゃなくて——好奇心というか……」

「あなたのお父様がリサという呼び方をあなたに教えたのよ。とても愉快がられて、実際、おもしろくてね。あなたはお父様そっくりの抑揚《よくよう》で、でも幼い子供の声で、リサ、と私を呼んで」

ぎょっとしたことに、リサの目に涙が溜まっていた。彼女は僕にまた横顔を向け、馬場を見つめた。

「それで、お父様が亡くなった後、私はあなたの声に、あの人の……こだまを聞くのが好きだったのよ」

「それは……」

僕はごくりと唾を飲む。どうして聞いた？　今や、リサは頰の涙を素早く拭っていた。あわてて馬場を見ると、エマは相変わらず引き締まった表情でアダージョの走りっぷりを披露している。

やがてカーリンが歩み出ると、エマが手綱を引いて馬を止めた。囲いの中へ戻っていく。僕らもそれを追い、鞍からひらりととび下りたエマのそばに立った。

カーリンが、問いかけるように眉を上げる。

僕はエマに声をかけた。

「どうだい、エマ？　乗ってみてどう思う？」

エマは即座に並べ立てた。

「この子は脚にばねがあるし、落ちついているし、歩幅もある」

そこまできて、冷静に見せようという努力をかなぐり捨て、エマは僕に抱きついた。

「やった、アドリアン！　アダージョは最高。彼こそ私の運命の相手よ！」

いつかエマはどこかのつまらない、ろくでもない男をつれてきて、僕に同じことを言うに違いない。胸をちくりと刺す痛みとともに、僕はそう思った。だが少なくともアダージョに関する限り、エマは正しい。

「よし、でも前にジャンプ競技について言ったことは覚えてるだろ？　アダージョは昔ながらのアラビアンホースだ。根性があり、スタミナもある。ジャンプに向いている馬はもっとどっしりしてるんだ。前脚で着地の衝撃を受けとめられるよう骨格が頑丈だ」

「ジャンプなんてどうでもいい。この子がいいの」

僕がリサの方を向くと、リサは苦しげに、目をとじた。

「ジャンプを別にすれば、エマにこれ以上ぴったりの馬は見つからないだろうね」

「まだろくに見て回ってもいないじゃない」

「時には、運命の相手と出会った瞬間にわかることもあるよ」

僕はなだめた。

「それにジャンプ競技にエマが興味をなくせば、あの細首をポッキリやる可能性も減るじゃないか」

「あなたは、どうしてそんな冗談が言えるの……」

リサが葛藤している間、僕とエマはじっと待っていた。ついに、彼女が言った。

「もし私が駄目と言っても、あなたは単に私に隠れて、あのけだものを自分で買うだけなんでしょ？」

「ああ」

たとえ店を抵当に入れてでも。

リサが瞼《まぶた》を開け、ガス田から上がる青い炎のような猛々しい目で僕を見据えた。

「いいでしょう。買うわ」

固い声で続ける。

「もしあなたがあのリハビリのすべてに通うと約束するなら、ね。探偵ごっこにうつつを抜かしてないで。一日も欠かさず、真剣に参加すること」

エマが僕に抱きついて、希望のまなざしで見上げてきた。

「ああ、それでいい」

歓声を上げて、エマがアダージョの方へ駆け出していった。

母が僕を眺めて、しみじみと首を振った。


クローク＆ダガー書店へ戻った僕を、ナタリーがオフィスまで引っぱっていくと、ミズ・ペッパーが「店の営業時間に満足していない」と告げた。

「それ、一体どういう意味だ？」

「彼女は、もっと開店時間を早くして、遅くまで営業するべきだと言うの」

「たしかに、一理あるかもな。手が回ればね」

ナタリーがふうっと息を吸いこんだ。

「ミズ・ペッパーが言うには、彼女は喜んで――いえ、喜んでって言葉は使ってなかったけど――とにかく、もっと長い時間働いてもいいそうよ」

「てことは――今以上に彼女が店にいるようになるってことか？」

ナタリーがうなずいた。

僕は唾を飲んだ。

「少し、考えさせてくれ」

「あまり長くは待たせないでよ」

「それは一体、どういう意味だ？」

「知らないわよ。とにかく……ミズ・ペッパーの機嫌を損ねないで」

「派遣会社に、かわりのスタッフが見つかったかどうか聞いてくれたのか？」

ナタリーはあわてて「しーっ」と手を振った。

「ナット、僕は前の――彼女が来る前の方が、店はうまくいっていたと思うよ」

さらにパタパタと手が振り回される。

「私ね、もしかしたら、派遣会社が私たちを試すためにあの人を送りこんできたんじゃないかって思ってるの」

「何だって？」

「あの人、派遣会社のスパイなんじゃないかしら」

「君はまたスパイ小説の棚の本を読んでるんだろう」

「うちの店は、市内のどこの派遣会社からも最低の評価を受けてるのよ。休憩がきちんともらえないというスタッフからの苦情と、その上、スタッフがよく殺されてるって」

「馬鹿馬鹿しい、これまで殺されたスタッフは一人だけだ」

「そういう評判が立ってるって話よ」

「評判なんかどうでもいい。とにかく、彼女には消えてもらわないと」

そう言って、僕は急いでつけ加えた。

「平和的な形でね」

ここぞとオフィスに隠れているナタリーを残して、僕は二階へ上がった。留守番電話のメッセージランプが明滅していた。相手の番号をたしかめる。ジェイクからだ。途端に気持ちが上向いた。

ジェイクに電話をかける。応答はなかった。

「どうした、リオーダン」

もう一度かけようかとも思ったが、何件も伝言を残すのはあまりに必死に見えるだろう。いや、僕が境界線をわきまえていないと見なされてしまうかもしれない。

キッチンへ行って、冷蔵庫を開けた。食料なら山ほどある。僕が野菜やフルーツや赤身の肉に不自由しないよう、家族が全力を尽くしてくれているのだ。どこかその辺を探せば料理の本もあるだろう。それが駄目なら一階の書棚にナンシー・ドルーのレシピ本がある。あの本の「キャセロール・トレジャー」や「99ステップで作るフレンチトースト」くらいなら僕にもこなせるかもしれない。

それか、ツナ缶でも開けるか。

電話が鳴り出した時、僕は片手に缶切りをかまえていた。

電話にとびつき――トムキンスすら僕の動きに感心した様子だった――受話器を取り上げながら、ディスプレイの番号を見た。

「やあ」

『ああ』ジェイクの声は淡々としていた。『ニューマンと話した』

「もっと早く連絡がもらえるかと思ってたよ」

自分で言って、自分でたじろいだ。

「それで、どうなった？」

『興味深いぞ』

「いい方に、悪い方に？」

『ニューマンはお前が金を払えば、会ってやってもいい、と言ってきた』

「本当に？　いくらだ？」

　一瞬の沈黙があった。

『どうも、お前がそう嬉しそうな反応をするとは思ってなかったな』

「どうしてだ？　僕はあの男と話がしたいよ」

　ジェイクは遠回しに言った。

『お前は元々、出費に関してもっと慎重だったろう』

「ああ、それか」

『じゃあ、あの男からの提案だ。五百ドル払えば――』

「五百ドル？」

『その通りだ。加えて、昼食代もお前持ちだ。それでニューマンは金曜の午後、フォルモサ・カフェでお前と会うそうだ。何でも好きな質問をしていいし、知る限りのことを答えると言っている』

　金曜。リハビリのセッションの日だ。僕は目をとじた。

「金曜の何時に？」

『お前次第だ』

　僕は目を開けた。

「二時はどう？」

『わかった。それで手配しておく』

どうかしているとしか言えない考えが頭をよぎり、一瞬、あやうくジェイクに、一緒にリハビリセッションへ行ってくれないかとたのみそうになった。僕が撃たれたことに罪悪感を持つジェイクのことだ、まず断りはしないだろうが、境界線を尊重しろと言われたばかりだというのに。

ジェイクの新たな人生の抱負に対して、僕は酔っ払い並みの自制心しか持ち合わせていないようだ。

『もしもし？　出費の心配で気が遠くなってるか？』

「あ、いや――ニューマンから何か聞く価値のある話を聞けそうだと思うか？」

『ああ、そう思うな。ちらほらとあの男がほのめかした感じからして、充分に聞くだけの話は持っていそうだ。五百ドルの価値があるかはなんとも言えんが、お前次第で、値下げ交渉してみてもいい』

「ほのめかしたって、どんな話を？」

『ナチスの財宝だ』

唖然とした数秒、僕は何も答えることができなかった。

ジェイクの声がする。

『聞いてるか?』

「一瞬、お前がナチスの財宝って言ったのかと思ったよ」

『言ったんだ』

「下らない」

僕は心の底からうんざりしていた。

「それは太古からある詐欺じゃないか。その男は詐欺師だよ。そんな下らない話しかないなら聞かなくて結構って言っといてくれ」

ジェイクが意表を突かれたような笑い声をこぼした。

『そりゃ、俺の予想外の反応だな』

「だって、馬鹿げてる」

『どうだろうな。ありえない話じゃない』

「ありえないよ。ナチスの秘密の財宝? たのむからやめてくれ。ニューマンに足元見られてるんだよ。まさか、こともあろうにほかならぬお前が、たとえ一秒たりとも、それを本当かもしれないと思ったなんて信じられない。ニューマンは僕らを引っかけたんだ。少なくとも引っかけようとしてる——」

『だがあの男が、お前の書店で何かを探してたのはたしかだ』

その言葉に、はたと僕は言葉を切った。

「ということは、ニューマンは、うちの店に忍びこもうとしたのを認めたのか？」

『認めた。あっけらかんとな。俺が見るに、あるかどうかもわからんナチスの財宝を薮の中で探し回るより、手に入る五百ドルのほうがましだと思ったようだ。この場合は薮ではなく、床下と言うべきかもしれないが』

僕は考えこんだ。ニューマンが不法侵入を認めたというなら、僕が思っているより真面目な話なのかもしれない。

「信用できると思うか？」

『思うね。ああ』

「わかった。じゃあ、たのむ」

『ああ。手配しておく』

そのまま電話を切ろうとしているのが明らかだった。

僕はあわてて口をはさんだ。

「ジェイク？」

『何だ』

「明日、ヘイルの葬式に臨席しにサンタバーバラへ行くのか？」

答える前に、あからさまなためらいがあった。

『ああ』

「僕もつれていってくれないか？」

自分の声に、おずおずとした弱気な響きが聞こえた。ジェイクにも聞き取られただろう。

『お前がそうしたいなら』

そう言って、ジェイクは同じ、淡々とした口調で続けた。

『だが今週、お前はかなりの時間を車内ですごしてきただろう。明日も行くのは、あまり利口ではないかもしれんな』

ジェイクが僕をつれていきたいのであれば、彼の方から誘ってくる筈だった。この間の帰路での口論を別にしたとしても、あの二日間、僕を連れ回すのはひどく面倒だったに違いない。加えて僕は、薬を忘れていくという芸当までやらかした。その上、どうしても二人の失われたロマンスの死骸をつついて確かめずにはいられないときている。

「たしかに、あんまり利口じゃないかもね」

なんとか、明るく、気楽な口調を努めた。僕が過去ばかりに拘泥《こうでい》していると、ジェイクにこれ以上信じこませたくはない。

「どうなったか、詳しく報告してくれるよな？」

『勿論だ』

「じゃあ、それで我慢するよ。また……明日か？　電話してくれ」

『また明日、電話する』

ジェイクが電話を切る。僕とだらだら話している暇などないというわけだ。

僕も受話器を置いた。

トムキンスが、みゃあ、と鳴いた。

「やかましい」

僕は彼に言い返す。

「まず、お互いの間に線を引こうとしたのは僕が先なんだ。これが一番いい形なんだよ」

そうだ。なのに、僕の心はどこかおかしい。エマと一緒にいすぎたせいだろうか、幼い女の子の考え方がうつってしまったとしか――。

電話が鳴った。僕は受話器を取った。

ジェイクの声がした。

『葬式の時間に間に合うように、明日は朝六時には出発する。そうなると、お前を迎えに行くのは五時四十五分になる。それでもいいか？』

どうしてか、ただ一言を、僕はやっとのことで絞り出した。

「いいよ」

『よし、じゃあ明日な』

僕に礼を言う間も与えず、電話は切れた。

12

ジェイクは、いつものごとく、時間に正確だった。

木曜の未明、書店の前に彼の車が停まり、僕が乗りこむと、車道へとまたすべり出した。

「おはよう」

声をかけながら、ジェイクはバックミラーに視線を据えていた。仕立てのいいダークスーツに糊《のり》の利《き》いた白いシャツ、それに黒地に青の植物柄のシルクのネクタイで、人に会いに行くのに——あるいは葬式に——ふさわしい格好だ。いい姿だった。その上、いい匂いもした。僕は初めて、彼がもう結婚指輪をはめていないことに気付いた。

「おはよう」

ちらりと僕へ視線を投げ、ジェイクが言った。

「鼻の頭が日焼けしているな。水泳のパートナーを見つけたのか？」

「昨日、ローレンが向こうの家まで車でつれていってくれたよ」

「アーガイルの話通りだった。ニューマンは、ジェイ・スティーヴンスの失踪後、ルイーズ・

レナードという大学教授に依頼されて、スティーヴンスを探したそうだ」

「ルイーズはまだ存命？」

「いいや」

「それは残念」

　会話が途絶えた。ジェイクが本心では僕をつれて行きたくないと思っているとわかって、どうしても僕の口数はいつもほど多くなくなる。あまりジェイクを煩《わずら》わせないようにしようと決心していた。

　朝のスモッグの中で眠れるパサデナを後にし、この時間でも車通りの絶えない２１０号線を西へ向けて走り出す。

　走行距離計が数マイルを刻んだ頃、ジェイクが眉をよせて、また僕に視線を投げた。

「どうかしたのか？」

「僕が？　いや、別に」

「本当か？　車に乗ってからろくにしゃべってないぞ」

「まだ半分寝ぼけてるもんでね」

「ならシートを倒して一眠りしたらどうだ」

「大丈夫だよ。どうも」

　ジェイクはそれ以上追求しなかった。

葬式に、ジェイクほど何度も臨席したことがあるわけではないが、ありがたくないくらいの数は経験した。それでも、朝八時からの葬儀というのは初めてだった。常識外れの時間に思える。陽は昇りきってもおらず、僕らがサンタバーバラ墓地に立って海を眺める今も、まだ朝もやが漂っていた。

政治家、戦場の英雄、ハリウッドスター。皆、このもやに包まれた五十エーカーかそこらの、木と石の土地で仲良く眠っている。映画で硬派な男を山ほど演じたジョン・アイアランドもここに埋葬されているし、ヴェラ・ラルストン、一九三六年のオリンピックのフィギュアスケート競技に出場し、その後ヒトラーを面と向かって侮辱した彼女もいる。俳優のロナルド・コールマン、ローレンス・ハーヴェイ。大いなる愛を信じた詩人で随筆家のケネス・レクスロス。レクスロスの墓だけが海の方を向いている、という事実を、僕は記憶の雑学の棚にしまいこんだ。

参列者の少なさは、朝早い時間のせいだろうか。僕らを除けば弔問の客は、高価そうな黒いパンツスーツに身を包んだ女性一人で、オードリー・ヘップバーン風のサングラスに黒い帽子をかぶっていた。掘られたばかりの墓穴をはさんで、僕らと相対している。どちらの方がより相手に興味をそそられているか——それは判断しがたい。僕らか、彼女か。

　葬式は型通りで、短いものだった。牧師が詩篇の一節を読み上げる間、僕の注意は周囲にそれていく。これまで見た中でも最も美しい墓場かもしれない。ヤシの木と、装飾的な墓石がどこまでも立ち並ぶ。素晴らしい見晴らしで、朝の波が、銀や緑に揺れていた。
　こっそりと、僕は墓穴の向こうの女性を観察した。帽子とサングラスで風貌はほとんどうかがえない。凛《りん》とした立ち姿だが、若くはない。おそらくは六十代半ばあたりか。

「……東が西から遠く離れたるごとく、
主は我らの咎《とが》を我らから隔てられる
主は天に玉座《みくら》を築かれ、すべてのものを統べ治める
勇なる者、聖言《みことば》を聞いてそれを為す者たちよ
主を讃えよ、主の使いたちよ」

ダン・ヘイルを送り出すにしては毒のない、つまらない言葉だ。僕の頭のすみをマーサ・テイルトンの歌声が回っていた。「キスをして、天使が歌い出し、その音楽が私の心にひびきわたるの……」
　聖書朗読が終わると、牧師は僕らに向かって、故人の思い出を語らないかと勧めた。全員そろって断った。

それでほぼ終わりだった。牧師がさらに祈りを捧げる。ジェイクは頭を垂れて厳粛な面持ちだ。だが彼は葬式には充分慣れているし、向かいの女性のことを僕と同じくらいつぶさに観察している筈だった——僕よりずっとひそかに。

葬儀が終わり、女性は赤いバラの小さな花束を棺の上に置くと、牧師と握手して、歩き去った。まるでステージ上のファッションモデルのように揺るぎない足どりで、朝露に濡れた草と墓石の間を抜けていく。

ジェイクが彼女を追った。僕は彼の腕に手をかけた。

「ジェイク、あの人はきっと、ジンクス・スティーヴンスだ」

はっと僕を見て、ジェイクはうなずいた。すぐに女性へ追いつく。

ジェイクが話しかける声が聞こえた。

「ミズ・スティーヴンス?」

彼女が草の上でよろめき、ジェイクは支えの手をのばした。

「何ですって?」

サングラスに隠れて表情は読めない。警戒の声だった。

僕が追いつくのと同時に、ジェイクが落ちつき払った、権威を感じさせる声で言った。

「失礼。あなたはジンクス・スティーヴンスですね?」

彼女は口を開けた。てっきり否定しにかかるかと僕は思った。だがジェイクの確信に満ちたひややかな態度が――刑事の威圧感が――彼女の心をくじいたのだろう。強く、険しかった彼女の体の線がふっとやわらいだように見えた。一瞬にして、小さく、老いたようだった。

ハスキーな、やや低めの声で、彼女が答えた。

「スティーヴンスは私の旧姓です」

今の姓はなんというのか、それは告げようとしなかった。

ジェイクは自分と僕のことを、彼女に紹介した。

「あなたがた、私立探偵なの？」また警戒の色が戻る。「何を調べているの」

僕が答えた。

「いえ、私立探偵なのは彼だけで、僕は依頼人です」

「あなたが？」

ジェイクが口をはさむ。

「あなたにいくつか、質問させてもらいたいのだが」

「何について？」

「ジェイ・スティーヴンスについて。あなたの兄の」

また、彼女は内心で葛藤していた。サングラスの下の表情を見られたらと、僕は願う。

「彼の、何について？」

僕はあまりショックを与えないように言おうとしたが、彼女の態度はとにかく読みとりにくかった。

「最近、ジェイの遺体が発見されたのは、ご存知ですか？」

見通すことのできない黒いサングラスが僕に向く。やがて、彼女は呟いた。

「イングリッシュ……あなた、彼が見つかった書店のオーナーね」

書店主として、僕はつい訂正せずにはいられなかった。

「書店のフロアから見つかったわけではないんです。でも……ええ、そうです」

ジェイクがたずねた。

「つまり、ジェイの死体が出てきたことはご存知だった？」

「知ってたわ」

知っていて、兄の骨を引き取ろうと名乗り出てはこなかったのだ。どんな事情があろうと、おかしな態度だろう。

「警察は、スティーヴンスについての情報提供を求めて市民に呼びかけているが」

ジェイクが形式張った問いを投げる。彼女は固い口調で返した。

「私は、ジェイの死についてのどんな情報も持ってないわ」

「でも――」

僕の言葉を彼女がさえぎった。

「どう考えているかはわかってる。でもいいから信じて、あなたの考えてるようなことじゃないから」

そう言われても、誰が額面通り信じられるだろう。

ジンクスが続けた。

「兄を愛してた。あれ以上に誰も愛したことはないくらい。でも、今の私の人生は、複雑なのよ」

ほう、複雑。僕は黙っていた。返事はジェイクにまかせる。

「ああ、その点は我々も尊重する。ジェイについてほかにも聞かせてもらえないか？」

「でも、どうして？」

サングラスがジェイクの方を向いた。

「あなた一体――どうして知りたいの？　これだけ経った今？　五十年も昔のことよ」

「殺人に時効はない」

「殺人……」

ジンクスはその言葉をくり返したが、驚いたり、衝撃を受けた様子ではなかった。むしろ――その重さをはかろうとしているようだった。

「殺人だったのね」

「あなたも、ジェイに何かよくないことが起きたと感じていた筈だ。だから彼の失踪を、警察に届けた」

　彼女はうなずいた。

「ええ。ジェイが、私たちを残してどこかへ行ってしまう筈などなかった。そんなこと、するわけがない」

　じっと、僕らを眺めていた。

「どうしてあなた方が関わるの？　警察じゃないんでしょう」

「ええ、でもあなたの兄さんが僕の所有物件から見つかったので、僕は警察から、あまりありがたくない扱いを受けてまして。それでミスター・リオーダンにジェイの死を調べてもらうよう依頼したんです」

「これだけ時がすぎて、何か見つかると思っているの？」

　僕は肩をすくめた。

「たとえ見つかったとして、何が変わるというの？」

「何かが変わるかどうかは、僕にはわからない」

「じゃあ、ただの好奇心からということ？」

　その問いへの真の答えを、僕は持っていなかった。好奇心は否定できないが、僕が答えを求める理由はそれだけではない。警察からの嫌がらせを本気で心配しているわけでもない。僕はジェイクを見た。ジェイクもまた、僕の返事をじっと待っているようだった。

「多分、僕は、ジェイに責任を感じているんだと思う」

「あなたが？　どうして？」

「だって、あなたの兄さんに起きたことは、間違っている。殺人は許されないことだ。それに……もう、知ってしまった。彼について知った今、ただ背を向けたりはできない」

「あなた、とても変わった人ね」

ジンクスが呟いた。

くるりと踵を返したが、彼女は墓地の出口ではなく礼拝堂の方へと歩き出していた。僕らは松やそびえ立つイトスギの間を抜け、凝った装飾の家族向けの墓を通りすぎて、彼女に続いた。

ジェイクが囁くように言う。

「時々、お前ならいい刑事になれただろうと思うよ」

礼拝堂の中はうす暗く、涼しく、人の気配もなかった。ジンクスは席に座って祈りはじめる。ジェイクは入り口近くに立ち、壁にもたれて、辛抱強く待っていた。僕は手近な席に腰を下ろして周囲を見回した。この礼拝堂は一九二六年に建てられ、設計はサンタバーバラの建築家ジョージ・ワシントン・スミスによるもので、彼の遺灰はこの堂の壁の中に納められている。僕は意外なほどモダンなフレスコ画を見つめた——百合や牡丹《ぼたん》の花輪、蠟燭《ろうそく》を手にした修道士や修道女たちの静謐《せいひつ》な顔。

ジンクスは祈りを終え、立ち上がった。僕に向き直る。

「わかったたわ。あなたたちの知りたいことに答えましょう。どうせ今は、何もかも終わったことだもの」

僕はジェイクに視線を投げた。彼は眉を上げただけで何も言わなかった。

ジンクスに続いて、外へ出た。朝もやは消えていた。気持ちのいい一日になりそうだ。

ジンクスが煙草に火をつけ、せっかちに煙を吐いた。

「私はジェイが大好きだった。皆、そうだったわ」

そうじゃなかった誰かがいたのだ。だが僕は黙っていた。

彼女が続けた。

「でもジェイは……そうね……やんちゃだったの。あの歌みたいに。本当、あの歌はぴったり」

「歌？」

ジェイクが聞き返す。僕が説明した。

「〝わんわん物語〟の歌だよ。〝彼は根なし草《トランプ》〟、ペギー・リーが歌った」

「それよ。私たち、よくその曲を演ったものだわ」

なつかしそうに、ジンクスは微笑んだ。急いで、半ば後ろめたそうに煙草を吸う。

「あなたがムーングロウズのボーカルだった頃ですか？」

「そう。ダニーの店で定期的に演奏していてね」

彼女は、ダン・ヘイルの墓に影を落とす木々の群れを、ちらりと見やった。

「ダニーは、マリブビーチにタイドという名のナイトクラブを持っていたのよ」

「僕らは、ダンの死の前、彼から話を聞きました。あなたはその頃ダンと婚約していましたね？」

さっと、また警戒の色がよぎる。

「ダニーと話したの？　いつ？」

「月曜に」

「彼、何か言ってた？」

「ひとつには、あなたと婚約していたことを」

「ええ、本当のことよ」

ためらいがちに、ジンクスはそう認めた。

「でも結婚しませんでしたね。何があったんです？」

ジンクスは、若かりし頃を彷彿とさせるような小生意気な口調で答えた。

「女心に心変わりはよくあることでしょ？」

「変わるには、それなりの理由があるものでは」

「そうよ」青くかすむ水平線を、彼女は眺めた。「私たち、かなりの年の差があったから」

たしかに、彼女がまだ六十代にしか見えないのには、僕も気づいていた。これまで出会った関係者の中でも格段に若い。

「不躾《ぶしつけ》なことを聞くようですが、あの頃、あなたは何歳だったんですか？」

「十七歳」

「それはまた……」

ジンクスは苦い笑みを浮かべていた。

「私は、大人に見えたから。それに、大人だったもの。あの頃、私たちは早く大人になったもの。今どきの、体験談を自慢したがるような若い子よりもずっとね。私はね、放浪生活の中で育ったの。ジェイは――私たち二人きりの家族で――でも、そうね、法的には、私はタイドにはいちゃいけない年齢だった」

ダン・ヘイルの葬儀に現れたのがジンクスひとりだったことから、僕は自分の推論を彼女にぶつけた。

「あなたはヘイルと結婚こそしなかったが、気持ちは残っていた筈だ。あなたは彼の、老人ホームの入居費を払っていた。今日の葬儀代もあなたが出している、そうですよね？」

驚き――あるいは怒りが、ぱっとはじけた。

「それをどうやって知ったの」

「極秘情報ですか？」

「ええ、はっきり言うとね」

「誰にも話したりはしませんよ」

ここでジェイクが割りこんだ。

「当時、あなたは兄の身に何が起きたと考えていた？」

「私は、兄はきっと……」

ジンクスの声が揺れた。それから口調をあらためて、

「ええ、そう、ジェイは死んだと思っていた。そう思って、怖くて――でもはっきりした根拠があったとか、そういうわけではないの。ただ不安で仕方なかっただけ」

あまりにもあからさまな嘘だった。問い返す価値すらないほどに。

「あなたの兄さんが誰かに殺されるような理由は、何か思い当たりませんか？」

僕の問いに、ジンクスは首を振った。

「きっと、たまたまの出来事だったとか、誤解とか、そういうものだろうってずっと思ってきたわ」

この五十年、自分にそう信じこませようとしてきて――そしてまだ、彼女はそれを信じきれずにいるのだ。

ジェイクが問いかけた。

「ニック・アーガイルという名の刑事に聞き覚えは？」

「ニック・アーガイル？　あらまあ。何年も、思い出しもしなかった」

喉にからむ笑い声を立て、ジンクスは足元に落とした煙草を爪先で踏みつぶした。

「あの人、まだ元気？」

「至《いた》って健康だ」とジェイクが答える。

「びっくりね。彼は私たちの誰より年上だった筈よ。多分、ダニーは別にして」

また口元に郷愁に満ちた笑みをたたえていた。

「知ってましたか、アーガイルが、ジェイ・スティーヴンスを犯罪者だと確信していたことは？　彼の説によればジェイは夜盗で、あなたはその共犯者だ」

ジンクスはジェイクを、長々と、まっすぐに見つめた。というか、そうしたようだった。サングラスの向こうでどこを見ているのかは読めない。

「そんなことを？」

「言っていた。およそ二年ほどにわたって、あなたと兄とでロサンゼルスのウェストサイドの高級住宅街を荒らして回っていたと」

それを聞いたジンクスがまた、ハスキーな笑い声をこぼした。

「否定はしない、ということか」

「そうね。まあ、本当のことだしね」

「認めると？」

「さっき時効を持ち出したのはそちらでしょ。もうとっくの昔に時効だもの」無感情な声でつけ足した。「だからと言って、ふれ回ってもらいたい話じゃないけれど」

「ジェイの死は、その副業が原因ではないかと考えたことは?」

「いいえ」

彼女は、あまりに即答しすぎた。そもそも、どうして一番簡単な結論をあえて否定する? 誰が兄を殺したか、うすうす勘付いているのか、ほかの理由でこの仮説を認めたくないのか。

「あるいは、ほかの仲間が彼を、ということは――?」

「ないわ。兄にほかの仲間はいなかった。私たち、いつも二人だけでやっていたもの」

「盗品の仲介は誰が?」

「もう死んだ人よ。チャイナタウンのチャンチンロードに住んでいたアンティークのディーラーで。ターキー・ランカスターという名前だった」

僕はつい口をはさんでいた。

「間抜け《ターキー》?」

「変でしょ。だから覚えてるの」とジンクスが肩をすくめる。

ジェイクが質問した。

「小耳にはさんだ噂だが、あなたの兄が殺されたのは、第二次世界大戦中の貴重な美術品について彼が何か知っていたせいかもしれないと」

ジンクスの身がこわばった。ほんの一瞬で立ち直る。

「全然違うわ」

「その手の話を聞いたことはないと?」

「ええ」浅知恵で、彼女はさらにつけ足す。「だって、そういうことは私に一番最初に話してくれた筈でしょう?」

「ジェイに、一体何があったと思う」

「あのホテルは、ゴミ溜めだった。マリファナ、売春……今じゃ想像もつかないでしょう。バレずにすむと思えばあっという間にジェイを身ぐるみ剝ぎかねないようなゴロつきがいるところだった。きっと、そんなようなことだったんでしょう、ずっとそう思ってきたわ。物盗りが、こじれたんだろうって」

「あなたもそのホテルに住んでいた?」

ジンクスは首を振った。

「私は、ダンと一緒に住んでいたから」

十七歳で。いやはや、まったく。十八歳未満に対する法定強姦の罪ももう時効か。たしかなことがひとつ。ジェイ・スティーヴンスは皆を魅了する男だったかもしれないが、年若い妹の保護者としては失格だ。

ジンクスが時計を見た。

「ごめんなさい、行かないと。これ以上遅くなると色々と聞かれるから」

誰から?

　ジェイクがたずねた。

「あなた個人に連絡が取れる番号は？」

　彼女は首を振っていた。

「ごめんなさい。駄目なの」

「彼の遺体を引き取りに行くつもりはない？」

「この五十年かかって、兄は死んだのだと、心の整理をつけてきたのよ。あなたたちの見つけたあの――抜け殻は、もう兄じゃないわ。それにジェイなら、私の選択をわかってくれる」

　挑むように、つんと顎を上げる。僕もジェイクも反論はしなかった。

　ジンクスはアスファルトの私道を悠然と歩き出し、ケルト十字と石の碑を通りすぎる。その姿が高い木々の影に消えると、ジェイクが指示した。

「ここで待ってろ」

　ジェイクは素早く、だがひっそりとした動きでジンクスを追い、刈り込まれた芝生を、そこに埋めこまれた墓標の間を抜けていった。ジンクスが追跡者の存在に気付いたとは思えない。

　そう経たないうちに、ジェイクはジンクスの乗った黒いリムジンのナンバーを控えて戻ってきた。

「やったな」

　僕は声をかけながら、待っていた石のベンチから立ち上がった。ジェイクがポケットにメモをしまいこむ。

「朝のひと仕事としてはまああだ」

「彼女は結婚してるよ。指輪をしてた」

「未亡人ということもあるぞ」

「たしかに。どっちにしても、ヘイルとの関係を知られたくない誰かがいるんだ」

「彼女は今、富も名誉もある身だ。服装と車にそれがはっきり出てたな」

「それとあの態度とね」

ジェイクの口元が上がった。

「特権階級のもつ態度な。お前にもああいうところがあるぞ」

「僕にああいうところが？」

「お前の方が人当たりはいいが、それは性格によるものだろうな。それと、お前の方が礼儀正しい。だがたしかに、お前には、自分の意見が通って当然という空気がある」

「僕の意見が通って当然？」

ジェイクは眉をひそめ、墓地を見回した。

「さっきから聞こえるのはこだまか？」

一瞬わからなかったが――ジェイクにからかわれていたのだ。

「言うじゃないか。コメディクラブで人を募集してたよ、リオーダン」

「ありがたいが、仕事の口なら間に合ってるんでな」

その言葉に連想していくつかのことが思い出され、僕は笑みを消した。

「ジェイク、なあ……」

僕らは肩を並べて駐車場へと歩いていた。彼が視線をこちらへ向ける。

「お前の言う通りだ。つまり、火曜に帰りの車内で言われたことだけど。どうしてなのかわからないけど、今の僕は本当にちぐはぐで、一貫性がないんだ。お前に対して身勝手なことをしているのはわかっている」

ジェイクは、僕がもっと何か続けるのではないかと待っているように見えた。だが何もないとわかると、彼は口を開いた。

「俺は、こう思っている。俺の知るお前の性格からいくと、お前はこの二年、俺たちの間に起きたことをほとんど考えないようにしてきた筈だ。その分、今になって、二年分が一度に押し寄せてきたことになる。その上に、撃たれたこと、心臓の手術をしたこと、俺がまたお前の人生に戻りたがっていることまで積み重なっている。それに本当のところ、お前は俺を信じきれないだけでなく、これまでのことに怒りをかかえ、傷ついてもいる」

研究者がスライドを顕微鏡で観察した結果を述べるような、淡々と客観的な口調だった。

「大したものだ、ドクター・フロイト」と僕は応じる。「どんな治療が必要かな?」

ぎょっとしたことに、ジェイクが僕の肩に腕を回し、歩きながら僕を引き寄せた。ジェイクが、人目のあるところで――墓場をそう言えればだが――肩を抱いてきたことに僕はすっかりうろたえていて、彼の答えを聞くどころではなかった。いや、何気ないただのハグだ。友人同士のような。だが前は、それもごく最近まで、部屋の外ではたとえ三メートルの棒の先でだって僕にさわろうとなどしなかったジェイクが、だ。

「……それにガイや、メルや、もしかしたらほかにもな」

ジェイクが何か話しつづけていた。

「もしお前に必要なのが気持ちを整理する時間だけだというなら、俺はいつまでだろうと待つ。それだけの借りがあるのはわかっているし――」

「お前は僕に借りなんかない」

苛々と、僕は口をはさんだ。

「――だが、これは時間で解決できる問題じゃないんだろう」

「だから、遠くへ行くってわけか？」

ジェイクの口ぶりは慎重だった。

「これは最後通牒というわけじゃない。俺はただ、色々な理由から、ＬＡを離れるのが最善だろうと考えているだけだ」

僕は肩を揺すってジェイクの腕から逃れた。足を止める。

「もし僕が、行ってほしくないと言ったら？」

ジェイクも足を止めていた。

「それは、行くなと、俺にそう言っているのか？」

「くそ、ジェイク、お前は僕に最後通牒をつきつけてるつもりはないと言うけど、でも――これはそうだよ。どこかに行ってほしくはないと、お前にもそう言っただろう」

僕は首を振った。

「わからないのか？　そんな脅しをぶら下げられてちゃ、とても冷静になんか考えられない」

「そんなふうに感じてるのか」ゆっくりと、ジェイクが問い返す。「脅しだと？」

「そういうふうに感じるんだよ、ああ。お前は、時間ならいくらでもやりたいと今言ったけど、こっちからすると、まるで五分で待ちくたびれて置いていかれた気分だ。たしかに僕は、お前に約束はできない――」

言葉をとめ、僕はまた続けようとした。

「僕が、お前との間に起きたことをすべて水に流せるとは、約束できない。そうしたいけれども。しなければいけないと、わかっているけど。お前の読み通りだ。僕は怒っているし、きっと傷ついてもいるんだろう。お前を信じたいけれども――でも今は、自分のことすら信じられない。わかってるのは……」

大きく息を吸いこみ、声を整える。

「わかっているのは、ただ僕には……今、お前がどこかへ行くなんてことには、とても耐えられそうにない」

ジェイクの顔は、日焼けの下で青ざめていた。

「そうか」

彼の声は優しかった。

「フェアじゃないって、それもわかってる。お前には新しい職の話が来てるし、家を失いかかってるし、家族とぎくしゃくしている。わかっているんだ——」

「ベイビー、お前の勝ちだ。そう必死にならなくていい」

ジェイクの笑みは歪んだものだったが、口調はやはり、似合わないほど優しいままだった。

「この話はないことにしよう。とにかく今は。それでいいか？」

安堵のあまり、足元が崩れそうだった。ほとんど眩暈に近い感覚。まさか、ジェイクが歩みよってくれるとは思いもしなかった。

「ああ、それでいい」

それきり、どちらもそそくさと、話題を変えた。

「どうも成り行きに納得いかないんだ」

車に乗りこみ、海から離れて走り出しながら、僕はそう口にした。

「どのあたりが？」

「ジェイ・スティーヴンスの死体は床板の下に隠されていた。それって、計画的だろう。最低でも金槌と釘が要る。一般的に言って、ジャズミュージシャンの寝室にそう転がってるものじゃない」

「人に会いに行く時、よく持参するようなものでもないしな」

「事前の計画が必要だ」

「つまり、その日、誰かがスティーヴンスを殺すつもりでホテルに行ったと言うのか？」

「そうは思えないか？」

「この事件は全体にどこかおかしい——最初からな。何故、わざわざ死体を隠したのか」

「珍しいことじゃないだろ？」

「ああ。だが床板の下に隠すのは、珍しい」

「きっと誰にも見られずにスティーヴンスの死体を運び出せそうになかったんだろう」

ジェイクが自分の考えをまとめるように、言った。

「犯人は床板を剥がし、その下に死体を入れた。それは何とかなっただろう、昔の建物は今より基準がゆるかったからな、梁《はり》の間に死体くらい入った筈だ。そして、また床板を打ちつけなければならなかった。静かにできることではない」

「静かなホテルじゃなかっただろうけど」

「それにしても、だ」

「ほかにも気にかかってることがあるんだよ。改装中、作業員が死んだネズミの骨を山ほど屋根裏で見つけてるんだ。壁の中とか、床下とかから」

「楽しそうな光景だな」

「自然に死んだとは思えない数でね」

「事件と関係があると思うのか？」

「屋根裏と三階フロアは、ある時から封鎖されていたんだ。スティーヴンスの死体が見つからなかったのは、そのせいもあるんじゃないかな。害虫やネズミの発生で、建物の上の階が放棄されたんじゃないかと思う」

「スティーヴンスが死んだ時、その工事中だったと考えているのか」

「そのあたりを調べる手があればいいんだけどね。それなら納得いく点もあるし。もしかしたら容疑者の範囲を絞ることもできるかもしれない」

「まあ、ジンクス・スティーヴンスが誰を犯人だと思っているのかは、明白だがな」

「ダン・ヘイル」

「〝どうせ今は、何もかも終わったことだもの〟」

ジェイクがジンクスの言葉をくり返す。

「でも、ダン・ヘイルとナチスの財宝との関連は？」

ジェイクは肩をすくめただけだった。

ロサンゼルスへの帰り道は早かった。今日は、寄り道もなしだ。

車から下りる僕へ、ジェイクが言った。

「明日、ニューマンとの約束に合わせて、一時半に迎えに来る」

「ありがとう」

僕は口を開け……何を言おうとしたのだろう。何かの言葉を。

まるで、二人で後戻りできない橋を渡った気がしていた。

ジェイクが短くうなずいた。

「またな」

それだけだった。彼は去った。

僕は書店の中へ歩み入りながら、あやうく出てきた客とぶつかりかかった。

謝罪し、長身で痩せた、長い金髪とヤギひげの若者を見やる。ジョン・レノン風の丸眼鏡をかけていなければウォレンかと思ったくらいだ。

若者は、僕を凝視していた。お互い知り合いであるかのように。

僕は、じっと彼を見つめた。知っている顔だと、やっと悟る。

「アンガス？」

13

「それで、あなたから手紙の返事が来て、僕はこっちに帰ろうと……」

「おかわりは?」

僕は、彼との間のテーブルに載った空のプラスチックのカップに向けてうなずいてみせた。クローク&ダガー書店から一ブロック先のコーヒーハウスだ。アンガスはもうブルーベリーのシェイクを飲み干していた。彼の瘦せ方からして、何かを口にしたのは久々という感じだ。彼と比べれば、僕ですらたくましく見える。それどころか、ジェイ・スティーヴンスの骨すらアンガスより健康そうに見えた。

「それとも、ベーグルかサンドイッチでも食べるかい?」

アンガスは首を振った。

「あれ、本気ですか……? 僕を、また雇ってくれるというのは……?」

「本気だよ」

前は迷いがあったかもしれないが、今は心が決まっていた。アンガスは、見るからに大変なに見えた。

暮らしをくぐり抜けてきたようだ。黒々と焼けた肌の下で、その顔はいくつも年を取ったよう
「君が法的にどういう立場にあるのかは、後でたしかめよう」

「どういう意味です……？」

「つまり、君のキンジー・ペローネの殺害に関する疑いは晴れたが、カレン・ホルツァーやトニー・ゼリグの殺害には関与を疑われているかもしれない。僕にはわからないけどね。ジェイクに聞いてみるよ」

「あのリオーダンの野郎に？」

嫌悪感に力を得た様子で、アンガスはそう言い放った。

「その男だ。もしそれが嫌なら――」

「嫌じゃないです」

一瞬にして怖じ気づき、アンガスは呟いた。

「ずっとメキシコにいたのか？　この二年、何をしてた？」

アンガスは力なく答えた。

「できることは何でも。煉瓦工《れんがこう》もやったし、家の下働きもやったし……果物の収穫も」

すっかりくたびれきった様子で、そのすべてをここ一時間でこなしてきたかのようだった。

「どうして家に戻らなかったんだ？」

「何のために……？　ワンダはもう僕のことなんかいらない。家族は、僕と口をきいてもくれない」

「今、どこに泊まってる？」

アンガスの目が僕を見た。悲しげな目が。さっと視線がそれ、それから期待をこめてまた僕をちらりと見た。

僕は溜息をつき、アンガスを観察しながら、どうしようかと悩みつつテーブルを指先ではじいた。

「よし、いいか。君には寝袋とエアマットレスを貸すから、どこかもっといい場所を君が見つけるまで、店で寝ていい。君には金を払う……なんと言うか、夜警として、という形で」

アンガスが息を呑む。わっと泣き伏しそうに見えた。

「昼間は、普通りに働いてもらっていい。ただ……よく聞いてくれ。僕の妹——義理の妹も今、書店で働いているんだ。君は……どう言えばいいか、彼女に、気を使ってやってほしい」

アンガスはきょとんとしていた。当然だろう。

「いい、忘れてくれ」

彼はうなずいた。僕は立ち上がる。

「じゃあナタリーに話して、決めてしまおう」

「ええと……アドリアン？」

「ん？」

「やっぱり、僕、サンドイッチを食べたいかも……」


フォルモサ・カフェは、西ハリウッドのサンタモニカ大通りにあり、元は路面電車の車両を使ったカフェとして始まった。前にここで昼食を食べた時には、ポール・ケインが、自分とジェイクは恋人なのだと——そして、僕とジェイクが一緒だった間もそれなりに彼と会っていたのだと、僕に言い放ったのだった。おかげでこのフォルモサ・カフェは僕の脳内で消化不良と同義語になっていて、多分もう変わることはないだろう。

だが、やはりいい店だ。歴史もあるし、私立探偵のハリー・ニューマンと会うのにこれ以上ぴったりの場所はない。

ニューマンはすでに席につき、カクテルとオードブルを楽しんでいる最中だった。

僕が向かいのレザーのソファに腰を下ろして「ミルウォーキーの家族はどうしてる？」とたずねても、ニューマンは悪びれない笑みを浮かべただけだった。

僕に右手をさし出し、握手を交わす。

「試してみて損はないからね。君だって、そういう男の気持ちを責められまい？」

「ああ。責めるのは警察か裁判所にまかせる」

ニューマンが笑った。

「気に入ったよ、イングリッシュ」

「そう言ってもらって心からほっとするね」

横にずれて、僕はレザーの長椅子にジェイクの座る場所を空ける。視線が合うと、ジェイクがピクッと口元を動かして苦笑した。

「注文しようか」ニューマンが言う。「それから、知りたいことを何でも話すよ」

僕らが到着するまでの間に、ニューマンはしっかりとメニューを読みこんでいたようだ。ウエイターがやってくると、彼はイカフライをつまみにマイタイをもう一杯たのむ。それからリブロースのステーキとワサビ入りマッシュポテト添えを注文した。一番高額なメニューだ。ジェイクは、予想通り神戸牛のバーガー。僕はサーモン。

「飲まないのか？」ニューマンが疑り深そうにたずねた。「飲まない相手は信用できないね」

僕は赤ワインのグラスと鉱水をたのみ、ジェイクはマイタイをたのんだ。

「マイタイ？　お前がマイタイを飲むなんて知らなかったな」

「これが新しい俺だ」とジェイクが返す。「どれだけ楽しい男かわかったか？」

「ところで」ニューマンが口をはさんだ。「君は、俺の持ち物を持ってるだろ」

「えっと、何を？」

彼は、頭頂部でなでつけられた控えめな黒い毛の流れをさした。

「ああ、あのモジャモジャ？　猫のいいオモチャになってるよ」

喉を詰まらせていたが、ドリンクが運ばれてくると、ニューマンは話にとりかかった。

「はじめから話そうかね？　俺にとってこの話の最初は、ルイーズ・レナードだった」

「スティーヴンスの恋人の？　彼の失踪後にあなたを雇ったっていう？」

「その通りだ。ルイーズはイマキュレート・ハート大学で歴史を教えていた。可愛い子だったさ。女性、と言うべきか。髪は暗い糖蜜のような色、ぱっちりと大きな目。フランス人っぽい見た目だった。この手の絹のスカーフをいつも首に巻いてたな」

人さし指を、首の周囲でくるくると回してみせた。

「実際、彼女の祖父はフランスのレジスタンスの一員として戦ったんだ。多分、そこがそもそも、本当の話の始まりだったんだろうな」

ジェイクがたずねた。

「彼女は修道女じゃなかったのか？」

「修道女？」と僕がおうむ返しにする。

「イマキュレート・ハートはカトリックの大学だ。俺の母親もそこに行っていた」

これだけの間、ジェイクの性的指向の深い抑圧にはカトリックの罪悪感が重くのしかかっているかもしれないなど、一度たりとも、僕は考えたことすらなかったのだ。

「いやいや、修道女なんかじゃなかったね」

ニューマンはカクテルを一口飲んだ。

「スティーヴンスのほうは、泥棒だった。それも金持ちの家からごっそりかすめ取る夜盗だ」

そこで言葉を切る。僕らに驚く様子がないと見ると、先を続けた。

「ある夜、彼はロサンゼルスのどこかの家に盗みに入った。どの家だとはルイーズにもはっきり言わなかったから、どこだとは聞かんでくれ。もしルイーズが知ってりゃ、彼女はスティーヴンスが消えた後、さっさと警察に駆けこんだだろうよ」

だが結局、警察に届けたのはジンクスで、彼女もすぐには動こうとしなかった。もっとも警察に知らせるのが少し早かったところで、スティーヴンスがすでに床下で死体になっていたとすれば、事態は何も変わらなかっただろうが。

「スティーヴンスがその夜に盗んだものは一つだけだった。そいつがとんだお宝だったのさ。彫りの入った黄金の十字架で、ルビーや瑪瑙《めのう》や真珠をはめこまれていた。それが何なのか、スティーヴンスにははっきりわからなかったが、古くて特別なものだってことはわかった。それでその十字架をスケッチし、そいつをいかにも安全そうな、大学の芸術学部に持ってったんだ。それがルイーズとの出会いさ。スティーヴンスは十字架の情報を探してた」

「それで、ルイーズはたまたまその十字架の正体を知ってたと？」

僕は疑り深くたずねた。

「それが、そうなのさ。一目でな。ルイーズは、その十字架が何だかはっきり知ってた。ルーアンの十字架だったんだ」

　ニューマンは意味ありげに、僕らを見つめて言った。僕らのどちらからも反応がないと、彼はつけ足した。

「フランスの地名だよ」

「フランス語わかりません《ジュヌコンプランパ》？」

「ジャンヌ・ダルクの十字架だ」

「えっと……」僕はジェイクを見たが、ジェイクはまったくの無表情だった。「それって、つまりロレーヌの十字架のこと？」

「いいや」

「ルーアンの十字架なんて僕は聞いたこともない」

「ま、俺の聞いた話じゃ、ジャンヌ・ダルクが持ってた十字架ってことらしい。とにかくそれは重要な点じゃない」

「そうじゃない？」

「大事なのはだ、このルーアンの十字架ってのは国宝級の値もつけられない財宝で、第二次世界大戦の間にナチスによって持ち去られたってことになってるんだ」

「ことになってる？」

「そうさ。その十字架はナチスがルーアンを占領した時に消えている――ルイーズはそれを知ってた。当然、スティーヴンスがどうやってその十字架を手に入れたのか、彼女は知りたがった。ルイーズにとっちゃ個人的な絡みもあることでな、祖母は大戦中に死に、祖父はレジスタンスとしてナチスと戦っていたからな」

「でも、スティーヴンスは言わなかった？」

「ああ。まあ、出所を教えるって、ルイーズには約束したんだがね。今すぐ簡単に言える話じゃない、と言ったそうだ」

「共犯者がいたんだ」とジェイクが告げる。

「だろうなあ。ルイーズには、いないと言ってたがね」

ニューマンはまたマイタイをごくりと飲んだ。口ひげに、ピンク色の泡が細くついている。

彼が話す間、僕はそれから目が離せずにいた。

「話はここからだ。どう受けとるかはあんたら次第だが――ルイーズは本気で信じてたけどな――スティーヴンスは、十字架はフランスに返還するつもりだと彼女に約束したんだよ。ルイーズの祖父母のためにも」

僕とジェイクは目を見交わした。

「それは、仲間からはそう歓迎されなさそうなアイデアだね」

ジェイクは僕よりもシニカルで、現実的だった。

「スティーヴンスの目的は？」

「そいつが傑作なところなのさ。ルイーズによりゃ、彼女とスティーヴンスはお互い一目で、心の底からの恋に落ちたそうだ。十字架を彼女にやるだけじゃなく、スティーヴンスは彼女のために裏稼業から足を洗うつもりだった」

僕らの表情を見て、ニューマンは鼻を鳴らした。

「ああ、わかってるわかってる。だがルイーズは死ぬ日までそれを信じこんでたし、ひとつ言っとくと、彼女は賢い女だった。学があるのは勿論、それだけじゃなく、しっかりと頭の回る女だった。そうそうだませる相手じゃない。それに、さっきも言ったようにな、そりゃイカした女だったよ」

「スティーヴンスが失踪した時——」

ニューマンが僕をさえぎった。

「ルイーズは最初から、ヤバいことがあったんだろうとにらんでた。なにしろスティーヴンスは彼女に十字架を渡すと言った、その約束の夜に消えちまったんだからな。スティーヴンスが来なかったんで、ルイーズはまっすぐスティーヴンスの妹とダン・ヘイルに会いに行った。だが当然、二人とも何の話かわからないって顔でとぼけたさ。ルイーズはずっと、あの二人もグルだとにらんでた。つまり、十字架を盗んだ件のな。ヘイルは、スティーヴンスが新天地を探しに去ったと言い張っていた。妹の方はしまいにゃ折れて、警察に失踪人届けを出した」

「ルイーズは、ヘイルとジンクスがスティーヴンスを殺したと信じていた？」

「ありえないことではない、と思ってはいた。特にダン・ヘイルは、気取った見た目の下じゃ荒っぽいこともしてたからな。だがルイーズには、別の仮説もあってな」

一息置き、ニューマンは僕らが点と点を結びつけるのを待った。

僕は、ゆっくりと言った。

「スティーヴンスに十字架を盗まれた誰かが、彼の仕業だと知って、追いかけてきた？」

「上出来だ」続けてジェイクに向けて言った。「お利口さんな子だな」

「自慢の子でな」

僕は微炭酸のミネラルウォーターを鼻の奥につまらせた。

「そうさ、」ニューマンが続ける。「なにしろこの十字架の持ち主は、まずそいつを持つ権利なんかまるでなかった筈なんだからな。ルイーズは、そのナチスの戦犯がスティーヴンスを追ってきたんだろうと思っていた。ほら、十字架の値打ちも勿論だが、こいつの所有がバレれば元ナチだって告白したも同然だ。そりゃ、十字架を取り戻して泥棒の口をふさごうって気にもなるだろうよ」

「まあ、そりゃね」

ジェイクが口をはさんだ。

「だがスティーヴンスは、どこで十字架を手に入れたかルイーズに言わなかったんだろう？」

「ああ。ただ、ルイーズにはある仮説があった」

ルイーズは色々な仮説のある女性だったようだ。彼女に対してぐっと親しみが湧く。

「ルイーズは、結局――？」

「乳癌でな……十年前に亡くなったよ」

ニューマンがルイーズに好意を寄せていたことはよく伝わってきた。

ジェイクがうながす。

「そのナチスの戦犯の正体について、ルイーズの仮説とは？」

「ルイーズは、その人物が祖父の友人だと信じていた。ウィルシェア大通りのアートギャラリーのオーナー、ギオーム・トリュフォーだ」

ニューマンはそう言って、続けた。

「トリュフォーは表向き、フランスのレジスタンスの一員だった。それどころか、ナチ狩りで鳴らした男でな」

僕はニューマンにたずねた。

「そのトリュフォーとも話したのか？」

「俺は、関係者と一人残らず話したよ」

ニューマンは答えて、首を振った。

「きっとわかっちゃもらえんだろうが――俺にも正直、よくわからんが、ルイーズには何というか……いつのまにか、彼女のために何か、自分でも信じられないような思いきったことまでしてしまっている、そんなところがあったよ」

「ああ、俺もその手の〝ルイーズ〟を知ってるよ」

その手のルイーズ？

僕は驚いて、顔を上げた。ジェイクはまっすぐに僕を見ていた。僕の鼓動がはねる——修復された心臓の弁とはまったく無関係に。

ウェイターが料理を運んできて、その奇妙な一瞬は消えた。

テーブルに皿が並べられてウェイターが去ると、僕はニューマンにたずねた。

「トリュフォーは、あなたの質問にどう答えた？」

「何もかも否定して、俺を訴えると脅したよ」ニューマンは肩をすくめる。「それで行き止まりさ」

「彼を信じた？」

「いや。まったく信じちゃいない。だが、トリュフォーがスティーヴンスを殺したって感じもあんまりしなかった。ルイーズはそう信じきってたがな。俺としちゃ昔からずっと、ダン・ヘイルが、裏切ろうとしたスティーヴンスを片付けたんだと思ってたね」

僕はその説を考えこんだ。

「もしヘイルがスティーヴンスを殺したなら、ルーアンの十字架を手に入れた筈だろ？　ヘイルはほぼ困窮のうちに死んだ感じだったけど」

グラスのふちごしにニューマンを見やって、問いかける。

「その点も、もう考えてあるんだな？　だからあなたは僕の店を探そうとした」

また例の、悪びれない笑み。

「最後のチャンスだとわかってたんでな。あんたも言ったが、ヘイルが十字架を持ってたなら、自分の店を救うだけの金もあった筈だからな。なんせ、あの店はあいつが唯一大事にしてたもんだった――ま、多分、ジンクス・スティーヴンスのことも、ちっとはな。だがそれもヘイルが殺《や》ってないって根拠にゃならん、十字架を見つけられなかったってことだけだ。十字架はスティーヴンスがどこかに隠してたってこともありえる」

「どうしてこんなに最近まで、うちの書店を探さなかった？　改装工事は五月からだよ」

ニューマンは悔しそうにうなずいた。

「あんたのところが工事をしてるのに気付いたのが、ほんの一、二週間前でな。こう、忘れてたというか……わかるだろ？　五十年てのは長いもんさ」

僕が生きてきたよりも長い時間だ。ジェイクが生きてきたよりも。たしかに、わかる。

「ほかに、スティーヴンスの失踪について疑った相手はいる？」

「まあ、いると言えばな。スティーヴンスが暮らしてたホテルはヤクの売人やこそ泥や売春婦の溜まり場だった。連中の誰が十字架目当てにスティーヴンスを殺してもおかしくはないね。それこそクラリネットとか、帽子目当てにだってやりかねなかったような連中さ」

ジェイクが言った。

「その説の唯一の欠点は、そうしたゴロツキ連中が貴重な美術品をうまく売りさばけるルートや方法を知っていたとは思えない点だな。十字架は今頃、表に出てきていただろう」

「かもな」

「全員と話したと言ったな。事件の捜査担当者ともか？」

「アーガイル？　ああ。だがあいつは、スティーヴンスは高飛びしたに違いないと言い張ってたよ。俺は一度も信じなかったがね。あの夜スティーヴンスがホテルを出るところを、誰も見てないんだ」

僕は、サーモンを味見しながら言った。

「でも、それっておかしなことなのか？　その頃のホテルはマリファナの売人がうろつくようなところだったんだろ？」

「あの夜、スティーヴンスのところに客が来てたのは大勢が覚えてるんだよ。スティーヴンスが出ていくところだけ見逃すってのは考えづらい」

そして、事実、スティーヴンスはホテルから去ってはいなかったのだ。

「客って、誰が来てたんだ？」

サーモンのソースは甘かった。あまり好きになれない味だ。僕は皿を横へ押しやった。

「ダン・ヘイル、ジンクス・スティーヴンス、バンドのピアノ弾き――」

ジェイクが僕の皿を取り、自分の皿をこちらへ押した。何も考えず、僕は彼のバーガーを手に取る。

「ポーリー・Ｓｔ・シーア？」

そうたずねて、バーガーを一口食べた。ニューマンがうなずく。

「そいつだ。ポーリー・Ｓｔ・シーア」

バーガーはとてもおいしかった。

「もしルーアンの十字架が僕の店に隠されていたなら、今頃もう出てきてるよ。工事作業員が必ず見つけてる。建物全体を見て回ったし、半分は解体したんだし」

「ああ、俺もそう思う」くくっと、ニューマンが笑いをこぼした。「こっちも馬鹿じゃない、手を引く潮時は心得てるさ」

「十字架を描いたスケッチは、まだある？」

「聞かずに忘れちまったかと思ったよ」

彼は赤いアロハシャツのポケットに手をのばし、たたんだ紙を取り出した。

「こいつはコピーだ。オリジナルはルイーズが持ってた。美術品の本で見るといい。この信《しん》憑性《ぴょうせい》がわかるだろうよ」

「ありがとう」

僕は紙を受け取り、じっと見つめた。ジェイクも身をのり出す。

それは、百合の十字架《クロス・フルーリー》だった。百合紋章《フルール・ド・リス》に似た形の十字架。縦と横の腕木の先端は、宝石を埋めこんだ紋章の花の形に開き、上にのびる縦木は鳩を貫いて、下端の花の先は鋭く尖っていた。ラフな白黒のスケッチからですら、見事なものだとわかる。

僕はジェイクと目を合わせた。彼の頭の中が読める。これこそ、殺人の動機としては充分。

僕はニューマンにたずねた。

「ほかに何か、関係ありそうな情報は？」

「いや。また聞きたいことが出てくれば、喜んで答えるよ。いつでもランチに誘ってくれ」

高々と生クリームを盛ったチョコレートボルケーノケーキのデザートを楽しむ彼を置いて、僕らは店を出た。

「どう思う？」

ジェイクがたずねる。ボーイが車の助手席のドアを開けた。

「彼は嘘はついていないと思うね。それと、ルイーズ・レナードに恋をしてたんだと思うよ」

ちらりと、ジェイクが僕を見る。

「同感だ」

ボーイにチップを渡し、キーを受け取り、ジェイクは運転席に滑りこんだ。バタンとドアを閉める。

「さて、以上だ。お前はヘンリー・ハリソンを見つけて、彼の目的も知った。満足したか？」

僕は胸騒ぎを覚えて、はっと十字架のスケッチから顔を上げた。

「まだ、スティーヴンスを殺したのが誰かわかってない。この十字架がどうなったのかも」

「お前だって、まさか本気でルーアンの十字架とやらが今から見つけられると思ってるわけじゃないだろう？」

思ってはいない。たしかに。

「わからないよ。だって、ここまで情報が集まったんじゃないか。ここまで進展したんだ」

ジェイクは首を振って、僕の言葉を否定する。

「俺はな、こういうことだったんだと思う。ヘイルがスティーヴンスを殺したんだ。妹もそれを知っていた、だからヘイルと結婚しなかった。十字架は、スティーヴンスが駅の倉庫かどこかに隠したんだろうな。いつの日か出てくるだろうが、俺やお前に見つけ出せる可能性はない。それと、ヘイルがスティーヴンスを殺したことを俺たちが証明できるとも思えない」

「もしジンクスが、兄はヘイルに殺されたと思ったなら、どうして彼女はヘイルの入所費と葬式の金を出したんだ？」

「それでもあの男を愛していたんだろう」

その言葉への反論は見つからなかった。やがて、僕は呟く。

「まだ、あきらめたくないんだよ」

沈黙。

ジェイクが、言葉を選びながら言った。

「俺は……もう、この先には何もないと思う」

「そうかもね」

多分。きっと。拒まれるだろうと思いながら、僕は気力を振り絞って言った。

「もう少しだけ、つき合ってくれないか？」

ジェイクが長い息を吐き出した。

「どうせ、お前の金だ」

レストランの中で、僕はジェイクの存在を近くに感じていた。肉体的にも、たしかに脚や肩がふれるほど近くにいたが、精神的にも近く。響き合うように。それが今はもう、彼のことが伝わってこない。僕にあきらめてほしいのか？　それとも、僕には大事なものが見えていないだけなのか？

「あと一週間？」

僕はそう聞きながら、車の窓から、ボーイがせわしなく駆けずり回っては互いに楽しそうに冷やかしの声をかけ合う様子を見つめた。

ジェイクの強いまなざしを感じる。

「あと一週間」

そっけなく、ジェイクは答えて、車のキーを回した。

14

ジェイ・スティーヴンスの死は、未解決事件捜査班《CCHU》の注意を長くは引きとめておけなかったようだ。僕が書店に戻った時、工事作業員たちがまた隣のフロアで作業を進めていた。研磨の音が響きわたり、ドリルがマシンガンのように鳴る向こうから、ナタリーとアンガスの抑えた声の議論が聞こえる。僕は一瞬、日常の平和を味わった。照明はやわらかで、音楽が流れ、客はのんびりと棚の間をうろついている。世界がまた正常に戻っていた。

ノートパソコンとともにオフィスに落ちついた。ここなら店の様子にも目を配れる。

第二次世界大戦中に失われた美術品をリストアップしていたサイトを見つけた時、ナタリーがドアフレームを叩いた。

「入って」

僕は画面に気を取られたまま答える。

「ちょっと、話があるの」

「うわ勘弁してくれ、たのむから僕が病人だということは忘れないでくれ」

ナタリーが鼻でせせら笑った。

「ここのところすっかり健康じゃないの」

僕自身、すっかり健康な気分だった。まだ疲れやすいのは気に入らないし、時々の昼寝も欠かせないし、笑ったりくしゃみや咳をするたびに胸がパカッと割れそうな気分にもなるが。それでも全体的には、もう長年感じなかったほど調子は良好だった。まるで……若返ったかのようにすら感じた。

「話って、アンガスのことか？」

できる限り、威圧的な顔をした。効き目はなかったようだ。ナタリーは鼻先に皺を寄せて言った。

「なんて言うか、あの人、変よ」

ウォレンと愛の誓いを交わしたがっている女性の口から、そう言われても、微妙だ。

「君に、一言だけ言っておきたい」

ナタリーが、つんと顎を上げてかまえる。

「〝ミズ・ペッパー〟」

「……ああ」

「アンガスを追い払わないようにしてくれよ。そうなったら僕も君も、大きなツケを払うことになるんだ。利子つきでね」

ナタリーは渋い表情になって、去っていった。

僕はパソコン画面の、第二次世界大戦中に遺失された美術品リストに向き直った。

ナチスによる美術品収奪の記事はたくさんあった。第三帝国に美術品コレクションを奪い取られたり、収監や処刑を免れようと貴重品を不当に安く売らなければならなかった、山ほどの家族たち——多くはユダヤ人だがそれだけに限らない——の物語に、当初の目的をすっかり忘れて読みふけった。美術品、画廊、教会に対して組織的な差し押さえが行われた。ナチスは真作の油絵から聖遺物までひっくるめて、残らず奪い去り、大戦の終わり頃には値のつけられない芸術品や古美術を何十万とかかえこんでいた。一部は後に、本来の持ち主へと返還されたが、驚いたことに、未だ多くが人知れず秘蔵されたままになっている。中にはいくつか、表立って所有されているものすらあった。美術館やギャラリーは時に正当な（時にそうでもない）取引で入手した財産にしがみつき、所有権を争っている。

ルーアンの十字架は、それはそれは大量の、そうした品のひとつだった。

十字架の来歴はあやふやなものだった。伝説によれば、ジャンヌ・ダルクが戦場へ携えた十字架なのだという。だがこれほど高価なものを戦場に持ちこむだろうか。それに、こんな宝石だらけの金の十字架を所有していたなら、いかにしてこれが彼女の手に渡ったか、それは素敵な伝承が存在する筈だ。なのに、何もなかった。歴史的な記述によれば、ジャンヌ・ダルクがブルゴーニュで捕らえられた時、十字架も奪われたという話だが、彼女がルーアンで生きながら火刑に処された時、その目に映るようその十字架が掲げられていたという説もあった。

十字架の由来についてはその程度だ。少なくともルーアンの十字架の実在、それはたしかだ。十字架がルーアン大聖堂の誇りとして安置されている様子が、いくつかの写真——残念ながらすべて白黒で——に残っていた。この聖堂は、第二次世界大戦中に二度の爆撃を受けていたが、十字架が消えたのはナチスによる占領下でのことであった。

コン、コン、とドアフレームが叩かれる。

「ん？」

アンガスがオフィスへ滑りこみ、がっくりと肩を落とした。

前にも見たことのある姿だ。僕は、気が進まないながらもたずねた。

「少しはなじめたかい？」

「彼女に、嫌われてる……」

「ナタリーもそのうち慣れるさ」

ますます暗い顔になった。

「君のせいじゃない。彼女は今、恋人と揉《も》めててね」

アンガスの顔が明るくなった。

彼が去ると、僕はルーアンの十字架についてのリサーチに戻る。

普段、リサーチは好きな方なのだが、どうにもうまく集中できない。二十分ごとに入る邪魔のせいだけではなく。

どうして、ジェイクがこの件の調査を続けたがらないのか、僕には理解できなかった。ロサンゼルスを離れないと約束したのを後悔しているのだろうか？　バーモント州での仕事を逃せば、未来がどうなるか不安なのだろうか。その不安は彼だけのものではない。僕だって、自分がこうして引きとめることで、彼の職をふいにしてしまうかもしれないのが不安だ。それも、ろくな理由もなしに。

充分な理由などどこにある？　ジェイクの人生の新たな、輝かしい再スタートを邪魔するだけの――。

僕は口の中で悪態をつき、電話に手をのばした。ジェイクは携帯に応答しなかった。次に、彼の家にかけた。

『ハロー？』

女の声が応じた。

ドクン、と鼓動が速まり、僕は受話器を置いた。

そうか――ケイトは、まだあの家にいるのだ。思えば当然だった。彼女がジェイクの家にいるのは、どう考えても当たり前のことだ。書類上は彼女の家でもあるという、そんなことだけではなく。

目をそらすな。問題はケイトでも、ケイトがあの家にいることでもない。問題は、彼女の声を聞いた瞬間にわき上がった、僕のパニックまがいの反応だ。

問題は——その反応で浮き彫りになったように、僕がジェイクを信頼できていないということだ。僕の、瞬間的な反応は……健全とも、生産的とも言いがたい。それに、もし信頼がなければ、僕らの間にどんなチャンスが望める？

そう、ジェイクのせいなどではない。少なくともジェイクだけのせいでは。問題の一部は——そして今やほとんどは——僕なのだ。事実を受け入れられない。また傷つくのが怖い。心を引き裂かれ、悲嘆に心臓を食い尽くされるのが怖い。

最近の痩せた僕を食っても、うまくないだろうが。


夕方には、ローレンと一緒にポーターランチの家へひと泳ぎしに行き、帰宅してからはアンガスと自分のために夕食を作り、寝る前の時間を使ってギオーム・トリュフォーについて調べにかかった。

彼については、情報がたっぷりあった。パリ生まれのトリュフォーは、大戦前に芸術家としてそこそこの成功を収めた。パリがドイツの占領下に入ると、彼はフランスのレジスタンスに加わり、ナチスの暴政から故国を解放するため、大いなる狡知《こうち》と勇猛さで戦った。いくつかの記事によれば、二度、裏切りによってナチスに捕らえられ、拷問されたが、二度とも己の機知と機転で見事に逃げおおせた。第二次大戦後にアメリカへ移住、そこでロサンゼルスの裕福な名家の娘と結婚し、画廊を開いて成功した。南カリフォルニアのアート業界や社交界での有力者ともなった。子供は一人、イヴリンという名の娘。

以上が公式の生い立ちだ。読みごたえのある人生、と認めるしかない。六十年代、死をほぼ目前にして、彼は『勇気の心《ル・クール・ドゥ・クラージュ》』という伝記まで出していた。

トリュフォーは、戦争のヒーローとしての己のイメージをとことん利用していた。だが当然だろう、真実だったなら?

問題はそこだ。この物語通りであれば、ルーアンの十字架がトリュフォーの手にあったわけがない。

そしてもし、彼の物語が真実でなかったのなら?

ジェイ・スティーヴンスがでっち上げるには、十字架の話はあまりにもスケールが大きすぎる。スティーヴンスにこんな嘘がつけたとは思えない。ルーアンの十字架の話など、彼の知識で思いつくにはあまりにも魅力的で、あまりにも――あらゆる意味で――手に余る嘘だ。嘘というのは、どれほど小さくとも真実の種から生まれるものなのだ。

それに、スティーヴンスがどうしてそんな嘘をつく? 少なくとも、彼がどこかで十字架を手にしたのはたしかな筈だ。まともな手段で手に入れたとごまかすこともなかった。どこかで十字架を盗んだのは間違いない。ナチスに関わりのある誰かの手から。ギオーム・トリュフォーとか。

トリュフォーを、成功した実業家として知る者には衝撃の真実だろう。家族を愛し、芸術家を支援する戦争の英雄。その男がナチス？　だが僕から見ると、彼がナチスの奪った財宝をアメリカに持ち出した男だったというのは、いかにもありそうな話に思えた。

そして、もしそれが真実ならば。殺人の大きな動機になり得る。

僕はパイナップル・オレンジジュースを飲み、トムキンスがタイピング練習をする間、あれこれと考えをめぐらせた。

「ほら、別のオモチャで遊んでこい」

トムキンスをソファから持ち上げて、床へ下ろす。みゃあ、と鳴かれた。みゃあ、と鳴き返してやり、僕はイヴリン・トリュフォーの名を検索した。

トリュフォーの娘は、あっさりと見つかった。

イヴリンはどうやら、二人目の妻との間の子らしい。一人目のトリュフォー夫人は一九六〇年に交通事故で死んでいる。トリュフォーは同年に再婚し、八ヵ月後には娘のイヴリンが生まれた。早産だったのかもしれない——が、世の中でうがった解釈をするのはジェイクひとりではない。とにかく、イヴリンが七歳の時、栄光のパパはあの世へと、己の創造主に、そしてかつてのレジスタンス仲間に対面するべく旅立った。

死後、トリュフォーの画廊はたたまれた。イヴリンは自分のアートギャラリー——トリュフォー・トライフルを、ビバリーヒルズに開いていた。

完全予約制で。

ありがたいことに僕には、この固い防壁を突破できるだけの信用と名声と絶対的な存在感を兼ね備えた身内がいるのだ。

僕は電話を取り、記憶している番号を押した。女の声が出た。

「やあローレン。リサと話せるかな？」


自分でも唖然とするくらい、土曜にメルと会う約束をしていたのをきれいに忘れ去っていた。すっかり頭から消えていたので、ポーターランチの家での水泳と日光浴の約束の日、メルが僕を迎えに書店にやってくるまで思い出しもしなかった。

エラ・フィッツジェラルドを聞きながら、『死の暗転』のラストを書き上げていると、ナタリーがフラットのドアを叩いた。

「開いてるよ」

彼女は部屋の中へ入ってくる。

「ねえ、今日、デートなんじゃない？」

「デート？　いや――」

ナタリーの表情の意味を解読しようとした時、僕ははっと気付いた。

「しまった。今日、土曜か？　メルが下に来てるのか？」

彼女はうなずいた。

僕は毒づき、パソコンを横へ押しやった。

「あなたの具合が悪いって、言ってきましょうか？」

「え？　いや、そんなの駄目だよ」

一瞬だけ、それもありかと思いかかったが、一段ときっぱり言い切った。

「駄目だ。メルを二階に上げてくれ」

ナタリーは消え失せ、すぐにメルがやってくると、かつて二人で一緒に暮らした住まいの中を、博物館の客のように熱心な目であちこち見回した。

「驚いたな！　ここにいると昔がよみがえってくるね」

僕はTシャツを頭からかぶり、寝室から彼に声をかけた。

「今行くよ。こんな時間になってるなんて気がつかなくて」

「俺がやったこのキッチンの葡萄の葉の模様のステンシル、まだあるんだな……」

「まあ……ああ」

「これは、一緒に暮らし出した時に蚤の市で買ったペルシア絨毯だな」

僕はドレッサーの上の鏡に映る自分を見つめた。頬は血色がよく、髪がボサボサに逆立っている。

「お前が、自分で招いたことだからな」

僕は鏡像にそう告げた。

「何か言ったかい？」

「いや、猫に話してただけだよ」

「君、猫は好きじゃなかったと思ったけど」

「好きじゃないよ」

「これも覚えてるよ！　君のお祖母さんの牧場から持ってきた半月型のテーブルだ」

水着を取りにバスルームへ入り、出てくると、メルがかつて二人で分け合った寝室の入り口に立っていた。含みのある笑顔を僕へ向ける——彼が半月型のテーブルを覚えているのと同じくらい、僕はこの笑みをよく覚えていた。

「まだ、君に挨拶のキスをしてもらってないよ」

僕は彼のリクエストに答えた。情熱的というより効率優先になった感じだったが、メルは文句をつけなかった。

「凄く元気そうだね」

メルは両手で、僕の顔をはさんだ。それがどれほど苛々する行為か、僕は今の今まで忘れていた。

「先週より倍は元気に見えるよ。頬に赤みも出たし、やつれた感じもしない。沈んだ感じの目つきもなくなったし」

そうか。今は沈んだ目つきになっている筈だが。というか、きっと今の僕は、ナタリーが無理に鼻先にキスしようとしている時のトムキンスと同じ、追いつめられた顔をしているに違いない。

「やっと、昔の君らしくなってきた。最初に会った日には、実は不安になったぐらいだった。君は、今にも壊れそうで」

「そろそろ出かけた方がよさそうだね」

僕は愛想笑いをし、メルの手の中から顔を引いた。

「急いでいるのかい？」

「ええと、まあね。ここに、間に合うように帰ってこないと——夕食の時間までに……ほら、リサのところで、ディナーの予定があって」

メルはがっかりと顔を曇らせ、僕は今の嘘に罪悪感を覚えた。

「今日一日、君と一緒にすごせるとばかり思ってたよ」

「すごせるよ。大体は」

「ディナーも一緒にと思ってたんだ。計画を立ててきた。予約もちゃんと取ってある。タムに食べに行こうと思って」

ロス・フェリズ大通りのタム・オシャンター・インは、僕らが一緒に暮らしはじめてから、互いの誕生日や記念日をずっと祝ってきた店だった。

「君はあそこのマス料理が大好きだったろ」とメルが続ける。

僕は、どうしようもなく呟いた。

「そんなつもりだとは知らなくて――」

「いいさ。だってほら、リサに電話すればいいことだろ？　予定が入ったって言って。俺と一緒だってわかれば、リサも何も言わないだろ？」

「そうなんだけど……僕はまだ、疲れやすくてね。体力が戻ってないんだ」

「ただのディナーだよ。君も、何か食わないと」

「皆にそう言われてる。なあ、夕方に僕がどんな気分か見て、それから決めてもいいか？　気力があれば、喜んでディナーに行くよ」

メルはその提案をこころよく受け入れ、僕がタオルやサンオイルや何か必要になりそうなものをかき集める間もおとなしく待っていた。

「クーラーボックスに飲み物と軽食をつめてきたよ」

一階へ下りながら、メルが言う。

じゃあ、とナタリーへ言うと、彼女が僕に呼びかけた。

「あまり無理しちゃ駄目よ、アドリアン！」

今日ばかりは、その言葉がありがたく聞こえた。

ポーターランチの家は、テューダー様式風の建築で、クリーム色の漆喰壁に短めの黒い桁木を配した外観だった。険しい屋根と、たくさんの愛らしい窓。家の前までの引込み道には丸石が敷きつめられ、イングリッシュガーデンもどきの大きな前庭と裏庭がある。タイルで覆われたプールは、威圧的な鉄の黒いフェンス――生首を晒すのに丁度よさそうな――に囲まれていた。子供時代、僕や友人はこの場所を「首狩り族の巣」と呼んでいたものだ。

メルが家の正面に車を停め、僕らは家の中で着替えた。ナタリーとも何回か泳ぎに来たことはあるが、家を案内して回る義務感を覚えたのはこの二年間で初めてだった。なにしろこの家はメルにとって思い出の宝庫で、しかも彼は好奇心いっぱいで、いつしか僕は彼について空っぽの部屋から部屋へと連れ回されていた。

「家具がないと随分違って見えると思わないか？」

メルがたずねる。

僕はうなずいた。ここがどれほど美しい家か、初めて意識していた。ほぼ家具ひとつない家は、ひどく新鮮に見えた。思い出にとらわれない、新たな未来のように。

キッチンの、青い花崗岩のカウンターと磨き上げられた古い木の床。ダイニングも同じフローリングで、窓からは広い庭と家の裏手の山々の見事な眺めが見えた。ほかの部屋には生成り色のビロードのカーペットが敷かれ、天井や壁の浮き彫り飾りは新たに白く塗り替えられている。上がアーチになった見事なパラディオ式窓が並んで、正面の庭を臨んでいた。

二階へ上がると、僕は作りつけの書棚と暖炉のあるメインの寝室をのぞいた。続きの浴室には、床に埋め込み式の大理石のバスタブ。

「どうしてまだここが売れてないんだ？」

「幽霊が出るんでね」

メルは僕を見て笑った。

二人でのんびりと一階へ戻り、僕はプールの見える奥の部屋へ向かった。もしこの家に住むのなら、きっとこの部屋を自分の仕事場に選ぶだろう。僕は窓から、夏のまぶしい陽にきらめくプールを眺めやった。

メルの両腕が、僕を抱きこむ。

僕はたずねた。

「お父さんの具合はどう？」

「日に日に良くなってるよ」

メルはそう答え、不意に口調をあらためた。

「おかしな話だと思うだろうけど、生まれて初めて、俺は両親が……いつかは死ぬんだと実感したよ。考えてもみなかった。それで何というか、自分もいつか死ぬんだ、と、それが身にしみたね。ガツンと殴られた気分だったよ」

僕はメルをじろじろと見つめた。

自分の避けがたい死に慣れる時間はたっぷりあった僕としては、メルの受けた啓示はまあ——よく言っても、今さらという感じだった。もっとも、おそらくメルの感覚の方が一般的なのだろう。ほとんどの人間は、当然のように、自分が親より長生きするものだと……。

「そんな顔をして、どうしたんだ」

メルが僕を見やる。

僕は口を開けた。またとじる。

メルは困惑したように微笑んだ。

「どうかしたか？　さっき言ってた幽霊を目の当たりにしたみたいな顔だよ」

「何でもない」

何でもない、ただ気がついただけだ。僕はいつか、愛する人々よりも長生きするのかもしれないと。そんなことはありえないと、ずっと気楽にかまえて考えもしなかったことだ。

そして、考えたくないことだった。

メルは、僕の不安を顔に読んだのか、それとも誘いをかけられるだけの時間、僕が黙るのを待っていたのか。彼の手が僕にのび、僕らは広く空っぽの部屋の、贅沢なカーペットの上へと転がった。

　まるで心の準備ができていなかったので、ねじれた上半身に痛みが走り、僕は体を支えようと手をのばした。着地と、自分の身の安全だけに——そして苦痛の声を上げないことに——集中していたので、もしこれ以上進展させたくないなら何か言わないと、と気付いたのはその後だ。メルは、意表を突かれるほどの情熱で僕にキスしていた。彼の勃起を体に感じ——そして驚いたことに、僕の体も熱心に反応を始めていた。そのことにはほっとする。いや、実際こうなってみるまでは確信が持てないものだ、だろう？　だが幸い、とどこおりなく機能している模様だった。

　ただ困ったことに、僕の望まぬ方向へと事態は進み出しているのだが。少なくとも、僕の理性の望まぬ方向へと。肉体には別の案というか、ゴールがあるらしい。

　僕はメルから口をもぎ離し、喘いだ。

「思うに、こういうのは——」

「考えなくていい」とメルが囁く。「自然なことなんだから」

　メルの手が僕のTシャツの裾にのび、まくり上げた。

「待て」

　僕の制止は、すでに手遅れだった。

　メルは僕の、胸を切り裂いた傷跡を見て、凍りついた。

「なんてことだ――」

彼が呻く。おののいた、心からの声だった。僕は太腿に押し当てられていたメルの屹立《きつりつ》が萎《な》えるのを感じた。

「悪いね」

僕はTシャツを引っぱり下ろして隠す。

「あらかじめ警告しておけばよかったよ」

メルは体を引き、カーペットにあぐらで座りこんで、僕を見つめていた。

「……信じられない」

また呟く。

「じゃあ一体どう思ってたんだ？　ちょっとしたかすり傷だとでも？」

声が鋭くなっているのが自分でもわかって、やわらげようとした。メルの動揺は本物だったし――だがそれなら僕のいたたまれなさも、傷ついた気持ちも本物だ。

「心臓開胸手術だったんだよ」

「わかってる」メルは自分を恥じている様子だった。「ただ、まさか……」

「父親の手術の痕も見たんだろ？」

「ああ。つまり……見たけど」

それで、つまり？　どういう意味だ。僕は大して直す必要もないTシャツをまっすぐに直し、

その指が震えているのに腹を立てていた。やりきれない悔しさもあった。ひと月がすぎれば、自分ではこんな傷にも慣れてしまうものだ。

「悪かったよ」

メルが静かに言った。

「でも、これは……俺が君を求めてないとか、そういうことじゃないんだ。君は今でも――」

「美しい？」

僕は嘲《あざけ》った。

メルは、見るからに必死になって気持ちを立て直すと、また僕へ手をのばした。

「いいだろ、アドリアン。勘弁してくれよ。不意打ちだったんだ、それだけだよ。すっかり忘れてたから」

メルは僕をそっと引きよせ、僕はキスされるままになっていた。この瞬間が必要だった。求められていると、まだ誰かにとって魅力的だと、その実感が。自尊心を慰めるための一瞬が。

メルのキスは甘く、反省の色をにじませ、安心できるものだった。僕はリラックスしようとしたが、気持ちいいとかそういう以前に、努力が要った。それに、メルの体にワイヤーのように張りつめた緊張が伝わってくる。彼の勃起にまだ復活の兆しはなく、僕のものもいい勝負だった。

しまいに、僕は彼を押しやった。

「やめよう」

メルはおとなしく押し離されると、ぺたんと床に座りこんでいた。僕はメルを見つめた。真実はごくシンプルだ——僕は、メルを求めてなどいないのだ。僕はジェイクを求めている。まるで野生の獣が月に咆哮を上げるように、ただジェイクが恋しいのだ。求める気持ちのあまり、涙がこぼれそうになるほど。今、この瞬間もジェイクが恋しい。今が三年前ならいいのに、と願う。何も恐れることなくジェイクを愛せたあの頃なら。まだ、ジェイクが僕を傷つけ、くじき、粉々にできると思い知る前に。

メルは僕を見つめ返す。彼なりの、そして当然の、困惑が表情にあふれていた。

「すまない。俺は……君を傷つけるんじゃないかと、不安で。こういうことをして、君の心臓は大丈夫なのか？」

「いいや」

僕は苦々しく答えた。

心臓というより、大丈夫でないのは心だ。だがそれを聞いたメルは顔色を失った。

「つまらないジョークさ」と彼に声をかける。「こんなのを見ちゃ雰囲気ぶち壊しだろ？　誰だってそうだよ」

「そんなことはない。違うよ。俺はただ……君の傷に、障《さわ》るんじゃないかと心配で……」

メルはごくりと唾を呑んだ。

「正直、怖い」

「ああ」

僕はなんとか笑みをかき集めた。

「気にするな。タイミングが悪かったんだよ。それでいいじゃないか」

メルはいそいそとうなずき、ぱっと立ち上がった。

「ああ。なあ、泳ぎに行こうよ。そうすればその間に俺も……それに、慣れてくるだろうし」

もし今、口から声がこぼれたなら、咆哮に近いものになるだろう――僕はきつく歯を噛みしめた。きつく、歯が砕けないのが不思議なほど。

僕はうなずいた。

メルは僕の返事を待っている。すべての気力を振り絞って、僕は淡々と言った。

「何分か、ひとりにしてくれ。プールのところで会おう」

「わかった」

メルは戸口で立ちどまり、ためらった。

「その――なあ、君は――」

「五分でいい」

僕は必死に言った。

メルは背を向け、去った。裸足の足音がぺたぺたと廊下を去っていくのが聞こえる。僕は手のひらのつけ根を両目に押し当て、強く押した。

視界がクリアになると、頭上の曇りガラスのほろのランプを見つめた。

プールの方から、飛びこみ板がギッときしむ音がしたかと思うと、水しぶきが鳴った。

いやはや、まったく。

15

「アドリアン……？」

僕はノートパソコンの画面から顔を上げ、アンガスの困り顔に焦点を合わせた。アンガスの、眼鏡の向こうの目がせわしなくまばたきする。

「ん？」

「あの人、泣いてる」

誰が？　と聞き返すという、許されないあやまちはギリギリのところでこらえた。

「わかった」

アンガスはまたオフィスの戸口から姿を消し、僕は溜息をついた。日曜の朝で、僕の最初で最後のデート――メルとの――から一日が経っていた。僕らは水泳デートを何とか最後までやり通した。プールから上がり、普段着に着替えに家に入りながら僕が「くたくただ」と彼に言ったのは芝居ではなかった。メルはずっと場にふさわしい、気の利いたことを言い続けていたが、彼も一日の終わりには僕と同じくらいほっとしていた。パサデナへの帰り道、僕らはほとんど必死になってフィルム・ノワールの話題にしがみつき、やっとクローク&ダガー書店にたどりつくと、メルは「電話するよ」と約束した。ただ何週間かは、秋の学期の準備で忙しくなるかもしれないと。

僕は「待ってるよ」と答え、二階へ行って、まっすぐベッドへ向かった。

それでも、今日は世界が明るく見えた。少しずつ、体力も気力も戻ってきているのはもはや確実だったし、体の傷痕など、命に比べれば些細な代償と言えた。

そんなわけで、僕が自分の不安定な気分をひとまず棚上げにして、書店のフロアへ入っていくと、ナタリーがデル・マップバッグ・ノベルズに顔をうずめて声もなく泣いていた。

僕は、ナタリーの手から、濡れそぼった『地獄の椅子』を取り上げた。

「ランチをおごらせてくれないか?」

ナタリーは、みじめな顔でうなずいた。

ミハレス・メキシカン・レストランに行くと、クラッシュドアイス入りのプレジデント・マルガリータを満たしたピッチャーと、手作りのトルティーヤチップスとサルサソースを並べ、奥のパティオ席に陣取った。チップスのカゴは三つだ、正確を期すなら。ゾーンダイエットはこの緊急事態の前に、今や地平の彼方だ。

「もう終わりよ」

ナタリーは、最後のトルティーヤチップスを口に放りこみながら、そう打ち明けた。

「ウォレンとの仲が？」

唇が歪んだが、ナタリーは勇ましく、ばりばりとチップスを噛み砕きながらうなずいた。

僕は、利口にも、個人的な意見は胸にしまってたずねた。

「何があったんだ？」

それに対する答えはやや混沌としていた。ざっくり言うと、要はウォレンが——奇跡的にも——まともな物の見方をして、自分とナタリーが人生や互いに求めるものは違う、と気付いたということらしい。

近ごろは本当に、思いもかけないことがよく起きる。

「残念だよ、ナット」

「いいえ、そんなこと思ってもないでしょ」

ナタリーが僕をにらみつける。

「言い直そう。君が傷つくようなことになって、本当に残念だ」

彼女はチップスをつまみ上げた。サルサソースをつける間、その涙がソースの中に落ちた。

「彼、ほかの女と会ってたの。もう何ヵ月も浮気してたのよ」

「誰とだ？」

あの男がナタリーを引っかけてのけただけでも驚きなのに、またほかの獲物を落とし穴にかけたなど、にわかには信じがたい。

「この前のバンドが解散する寸前、女のドラマーが加入したの。ジェットっていう」

「ジェット？　なんて名前だ」

「でもそういう名前なのよ。腕いっぱいにタトゥがあって。両腕によ。タトゥのモデルみたいに。舌にピアスまでしてるの」

「それは犯罪的だな」

ナタリーは僕を見つめ、それからクスクス笑い出した。それにまた涙が続き、それからウォレンのいいところを――その逆も――ナタリーが数え上げ、さらに泣く。ランチを注文し、僕はナタリーにどんどんマルガリータを飲ませた。しまいにナタリーの涙が涸れるまで話し、酒が回って気持ちよくなったところで、勘定を払った僕はよろよろする彼女を車までつれていった。ナタリーの車だし、僕に運転の許可が下りるまでまだ数日あるが、今のナタリーより僕がハンドルを握った方が安全だろう。書店まで運転すると、彼女を二階のベッドへ押しこんだ。

「何か言うことが？」

ナタリーが午前中に支払う筈だった送り状を整理しながら、僕はこちらを凝視しているアンガスにうなった。

「いや……」

「何だって？」

「どこか……変わりましたよね、アドリアン」

「それはそうだ、別人だからな。アドリアンを二年前に殺して床下に埋め、僕がここを乗っ取ってやった。僕の真の名は、アヴェリー・オックスフォードだ」

これがアンガスのツボにはまったらしい。げらげら笑いがやっとおさまると、彼は言った。

「なんて言うか、少し……年をとった感じが」

「ほほう。しばらく昇給は期待しないでもらおうか」

「年寄りって意味じゃなくて、年上っていうか。それか、もっと……」

「成熟した？　落ちついた？　年の功を感じる？」

アンガスはニヤニヤしていた。

「そうです。それ以上」

「そう言いたいんだと思ってたよ」

僕は送り状の束をかかげた。

「オフィスでこれを片付けてくる。助けが要るようなら叫んでくれ」

「大丈夫です」

ありがたいことに、アンガスはきちんと店になじんでいるようだった。仕事のやり方もすぐに思い出し、僕が手伝えない今、ナタリーの大きな助けになってくれている。来週には僕も日に数時間ずつは働けるようになるだろうし、そうなると実に初めて、この店の人手不足が解消されることになる。

今週の明細の支払いを済ませながら、僕は前向きで明るい気持ちになっていた。

トムキンスがデスクにとび上がると、僕がちびちびと飲んでいるTａｂの缶を蹴落としかかった。僕は大事な生命の泉を、手で押さえて救う。

「よし、お前はもう野生に戻れるくらい元気になってるな。これ以上ここにいたらサバイバルスキルが鈍ってしまうぞ」

トムキンスは、大きな緑と金の目で僕を見つめた。月のような、猫の目。

「おいで」

僕は立ち上がり、猫をすくい上げると、裏口まで運んでいった。ドアを開け、外にトムキンスを置く。猫は店内にすべりこみ、僕のくるぶしにしなやかな体を巻きつけて、みゃあ、と鳴いた。

「その態度は何だ。お前は野生の猫だった筈だぞ」

「何してるんです?」

アンガスが、棚に本を正しく並べ直しながら僕の方を見た。

「この猫を野生にかえそうとしてるんだ」

「猫はかえりたくなさそうだけど」

「もしお前が出ていきたいなら、これが最後のチャンスだ。僕が首輪と鑑札を買ってきたら、お前はずっとここにいることになるんだぞ」

「僕に言ってます？」とアンガスがたずねた。

「変な誘惑をするんじゃない」

トムキンスは僕の青いデニムに顔を擦り付けている。数秒後、僕は路地へ通じるドアを閉めた。

思い返すに、この猫のサバイバルスキルは、元からほめられたものではないのだった。


閉店時間をすぎると、僕はナタリーを慎重に起こし、僕のフォレスターに乗せてアンガスに家まで送らせた。ナタリーは頭に手を当て、まるで川は冷たくて平和だろうとその気になりかかっているオフィーリアのような姿で出ていった。

やっと二人が去り、店が静けさを取り戻すと、もう我慢し切れなくなった僕は二階へ上がって、ジェイクに電話した。

金曜のハリー・ニューマンとのランチ以降、ジェイクからは何の連絡もなかった。期待もしていなかったが。ジェイクが、すでに時間の無駄だと自分で言い切った事件を追い回して週末をつぶす筈がない。僕が二人の間に引いた線のせいで、事件以外の用で電話してくるのもためらわれるだろうし。

『リオーダン』

「やあ」

『ああ』

彼の声が、ほんのかすかにやわらいだ。

「今、まずいか？」

『いいや。どうした？』

「仕事中か？」

『ストーカーの一件でな』

「それって、ストーカーから依頼された一件のことか？」

『その件だ』

そっけなく言った。

私立探偵稼業をあきらめたくなるのも無理はない。

「ギオーム・トリュフォーには娘がいたんだ。イヴリン。彼女はビバリーヒルズでアートギャラリーを経営している。彼女と会う約束を火曜に取り付けた。一緒に行かないか？」

『どんな手を使った？　俺がいくら電話しても彼女と話もできてないぞ』

「リサが口をきいてくれた。じゃあ、トリュフォーの娘のことは知ってたんだな？」

『信じられないかもしれないが、俺も昔、お前の手助けなしにいくつか事件を解決したこともあってな』

　皮肉っぽいが、愉快がっているような口調でもあった。

「わかってる。ごめん。僕はただ、退屈してるんだ」

『少し声が沈んでるな。何かあったか？』

　一体どうやって？　どうしてわかる？　僕の声はいつも通りだ、それは間違いないのに。

「いや。何でもない。ただ……疲れていることにくたびれてきたんだ。ああ、あの猫、飼うことにしたよ」

『なかなか可愛い猫だったな』

「ああ、もうあの猫も、外で自立できなさそうだし」

『必要もなかろう。ところで、お前に聞かれた件、チェックしておいた。お前のアンガスは法的に問題ない。ブレイド・セーブルのお友達は、彼の関与は証言しなかった』

　ジェイクはさらにつけ足した。

『だからと言って関与してないとは言い切れないぞ』

「わかってる。でも彼にとって、いい教訓になったと思うよ。悪い子じゃないしね。それにこの二年間も、ある意味でアンガスを成長させたみたいだ」

『成程』

「チェックしてくれてありがとう」

『いいさ』

「それで、火曜のことだけど……」

『何時だ？』

僕が時間を告げると、ジェイクは承知した。心残りなまま、僕は電話を切る。すぐにその電話が鳴り出した。僕は受話器をつかむ。

「なあ、今夜特に用がないなら、帰り際にちょっとうちに寄ってかないか？」

聞き覚えのない男の声が答えた。

『ああ、寄りたいもんだな、まったく。そんで俺にてめえの汚えツラをぶん殴られたくなきゃ、俺の母親に近づくな』

「何だって？」

『聞こえたろ。俺の母親にもう近づくな』

正直、あまり言われたことのない脅しだ。

「番号を間違えているんじゃないか？」

『いいや、この番号でいいのさ。てめえの住所も知ってるからな、忘れるなよ』

携帯電話をガチャンと切るのは難しいが、男は力をこめて通話を切った。

僕は手の中の受話器を見つめ、コールバックの番号を押した。このサービスにはここ数年、大いにお世話になってきた——人というのはどういうわけか、電話やネットごしの接触、そして車のナンバープレートからまさか自分の正体はバレないだろうという、無邪気な信念を持っているのだ。

今回も例外ではなかった。呼出音が鳴り、相手が出て、さっきと同じ男の声が言った。

『クリス・パワーズ』

「どうも、クリス。電話による脅迫は重罪だって知ってた？」

大したことに、彼はこのショックから一瞬で立ち直った。

『やってみろ、クソ野郎が。できるもんか。うちの弁護士がてめえなんかひねり潰すぞ』

また電話が切れた。

僕は、いかにも雄々しいアメリカ人男性らしい行為に打って出た。たくましい、元警官の、元彼に電話をかけたのだ。

ジェイクが応じた。

『どうした？』

「ジンクス・スティーヴンスのナンバーは調べた？」

『ああ。その話をお前にしようと思っていた』

「今聞くのがいいかも。丁度、クリス・パワーズという男から、母親から手を引かないとひどい目に遭うって脅されたところでね。僕に嫌がらせをされたママなんて、ジンクス・スティーヴンス以外、近ごろ覚えがない」

『それは、故ブルース・パワーズの息子のクリス・パワーズだな』

「上院議員だったブルース・パワーズ？」

『そのパワーズだ。ジンクスことジェイン・パワーズは、一九六七年に議員と結婚した。彼女は消えたというより、人生を作り直したんだ』

「兄の骨を引き取りに名乗り出ようとしなかったのも、それならわかるな。彼女が相手じゃ、マスコミが見逃すわけがない」

『ああ。さらに言っとくと、息子は自分なりの政治的野心を抱く保守だ。テリー・ロビンソンの娘の一人と結婚している』

「テリー・ロビンソンって、右翼の、過激な福音派の？」

『お前が世情に通じていて嬉しいね。ろくにテレビも見ないのに』

「テリー・ロビンソンみたいな連中がいるから、テレビを見たくないんだよ」

僕は、今聞いた事実を頭の中でまとめようとした。

「成程。こうなると、ジンクス・スティーヴンスには、場合によっては人を殺してでも隠したい過去があったってことになるな」

『だが、彼女の兄は五十九年に死んでいる。ジンクスが議員に出会うのはその八年後だ』

「表向きは、だろ」

『お前、またレイモンド・チャンドラーを読んでるな？』

「むしろロス・マクドナルドっぽい設定だけど、でもその通りだ。凝りすぎたプロットって感じだね。ジンクスとまた話せそう？」

『彼女に再度の接触は図っている、ああ。だが俺の方では、社会的ステータスの壁を突破するのはなかなかに骨でな』

　俺の方では、とわざわざ強調したのには気付いていたが、僕はただ返事をした。

「どうやらジンクスは——ジェインはというか——息子には色々打ち明けているみたいだね。あの息子は僕のことも、どこに住んでいるかも知ってる」

　ジェイクの声は険悪だった。

『ほう？　心配するな。その男は二度とお前をわずらわせたりしない』

「心配はしてないよ。僕のために金持ちの右翼のボンボンと事をかまえたりしないでくれ。いざとなれば、こっちと向こうのママ対決を高みの見物といくから」

　ジェイクは笑わず、僕は言葉を重ねた。

「真面目な話、ジェイク。僕はあの男のことは心配してないから。電話したのは、これが事件への足がかりだと思ったからだ。ジンクスはパワーズにどこまで話したんだろうな？　正確な過去は隠したまま、どんな話にだって仕立て上げられる」

『たしかにな』

僕はためらった。口ごもりながら言おうとする。

「もし、お前がよければ――」

『くそッ』

ジェイクが声を上げげた。

『行かないと。火曜に会おう』

電話が切れた。

僕は溜息をついた。


月曜朝の体重測定で、また半ポンド増えているのがわかった。このまま体重が戻れば、ジーンズも腰からずり落ちなくなり、尻履きファッションを気取る骸骨みたいには見えなくなるだろう。体温、血圧、心拍数、すべて正常。朝のルーティンはほぼ自動的にこなせるようになっていて、もはや意識もしない。

口に薬を放りこみ、ひげを剃り、ふと髪を切りにいった方がいいかと思う。

朝のメールチェックの時、ついにバンドのドラマーだったトッド・トーマスからの返事が来ていて、昔の仲間と是非また会いたい、と書いてあった。彼の読解力にはやや問題があるようだ。いくつか、ムーングロウズ時代にあちこちを回っていた頃のおもしろいエピソードも書き添えてくれていた。

それ以外、何事もない日だった。僕は『死の暗転』の原稿を仕上げると、出版社にメールで送った。

ジェイクに会いたかった。おかしな話だ、二年間、ほとんどジェイクのことは考えずにやり過ごしてきたというのに。まるで、僕らには未来がないと僕が決めた瞬間から、ジェイクのことが頭にこびりついて離れなくなったようだ。どういうことだ？

火曜は、朝食後に散歩に出た。まだ早朝だというのにもう暑く、スモッグが漂っている。街はやかましくてせわしなかったが、その喧騒に追いつめられるような切迫感はぐっと減っていた。毎日の暮らしに、少しずつ慣れてきている。

それどころか、今日一日が楽しみですらある。そして、ジェイクに会えることが。

書店に戻った僕の耳に、ナタリーとアンガスの笑い声が届き、僕の心が明るくなる。パソコンの前に座ると〝ジェイン・パワーズ〟を検索した。情報がどっと出てくる。とは言え、ほぼこの二十年についてのものだ。一九六七年、彼女の名が初めてマスコミの情報網に浮上した頃、メディアは今ほど政治家の身辺について根ほり葉ほり調べ上げたりはしていなかった。その上、ジェイン本人は政治家でもない。美しく控えめな、政治家の妻だ。さすがに頭が回るだけのことはあって、彼女はスポットライトを最大限避けていた――アメリカ上院議員との結婚を望む者としては、最大限に。

公式プロフィールによれば、彼女はコネチカットのニューヘイブン生まれ。幼くして孤児となった。親戚のところに身を寄せ、あちこち引越しながら育った。努力して大学入学にこぎつけ――スクリップス大学、カリフォルニアの女子大だ――一九六六年、優等生として卒業。

実にうまくできている、と僕は感心した。基本的な情報は正しいし、証拠もある。真実の多くを語っていないだけだ。話をつなぎ合わせてみると、どうやら、兄のジェイの失踪後にジンクスはダン・ヘイルの元を去り、姿を消した。彼女が、兄の失踪の責任が――少なくともその一部が――ヘイルにあると考えていたというジェイクの推論がますます信憑性を帯びてくる。そして表舞台から消えたその数年で、彼女はスクリップス大学に通っていたのだった。

ブルース・パワーズ上院議員の妹も同じ大学の学生で、それが二人の出会いにつながった。パワーズと結婚した後、ジンクスは政治家の妻を完璧に演じた。美しく知的で人当たりがいい――そして数歩下がって夫を立てる。文字通り。ブルース・パワーズのそれこそほとんどの写真で、ジンクスは夫から実際に数歩下がったところで微笑んでいた。

一九六九年、彼女は愛らしい双子を産んだ。クリストファーとシャーロッテ。そして、夫の再選を支えた。パワーズ家は理想の政治家ファミリーであり、カリフォルニアの名門であった。娘のシャーロッテのドタバタ離婚劇を読むのにすっかり没頭しているところに、ジェイクが到着した。リサが来るまであと少しだけある。よかった。これでビバリーヒルズへのお出かけにリサもついて来ると、ジェイクにあらかじめ警告できる。

「やあ」

ジェイクを迎えにオフィスを出ながら、僕は声をかけた。ジェイクが微笑むと、日焼けした顔に白い歯がきらめく。上等なスラックスにスポーツシャツを着ていて、シャツの深い森の色がジェイクの目の緑色を引き立てていた。くつろいだ雰囲気をまとい、洗練され、自信にあふれて見えた。僕はジェイクの顔を見て嬉しくなり——挨拶のキスをしようと身を寄せるのが、この上なく自然なことに感じられた。

瞬間的に、馬鹿なことをしたと気付いていた。人目のあるところでキス？　アンガスもいて、ナタリーもいて、世界中の誰でも見られる場所でのキス？

すでに僕は、まるでバランスを崩して前へよろめいたようなふりをして、体を引こうとしていた。その時、ジェイクが僕をとめ——肩に手をかけて——そして僕に、キスをした。

ほんの、軽い、唇がかすめるだけのキスだ。わずかなジェイクの感触だけ。まるで、以前から人前でこうして挨拶をしてきたかのように。

僕はカウンターをつかんで、崩れそうな体を支えなければならなかった。

「やあ」

ジェイクが、挨拶を返す。

反射的に、僕は周囲を見回していた。きっと皆——だがナタリーは微笑みながら売上票の束をパラパラめくっているし、アンガスはこちらに背を向けて客と何か話しているばかりで、その客も僕らに何の注意も払っていなかった。誰ひとり、こちらを注目する者はいない。誰も、今のキスのことなど気にも留めていない。あの軽い唇の接触は、ほんの五週間前にはありえなかったことだというのに。

まるで、僕の人生で最大の一瞬に感じられるというのに、誰ひとり気付いてもいないようだ。ジェイクですら、具合でも悪いのかと今にも聞いてきそうな顔で僕を見ている。

店のドアベルが鳴り、僕はリサが来たのかとそちらを見た。リサのかわりに、アロンゾ刑事の間抜け面が笑顔でやってくるところだった。

「おや、おや、おや」

アロンゾは上機嫌に挨拶しながら、視線をぴたりとジェイクに据えた。

「少年探偵団のお二人じゃないですか」

「うげ」

ナタリーが呻いた。二日酔いから出た声だったかもしれないが、雰囲気をやわらげる助けには当然ならなかった。

アロンゾの幅広の顔がさっと暗くなり、肩を攻撃的にいからせた。

「あなたにいくつか聞きたいことがある、イングリッシュ」

それからジェイクに向けて言い放つ。

「あんたがもし一言でも余計な口を叩いたら、ブタ箱にぶちこんでやるからな。もう警官じゃないんだ、わかってんだろ？　もう警察バッジはあんたを守っちゃくれないし、権力を使って可愛い遊び相手をかばうわけにもいかないぞ」

まるで、グリズリーの前で生肉のステーキを振ったかのようだった。ジェイクの頭がさっと上がり、冷たく、危険な表情に変わる。体から余分な力が抜け、同時に油断なくかまえる。戦いに挑むように。

目の前に未来がぱっと見えた気がした。ジェイクがこのムカつくアロンゾをぼこぼこに殴り——子供っぽい満足感を得て、それから警官への暴行で逮捕される。探偵の免許を失い、もしかしたら刑務所行きになり、そこで暴動に巻きこまれて死ぬかもしれない。それもこれも、一瞬の癇癪《かんしゃく》から——。

僕はアロンゾを迎えに進み出ると、身につけた最高の作り笑いを浮かべた。

「おっと、刑事さん。今、自分が何を言ったかわかってるかな？　これだけの証人の前で」

多分、その笑みが、アロンゾの足をぴたりと止めたのだろう。相手を威圧するのに全力を尽くしている時に、満面の笑みで迎えられるとは普通予想しない。

「あなたは店に入ってくると、何の必然性もなく、いきなり自ら、僕とミスター・リオーダンを侮辱した。その上、脅迫まで」

アロンゾはひたすらジェイクだけに集中し、ジェイクを挑発して自滅的なパンチを誘おうとするあまり、周囲にいる人間が証人になりうるということまで思い至ってなかったのだろう。今、理解はしても、一向に気は鎮まらないようで、この男はどうやって警察学校の心理テストに受かったのかと、僕は疑問に思う。病的なのはジェイクへの反感だけなのか？

それとも、そうではないのか。アロンゾがポール・ケインを捜査していた時のジェイクの言葉が、ふとよぎった。アロンゾはホモが嫌いでインテリが嫌いで、自分が間違うことが許せないと。その嫌悪が、彼を煮えたぎる怒りと不満の塊にしている。それに加えてアロンゾは野心的で、自分の出世の足がかりになりそうなあの事件の解決をジェイクに邪魔されていると思いこんでいた。

考え合わせるに、アロンゾが僕を腹の底から憎むのも当然か。ジェイクを憎むのと同じくらい。

残念なことに、アロンゾは自分が足を踏み入れたのが泥沼だとわかっても、後戻りできないタイプの男だった。ただ前へ進み、もっと深く墓穴を掘るタイプだ。彼は僕へ歩みよりながら、言った。

「それがどうした。あんたの身内の言うことなんか、誰が本気にするもんか」

ジェイクの腕が、僕の上腕を万力のようにつかんでいた。今にもひょいと横に押しやられるのではないかと怖くて、僕はしゃべり続けた。

「いい加減にしてくれ。もうスティーヴンスの捜査が終わったのはわかってるんだ、未解決事《CC》件捜査《HU》班の担当刑事から電話ももらったしね。これは警察によるハラスメントだと、あんたも自分でわかってる筈だ。ここにいる皆がわかってる。好きなだけそこでわめき立てればいい、思い通りに僕を挑発できやしないよ」

　アロンゾはまた立ちどまった。今や、腕をのばせばジェイクに届くほどの距離だ——そして二人とも、僕を黙らせ、横に押しのけて、直接対峙したいと、焼けつくように焦れていることだろう。二人の体に満ちる緊張に、それを感じる。今にもその力で、二人の体が震え出しそうなほどの。

　それでも——それでも、ジェイクは耳を傾け、ただ待って、そして見守っていた。一発目のパンチを繰り出すつもりはない。しっかりと自制している。僕の腕をつかむ手にも、力まかせではない意志がこもっていた。

　アロンゾにも、一歩下がるだけの自制心は残っていた。口を開く。

「そう思うか？　いずれわかる。これで終わったかどうかな」

　一歩目が、一番難しい。それをなんとかクリアし、アロンゾはドアの方へ引き上げながら、ジェイクに指をつきつけて言い放った。

「俺が忘れると思うなよ、リオーダン。一秒たりとも。これで終わったと思うな」

「終わりだよ」

　僕が言い返す。

「僕は今からオフィスに行って、あんたの上司に電話して、正式に苦情を申し立てるからな。それで終わりだ。誰にでもわかることさ」

　店のドアをアロンゾが叩きつけた手つきは、決してほめられたものではなかった。

「まったく！」ナタリーが声を上げる。「どうかしてるんじゃないの、あの男！」

　彼女の肩の向こうに、怯えたアンガスの顔が見えた。

「本当に苦情を申し立てる気か？」

　ジェイクが僕に問いかける。まだ僕の腕をつかんでいた。今さらながら、その手は邪魔な僕を横へ放り出すためのものではないのだと、僕は悟る。ジェイクは、僕を抑えようとしていたのだ。

「これまで一度もそんなことしなかっただろう」

「冗談で言ったわけじゃない。子供じみたマッチョの示威《じい》行為にはもううんざりなんだ。法が存在するのにはそれなりの理由がある。その法を、警察はほかの誰よりも尊重するべきだし、それが筋というものだろ」

　チャンドラーの『湖中の女』からの引用を、ここでジェイクに聞かせてやることもできた。〝警察というのは厄介なもんだ。政治に似ている。高潔な人間を必要とするくせに、高潔な人間を惹きつけるような仕事じゃない〟と。

法を支える責任を、己が汚《けが》したと悟った時、ジェイクは職を辞した。彼には、身を引くだけの勇気と誇りがあった。誰にでもできることではない。それだけの覚悟がある者は、きっと数少ない。

「ああ、だがお前は一度もそんな……」

ジェイクはゆっくりと、信じられないように呟いた。

「俺を守ろうとしてくれたのか？」

「だったら何だ？」僕は突っぱねた。「それがどうかしたか？　そんなのお互い様だろ。それとも僕がそんなことをしちゃ悪いとでも？」

ジェイクがおもしろがっているのか腹を立てているのか、僕にはわからなかった。彼は言葉を失っているようだった。

やがて、ただ言った。

「いや、何も悪くない、アドリアン。ありがとう」

16

「ロンドンに行ったことはあって、ジェイク?」

リサがたずねた。ジェイクが答える。

「いや」

「私たち、今年のクリスマスはロンドンですごそうかと思って」

ジェイクと僕の目が、フォレスターのバックミラーごしに合った。車はビバリーヒルズにあるトリュフォー・トライフル・アートギャラリーへ向かっていた。リサが助手席に乗りこみ、僕は後ろに座って、アロンゾとの対決の余韻を鎮めようとしていた。アドレナリンが引くと疲弊感が押し寄せてくる。また正常な自分にはほど遠いという証拠だ。

僕は言った。

「ロンドンでのクリスマスに賛成した覚えはない。どこだろうと、クリスマスに賛成した覚えもない」

リサは愉快そうだった。

「ダーリン、クリスマスはあなたが賛成しようがしまいが来るのよ。ならロンドンですごしたらどう？　あなたが十歳の時、ロンドンでそれは素敵なクリスマスをすごしたじゃない」

ジェイクにこそっと打ち明ける。

「本当にいたずらっ子でね」

「想像はつく」

困ったことに、ジェイクの運転の腕前は見事なものだ。僕がどれほど祈ろうと、今すぐトレーラーか何かに衝突する望みはきわめて薄い。

「あなたはロンドンのクリスマスをどう思って、ジェイク？」

リサの、ジェイクに対する態度がなにやら変化していたが、理由は見当もつかない。何であれ、それは、突如としてリサが休戦を決めたかのようだった。彼女はジェイクを尋問しているわけではなかったが、リサの世間話の前ではぴかぴかのブーツを履いたナチス親衛隊の尋問官だって形なしだ。

「家族とのクリスマスはいいものだ」

僕は、『バラエティ』誌の看板が後ろへ飛び去っていくのを眺めた。今年のクリスマスは、ジェイクにとってどういうものになるのだろう。その頃には家族も歩み寄ってきているだろうか？　ジェイクと一緒にクリスマスをすごせたらと、二年前、どれほど痛切に願ったか、その記憶がよぎった。

リサが皆を海の向こうのロンドンへつれ去っていったら、今年のクリスマス、僕は何をしてすごすのだろう。ちらりと前を見やると、またジェイクがミラーごしに僕を見ていた。

僕は弱々しく微笑む。応じて、ジェイクの口元が少し上がった。

「僕は、そんなに長い間、店を放っては行けないよ」

リサが焦れたような小さな音を喉で立てた。

「どうして駄目なのかわからないわ。あの子をまた雇ったじゃないの。クリスマスの間くらい後をまかせられるでしょ？」

「前よりずっと店が忙しくなってるんだ。だから書店を拡張したんだよ」

リサはジェイクに、強靱な男でも骨抜きになりそうな笑みを投げた。

「うちの愛する息子がどれほど強情なのか、もしあなたが気付いてないなら、ここで警告しておくわ」

ジェイクが相槌のような音を立てた。

「アドリアンはもっと健全な生活習慣を身に付けなければいけないのよ。お医者様からも厳しく言われてる。それなのに、まったくその気配もなくて」

「健全な生活習慣の話をするなら、このスピードで走る車から身投げされたくなければ、この場にいないかのように僕を話の種にするのはやめてくれ」

ジェイクの頰の筋肉が動いた。何か、後悔しそうな言葉を飲みこんだのか、笑いをこらえているのか。いい神経だ。

「勿論よ、ダーリン」

リサの上げた眉のアーチは、実に雄弁だった。彼女はジェイクに囁く。

「そうなのよ、男の人たちは皆そうだけれど、うちの息子も健康のことを言われるのを嫌がるの。あなたは雄牛みたいに強いんでしょうね？」

さすがにジェイクの筋肉をさわってたしかめたり歯並びをチェックしたりはしなかったが、リサがジェイクの市場価格を品定めしている気配はひしひしと伝わってきた。

ジェイクは道に目を据えたままだった。まあ実際、混んでいる。

リサは背をのばして座り直した。

「楽しいお出かけにしなくてはね。どんな名目で行くのか、口裏を合わせなくていいの？」

「口裏？」

ジェイクが問い返す。僕はリサに答えた。

「どんな名目をでっち上げたところで、お父さんはナチスの戦犯じゃありませんでしたか、って自然に聞く方法はないと思うね。成り行きでどうにかするしかない」

「まあ」

母のその呟きは、エマが夕食の皿に気に入らない野菜を見つけた時に立てる声とそっくりだった。

ジェイクが、バックミラーごしに僕と目を合わせる。

「ハリー・ニューマンについて興味深い情報を聞いてきた」

「どんな話？」

「ニック・アーガイルの話だが、ルイーズ・レナードは、自分がニューマンを雇ったとはっきり認めたことはなかったそうだ」

「それ、本当？」

たくましい肩の片方を、ジェイクがすくめる。

「アーガイルによればだが、依頼されて動いているというニューマンの言い分を裏付けるものは何もなかったらしい」

「ならルイーズ・レナードは、一体どういう……彼女、スティーヴンスの恋人だったんだよね？」

「その部分は真実のようだ。彼女は結局、スティーヴンスの妹を説き伏せて警察に失踪人届けを出させ――」

「もしジンクスが本当に妹だったならね」

「何？　一体どこから、ジンクスが妹じゃないかもしれないなんて発想が出た？」

「どうかしてる話かもしれないけど、この間思いついたんだよ。ジンクスとジェイが自分たちは兄妹だと言っていたからって、本当にそうだとは限らないって」

「あらまあ、情熱の共犯者ね」

　リサが言った。鼻先にパウダーをはたいている。

「つまりお前はジンクスとジェイが夫婦で、彼女がジェイを嫉妬にかられて殺したと？　ならどうしてあの二人は兄妹のふりをしていた？」

「ジンクスが法定年齢に達していなかったからさ。もし夫婦だったらジェイ・スティーヴンスは法定強姦罪で逮捕されるが、妹ならろくでなしの兄貴ってだけですむ」

「たしかに、おもしろい仮説と言っていい。ルーアンの十字架はどう関わってくる？」

「ジンクスが持ち去り、売って、その金で大学に行った。そこで彼女は、パワーズ上院議員と出会って結婚した」

「あなたたちが話しているのってジェイン・パワーズのこと？」

　リサが鋭く問いかけた。

　僕はうなずく。

「ダーリン、それは馬鹿げているわ。ジェインのことはもう何年も知っているもの。私と同じくらい、彼女も人殺しなんかできるわけがない」

「僕は、誰にだって人殺しはできると思う。状況さえ整えば」

　仰天したことに、リサはうなずいた。

「人は殺せる、それはたしかね。でも自分から人殺しはしないわ。私だって、家族を守るためなら人だって殺す。でも冷血に、計画的に殺すかというと——いいえ」

彼女はジェイクへ顔を向け、甘く微笑んで、コンパクトをぱちんと閉じた。


イヴ・アダムズ＝トリュフォーは背が高く痩せ型の女性で、とび色の髪をしていた。キャサリン・ヘプバーンによく似ていて、当人もそれを自覚しているに違いない。ヘプバーン風のマニッシュで直線的な服をまとい、どことなく四十年代を思わせるヘアスタイルをして、よく似た母音ののばし方をしていた。

そしてこのアートギャラリーは、彼女にぴったりの背景と言えた。清潔で、無駄がなく、エレガント。ネットで読んだところによれば、このトリュフォー・トライフル・アートギャラリーは十八、十九世紀のヨーロッパのアンティークや芸術作品、及び蒐集対象になっているものに特化したギャラリーだった。家具、時計、彫刻、絵画、銀器、ガラス類、シャンデリア……アンティークを愛する僕は、ギャラリーに到着して数分は、あやうく本来の目的を忘れそうになるほどだった。

「とても精巧な細工の、イタリアのミルクガラスとクリスタルのシャンデリア。すべて当時作られたまま。一九〇二年頃の品です」

イヴは物憂げな足取りで僕らを従えて、長く広い展示室を歩いてゆく。白い壁と、乾いた血の色をした床のタイル。

「三万五千ドル、お値打ちですよ」

「素敵ね」

リサが呟く。

「こちらなどもいかがでしょう。フランス、十九世紀、ベル・エポック期のブロンズの地金に金箔の葉群れ飾りのシャンデリア」

「見事ですね」

僕もうなずく。

「こちらはお安くて、一万九千六百ドル」

僕の背後でジェイクが苦しげな音を立てた。

「随分と小ぶりなのね」

リサがそう論評する。

「一万九千ドルにしましょうか」

イヴがあっさり言った。

次は絵画のコーナーへ案内される。二階だった。上へ向かう階段は広く、そして急だったが、上る僕の足取りには余裕があった。駆け上がったわけではないと言え。

絵画の部屋も、奥行きのある白い部屋で、装飾を施されたシャッターが絵を害する陽光を防いでいた。計算された配置の照明が、壁に並ぶ絵に、劇的な光と影を投げかけている。

「こちらはエルネスト・リカルディの〝チェス・ゲーム〟。油彩、キャンバス。署名入りで一万六千五百ドル」

「あれはアトキンソン・グリムショー？」

僕はたずねながら、月下の波止場を描いた、緑と金の小さな油絵へと近づいた。

イヴがついて来る。

「ジョン・アトキンソン・グリムショー。ええ。一八七九年、油彩、キャンバスの〝月光のウイトビー〟」

「美しい」

いかにもグリムショーという絵だった。灯りの輝く窓辺、濡れ光る道、月光にきらめく水面《みなも》、青白い夜空。神秘的で、寂寥感にあふれ、この世の風景ではないようだ。

イヴの、シェリー色の目がキラッと光った。

「お気に召しまして？」

「とても」

ジェイクが、僕の瀕死の財布を救うなら今しかないと思った様子で、割りこんだ。

「ルーアンの十字架と呼ばれる品について聞いたことは？」

イヴは考えこんだ。

「ないと思いますね。どんなものです？」

「十字架だ」と、ジェイクが丁寧きわまりない返事をする。

「つまり、実際の十字架ということですか？　キリスト磔刑像《たっけいぞう》の十字架のような？　絵画ではなく？」

「そうだ」

「そういうものをお探しなんですか」

「ああ」

ジェイクは、キリスト磔刑像を買い集めていそうな客にはとても見えなかった。

「オリジナルの品ですか？」

ジェイクが僕を見た。僕が答える。

「そう思います」

「あら」

「有り体《あていい》に言うと、その十字架は十五世紀の宗教遺物のひとつで、第二次世界大戦中にナチスによって強奪された。黄金の彫金で、ルビーや瑪瑙《めのう》、真珠が埋めこまれてます」

「そうですか。あいにく、うちでは十八から十九世紀のものしか取り扱いがなくて」

僕とジェイクは、また視線を交わした。イヴのこの鈍い反応は、本気だとしか思えない。

「伝説によれば、その十字架はジャンヌ・ダルクのものだったそうで、それを戦場に持っていったと言われてます」

「あまり実用的ではなさそうですね」

「伝説ですから。でも十字架は実在した」

　僕はそう保証する。

「僕は美術史の本やネットで写真を見ました。十字架は、ルーアンのノートルダム大聖堂に保管されていた。それが、ナチスの占領中に行方がわからなくなっている」

　イヴは口元をしかめた——あまり、都会的なキャサリン・ヘプバーンらしくはない。

「そういう美術品はたくさんありますしね。時にマーケットに浮上し、また消える。周りに聞いておきましょうか？」

　彼女は、強奪された美術品の返還や補償問題について特に心配している様子ではなさそうだったので、僕はずばりとたずねた。

「本当にルーアンの十字架について聞いたことはありませんか？　一時期、その十字架があなたのお父さんの所有にあったという情報があるもので」

「ああ、その話！」イヴが声を立てる。「お父様はナチスの戦犯だったのなんだの、ええ、はいはい」

　僕ら三人は、唖然と彼女を見つめた。彼女はキンポウゲ野原にいる牛のように穏和な表情で僕らを見つめ返した。

「その噂を、ご存知なんですね？」

そう聞くと、彼女はフランス人めいた仕種で華奢な肩を上げてみせた。

「だって、そりゃそうでしょう。大体、お母様が元のトリュフォーギャラリーを閉じたのは、在庫の中にどうも怪しげな品物が多すぎるほどあったせいでしたしね」

「怪しげな品物？　つまりあなたがおっしゃるのは、占領下のフランスでナチスに奪われたり盗まれたことが確定している品々ということかしら？」

リサが鋭く問いただした。

僕は母に驚きの目を向ける。視線を受けて、彼女が説明した。

「ライフタイムチャンネルで、よくできた番組を見たのよ、ダーリン。『ナチスに奪われた美術品』という本に基づいた番組でね、素晴らしかったわ」

「ええ素晴らしい」イヴは相変わらず礼儀正しい、どことなく厭《あ》きたような声だった。「とは言え、お母様にとってはばつの悪いことでしたからね。それでギャラリーをたたみ、あわてて在庫品を売り払ったんです」

「つまりあなたの話だと、あなたの母親は夫がナチスの逃亡戦犯だと信じたということか？」

これはジェイクだ。まさに急所に切りこんでいく。

イヴは、思いふけるような目でジェイクをじっと眺めやった。

「それだけじゃありませんけど。うちの家族の間じゃ、父が母と結婚するために前の妻を殺した、っていうのがジョークになっていたくらいですから」

なかなかユーモアセンスのある一家のようだ。ボルジア家の血でも引いているのか。

「あなたの母親はどう考えていたと？」

「お母様は九年前に亡くなっているけれど、こんなことが本当だとわかったとしても、青天の霹靂《へきれき》だったとは思えませんね。お父様は……独特な方でいらしたから」

僕はつい余計な口出しをしていた。

「串刺し公ヴラドやアドルフ・ヒトラーも独特でしたよ」

「そう俗なことを言わないの、ダーリン」

リサにたしなめる目を向けられる。イヴに対して、彼女はたずねた。

「じゃあもし、あなたのお父様が値のつけられないような宗教遺物を所有していたとして、誰かがそれをかすめ取っていったら、あなたのお父様はそれを取り戻すために人を殺しかねないと思われまして？」

そんな不躾《ぶしつけ》な問いに、普通なら仰天するだろう。イヴはまばたきひとつしなかった。

「私の知るお父様からして……そうね、簡単に言いましょうか。本当でも驚きませんね」

それは、納得できる。この女性は滅多なことで驚きそうにない。

イヴは僕らの間を抜け、壁のグリムショーの絵の傾きを直した。確認しようと下がり、ジェイクの足の甲をグッチのローファーで踏む。

「失礼」

にっこりと、魅力的な笑みを見せた。

「もしや皆様、私がお父様について何か決定的な瞬間を覚えてはいないかと期待してらっしゃる？　暗い嵐の夜に人目を忍んで何かしているところを見たとか？　でもお父様が亡くなった時、私はたった七つだった。素敵なパパだと思っていただけ」

「当然のことね」

リサがうなずく。

イヴは首を傾け、油絵を別の角度からじっくり吟味した。どこか気のない調子で言う。

「お父様ならやるかもしれないとは言え、本当にやったと言っているのとは違いますしね。特殊な状況では、多くの人が誰かを殺したいと思うことでしょう。でも皆が本当に殺すか？　それはわからない。私に言えるのは、お父様は己を守る意志がとても強い方だったということ――それが彼をどういう方向につき動かしたかはともかく。とりあえず言っておきますが、お母様は、夫がナチスだとは信じていなかった。ただ生き残るためにすべきことをしただけで、己の意志や理念、政治的な意図などそこにはなかったと思っていた。ただ、生きのびて、成功したかった。それを望んだからって、責められるものではないでしょう」

そうだろうか。僕の意見を言うならば、理想や目的を信じることなく、流されて残虐行為に加担するのは、信じてのことよりなお悪い。

だがイヴは、僕らの意見など必要としていない。彼女の世界は、僕らのものとは違う回り方をしているのだ。

リサがギャラリーに残って、こそこそと何かを買いこんでいる間、僕とジェイクは車の中で状況を整理した。

「彼女がおとぎ話のような世界に住んでいるのは別として――」

「ああ」とジェイクが同意する。「嘘はついていなかったな。当人の知る限り真実だ」

「もしトリュフォーがスティーヴンスを殺したなら――僕はそうだと思うけど――十字架はどうなったんだと思う？」

「彼女の〝お母様〟が、ギャラリーを閉めた時に売ったんだろう」

僕は前の座席の方へ身をのり出した。

「ありえるね。イヴが何かをごまかした気配はなかった。言いにくい事柄についてさえもね。彼女はルーアンの十字架なんか聞いたこともないんだろう。僕らが帰った五分後にはもう忘れているかも」

「とにかく、スティーヴンスがトリュフォーの家で十字架を見つけたのは確実なようだな。結果として、ニューマンの話も裏が取れたことになる。彼がルイーズ以外から十字架の話を聞きつけたというのも考えにくいからな」

「つまりニューマンは、言葉通りルイーズ・レナードに雇われていたと。ルイーズがそれをニック・アーガイルには認めなかったとしても。どうしてルイーズは否定したんだろう？」

僕はたずねた。ジェイクの首筋の、くっきりと清潔な生え際のラインに視線が吸いよせられる。強靱な首で、それなのにどこか、少年のような脆さを漂わせたようなじだった。身をのり出してキスしたくてたまらない。

その衝動をねじ伏せた。

「アーガイルは、ルイーズが否定したとは言っていなかった。ただ、認めなかったと。もしかしたらルイーズは、認めればスティーヴンスをさらなるトラブルに巻きこむことになると思ったのかもな」

「でも結局ルイーズは警察には行ったんだよね。スティーヴンスがいなくなった後に」

「ああ。アーガイルによれば、彼女はスティーヴンスの失踪についてそれはしつこく食い下がったそうだ」

「ニューマンが嘘をついているとは、僕には思えないんだよ」

「俺もだ」

僕らが黙りこんだところへ、リサが茶色い紙でくるんだ小さな四角い包みを持って戻ってきた。

「それ、何？」

僕は不安げに聞いた。

リサはシートベルトに手間どっていた。やっと、肩ごしに僕を振り向く。

「新居祝いかクリスマスプレゼントのどちらかよ」

「まだ決めてないってこと？」

「まだ決めてないのはあなたよ」リサがそう答えた。「それか、もう決めているのに、自分では気付いていないのね」


「夕食を一緒にどう？」

僕らはクローク&ダガー書店に戻っていた。ジェイクは僕のフォレスターを停め、リサと僕を下ろしてから、自分のホンダS2000に乗りこんでいた。

ジェイクが言いにくそうに答えた。

「今日は駄目だ。そうしたいが。今度でいいか？」

「わかった」

「電話する」

ジェイクの目が、僕の目を見つめる。

「俺たちも、話をしないと」

「ああ……」

僕の心が沈む。

ジェイクが何を言うつもりなのかはわかっていた。事件はもう終わりだと。僕らはもう、調べられるだけ調べた。もっともありそうなシナリオは、ギオーム・トリュフォーが奪われた財産を追ってホテルまで来て――そして、証人の口を封じたというものだ。盗んだのがジェイ・スティーヴンスだとどうやってつきとめたのかは、僕らには永遠にわかるまい。

そして調査が終わりとなれば、もうジェイクから電話がくり返しかかってくることもなくなる。夕食を一緒にとることもなくなる――すべての必要がなくなる。

「それに大体、お前は今夜、ライティンググループがあるだろう？」

すっかり、火曜だということを忘れていた。回復期のおかしなところだが、時間や曜日の感覚を失ってしまっているのだ。週の何日目なのか、やたらと見失う。

「そうだった――」

「木曜に電話するよ」

「木曜？」

自分の声のあからさまな調子に、僕の顔が熱くなった。ジェイクの耳には届いた様子もなかった。

「木曜だな」

僕ははっきりした口調で言い直す。

背を向けようとした僕の腕を、ジェイクがつかんだ。僕は肩ごしに振り向く。

「無茶はするなよ」

「おおせのとおりに」

僕は裏口に歩みよるとリサのためにドアを開けてやり、手入れの行き届いたエンジン音を立てて走り出す車へ挨拶の手を上げた。


ついに料理の腕をふるって、僕はその晩、クルミと黒オリーブ入りのチキンサラダを作った。全粒粉のパンとサラダを食べながら、低脂肪の牛乳を飲む。僕としては、健康的な生活というやつのコツを随分つかんできたつもりだ。これで皆が、働きすぎるな、ストレスをかけるなとやかましく騒ぐのをやめてくれれば、正常な暮らしに戻れそうだ。

ライティンググループが解散した後、どうにも気が騒いで、物足りない気分だった。ＤＶＤをプレーヤーにセットする。〝闇の曲がり角〟を見る間、トムキンスが僕の膝の上に落ちついた。一九四六年公開のこの映画はヘンリー・ハサウェイ監督で、気の強いルシル・ボールとなんとも弱気なマーク・スティーヴンスが主役の、フィルム・ノワールの佳作だ。作中には美術品の盗難、悩める探偵、陰険なドイツ人が出てくる。この映画を最後に見たのはもう何年も前で、メルと一緒にだったが、それを思い出しても胸は痛まなかった。ぼんやりと楽しい記憶──まるで、ほかの誰かに起きたことのように。

やわらかい、ふわふわの毛を撫でると、猫が喉を鳴らした。

ジェイクは、どんなふうに言うつもりなのだろう。僕も彼も、すでに知っていることを。きっと、可能な限り、優しく。

話をしないと、という一言を聞いた瞬間、反射的につき上げる恐れをこらえきれなかった。だが──違う。あの時、ジェイクの言葉はそうではなかった。

──話がある。

そうだ。どうして忘れていた？　そしてジェイクは僕に、ケイト・キーガンが妊娠したと、彼女と結婚するつもりだと告げたのだった。その結婚をずっと続くものにしたいと、本物の結婚にしたいと。僕らの関係は終わりだと。

あれはクリスマスシーズンのことで、あの午後を思い出すたび、いつもシナモンと松の匂いがよみがえってくる。クリスマスキャロルが流れ、外では街をそぞろ歩く人々がさざめき笑い、クリスマスツリーを載せた車が通りすぎ、そして時の流れはそこから、遠く、かすんで……。

17

ジンクス——ジェイン・パワーズは、僕からの電話を受けてもうれしそうではなかった。それでも電話に出てはくれたが。

『あなたがリサ・イングリッシュの息子だなんてね』

彼女はあのスモーキーな、なめらかなアルトで言った。不機嫌で、まるで僕がわざとだましたと思っているかのようだ。

「あなたがクリス・パワーズの母親だとも知りませんでしたよ」

僕はそう返した。

彼女の声は表情豊かだ。その中に、不安が聞こえた。

『クリスを知っているの？』

「知っているというほどでは。あなたにちょっかい出すのをやめなければ顔をぶん殴るって、彼から電話で脅されたくらいです」

続く沈黙の中、書店フロアにいるナタリーとアンガスの論争が聞こえてきた。耳を傾ける。

深刻なものではなさそうだ。僕はTａｂを一口飲んだ。

ジンクス・スティーヴンスの憤りが、サンタバーバラからここまで伝わってきた。

『クリスがそんなことするなんて。あの子、過保護なの』

「母親相手にね。どうしてです？　それが不思議だ。僕が、あなたにつきまとってまた話を聞き出そうとしていたわけでもないのに。クリスは何を心配している？」

『何を心配しているか、あなたならよくわかるでしょ』

ここまで来ると、ジンクスは至って率直だった。

『息子には政治的な野心があってね、私の過去には彼の恥になるようなことがいくつかあるかもしれないというだけ』

「ママがキャットウーマンだったというのは、ネオコンにとってはセールスポイントにならないと？」

ナタリーがボロボロのペーパーバックのつまった箱をかかえてオフィスに入ってくると、すでに一杯の棚に押しこんだ。箱の一番上にはデル・マップバッグのミステリ文庫。ドロシィ・B・ヒューズの『影なき恐怖』。おっと、あれは希少本だ。

『あなたの望みは、何？』

ジンクスの声に怒りはなく、ただあまりにも疲弊しきっていた。

僕はふと気付く。彼女はこの半世紀、いつ脅迫者が現れるか、いつ過去が暴露されるかと、恐怖の中で生きてきたのだと。背負いつづけるには長すぎる時間。くたびれ果てているのも無理はない。もしかしたら、いつかすべてが明るみに出て、もう恐れずにすむ日を、心の奥では望んですらきただろうか。それともあまりに長くその不安をかかえてきたせいで、すでに自分の一部のように溶けこんでしまっているのだろうか。

「いや、つまり、もしあなたがジェイを殺していないのなら、僕は何も——」

『ジェイを殺す?』

その驚きが演技だとすれば、彼女は音楽とは別のステージに上るべきだった。

『あなた、気でも違ったの?』

「的外れなら、申し訳ない。でももしかしたら、あなたとジェイが兄妹ではなかった可能性もあると思って——」

僕は受話器を耳から離さねばならなかった。ひとつ確かなのは、今でも彼女の喉は見事な高音を出せるということだ。衰えを感じさせない音域だった。やっと彼女の息が続かなくなると、僕は謝った。

「申し訳ない。本当に、すみません。無神経なことを言った」

『一体どこからそんな馬鹿げたことを思いついたのよ』

「僕はミステリを書いてるんだ。馬鹿げたことを思いつくたちなんです」

『私は兄を愛してたわ。心から。ジェイは、私のヒーローだったもの!』

「お願いだからもう怒鳴らないでくれ。仮説がある——別の仮説だ。聞いてくれます？」

『嫌よ』

そうは言ったが、ジンクスは電話を切りはしなかった。

「僕の仮説によれば、あなたは兄を殺した犯人が誰なのか、自分ではわかっていた。それが、あなたがダン・ヘイルを去った理由だ」

沈黙。

「あなたは兄を愛するのと同じくらい、ダン・ヘイルを愛していたんだと思う。だがジェイ殺しは、そんなあなたにとっても許せない——あるいは、忘れることのできないことだった」

『あなたは間違ってる』

また、くたびれきった、力のない口調に戻っていた。

『私は……もうずっと前にダンを許したわ』

僕はまばたきした。ここに至って、こんなに簡単に、解決？

「ヘイルが認めたんですか？」

『いいえ。一度も。私が彼を責め、背を向けて去ったあの日から、あのことはお互い話もしなかったし』

また重い溜息をついた。ここで口をはさむほど、僕も馬鹿ではなかった。

『あれは悲惨な夜だった……人生で最悪の夜。あれから二十年近く、ダンと会うこともなかった。再会してからも……私も彼も、あんな思い出をまた掘り起こす気などなかった。無意味でしょう。私にも彼にも、新しい人生があった。何をしたって、ジェイは戻ってこない』

「自分がやったとヘイルが認めなかったのなら、どうしてあなたは彼が犯人だと、そこまで確信したんです？」

『それしかありえなかったもの。ジェイが逃げ出したわけじゃないのはわかってたし』

「ギオーム・トリュフォーのことは、どうなんです？」

またもや、はりつめた沈黙。ジンクスは、アルファベットパスタの入ったスープから一文字ずつをすくい上げているかのように、明快に、そして慎重に言った。

『どうやってギオーム・トリュフォーのことを知ったの？』

「ハリー・ニューマンの話で」

『誰？』

「ハリー・ニューマン。ジェイの失踪の後、ルイーズ・レナードが雇った探偵の」

『……すっかり忘れてたわ。なんてこと。ええ、ルイーズは私立探偵を雇っていた。ジェイを見つけようと必死だったもの。ほとんど最初から、彼女はジェイの身に何か恐ろしいことが起きたに違いないと信じこんでいた』

ジンクスの笑い声は、断つように途切れた。

『つまり、あなたには全部知られているわけね』

「全部というわけでは。あなたがダン・ヘイルが犯人だと、そこまで固く信じこんだ理由もわからない。ギオーム・トリュフォーだって怪しいのに。一番最初に十字架をくすねた男。彼が、一人目の妻を殺したと言われているのは知ってました？」

『な……んですって？』

「それも、そう言ったのは彼の一番の賛美者だ。あらゆる意味で、そう心温まる男とは言えないでしょう」

ジンクスはじっくりと考えこんでいるようだった。

『ジェイは、用心しろと言ってたわ。今回は、私たちでは手に負えないほど大きなものをつかんでしまったかもしれないと』

「どうやらトリュフォーは、レジスタンスの中の裏切り者だったようだ。ナチスの協力者でもあったかもしれない。彼の戦時中の体験談の半分でも本当なら、あなたの兄を殺して床下に隠す能力も手段も、その非情さも持ち合わせていただろう。加えて、僕がここまで調べた中でも、もっとも強い動機がある。もし彼がルーアンの十字架を持っていたことが世間に知れれば、窃盗など比較にもならない重い運命が彼を待っていただろうから」

電話は切れてはいない。だがジンクスは言葉を発さなかった。

「あなたはどうして、ヘイルが兄を殺したと思ったんです？」

『……そう、彼が脅していたから』

「ヘイルが、ジェイを殺すと？」

『ええ。それに彼はあの夜、ホテルに行ってるの。ポーリー・St・シーアが、ダニーが来るところを帰りがけに見ていたのよ』

「ポーリー・St・シーアはどうしてホテルに？」

『楽譜を取りにね。ダニーと話してはいないけれど、彼が階段を上っていくところは見ていた』

「でも、それは状況証拠でしょう。何故ヘイルはジェイを脅していたんです」

『あの忌々《いまいま》しい十字架のせいよ。ジェイはあの十字架を、ルイーズに渡したがってた。そうするべきだと、彼女がはっきり言い張ったのよ。ルイーズの祖母は強制収容所で死んだし、祖父はレジスタンスでナチスと戦った。実のところ、彼女の祖父はトリュフォーとも親友だった』

「二人は知り合いだったんですね」

『レジスタンス時代のことじゃないけれどね。少なくとも私はそう思う。あの二人はアメリカで出会ったの。そして当然のように、仲良くなった。ルイーズはあの十字架を祖父の手でフランスへ返還させたがっていた。トリュフォーの化けの皮を剝がしたがっていた。あの男が裏切り者なのだと、世間に知らしめたがっていた』

まだ、うまく呑みこめなかった。

「でも、どうしてヘイルがそんなことまで知ってたんです？　彼も夜盗の仲間だった？」

『そうよ。ダニーは私たちの裏のパートナーだった。彼が計画を立て、私たちが盗んできたものをさばく仲介人を手配した。ダニーと組むようになってから、何もかも順調にいった。これまで二人きりでやってきたより、ずっとうまくね。それなのに、ジェイがルイーズに、ほとんど一瞬で恋をして、十字架を返すとか足を洗うとか、ルイーズのイカれた考えにすっかりかぶれてしまったのよ。それでダニーは怒り狂った。そりゃそうでしょう、あれは私たちの最大の獲物だったし、ダニーは店のために喉から手が出るほどあの金を必要としていた。ジェイが十字架をただであげようとしてるなんて、彼には許せなかったの。しかも、盗みもやめるなんて。二人は何度も、何度も、そのことで言い争ってた』

「もしヘイルがジェイを殺したなら、十字架はどうなったと？　ヘイルだったら、売りとばした筈ですよね」

『ええ。もし、あの人が十字架を手にできていたならね』

「でも十字架はあの部屋にあった筈だ。ジェイはあの夜、ルイーズに十字架を渡すつもりだったんだから。ほかのどこかにあったわけがない」

『知らないわ。当然、ホテルの部屋では見つからなかった筈だし。私はただ、ダニーが脅しを実行したのだと思うほかなかった』

「ダン・ヘイルがあなたの兄を殺したとは、僕には思えない。きっと、彼はあなたに真実を言っていた。あの夜ホテルに行ったのも、最後にもう一度、十字架を渡すのをやめてくれとジェイを説得するためだった」

『なら、誰が――』

「僕は、ギオーム・トリュフォーがジェイを殺して十字架を取り戻したんだと思ってる。十字架が今まで発見されていないのも、そのためだ。十字架を売るわけにはいかない理由を、トリュフォーなら誰よりわかっていた筈だから」

彼女の息づかいが聞こえていた。まるで、涙をこらえているような。それもそうだろう。彼女が、僕が思うほどヘイルのことを愛していたならば、彼との関係をただ無為に終わらせたのだと知るのは、心をかきむしられるようなことに違いない。

決して、ヘイルが最高の相手だったというわけではないが。それにジンクスは議員と結婚して見事な人生を築き上げてきた。だがそれでも、兄の死で彼女がヘイルを責めたのは、間違いだったのだ。手ひどいあやまち。ヘイルへの裏切り。

何故だ？　どうしてジンクスは、ヘイルの言葉ではなく、最悪の可能性を信じた？

「あなたもあの夜、ホテルに行ってますね」

僕は切り出した。

「その頃、建物は工事中だったのでは？」

『いつも、どこかしら工事中だったわ。あの建物はつぶれかかっていたもの。まだ覚えてる。ネズミ取りの毒を仕掛けてね。屋根裏部屋で死んだネズミの匂いがあたりに充満してた』

それで、三階の死体の匂いに誰も気付かなかったことにも説明がつく。ジンクスが兄のいるホテルではなく、ダン・ヘイルと一緒に住んでいたのも当然か。

僕は、なんとか理解しようとくり返した。

「僕にはまだわからない。あなたはヘイルを愛していたんでしょう？　なのにヘイルが、自分は殺してないと言った時、どうして彼を信じられなかったのか――」

『あなたは恐れを知らないでしょう』

ジンクスが猛々しく言い返した。

『まるで、私の子供たちと同じ。守られ、甘やかされた人生を生きてきて、恐怖というものを知らない。本当の恐怖を。内臓がねじ切られそうな、心が凍《こご》えて、どんなことでもしてしまいそうな恐怖を……それがどういうものかわかる？　暗い流れに足をとられて、深く引きずりこまれるの。彼方へと。後はそのまま流されるだけ――抗《あらが》うべきだとわかっていても、先には絶望しかないとわかっていても。その流れに逆らったらどうなってしまうか恐れるあまり、流されていくのよ。いつかあなただって魂を売り渡すわ、ただ一日、一時間、一分の心の安らぎのために。時に人は、そうすることしかできないの……引き波のような、暗い流れにただ呑みこまれて……』

ジンクスはまだ話しつづけていた。僕の耳には入ってこなかった。僕は戦争のことを思う。いかに人々が周囲で起きている残虐行為に目をつぶり、時に自らその行為に加担したか。ギオーム・トリュフォーはそんな罪人のひとりだったのだろう。どうなのか、今となってはわからないことだが。

僕はポール・ケインを思い出し、あの無慈悲な暗い流れを思い出す――パイレーツ・ギャンビット号の船上で、ほんの数週間前、僕とジェイクをあやうく呑みこみかかったあの暗流を。そして、ジェイクのことを思った。その人生のほとんどを、暗い流れに揉《も》まれながら、彼が呑みこまれることなくいかに生き抜いてきたか。

そして思った。まさに数秒前、僕が、どれほどあつかましくも言い放ったことか――ヘイルを愛していたなら、どうして彼を信じられなかったのか。僕にはわからないと。

僕はそっと、受話器を置いた。

グレンデールのジェイクの家には一度しか行ったことがなかったが、そう迷うこともなく見つけられた。きっとあの日、目に焼き付けていたのだろう。

木陰の道の、逆側に車を停めた。いい家だ。修理や手入れが行き届いている。刈りこまれた芝生に「FOR SALE」の看板がまっすぐ立てられていた。

私道には小さな青のピックアップが停まっている。荷台には段ボール箱や植木鉢が積みこまれ、額入りの写真もいくつかあった。

煉瓦敷きの小道を歩いていくと、スクリーンドアがバタンと開いた。赤毛で緑の目の、すらりと背の高い女性が段ボール箱をかかえて出てくる。

一歩下がった僕へ、彼女はじろりと、探るような目を向けた。たとえ彼女が誰なのか知らなくても、一目で警察官だとわかっただろう。

「どうも。ジェイクに用があるんですが」

まだ、彼女は僕を眺めている。肩ごしに声をかけた。

「ジェイク、あなたに会いたいって」

僕を通りすぎて煉瓦の道を歩いていくと、彼女の姿は家の角を曲がって消えた。

僕の立つ場所からは、家具が取り払われたダイニングルームと、奥のガラス扉——開いている——の向こう側の煉瓦のパティオまでが見えた。そのパティオからジェイクがスクリーンドアを開けて中へ入ってくる。ダイニングをこちらへ横切ってきた。その肩がふっとこわばり、途中で僕だと気付いたのがわかる。

僕は言った。

「まずい時に来たのは言われなくてもわかってる。電話すればよかったよ」

「ここに何の用だ？」

「話がある」

話がある……。

「俺の知る限り、まだ電話は通じている筈だが」

ジェイクがスクリーンドアをぐいと開き、僕は家の中へ入った。

「庭の方がいいだろう」と、ジェイクが向こうへ歩き出す。

彼についていくと、きっちり片付いた四角い庭へと出た。芝生に横たわる散水ホースが、木製のフェンスを飾る黄色のバラへ怠惰に水を吹きながら、エメラルド色の蛇のように濡れ光っていた。

「お前に電話しようかと思っていたところだ」ジェイクが言った。「座ってくれ」

彼の表情が、どうも気に入らない。僕は手近な木のガーデンチェアに腰を下ろした。

つやつやしたジャーマンシェパードの仔犬が、口に青いゴムボールをくわえ、家の角からはずむように駆けてきた。赤っぽい黒の毛並みで、片耳が折れている。まっすぐ煉瓦の段を駆けのぼると、僕の足元にボールを落とし、期待をこめた目で見上げた。

「やあ、どこから湧いて出た?」

僕は仔犬の頭をなで、ジェイクを見上げた。

「これ、ニック・アーガイルの牧場にいた仔犬か?」

ジェイクがうなずく。

「またオーハイまで行ってたなんて知らなかったよ」

「アーガイルの話を聞きに、二度ほど行っている」

「お前はあの老刑事が好きなんだろ」

僕は仔犬のなめらかな耳を軽く引っぱった。

「このちっちゃいのを引き取るなんて、何も言ってなかったじゃないか」

「ああ、まあな。訓練して、お前の誕生日プレゼントにいいかと思ってな」

そう言われても、どんな返事をしていいのかわからなかった。この犬をどこで飼う？　大きく育つだろうし。僕の膝にのせられた、体に不似合いなほど大きな手からもそれがわかる。なのに、キラキラした丸い目を見つめてしまうと、つい微笑みかけずにはいられなかった。

「もし俺の読み違いで、お前が飼いたくないのであれば、俺が面倒を見るが」

つられたように、ジェイクの口元がかすかに微笑んだ。

「どうやら気に入ったみたいだな」

僕は仔犬を抱き上げ——痛た、このヤンチャ坊主——椅子にもたれた。犬が身をのり出し、僕の顎を無茶苦茶になめる。僕は舌の届かないところへ頭をそらした。

「ここに来る途中ずっと、何と言えばいいのか考えてた。でも、どうも僕は最高に間の悪い男だったみたいだな。こうなったらお前の話を先に聞く方がいいかも——」

僕らの後ろのスクリーンドアが開いた。振り向くジェイクへ、ケイトが言う。

「多分、これで全部ね」

二人とも冷静に、理性的にふるまっていたが、二人がどれほどの痛みを抱えているのかは見るも明らかで、僕は本当に最悪のタイミングで来たのだと思い知る。

ケイトは、僕を見つめていた。ジェイクが静かに言う。

「ケイト、アドリアンだ」

「アドリアン。そう」彼女の声には抑揚がなかった。「やっと会えたわね」

僕はうなずき、仔犬を下ろして、今さら立ち上がった。何を言うべきか、どうしていいのか、わからなかった。これまで読んだどんなマナーの本でも教えていなかった状況だ。どうしてこんなことを思い立った？　こんなところにずかずかやって来て、一体何をしようと？

「外まで送ろう」

ジェイクがケイトへ言った。意味のよく読みとれない目つきで僕を見てから、二人で家の中へ入っていった。

仔犬が青いボールをくわえ、また僕の足元に落とし、せっつく。僕はボールを取り上げ、体のことを忘れて、投げた。その強烈な一瞬、てっきり胸骨を固定しているワイヤーを切ってしまったと思ったほどだった。仔犬が壊れたオモチャのようにわめき立てながら庭にとび出していった。

ひどく長くかかった気がしたが、やがて、ジェイクが戻ってきた。彼はパティオの縁まで歩いていくと、虚空を見つめていた。

僕は言った。

「先に電話すればよかった」

「それはさっきも聞いた」

ジェイクは何も目に入らないかのように、ただ丁寧に手入れされた庭と、ボールをくわえて芝生を走り回る仔犬の方を見つめていた。

「すまない、ジェイク」

僕の声も届いていないかのようだ。

「何か――僕にできることはあるか？」

きっとないだろう。今、ジェイクの世界に僕は存在すらしていない。

仔犬が煉瓦の上にボールを落とし、うきうきと見上げた。ジェイクは機械的に身を屈め、ボールを引ったくって、投げた。ボールは板を砕くような音を立てて木のフェンスに激突した。

僕は立ち上がり、家に入ると、あちこち探した挙句、ワイルドターキーのボトルを探し当てた。カップボードには、きれいなグラスが棚半分だけ並んでいた。ウイスキーをグラスに注いで、パティオに戻る。

ジェイクはグラスを見つめ、僕を見つめた。眉が上がる。受け取り、バーボンを一気にあおった。

「もう一杯？」

ジェイクの笑みは歪んでいた。

「ありがとう。だが、いい。今夜はあまり飲まない方がよさそうだ」

「僕は、帰った方がいいか？」

「ああ」

僕はうなずき、背を向けた。スクリーンドアまで行った時、ジェイクが呼んだ。

「アドリアン、駄目だ。行くな」

僕は戻って、パティオの屋根を支える鉄の柱にもたれかかった。

ジェイクはさらに数回、仔犬にボールを投げてやる。

「お前を初めて見た時、俺がどう思ったかわかるか？」

「いいや」

「後戻りはきかない、と」

「え？」

「わかったんだ。お前を見たその瞬間、俺の世界のすべてが変わるだろうと、わかった」

僕もあの時、似たような感覚を味わっていた。もっとも、僕の頭にあったのは逮捕や懲役が絡んだ人生の分岐点だったが。

「お前のことなどろくに知らなかったのにな。どうしてお前のことが頭から離れないのか……忘れようとはした。ああ、努力したさ。お前はたしかに頭が切れるが、天才ってわけじゃない。ユーモアがあるが、コメディアンでもない。きれいな男だが、それも――」

「そうほめられるとくらくらするね」

ジェイクはニコリともせず、まだ痛みに満ちた己の世界に沈みこんでいた。僕は、ルネサンスの哲学者ミシェル・ド・モンテーニュの言葉を思い出す。〝何故彼を愛したのかと問われたとしても、彼が彼であり、私が私であったからと答える以外に言葉はない〟。

僕はジェイクに問いかけた。

「お前を最初に見た時、僕がどう思ったかわかるか？」

ジェイクが浮かべた厳しい笑みは、初対面の時の彼を彷彿とさせる。

「お前は、死ぬほど怯えていただろう」

「ああ、怖かった。でも、あれほど何かを、誰かを欲しいと感じたことはなかった。あの時、お前に会うまで」

ジェイクの笑みが消える。警戒するような目で、その先の僕の言葉を待っていた。

「今もそうだ。まだ怖い。まだ、欲しい」

僕は息を吸いこみ、続けた。

「だからもし、まだ、お前の気持ちが変わってないなら——」

僕らは、互いの中間地点で出会った。

ベッドルームの壁紙には外された写真のフレーム痕が、淡く残っていた。背の高いドレッサーの空の引き出しが半ば開いたままで、まるで舌を出しているようだ。キングサイズのベッドは上に何も掛かっていない。

シーツは、最後の陽の光のような薄黄色。部屋には、ここをケイトと共有していた気配はかけらもなく、まだジェイクのものである印も何もなかった。ホテルの一室のように。待合室か何かのように。

僕らはベッドの縁に身をよせ合って座り、震えを帯びた指で互いの服を脱がせた。ゆっくりと、慎重に。これほど、お互いにためらいがちだったことはないだろう——最初の頃でさえ。むしろ、あの頃は逆だっただろうか。

今夜、僕らは互いに、思い直す時間をたっぷりと与えていた。心変わりを待つ時間を。礼儀正しくボタンを外し、丁寧にファスナーを下ろす。その間ずっと、互いの表情を見つめ、目をのぞきこんでいた。

ジェイクの目にひそむ暗澹とした影に、僕の心がしめつけられる。この瞬間、僕の力が及ぶものなら、彼にすべてを与えてやりたかった。

ジェイクの指が最後のボタンを外し、僕の肩からシャツを押しやる。僕の胸元へちらりと視線を落とした。

「醜いだろ？」

その問いに、ジェイクがふうっと荒い息を吸いこんだ。

「お前はそんなふうに思ってるのか？」

「だって醜いよ」

僕は気楽な口調で言った。どうしてか、この傷の醜さに、ジェイクが僕ほどもたじろがないとわかっている。

ジェイクが身を屈め、僕の首筋の曲線にキスをして、ほてった肌に囁いた。

「お前のどこも、俺には醜くなどない」

部屋の暑さや二人分の体熱とは裏腹に、僕は身ぶるいした。ジェイクの手で、整えられていないシーツに押し倒される。ジェイクは僕の胸骨の一番下にキスをし、上へ向かってなぞりながら、まだ敏感なピンク色の傷の縁に唇でふれた。ちくちくすると同時に、心が落ちつく。くすぐったいし、笑い出したくなる。腹の奥底がとろけるようで、泣きそうにもなる。じっと、逃げないようにしていたが、ジェイクの唇がやがて顎へと、そしてついに唇へとたどりついた頃に、やっと体の力が抜けた。僕らは長く、飢えたキスをかわす。

情熱的なキス。うっとりするような呼吸と唾液の交換――そしてもっと深く親密な何かが行き交う。何か、名付けがたいもの。まるで僕らの間に火花が散って、光がともるように。

どうしてこれを忘れていられた？　どうしてほかのもので足りた気になっていた？　ガイも、メルも……まるで、本物のキスを捨てて血の通わないセルロイドのキスを選ぶようなものだ。

本物は生々しく、力強く、危険で——だが、これこそがリアルだ。安全な代用品でいいなど、どうして思えたのだろう？

ジェイクのキスは、バーボンと悲嘆の味がした。口を開けて彼の舌を受け入れる。なめらかな舌の感触が僕の舌とふれ、ざらりと押し合って、互いに自分の存在を刻みこんでいく。うだるような昼下り、壁を木のブラインドが風で打つ音、窓の外の蜂の羽音、遠く、飛行機が彼方へと離陸していく音——すべてが溶け合う。おずおずと、慎重に肌を重ねながら、どこか奇妙に、過去からこの瞬間までがひと続きになっているような感覚があった。ジェイクの夢の残骸の中で抱き合いながら、同時に、まるでこれが初めての行為のような気もしていた。

初めてなのだ。初めて、何の秘密も、何の束縛もなく、二人で抱き合っている。あらゆる意味で、すべてを脱ぎ捨てて。

息が上がるほどキスをした。ジェイクが頭を上げる。僕に言った。

「もう、俺はあきらめていた。何がお前を心変わりさせた？」

「やっと睡眠が足りたんじゃないかな」

ジェイクは、笑わなかった。

僕は彼を見上げる。こめかみの、金と入り混じった銀の髪、目の縁の小さな皺、厳格だが優しい唇のライン。

ここからは、すべて真実だけだ。

「何がつらくとも、お前に二度と会えないこと以上に苦しいことはないからだよ。そんなのは無理だ。とても、僕には耐えられない」

かすんだ視界を通して、ジェイクのまなざしを実際の愛撫のように感じる。まるで、瞼へのキスのように、唇の端へ押し当てられるキスのように。

ジェイクの声は、耳を澄ましていなければ聞き落としそうなほど低かった。

「俺が乞うたことがあるかと、聞いたのを覚えているか」

僕は目尻の涙を拭い、鼻をすすった。

「それって、いわゆる倒錯的な話？」

「そういう話が聞きたいのか？」

「ん……」

僕はぐいと鼻を拭った。

「どうだろう。絹のスカーフと羽根を使った話は一度読んだことがあるけど。あれならそのうち試してみてもいいと思う」

ジェイクの唇の端が上がった。重々しく言う。

「心に留めておこう。いや、これはお前が、俺は人生で何かを乞うたことがないだろうと聞き返した時の話だ」

「それでお前は、一度あると答えた。その望みは、かなったと」

僕は口をとじ、何か聞きたくない言葉を聞かされるかもしれないと、身構えて待った。

ジェイクが言った。

「あの船の上で、お前の心臓が止まった時のことだ」

不意に彼の目が猛々しくギラリと光ったのは、光のいたずらだろう。

「あの時、俺は乞いすがった」

何ひとつ、返事が浮かばなかった。そんなことを言われるとはまったく思っていなかった。むしろ、まるで逆だ。僕の予期していたこととは。

「あの時ほど恐れたことはない。どんな恐怖も、比べものにすらならない。お前に救命処置をしながら、俺はお前をあらゆる言葉でののしったよ」

ジェイクの顔が歪んだ。

「俺は泣き叫んだ。それから、乞うた。ああ、すべてを捨てて乞うた。そして誓った——引きかえにできるようなものは俺には何もなかったが。もしお前がここを生きのび、切り抜けられたなら、俺は何を失おうがかまわないと」

その笑みは、彼にはひどく珍しい、満面の、無防備なものだった。

「そして、お前は無事、あそこから生還した」

僕は切れ切れの息を吸いこんだ。さっと起き上がったものだから、あやうく互いの頭がぶつかるところだった。

「まったく、ジェイク。それが本当なら、どうして言ってくれなかった？」

ジェイクはとまどい顔になった。

「そんなふうに感じていたと、どうして一言も言ってくれなかった？　こんなに迷わずにすんだかもしれないのに。だって、こういう状況になってもお前がそういうことを何も言わないってことは、まるで、わざわざ言わないでいる理由があるみたいじゃないか――ほら、言わないでいることで何かの意思表示をしているみたいな」

ジェイクは途中から首を振っていた。

「お前は何の話をしているんだ。当たり前だろう、俺は――お前は、一体全体、どういうことだと思ってたんだ？」

「頭で知っているのと、心で信じられるかは別の話なんだよ」

僕の言葉がまるで通じていないような顔で、ジェイクは僕を見つめていた。

「どうして言ってくれなかったんだ？」

僕は語気を強めた。

「だって、そうだろ、お前は一度も言わなかった。言われれば覚えてる筈だからな」

信じられないように、ジェイクは僕を凝視した。不意に前へのり出したかと思うと、僕をまた枕の上へ倒す。顔を寄せ、唇が一瞬かすめ、彼の息が頬に熱くくぐもった。

「何をだ？　愛してるって？　当たり前だろう、お前を愛してるよ。ベイビー、俺はお前に心底のぼせ上がってるんだ」

互いの体に腕を回し、乱れたシーツの上で裸の手足が絡み合う。あまりに強く抱きしめられて、痛むほどだった。しなやかな肌の下にジェイクの心臓の激しい鼓動が感じとれる。僕の鼓動より速い。そして彼の、せわしなく、ざらついた息が聞こえた。

「怖いのか？」

僕は囁く。ジェイクが震える笑いをこぼした。

「かもしれない」

僕を抱きこみ、ごろりと転がって自分が下になった。僕は上体を起こし、ジェイクの腰をまたいで、彼の広い胸板に両手を走らせた。たくましい胸、なめらかな体毛を感じ、彼の乳首が尖るのを感じる。ジェイクが鋭い息を吸いこんだ。

「そこ、いい気持ちだ」

「だろ」

彼のペニスが長く、太く勃ち上がってくるのを感じる。あるいは向こうが僕のものを感じているのか。期待に先を濡らし、セックスの鋭い、つんとした匂いを僕らの間に立ちのぼらせて。僕もすでに勃起し、トクトクと脈打つ欲望にせっつかれている――あまりに久しぶりだ。自給自足とはまるで違う。互いの屹立をこすり合わせ、押しては返す波のようなリズムの中、長く、ゆっくりとした太古の韻律に身をゆだねる。波が高く猛《たけ》っては、崩れ落ちるように。

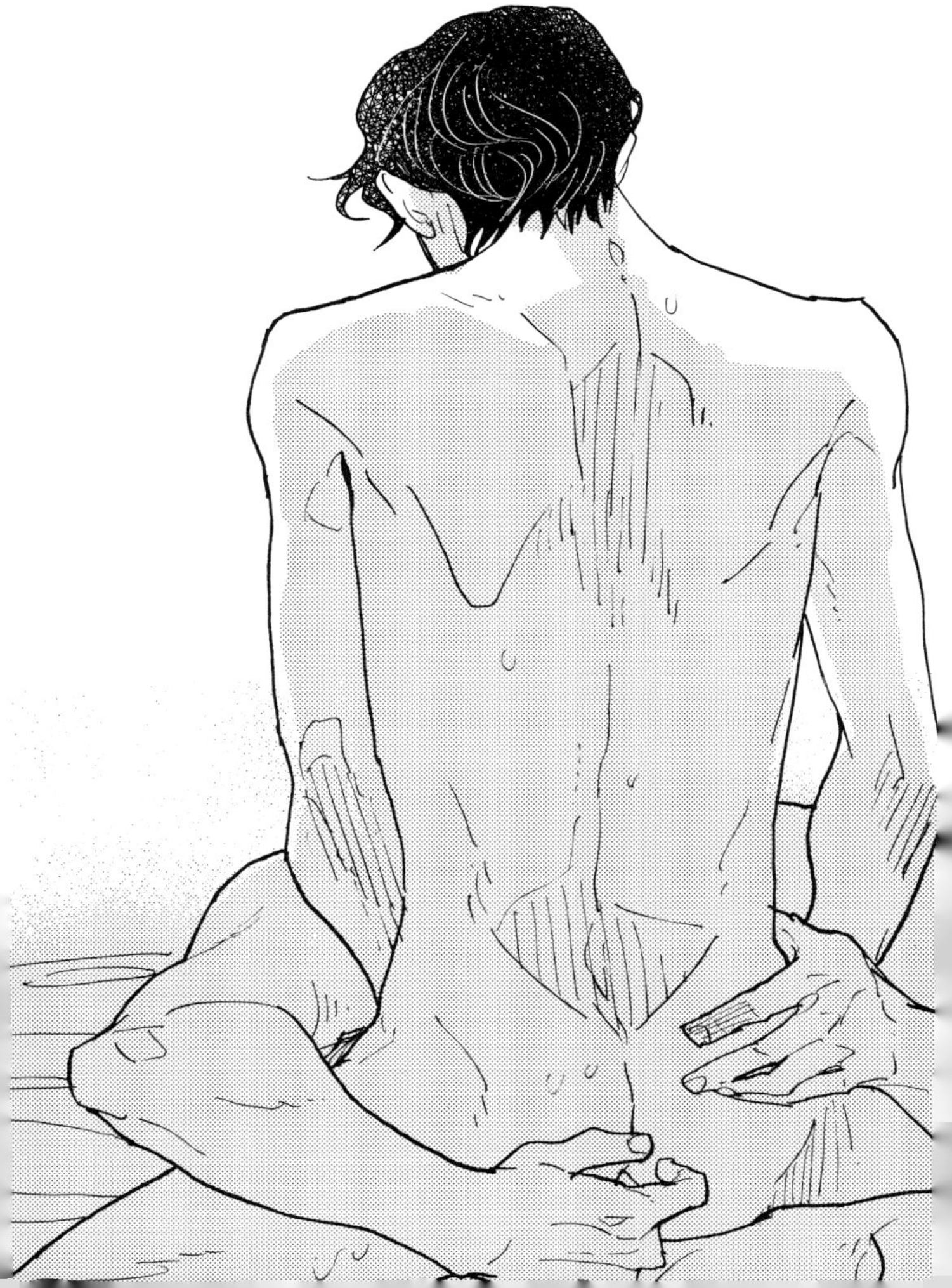

深いところから喜びが渦巻き、荒れ狂い、力強く逆巻いて、ほとばしろうとする。僕は手の動きを速めた。ジェイクに腰を突き上げられると、神経や筋肉に快楽がはじける。大きな手が背をなで、僕の背骨に沿って優しくさすり、尻の曲線をなぞって、その奥の熱く、きつい場所の乾いた襞にたどりつく。そっとつついた。

僕は呻《うめ》く。

「ああ、そこ――お願いだ」

ジェイクの指が、その締まった入り口を、もっと力をこめて押す。長く、繊細な指。そして固い指先。反射的にこわばる筋肉の反応をなだめながら、巧みに焦らして、抜き差ししていく。

「これが好きか？　いいか？」

ぞくぞくするような、甘い刺激。ジェイクだけが、こんなふうに僕にふれる。僕の秘めたる欲望まですべて熟知しているかのような、なじんだ手で、迷いなく。

僕は身をよじり、背をしならせて、もっと、と求めた。自分の口からこぼれる声が聞こえていた。恥ずかしくなるような、切羽詰まった声を立てながら、もがき、擦り付けている。ジェイクといる時だけこんなふうになれる――自分を、手放して……。

ジェイクの、速まっていく息づかいも聞こえた。二人の汗みどろの体の間を、欲望と切迫感に煽られた先走りの雫が濡らし、動きをなめらかにしていく。ジェイクが喘ぎながら、僕の手の中に強く己を突きこみ、その間も、その指で言葉にできないような快楽を僕から暴き出していく。

あまりに長い間、この瞬間に焦がれてきた——僕らのどちらも。

ドクドクと激しく高鳴る鼓動が一瞬途切れ、僕ははっと息をつめて緊張する。そこへ絶頂が、満ち潮のように底知れぬ深みから押し寄せ、まばゆい波頭が、心に残るすべての壁を押し崩していった。すべての疑心を、すべての恐怖を——あらゆる抵抗を波が打ち砕き、さらっていく。熱い、潮の奔流《ほんりゅう》がジェイクの肌の上にあふれた。

ぐったりと崩れた僕の下で、ジェイクが聞きとれない叫びを立て、きつく、息が絞り出されるような力で僕を抱きしめる。一瞬後、彼の体を絶頂が揺さぶった。

巨大なネズミが壁をガリガリとかじっている。その音で、僕は目を覚ました。

僕の壁ではない。僕の部屋でもない。頭をめぐらせると、隣にジェイクが横たわって、目をとじていた。睫毛が、黒い三日月のようだ。ゆったりと平坦な呼吸だったが、眠ってはいないとわかった。

僕は言った。

「お前の犬が、ベッドの足をかじり取ろうとしてるぞ」

「もうお前の犬だ」

僕の？　ああ、たしかに。そういうことか。

「名前は？」

「それもお前が決めることだ」

僕は考えこみながら、物憂げに空気をかき混ぜる天井のシーリングファンを見上げていた。

「……スカウトがいい」

夢見るように、僕は呟く。

ジェイクが鼻を鳴らした。

「何か文句があるか？」

ジェイクは首を振る。まだ目をとじたままだった。

「スカウト、ベッドの足をかじるんじゃない」

僕は犬に命じた。スカウトはさっと起き上がる。折れた方の耳がゆらゆらしていた。

「失敗したな」

ジェイクが言う。

三十秒後、彼の言葉の正しさが証明されていた。

「ベッドから下りるんだ」

僕はそう命令する。スカウトはいかにも仔犬らしく無邪気に笑うと、肉の臭いのする息を僕の顔に浴びせてきた。僕はジェイクへ顔を向ける。

「あまりちゃんと躾《しつ》けられていないようだけど」

「お前が飼い主となったからには、あっという間に改善することだろう」

「ベッドから下りろ、スカウト」

ぴしりと言った。

スカウトはくるくるとその場で二回りしてから、僕の足の上で丸くなる。上目づかいに僕を見た。


二回目の行為は、もっと欲望にせき立てられた、そしてもっと――自然なものだった。またお互いになじみはじめていた。

手が、たしかめるように、味わうように動き回り、優しくなでる。

「愛している」

ジェイクが囁いた。

「こんなことをしても大丈夫なくらい、もう回復してるんだろうな?」

僕は楽な体勢を取る。肩ごしにジェイクへ答えた。

「大丈夫」

「大丈夫でないとわかったら、俺に言ってくれるか」

僕はニヤッとした。

「どうかな。最高に気持ちいい死に方になりそうだし」

「そりゃな。俺も、これ以上気持ちのいい人殺しの方法はなさそうだ」

元ボーイスカウトらしく、いつものごとくジェイクはそなえに抜かりがない。ごくまれに、僕らは無謀な行為もやらかしたが、大体の場合、ジェイクはセックスの安全には僕よりも気を使っていた。ケイト相手にはどうごまかしていたのだろう？　結婚した男女間でのコンドームの必要性を、一体どう説明したのか。それとも恐怖から口をつぐみ、彼女の安全を危険にさらしたか……いや、ジェイクがそんなことをするとは思えない。つまりは、また新たな嘘。深くこみ入った嘘。

きっと、僕にジェイクを責める資格はない。

ジェイクの使うオイルは花のような香りがして、ほんの気まずい一瞬、ケイトの存在がそこに、僕らの間に浮き上がる。だがジェイクの手が肌を撫で、指で円を描き、奥へと入ってくると、また彼女のことは僕の頭から消える。

僕らの十ヵ月。週に二回、時に三回——全部で何回でしょう、と算数の問題にしたいくらいだ。だがあの日々はただの始まり、ほんの一口の味わいにすぎなかった。

「いい気持ちだ……」

細心の注意を払われた侵入に、肉体が慣れはじめると、僕は呻いた。

ジェイクが僕の中へ沈みこんでくる。そして、僕らは息を合わせて動きはじめた。優しく、荒々しく、ためらいなく……心臓の鼓動のこだまが屹立にまで響いているようだ。あまりにも二人の体が近すぎて、どこまでが自分でどこからがジェイクなのかわからないほど。

絶頂は、幾重もの繊細な波となって押し寄せ、いつまでも、長く尾を引く。

その後、僕らは一緒に横たわった。おだやかに、くつろいで。まるで狂いかけていた何かがあるべき場所に戻ったかのようだった。もはや世界が不安定に感じられることもない。どっしりと、揺るぎない。僕らをまた結びつけたのが何だったかと思うと、実に奇妙な話だった。

ジェイクが僕と指を絡め、唇へ引き寄せて、僕の指にキスをした。

僕は微笑む。いかにも古風な、愛情あふれる仕種。かわいそうなケイト。ジェイクを失って、どうやって生きていけるのだろう。かつてその傷は、あやうく僕を殺しかかったというのに

——僕とジェイクの二人をか、思えば。

太陽は空をよぎり、天井に落ちるファンの影がまるで翼のようだった。

僕らはぽつぽつと、話をした。

「うちの書店の建物で事務所を開いてくれるか？　改装工事が終わったら」

ジェイクは気怠《けだる》げに答えた。

「家賃の折り合いがつけばな」

「もしかしたら、少しまけてあげられるかもしれないよ」

彼は微笑し、ごろりと肩を下にして、僕と顔を向き合わせた。手をのばして、僕の髪を耳の後ろになでつける。

「それで、お前の健全な生活習慣の話はどうなってる?」

僕は顔をしかめた。

「その顔は、どういう意味だ」

「知らないよ。皆には、色々と文句をつけられてるけど」

「色々というのは、つまり?」

「僕が店の二階に住んでいることとか」

仰向けに転がり、僕はむっつりと天井をにらんだ。今の天井の影は、祈りのために組まれた手のように見えた。

「僕がこの三年間、バカンスに出かけていないこととか」

「二人であの牧場に行ったのが最後か」

「そう」

視線を、ジェイクの方へ流した。

ジェイクはじっと僕を見つめていた。

「その健全な生活習慣というのを、具体的に言うと？」

「運動。食事管理。服薬」

「それだけってことはないだろう」

「ストレス管理。山ほどの、たっぷりのセックス」

「成程？　それから？」

「アイデアだけなら色々出てるんだけど――」

そう、僕はおそるおそる切り出した。

「どうやら、ポーターランチのあの家は、僕のものらしいんだ。もし、僕が欲しければね」

そう言って、ジェイクの反応を待った。これは、かつて僕が本気で夢見るほど愚かになりきれず、心の底にしまいこんだ夢だった。それを今、こうして持ち出していることが信じられない。

「プールがある家か。お前はその家を気に入っているのか？」

「一人で住むには広すぎるんだよ」

「その点はもう心配ないな。だろ？」

ジェイクがごく自然に言った。

「それ、本気の話か」

「お前次第だ。お前は根っからの独身主義だからな。俺は団欒が好きだ」

「根っからの独身主義？」

意表を突かれて、僕は首をひねる。

「お前は、他人との間に独特の距離を取る。物理的にも、心理的にも」

「僕は……気にしないよ。相手がお前なら」

ジェイクの笑みには愛情と、当てにしていないような色が入り混じっていた。現実的な分析をつけ加える。

「家はいい考えに思えるな。パサデナの店からも遠すぎない。チャッツワースからもほどほどに遠い。お前にはプール。犬には広い庭」

「それと猫にも」

「ああ、猫にも」

「そうなれば、ナタリーも書店の二階に引越せるね。その方がリサとの間も落ちつくかも」

「検討に値するな」

僕は微笑し、目をとじた。ドクター・シアリングが僕のリハビリパートナーを見て目を丸くする日が待ちきれない。今日も、彼女から散々しつこく文句を言われてきたばかりだ。

ふと、僕は目を開けた。

「お前が僕にするつもりだった話って、何だったんだ？」

ジェイクの表情は空っぽだった。

「ほら、さっきここに来た時、言ってたじゃないか。僕に電話するつもりだったって」

彼の体に緊張が走った。目をとじ、それから開ける。一瞬にして、何年か年を取ったように見えた。

「信じられん、忘れてた。どうして忘れたりできた？」

「ほかに考えることが色々あったからだろ」

僕を見たジェイクの目は、ひどくつらそうだった。

「悪いニュースだ」

「言ってくれ」

「ハリー・ニューマンが死んだ。撃ち殺されたんだ」

18

「ただの偶然だろ」

僕はそう言い張った。

リビングのソファに座って、僕らはスクランブルエッグを食べていた。ソファは、部屋に残されたたった二つの家具のうちの一つだった。もう一つは大きな、割と新しい液晶テレビだ。

ジェイクの返事がなかったので、僕は続けた。

「ニューマンは決して清く正しい人生を送ってきたわけじゃない。危険な相手の怒りを買ったり、何かに巻きこまれたりってことだってあるだろ」

「俺は、偶然にしては出来すぎだと思う。ニューマンはたしかに引退はしていなかったが、最近は何も依頼を受けていなかった」

「でも、事件の関係者は全員死んでるのに」

「全員ではない」

「ほとんど全員。それに、スティーヴンスを殺した犯人はトリュフォーだろうってことで片付いたんじゃなかったのか?」

「トリュフォーは非常に有力な容疑者だ。そして、都合のいい容疑者でもある。当人はもう反論できないからな」とジェイクがうなずいた。「だが俺としては、トリュフォーが真犯人だと完全に納得しきれてはいない」

「それは初耳だ」

僕は皿を置こうとしたが、ジェイクの表情を見て、またフォークを握った。

「トリュフォーには動機があった、それは間違いない。そしておそらく、手段もあった。ただスティーヴンスの死の夜のトリュフォーの実際の行動については、俺たちは何も知らない」

「アーガイルの捜査メモにはなかったのか？」

「アーガイルはトリュフォーについても、ルーアンの十字架についても何も知らないと」

「そんなことがあるか？　だって彼は、ルイーズ・レナードから話を聞いた筈だろ？」

ジェイクの声には何の色もなかった。

「ルイーズ・レナードは十字架の情報を警察には明かさなかったのかもしれない。スティーヴンスは消え、その妹と恋人がすべてを否定しているとなれば、彼女に真実を証明する手段はなかった。証明しようとすること自体、危険だったかもしれない」

「よしわかった。ニューマンを殺したのはクリス・パワーズだ」

「それはどんな根拠に基づく推論だ？」

僕は、ジェイクの表情の意味を探ろうとした。

「何か、僕に言ってないことがあるだろ」

「お前自身がもう言った。容疑者になり得る人間はもう、ほとんど残っていないと」

「クリス・パワーズがいるじゃないか。現時点ではもっとも強い動機の持ち主だ。彼は選挙に出馬する気でいるが、母親の過去はなんとも後ろ暗い。選挙戦の足を引っぱられかねない」

家名。体面。名誉。そんなものを守るために人殺しをするだろうか？

赤裸々なリアリティ番組や暴露的な自伝が蔓延するこのご時世、脅迫は、昔ほど強力な動機にはなりづらい。

「なら、パワーズはどうやってニューマンの存在を知ったんだ」

「ジンクスが息子に話したとか」

「彼女はどうやって知った？」

「ジンクスはルイーズ・レナードの雇った探偵のことは知ってたろ。ほら、当人は忘れてたと言ってたけど、そう忘れられることじゃないだろ？　もしあらゆる可能性を考えるなら、ジンクスにだってニューマンを殺す動機はある」

やはり、ジンクスは除外。僕もジンクスが犯人だと思っているわけではない。彼女は今朝、電話口で泣いていた。ダン・ヘイルが兄を殺していないと悟って、泣いていたのだ。

僕の頭の中を読んだかのように、ジェイクが言った。

「お前は、ジンクスと電話で話して、彼女が真実を言っていると感じたか？」

僕はうなずいた。

ジェイクが一つずつ説いていく。

「もしジンクスが、ルイーズが探偵を雇ったことは覚えていたとして、名前を忘れていたというのもおかしくはない。五十年は長い月日だし、彼女にとっては忙しい日々だった筈だ。仮に彼女がニューマンのことを覚えていて、過去が明るみに出ないようニューマンを殺したとしても、どうして今まで待った？」

「わからないよ。ジンクス本人に聞かないと。なあ、僕もジンクスがニューマンを殺したとは思ってないんだ。彼女は兄を殺してもいない――ダン・ヘイルが犯人だと信じていたくらいだからね。兄を殺してないのであれば、彼女にニューマンを殺す必要があるとは思えない。それでも息子は怪しいけどね。クリス・パワーズは動機の塊だし、僕を脅してきたくらいだし」

「クリス・パワーズにはアリバイがある」

「何？」

「奴にはアリバイがあるんだ。ニューマンは土曜の朝、自転車で出かけたところを撃ち殺された。同じ頃、クリス・パワーズは友人たちとセーリングに出ていた」

「人を雇ってやらせることだってできる」

「たしかにな」

だがジェイクがその説に賛成していないのはよくわかった。彼はもう、自分なりの答えを持っているのだ。

「ニューマン殺しの動機が、ルーアンの十字架ってこともないだろ。十字架は出てきてないんだから」

「動機は、昔からずっと同じものだったんだ」

僕は床からオレンジジュースのグラスを取り上げた。飲む。あらためて考えこんだ。

「どうも、自覚している以上に疲れているのかも。お前の話についていけてる気がしないよ。

スティーヴンスが殺されたのは十字架が原因だって、お前もそう納得してたろ?」

「前はな。ニューマンの死がすべてを変えた」

「彼の死が偶然だという可能性はまったく考えないのか?」

「偶然でないのはもうわかっている」

ひどく、嫌な予感がした。

「よし。じゃあニューマンが殺された理由は……秘密を守るため? どうやってか、事件を振り返ったニューマンが、ジェイ・スティーヴンスを殺した犯人が誰なのか気付いたと? 彼はたしかに、ちょっとした脅迫くらいは平気でやりそうなタイプだった。それで相手を脅そうとした?」

「おそらくは。推測だが。証拠はない」

「イヴ・トリュフォーは、たとえ父親が殺人犯だったとしても、その名誉を守ろうとするほど気にしてなさそうだ。そうなると、残るのはクリス・パワーズだ。だがクリスにはアリバイがあるときた。あと一体誰がいる?」

スカウトがパタパタとやってきて、僕のオレンジジュースの匂いを嗅ぎ、あやうくグラスをひっくり返すところだった。僕はそれを手で押さえる。それから、はっと頭を上げ、ジェイクを凝視した。

「まさか。どうして?」

「どうしてかまでは知らん。少なくとも……はっきりとはな」

「でも、彼だと確信してるんだな。何故だ？」

「それはな、俺がニューマンについて話した唯一の相手が、ニック・アーガイルだからだ。話したどころか、ニューマンの写真を見せ、彼が書店に侵入しようとしていたことまで教えた。ほとんど、俺がこの手でニューマンの身柄を手渡したようなものだ」

僕はごくりと唾を呑んだ。オレンジジュースが胃の中で苦くなる。

「僕には信じられないよ、ジェイク。アーガイルはそんなタイプじゃない。彼はいい警察官だった。そんな人が、絶対——」

「絶対などない」

ジェイクが激しくさえぎった。

これが彼にとってどれほどつらい結論なのか、ひしひしと肌に伝わる。ジェイクはアーガイルが好きだった。きっと、親近感すら覚えていた。

「僕にはまるでわからない。アーガイルがニューマンを殺したのなら、スティーヴンスを殺したのも彼だということになる。スティーヴンスは十字架目当てで殺されたと思っていたけど、アーガイルが十字架をかすめ取るなんていくら何でもそれはないだろう。どれほど価値があるものだろうと。アーガイルはそんな人じゃないよ。今でも」

「ああ、アーガイルはそんな人間ではない」

ジェイクの口調の意味が、僕にはよくわからなかった。

「じゃあ、お前はこう思ってるのか。スティーヴンスを逮捕しようとする執念のあまり、アーガイルが――」

はたと言葉を切り、僕はその執念について考えこんだ。ダン・ヘイルの言葉を思い出す。アーガイルはいつもナイトクラブに顔を出しては、欲望にギラつく目でジンクスを見ていたと。あるいは――ステージ上にいるほかの誰かを。

そして、アーガイルのことを思った。見たところ、未婚で、一人暮らしのあの男を。写真もなく、女性の気配すらなかった彼の家を。

僕ははっと背をのばした。

「ああ、そうか！　アーガイルはゲイだ、そうだな？」

ジェイクの声は静かだった。

「俺にはわからない。そうだとは思う」

「彼は、ジェイ・スティーヴンスに恋してたんだ」

「それもわからん。彼がスティーヴンスに執着していたのはたしかだ」

「でもお前の話が正しいとして、どうしてスティーヴンスを殺す？」

ジェイクはただ首を振った。

そう言えばアーガイルは、ルイーズ・レナードはニューマンを雇ったと認めなかった、と言っていた。彼はニューマンの信用を落とそうとしていたのだ。何らかの思惑で。

　僕の頭を、別のことがよぎった。奇妙なほど、ひどく暗示的に感じられる何かが。自分の担当ですらない事件に首をつっこんできたアロンゾ。それも己の私情から。スティーヴンスの失踪後、ルイーズ・レナードが「しつこく食い下がった」とアーガイルは言ったが、どうして彼女がアーガイルに対して食い下がる？　アーガイルは強盗殺人課の刑事だった。スティーヴンス失踪の捜査に関われたわけがない。それはおかしい。なのに、彼はそこにいたのだ。ずっと。

　僕は呟いた。

「ニューマンがいない今、僕らには何も証明できないよ」

　スカウトが大きな足でバタバタ走ると、ちょこんと座り、ジェイクの足によりかかった。ジェイクは上の空でその耳の後ろをかいてやりながら、言う。

「いや、できる」

　その言い方が気に入らなかった。

「それって、つまり細かく言うと？」

「どうしてアーガイルがスティーヴンスを殺したのか、それは俺にはわからんが、ニューマン殺しは一つ目の殺しを隠すためだ。二人殺した今、そこでやめるとは思えない。彼は今、罪が露見する危険を放置しておくつもりはない――そんなことはできない」

「思わせぶりに言うのはよしてくれ。一体どういうことか、全部話せよ」

「アーガイルから、今日の午後に電話があった。お前が来る少し前のことだ。スティーヴンスが十字架を隠したかもしれない場所に心当たりがあると、俺に言った。今夜、二人で会いたいそうだ」

「どこで?」

不吉な予感はあったが、聞いた。

「タイドで」

僕は立ち上がった。

「冗談じゃない、ジェイク。これは罠《わな》だ。人のいないさびれた海辺で夜中に会おうって? ジェイク。アーガイルは、お前がニューマンから何を聞き出したのか心配で、今やお前を狙ってるんだ」

ジェイクはうなずいた。

「わかっているなら……警察に連絡しよう」

反応なし。

僕はまた座りこんだ。まるで、息が切れたようになっていた。

「お前には、通報するつもりはないんだな」

「ああ」

「そりゃよかった。まったく最高だ」

僕はジェイクに渋面《じゅうめん》を向けた。

「これだけ色々あった挙句、お前がのこのこ殺されに出かけていくのをただ見送るなんて冗談じゃない。一体どうしてだ？　あの元刑事に義理立てしてるのか、情でも移ったのか？　二週間前には知りもしない相手だったのに？」

僕がすべて言い終えるまで待ってから、ジェイクが口を開いた。

「どうして行かなきゃならないと思うのか、うまく説明はできないが、殺されはしないと約束する。それでいいか？」

「あまりよくない」

僕は目を細めてジェイクをにらんだ。

「でもどうしても止められないなら、僕も一緒について行く」


骨のように白い小石に覆われた海岸に、潮が打ち寄せていた。頭上に群れる雲の梁から吊られて、月が冷たく輝いている——不吉な、電球のような月が、砂山や草まじりの崩れかけの斜面に殺伐とした白黒の影を投げかけていた。

かつてタイドだったレストランの建物は暗く、静かで、まるで巨大なペーパームーンを背負った黒い切り絵のシルエットのようだった。まばゆい月光の下、桟橋が骨格のように浮き上がり、その橋脚を夜の波が洗っていた。

　壊れそうな桟橋へ大股に歩みよっていくジェイクを見つめながら、僕は拳銃を二の腕に押しつけて支え、闇に目を凝らした。

　僕らはこのことについて、大いに言い争った。ジェイクと、僕と。そしてお互いに妥協した。ジェイクは僕の意見に関わりなくアーガイルに会いに行く。そして僕は、ジェイクの意見に関わりなく彼について行く。新たな人生の、最初の共同作業というわけだ。願わくばこれが最後とならなければいいが。

　桟橋の先端、闇が幾重にも重なり合う中で、何かが動いた。僕は目を凝らす。胸骨の内側で心臓がドクドクと暴れていたが、大丈夫だ。ただ怯えきっているだけの、正常な心臓の鼓動だった。

　まだ約束まで二時間ほどあるが、油断はできない。いかに僕らが抜け目ない猟犬のつもりでも、アーガイルは機略に長《た》けた狐だ。

「ニック?」

　ジェイクが呼びかけた。

　何も動かない。海辺に溜息のように打ち寄せる波以外は。なんと寒々しい音だろう。

「いいだろう、ニック。どうして俺がここに来たか、お互い、わかっている筈だ」

　ジェイクが声をかける。

僕の右手で砂と小石が擦れる音がして、アーガイルが小走りに斜面を下ってきた。その瞬間、あやうく彼を撃つところだった。てっきりアーガイルは桟橋の方にいると思いこんでいたので仰天したせいもあるし、ジェイクがこの男に持つ親しみが取り返しのつかない結果を招きそうで不安なせいもある。

だが、撃たなかった。岩の間にしっかり身を隠して、待つ。アーガイルが僕の横を通りすぎていった。引き締まった、軽い身ごなしで、実際より若く見えた。かつての己を取り戻したように——信念にあふれ、決然として見えた。

ジェイクはアーガイルへと向き直る。ジャケットの前は開いており、右手を腰の、ホルスターを装着した場所に何気なく休めていた。

アーガイルにもその仕種の意味はすぐ伝わっただろうが、彼はほとんど親しげに言った。

「来ないかと思ってたよ」

「来るとわかっていただろう」

わかっていた、その筈だ。ジェイクはこの年老いたワイアット・アープのような男に親近感を覚えていたし、僕の見たところ、アーガイルの方でも同じだった。

僕らには一つ、同意していることがあった。もしアーガイルがジェイクを撃ったら——もしジェイクが倒れたら、僕は弾丸が尽きるまでアーガイルに向けて引き金を引く。ためらうな、と約束させられた。ためらう気などない。今感じている唯一のためらいは、ジェイクを殺すチャンスを与える前にアーガイルを――その背中を――撃ちたいという恐るべき衝動に対してだけだ。心の一部では、そんな自分におののいていた。別の一部では、月光の下に立つアーガイルがいかにたやすい標的でも、僕の腕で足りるかと分析している。最後に射撃場に行ったのはジェイクとで、あれは二年も前のことだ。

それに、今撃ったら、ジェイクが許してくれるかどうか自信がなかった。

アーガイルがたずねる。

「それで俺からルーアンの十字架のありかを聞けると思ってここに来たのか？　そうだな？」

「ありかを本当に知っているような口ぶりだな」

「そこまではっきりとはな。半世紀も経てば、多分潮の流れで動いているだろ。俺は、桟橋からあれを海に投げ捨てたんだ」

ジェイクはもう真実を知っていた。ここまで、心を整理するだけの時間もあった。だがそれでも、彼の抑えた口調から、もしかしたら――と思っていたのが伝わってきた。望みを残していたのだと。

「海に、十字架を捨てたのか」

「俺には何の役にも立たないものだからな。思うに、この五百年あまりろくに誰かの役に立っちゃいないだろ。それに、俺の指紋がついていた。ジェイの血も」

「ジェイ・スティーヴンスを殺したと自白するのか？」

「どうせお前はわかっているんだろ？　だから岩の間に連れがこっそり隠れてる。もう、ほとんどわかっちまったんだろ」

僕のうなじの毛がぞっと逆立った。ジェイクがそんな落ちつき払った声を出せるのが信じられない。

「あなたがどうしてスティーヴンスを殺したのか、それがわからない。十字架のためでなかったのは明白だ」

「どうだろうな、考えてみるに、それこそお前さんには何よりよくわかることじゃないかね。俺がどうしてジェイを殺したか、本当ははっきりと知ってるんだろう」

海の音が沈黙を満たした。

「何故なら、あなたは――あなたが、ジェイを愛していたからだ」

「愛と言っていいのかどうかは俺にはわからん」

アーガイルは疲れたように言った。

「そうかもしれんがな。あの頃はとてもそうは呼ばなかった、それはたしかだ。だが俺は、ジェイが欲しかった。そうさ。あいつが欲しくてたまらなかった――きっとあいつのことも十字架のことも見逃したくらいにな。あいつが、もし、俺を……」

言葉が途切れた。

ジェイクが、話を筋道立てようとしながら、言った。

「あなたは誰にもそれを知られるわけにはいかなかった」

それから、つけ加えた言葉で僕を驚かせた。

「あの頃は、今とは時代が違った」

「そいつは間違いない。だが、殺しの原因はそれじゃない。それは単に、俺が黙っていた理由さ——ずっとな。信じるかどうかはともかく、俺にはジェイを殺すつもりなどなかった。ただ……ジェイはあんなにもショックを受けて——あんなにも、おぞましいものを見るように……俺は、あいつの目を通して自分の姿を見たんだ。そこに見えたのは——」

時が経ってもその苦悶は、その憤怒は、わずかも癒えていなかった。まだ炎は激しく燃えさかっていた。

「俺は、あいつを憎んだ。俺という存在を憎んだ。あれほど何かを憎んだことはない。ベッドから十字架をつかみ、そいつでジェイを殴った。一度。一度だけだ。ジェイは、トランプの城のように崩れ落ちた。その場で、俺の腕の中で死んだよ」

波の音をこえて、僕の耳にもアーガイルの荒い、苦しげな息づかいが聞こえていた。まるでこの邂逅《かいこう》にたどりつくまで、一生かけて走りつづけてきたかのように。

「それから?」

ジェイクの声はかすれを帯びていた。

アーガイルが次の言葉を見つけるまで、少しかかったようだ。

「それから、あいつが十字架を隠していた床下に、死体を隠した。あいつと、クラリネットをな。床板をまた釘で打ちつけた。十字架を取り上げた。あいつの血で濡れていたよ。それを上着の下に隠し、ホテルを出て海辺まで、ここまで車で走った。栈橋の先へ歩き、海に十字架を投げた。それで終わりだ」

ジェイクが何も言わずにいると、アーガイルが続けた。

「誰も俺を見なかった。誰からも……何も聞かれなかった。お前まではな。お前たちが来て、ジェイのことを知りたがるまでは。過去を掘り返しにくるまでは」

「ハリー・ニューマンのことは？」

「ニューマンはずっと鼻先にぶら下がってた真実に、五十年も経ってやっと気がついたのさ。わかると、奴はそいつで引退資金をこしらえようと考えたんだよ。哀れむ価値もない男さ」

「気が変わって自白するくらいなら、どうしてニューマンを殺す必要があった」

ジェイクの声は厳しかったが、その裏にある痛みが、僕の耳に響く。

「元々、自白するつもりなどなかったんでね」

僕は、ジェイクの鋭いシルエットを見つめた。もう、ジェイクにはわかった筈だ。僕にもわかっていた。

アーガイルが首を振るのが見えた。

「俺は七十九歳だよ。刑務所になど行けるか。今さら裁判官の前でべらべらしゃべるために五十年も黙ってきたわけじゃない。ニューマンさえ片付ければ終わるかと思った。だがもう遅すぎた。ニューマンはもう、お前に色々しゃべりすぎていたし、お前は足りない部分を自分でつなぎ合わせていた。優秀だな、ジェイク。お前を見ていると、昔の自分を思い出す」

アーガイルの肩が動いたのが見えた。彼がショルダーホルスターに手をのばすのが。

ジェイクが拳銃を引き抜き、射撃体勢に移り、アーガイルの胸を撃った。銃声は砂岩の斜面にはね返り、永遠かと思うほど長いこだまを引いた。

アーガイルの体がぐらりと揺れる。手から拳銃が落ちた。膝が崩れ、彼は砂の上に倒れた。

ジェイクは、大股に三歩で歩みよった。そっとアーガイルの体を返す。僕は岩の間の隠れ場所から転がり出ると、二人の脇へ膝をついた。

「ニック?」

アーガイルは大きく目を見開いていた。血まみれの口が動く。呼吸が止まった。

「くそっ……」

ジェイクが囁く。僕を見た。

「ジェイク、いいんだ」

僕は彼の腕をぐいとつかむ。

「わかるだろ?　アーガイルは最初からこのつもりだったんだよ」

それがジェイクに聞こえたかどうかはわからない。だが間違いなかった。アーガイルは、岩に隠れた僕を見つけていた。僕の命がまだあるのは、その時点で、もう終わりだとアーガイルが悟ったからだ。僕を撃てばジェイクに撃たれるし、無駄に僕を殺すには、アーガイルはあまりにも古き良き警察官の心を持っていた。

だが、もし、ジェイクがひとりで来ていたら？

僕はくり返した。

「アーガイルはこうなることをはっきりわかってたんだ。お前が銃を持っていると知っていた。ああいう場合にお前がどう反応するかもよくわかっていた――彼が自分で言ったんだ、お前は昔の自分に似ていると」

ジェイクはまだ首を振っていた。そのまま、ただしばらくの間、黒々と押しよせる波音と遠い海の溜息だけが僕らを包んでいた。岸を打つ波は、重く、やまない鼓動のようだった。

月は、光る帆船のように銀の雲のうねりをすべり、アーガイルのどんよりと死んだ目がじっとそれを見上げていた。僕はただ、ジェイクを待った。待ちつづけた。

やがて、ジェイクが呟いた。

「警察に知らせないとな」

僕らは立ち上がり、白い砂浜を横切って歩き出した。背後に遠ざかるアーガイルの体が、影のひとつにまぎれていく。

岩場にたどりついた時、僕の力が尽きた。手近な、上が平らになった岩に座りこみ、体を折ると、僕は両手に顔をうずめた。

チャンドラーは書いた――〝星々の間の距離のように、私は虚ろで、空っぽだった〟と。

ジェイクがどさっと隣に座った。彼に肩を抱かれて、僕の体は震えはじめていた。

「大丈夫か?」

ジェイクの声はくぐもっていた。

僕はうなずく。

「一体どうした、アドリアン?」

首を振った。とても、声を出そうとすることすらできなかった。僕とジェイクがいかに間一髪のところに立っていたのか、そのことを突如として目の前につきつけられていた。

四十年間、ジェイクは、自分ではない何かになろうと必死で努力してきた。彼が狂いもせず、人殺しにもならずにいられたのは、奇跡と言っていいかもしれない。もし何週間か前、わずかでも、選ぶ道を誤っていたら……。

抗おうとした。だがもう歯止めがきかなかった。心をせき止めていた岩が、壁が、嘆きが、恐怖が残らず奔流《ほんりゅう》となってあふれ出してきた。二年間、あるいは三年間、かかえこみ、押しとどめようとしてきたすべてが。

必死でもがいた。僕の喉から絞り出すような声が上がり、治りかけの骨や筋肉の痛みすら、切れ切れにこぼれるすすり泣きを止めることはできなかった。自分のための涙ではなく――自分のためだけの涙ではなく。

三年分の孤独が何だろう。ジェイクの失った四十年間に比べれば。自分が劣っていると、足りないと、正常ですらないと信じつづけてきた四十年間。アーガイルと同じほどまで生きたなら、人生の半分か。そしてそのニック・アーガイルは？　彼の人生のすべてだ。そして、世界中にいるほかのニック・アーガイルたちは——過去、そして未来の……？

これは、僕らだったかもしれない。もう少しで、僕らがこうなっていたかもしれない。

「泣くな。泣くな、ベイビー」

僕はうなずいた。深く、震える息を吸いこむ。

「お前に言っておきたいことがある」

ジェイクが僕の耳元に囁く。彼の頬は濡れていた。

僕はうなずいた。

「俺はいつも幸運だと思ってきた——結婚していた間も、たとえもうお前をあきらめるしかないと信じた時も。俺が恋に落ちた相手が、お前だったことを」

ジェイクの冷たい顔に頬を預けながら、僕はその言葉のこだまをじっと聞いていた。

本当なのかもしれない。たった一人の存在が誰かを救うことがあるのかもしれない。愛で、何かを変えられるのかもしれない。僕の世界が変わったように。

ジェイクが僕の顎に、そして唇の端にキスをした。僕は背すじをのばし、顔を拭った。

「俺が通報してくる間、ここで休んでいるか？」

「いいや」

僕は立ち上がった。最後の涙を拭う。

「お前と一緒に行く」

車に向かって砂まみれの階段を上っていく僕らの背を、暗い流れの、長く物憂げな吐息がいつまでも追っていた。

解説

冬斗亜紀

ジョシュ・ラニヨンの主人公には、重心を片足にかけて立っているようなところがある。自立しすぎるくらい自立しているし、ぐらついているわけではないけれど、右にも左にもひょいと動いて来るものをかわせるようにいつもかまえているような、人生の風向きを信用していない空気をまとっている。

それでも（勿論）恋は、容赦なくそんな彼らの足元をすくって嵐の中に放り出すのだけれども。恋以外の何かももれなく一緒に押し寄せてくるのが、ラニヨン作品の醍醐味でもある。今回は、床下から見つかった死体とか。

この五巻では一九五〇年代がもうひとつの舞台となっており、レイモンド・チャンドラー作品からくり返しフレーズが引かれる。チャンドラーの代表作フィリップ・マーロウシリーズは一九三〇年代からこの五〇年代にかけて書かれた。今回、作中からの引用や、時代を振り返るどこか感傷的なまなざしからも作者のチャンドラーへのこだわりが感じられるが、実はマーロウの存在はシリーズ第一巻から透けていた。マーロウ（Marlowe）は作中、幾度か自分の名の最後にあるeのことを説明し、知人からも「eがつくマーロウ」などと言われたりしている。そう、アドリアンが名乗った「eがつく方のアドリアン」の元ネタは、マーロウなのだ。

チャンドラー好きのアドリアンが一巻でそう名乗った時、ミステリ読みのチャン刑事はそこに気付いたのだろう、小さくニヤッとしていた。四巻で再会したジェイクが、あえてその「e」についていらない言及をしたのは、もしかしたら自分がまだ何も忘れていないことをどうにかしてアドリアンに示したかったからかもしれない。

アドリアン・イングリッシュ・ミステリシリーズが初めて世に出たのは二〇〇〇年で、その後、加筆・修正を経て、二〇〇九年末に出たこの五巻で完結した。一巻の原稿を、ジョシュ・ラニヨンはメジャーからマイナーまで様々な出版社に送ったが、三十回近く断られたそうである。

一巻の刊行から五巻までの十年で、M／Mを取り巻く状況は大きく変わり、まだ名もない小さな芽だったジャンルがはずみをつけて大きくなっていった、丁度そんな頃だ。その成長を支えた柱の一人がジョシュ・ラニヨンだったことはまちがいない。

私がこのシリーズに出会ったのは、五巻が出る半年ほど前だったと思うが、かじりつくように読みながら、なんと苛烈な物語だろう！　と痺れるような衝撃を受けたことを今でもよく覚えている。三巻ではジェイクを蹴り倒したくもなり、四巻ではよりを戻してほしくもある一方でアドリアンにジェイクを冷たく拒絶してほしくもあり、腹が立ったり萌えたりと自分でも混乱しながら読んだ。ジェイクのことは好きだけど、いや、好きキャラをこんなに殴り倒したくなることもあまりない。年末に五巻が出ると、読むのが楽しみで怖かった。

そして読みはじめたら……今度はアドリアンが、片足どころか両足で逃げに入っているし。いや、はらはらした。「ジェイクの自己否定」というシリーズ最大のハードルを四巻で越えた、はずなのに、自分自身というのはいつでも一番厄介な敵なのだろう。

この五巻を読み終えた時、痛いほど思ったのは「これはジェイクの物語でもあったんだ」ということだった。五巻の後半で、特に幕引きで、鮮やかにそれが見えてくる。シリーズを通して旅をしてきたのはアドリアンだけでなく、ジェイクでもあり、ついに彼もまた両足をしっかりとついて立てる場所に、楽に息ができる場所にたどりついたのだと。己を受け入れ、きっと己を許して。ジェイクがこの五巻で見せるおだやかな顔は、彼がどれだけ恐れ、苦しみもがいてきたかの裏返しでもある。

アドリアンとジェイクは、この後に書かれたホームズ&モリアリティシリーズ（作家同士の話で、有名な某探偵と某教授は出てこない）の三巻「The Boy with the Painful Tattoo（原題）」にカメオ出演を果たしている。その様子を見る限り、のどかにやっているようである。「事件？」と聞いて少し目をキラッとさせるアドリアンと、それを警戒の目で見守るジェイクの様子がとてもほほえましい。ジェイクの心中も察するが……。

また、二〇一三年には「Stranger Things Have Happened（原題）」というアドリアンシリーズのゲームブック（！）も出ている。一巻のストーリーをベースにした物語の中で、自分で選択肢を選びながら事件をかぎ回ったりジェイクとくっついたりと、これが思った以上に楽しい。このシリーズに対する作者の愛を感じる、遊び心の一冊である。

いっそ本屋さんと元刑事の探偵の二人で、是非シリーズの続きを！とお願いしたいところだが（そんなお願いは山ほど聞いているだろうけど）、ジョシュ・ラニヨンとしては「新たにつけ加えられるような何かがない限り、どんなシリーズでも先を書く意味はない」主義なのだそうで、アドリアンシリーズには今、その「何か」を感じないらしい。逆に言えば、二人の物語の先に何か「書くべきもの」を見いだしたら、またそちらに筆が向くこともあるのかも？しれない。ファンの勝手な望みだけれども。

でも、そうなるとこの二人にはまたこちらの胃がきりきりするような試練がふりかかるのだろうし、今はそれよりも、ただ幸せに暮らしてほしい気もする。暗流を泳ぎきった二人には、犬と猫のいる大きな庭ときれいな家の、絵に描いたような幸せがきっとよく似合う。古い建物の書店のカウンターや、犯罪現場が似合うのと同じくらいに。

アドリアン・イングリッシュ 5
瞑き流れ

2015年12月25日　初版発行

著者　ジョシュ・ラニヨン［Josh Lanyon］

訳者　冬斗亜紀

発行　株式会社新書館
〒113-0024 東京都文京区西片2-19-18
電話：03-3811-2631
［営業］
〒174-0043 東京都板橋区坂下1-22-14
電話：03-5970-3840
FAX：03-5970-3847
http://www.shinshokan.com/comic

印刷・製本　株式会社光邦

◎定価はカバーに表示してあります。
◎乱丁・落丁は購入書店を明記の上、小社営業部あてにお送りください。送料小社負担にてお取り替えいたします。
但し古書店でご購入されたものについてはお取り替えに応じかねます。
◎無断転載、複製・アップロード・上映・上演・放送・商品化を禁じます。

Printed in Japan　ISBN 978-4-403-56023-1

モノクローム・ロマンス文庫
NOW ON SALE

「恋のしっぽをつかまえて」
L・B・グレッグ
〈翻訳・解説〉冬斗亜紀　〈イラスト〉えすとえむ

ギャラリーでの狂乱のパーティが明けて、従業員シーザーが目撃したのは、消え失せた1万5千ドルの胸像と、全裸で転がる俳優で元カレの姿だった――。

定価：本体900円＋税

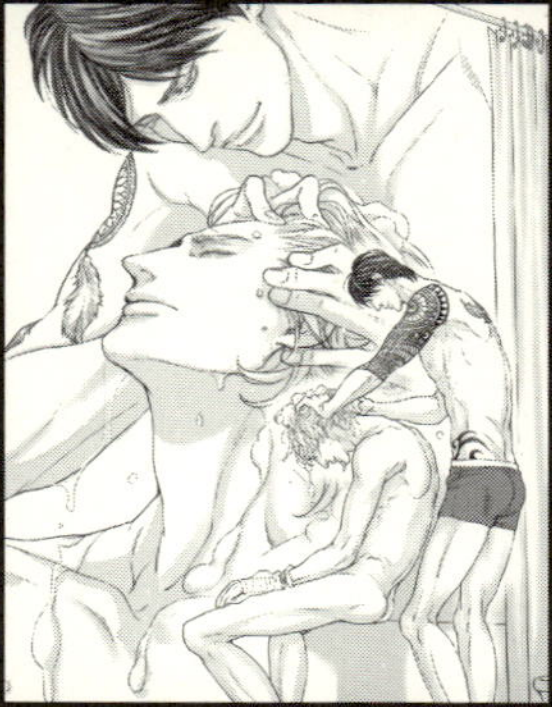

ヘル・オア・ハイウォーター1
「幽霊狩り」
最新刊
S・E・ジェイクス
〈翻訳〉冬斗亜紀　〈イラスト〉小山田あみ

元FBIのトムが組まされることになった相手・プロフェットは元海軍特殊部隊でCIAにも所属していた最強のパートナー。相性最悪のふたりが死をかけたミッションに挑む。

定価：本体900円＋税

SHINSHOKAN

m o n o c h r o m e　r o m a n c e

狼シリーズ

「狼を狩る法則」

J・L・ラングレー

〈翻訳〉冬斗亜紀　〈イラスト〉麻々原絵里依

人狼で獣医のチェイトンが長い間会いたかった「メイト」はなんと「男」だった!?　美しい人狼たちがくり広げるホット・ロマンス!!

定価：本体900円＋税

「狼の遠き目覚め」

J・L・ラングレー

〈翻訳〉冬斗亜紀　〈イラスト〉麻々原絵里依

父親の暴力によって支配されるレミ。その姿はメイトであるジェイクの胸を締め付ける。レミの心を解放し、支配したいジェイクは ——!?「狼を狩る法則」続編。

定価：本体900円＋税

「狼の見る夢は」

J・L・ラングレー

〈翻訳〉冬斗亜紀　〈イラスト〉麻々原絵里依

有名ホテルチェーンの統率者であるオーブリーと同居することになったマットはなんとメイト。しかしオーブリーはゲイであることを公にできない……。人気シリーズ第3弾。

定価：本体900円＋税

「ロング・ゲイン」

マリー・セクストン

〈翻訳〉一瀬麻利　〈イラスト〉RURU

ゲイであるジャレドはずっとこの小さな街で一人過ごすんだろうなと思っていた。そんな彼の前にマットが現れた。セクシーで気が合う彼ともっと親密な関係を求めるジャレドだったが……。

定価：本体900円＋税

「わが愛しのホームズ」

ローズ・ピアシー

〈翻訳〉柿沼瑛子　〈イラスト〉ヤマダサクラコ

明晰な頭脳で事件を解決するホームズとその友人・ワトソン。決して明かすことのできなかったワトソンの秘めたる思いとは？　ホームズパスティーシュの名作、ここに復刊。

定価：本体900円＋税

「ドント・ルックバック」

ジョシュ・ラニヨン

〈翻訳〉冬斗亜紀　〈イラスト〉藤たまき

甘い夢からさめると記憶を失っていた――。美術館でキュレーターをしているピーターは犯罪に巻き込まれる。自分は犯人なのか? 夢の男の正体は?

定価：本体720円＋税

「フェア・ゲーム」

ジョシュ・ラニヨン

〈翻訳〉冬斗亜紀　〈イラスト〉草間さかえ
〈解説〉三浦しをん

もとFBI捜査官の大学教授・エリオットの元に学生の捜索依頼が。ところが協力する捜査官は一番会いたくない、しかし忘れることのできない男だった。

定価：本体900円＋税

m o n o c h r o m e r o m a n c e

アドリアン・イングリッシュシリーズ

アドリアン・イングリッシュ1

「天使の影」

ジョシュ・ラニヨン 〈翻訳〉冬斗亜紀 〈イラスト〉草間さかえ

LAで書店を営みながら小説を書くアドリアン。ある日従業員で友人・ロバートが惨殺された。殺人課の刑事・ジェイクは、アドリアンに疑いの眼差しを向ける――。

定価：本体900円＋税

アドリアン・イングリッシュ2

「死者の囁き」

ジョシュ・ラニヨン 〈翻訳〉冬斗亜紀 〈イラスト〉草間さかえ

行き詰まった小説執筆と、微妙な関係のジェイク・リオーダンから逃れるように牧場へとやってきたアドリアンは奇妙な事件に巻き込まれる。

定価：本体900円＋税

アドリアン・イングリッシュ3

「悪魔の聖餐」

ジョシュ・ラニヨン 〈翻訳〉冬斗亜紀 〈イラスト〉草間さかえ 〈解説〉三浦しをん

悪魔教カルトの嫌がらせのさ中、またしても殺人事件に巻き込まれたアドリアン。自分の殻から出ようとしないジェイクに苛立つ彼は、ハンサムな大学教授と出会い――。

定価：本体900円＋税

アドリアン・イングリッシュ4

「海賊王の死」

ジョシュ・ラニヨン 〈翻訳〉冬斗亜紀 〈イラスト〉草間さかえ

パーティ会場で映画のスポンサーが突然死。やってきた刑事の顔を見てアドリアンは凍りつく。それは2年前に終わり、まだ癒えてはいない恋の相手・ジェイクであった。

定価：本体900円＋税